FAIR
WARNING

페어워닝

FAIR WARNING

**마이클 코넬리
장편소설**

강동혁 옮김

RHK
알에이치코리아

악마적 행동에 혐오감과 매혹을 동시에 느끼지 않는 사람이

누가 있을까?

_데이비드 골드먼,《우리의 유전자, 우리의 선택》

차례

프롤로그

그녀는 그의 자동차가 마음에 들었다. 전기 차에 타본 건 그때가 처음이었다. 들리는 소리라고는 밤공기를 가로지르고 나갈 때의 바람 소리뿐이었다.

"너무 조용하다." 그녀가 말했다.

겨우 두 마디. 그마저도 발음이 뭉개졌다. 세 잔째 마신 코스모폴리탄에 혀가 어떻게 된 것 같았다.

"몰래 다가가도 모르지." 운전자가 말했다. "그건 확실해."

운전자가 그녀를 돌아보며 미소 지었다. 하지만 그녀는 자기 발음이 엉망이라 그가 자신의 상태를 확인하는 거라고만 생각했다.

그런 뒤, 남자가 고개를 돌려 앞 유리 너머를 고갯짓했다.

"다 왔어." 남자가 말했다. "주차할 곳 있어?"

"내 차 뒤에 대면 돼." 여자가 말했다. "차고에 두 자리가 있는데, 뭐랄까……. 차를 앞뒤로 대야 해. 직렬식이라고 했던 것 같은데."

"*직렬식?*"

"아, 맞아, 맞아. *직렬식.*"

여자는 자기 실수에 웃기 시작했다. 뱅뱅 도는 그 웃음에서 도저히 빠져나올 수 없었다. 이번에도 술기운이었다. 그날 밤 우버를 타고 나가기 전에 민간요법으로 먹은 약 몇 방울의 효과이기도 하고.

남자가 창문을 내리자 신선한 저녁 공기가 편안한 차 안을 휘감았다.

"암호 기억나?" 남자가 물었다.

티나는 주위를 좀 더 잘 보고 정신을 차리려고 허리를 세워 앉았다. 이제 보니 그들은 이미 티나의 아파트 차고 문 앞에 와 있었다. 이상하다. 남자에게 사는 곳을 말해준 기억이 나지 않는데.

"암호 말이야." 남자가 다시 물었다.

키패드가 벽에 붙어 있었다. 운전석 창문에서 손을 뻗으면 닿을 거리였다. 티나는 차고 문을 열어줄 암호는 아는데 집으로 데려가기로 한 남자의 이름은 기억나지 않는다는 걸 깨달았다.

"4-6-8-2-5."

남자가 번호를 입력하는 동안 티나는 다시 웃지 않으려고 애썼다. 그렇게 웃는 걸 정말로 싫어하는 남자들도 있으니까.

둘은 차고에 들어섰고, 티나는 그녀의 미니쿠퍼 뒤쪽에 주차할 수 있는 공간을 가리켰다. 곧 둘은 엘리베이터를 탔고 티나는 버튼을 맞게 누른 다음 넘어지지 않으려고 남자에게 기댔다. 남자가 한쪽 팔을 티나에게 두르며 그녀를 일으켰다.

"별명 있어?" 티나가 물었다.

"무슨 뜻이야?" 남자가 물었다.

"그러니까, 사람들이 자길 뭐라고 불러? 있잖아, 재미로."

남자는 고개를 저었다.

"그냥 이름으로 부르는 것 같은데." 남자가 말했다.

도움이 되지 않았다. 티나는 포기했다. 이름이야 나중에 알 수도 있었다. 하지만 진실은, 아마 이름이 필요하지 않으리라는 것이었다. 나중이 없을 테니까. 나중은 거의 항상 없었다.

3층에서 문이 열리자 티나는 남자를 데리고 복도로 나갔다. 그녀의 집은 두 집 건넌 곳에 있었다.

섹스는 좋았지만 특별하지는 않았다. 유일하게 비정상적이었던 점은 티나가 콘돔을 요구했는데도 남자가 거부하지 않았다는 것이다. 심지어 남자가 직접 콘돔을 가져왔다. 칭찬할 만한 일이지만 티나는 그래도 남자를 원나잇 상대로만 생각했다. 내면의 공허감을 채워줄 설명할 수 없는 무언가는 계속 찾아봐야 할 것이다.

남자는 콘돔을 변기에 넣고 물을 내린 뒤 다시 티나와 함께 침대에 누웠다. 티나는 남자가 핑계를 댈 거라 생각했다. 아침 일찍 출근해야 한다거나, 아내가 집에 기다리고 있다거나, 뭐든지. 하지만 남자는 침대로 돌아와 티나를 안고 싶어 했다. 그는 티나의 뒤로 거칠게 들어와 그녀의 등이 자기 가슴에 닿도록 그녀의 몸을 돌렸다. 남자는 왁싱을 했다. 살짝 자란 털의 아주 작은 가시가 등을 찔러오는 게 느껴졌다.

"있잖아……."

티나는 더 이상 불평할 게 없었다. 남자가 몸을 돌리자 티나는 남자의 몸 위에 완전히 포개졌다. 남자의 가슴이 사포 같았다. 그의 팔이 티나의 등 뒤에서 돌아 나왔다. 남자는 팔꿈치를 구부려 브이 자 형태

로 만들었다. 그러더니 자유로운 손으로 티나의 목을 그 브이 자 안
으로 밀어 넣었다. 남자가 팔을 조였고 티나는 기도가 막히는 것을
느꼈다. 도와달라고 비명을 지를 수도 없었다. 소리를 낼 공기가 없
었다. 티나는 몸부림쳤지만 두 다리가 이불에 얽혀 있었고 남자의 힘
이 너무 셌다. 목을 붙잡은 손아귀가 쬠쇠처럼 느껴졌다.

어둠이 티나의 시야 가장자리를 물들이기 시작했다. 남자가 침대
에서 고개를 들고 그녀의 귀에 입을 댔다.

"사람들은 나를 때끼치라고 불러." 남자가 속삭였다.

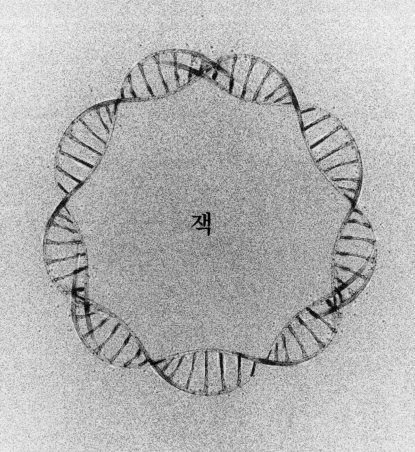

책

1

기사의 제목은 "사기꾼의 왕"이었다. 아무튼 그게 내가 붙인 제목이었다. 나는 그 제목을 기사 맨 위에 입력했다. 표제를 붙여 기사를 제출하는 것은 기자의 업무 범위를 벗어나는 짓이므로 바뀔 게 틀림없었다. 표제와 그 아래의 부제는 편집자의 영역이었다. 벌써 마이런 레빈이 "편집자가 기사의 핵심 내용을 바꿔 쓰거나 취재원한테 전화를 걸어서 추가적인 질문을 하던가? 아니, 그런 일은 없지. 편집자는 자기 차선을 지켜. 그 말은 자네도 자네 차선을 지켜야 한다는 말이야."라고 꾸짖는 소리가 들리는 듯했다.

마이런이 바로 그 편집자였으니 어떤 변명으로도 대꾸하기 어려울 것이다. 하지만 표제가 완벽했으므로 어쨌든 제안을 붙여서 보냈다. 기사는 채권 추심업자들의 어두운 지하세계에 대한 것이었다. 이 업계에서 매년 60억 달러가 사기꾼들에게 빨려 나갔다. 그리고 〈페어워닝〉^{FairWarning, 공정한 경고라는 의미} 의 법칙은 포식자든 사냥감이든, 피해자든 가해자든, 모든 사기 연루자를 개인 단위까지 추적하는 것이었다. 이번에 추적당한 것은 가해자였다. 사기꾼의 왕 아서 해서웨이는 최고 중 최고였다. 나이 62세인 그는 가짜 금괴를 판매하는 것에서부터 가짜 재난 구호 웹사이트를 만드는 것에 이르기까지, 범죄로 이뤄진 인생을 살며 로스앤젤레스를 중심으로 하는 상상 가능한 모든 사기를 쳐왔다. 이번에는 사람들에게 실제로는 지지 않은 빚을 졌다고 믿게 해 그 빚을 갚도록 하는 소동을 벌였다. 솜씨가 너무 뛰어나, 후배 사기꾼들이 그에게 돈을 주고 밴나이스에 있는 쇠락한 연기 학원에서 월요일과 수요일마다 수업을 들었다. 나는 그의 제자인 척하고 들어가 배울 수 있는 모든 것을 배웠다. 이제는 아서를 이용해 기사를 쓸 시간이었다. 줄어만 가는 은행 계좌를 가지고 있는 할머니에서부터 학자금 대출로 이미 심한 적자를 기록하고 있는 젊은 전문가에 이르는 모든 사람에게서 매년 수백만 달러를 쥐어짜는 업계에 관해 폭로할 시간이었다. 모든 사람이 피해자가 돼 돈을 보낸 이유는 아서 해서웨이가 그들을 설득했기 때문이다. 그리고 현재 아서는 1주일에 두 번, 인당 50달러의 가격에 미래의 사기꾼 열한 명과 위장 근무 중인 기자 한 명에게 그 방법을 가르치고 있었다. 사기꾼 학교야말로 그의 가장 훌륭한 사기였을지 모른다. 아서라는 인간은 사이코패스답게 죄책감이 전혀 없는, 진짜 사기꾼의 왕이었다. 나는 아서가 계좌를 탈탈 털어가는 바람에 인생이 망가진 피해자들의 사연도 기사에서 다뤘다.

　마이런은 이미 이 기사를 〈로스앤젤레스 타임스〉이하 〈타임스〉와의 공동 프로젝트로 올려놓았다. 덕분에 기사는 사람들의 눈에 띌 게 분명했고 LA 경찰도 이 사실을 눈치챌 게 분명했다. 아서 왕의 통치는 곧 끝날 테고 새끼 사기꾼들로 이뤄진 그의 원탁 기사단도 끝장날 터였다.

나는 기사를 마지막으로 읽은 뒤 마이런에게 보내고, 모든 〈페어워닝〉의 기사를 무료로 검토해주는 변호사인 윌리엄 마천드에게도 참조를 걸었다. 우리는 법적으로 약점이 전혀 없는 내용이 아니면 웹사이트에 올리지 않았다. 〈페어워닝〉은 재택근무를 하는 워싱턴 DC의 기자까지 포함해 다섯 명이 운영하는 회사였다. 패소나 강제 조정으로 이어지는 "오보" 하나만 있으면 우리는 파산이었다. 그러면 나는 경력을 쌓으면서 최소 두 번 처했던 위치, 즉 갈 곳 없는 기자의 입장이 될 터였다.

나는 자리에서 일어나 마이런에게 기사를 마침내 송고했다고 말하려 했다. 하지만 마이런은 자기 자리에서 통화하고 있었고, 나는 그에게로 다가가던 중 그가 기금 모금 통화를 하고 있다는 걸 알았다. 그는 〈페어워닝〉의 창립자이자 편집장, 기자, 주요 모금가였다. 〈페어워닝〉은 유료 서비스가 없는 인터넷 뉴스 사이트였다. 모든 기사의 하단에 기부 버튼이 있었고 일부 기사에는 상단에도 기부 버튼이 있었지만 마이런은 언제나 우리를 후원해줄 사람, 잠깐이나마 우리를 간청하는 입장에서 선택하는 입장으로 바꿔줄 엄청난 흰고래를 찾고 있었다.

"사실 저희 같은 단체, 그러니까 소비자를 위한 사나운 경비견 역할을 하는 언론사는 없습니다." 마이런은 기부를 할 만한 모든 사람에게 말했다. "저희 사이트를 보시면 과거 기사에서 자동차 회사, 제약 회사, 인터넷 회사, 담배 회사 등 강력한 거물 업계를 다룬 내용을 많이 보실 수 있는데요. 현 정부가 규제를 없애고 감시를 제한하겠다는 철학을 가지고 있는 만큼 소시민을 지켜줄 사람은 없습니다. 네, 압니다.

쓴 돈으로 더 가시적인 한 방을 날릴 수 있는 기부처들이 있지요. 한 달에 25달러면 애팔래치아의 아이 한 명에게 먹을 것과 입을 것을 줄 수 있습니다. 저도 잘 알아요. 그런 일을 하면 정말 좋은 기분이 들지요. 하지만 〈페어워닝〉에 기부하시면, 헌신적인 기자들을 응원함으로써……."

나는 이 "피칭"을 하루에 몇 번씩 날이면 날마다 들었다. 마이런과 이사들이 기부를 할 만한 정의로운 사람들에게 연설을 하는 일요일 살롱에도 참여했고, 나중에는 그들과 한데 섞여 내가 쓰고 있는 기사에 대해 이야기하기도 했다. 나는 베스트셀러 두 권을 낸 작가로서 이런 모임에서 특별히 인정받았다. 비록 내가 뭔가 출판한 게 10년도 더 전의 일이라는 말은 아무도 꺼내지 않았지만 말이다. 그래 봐야 로스앤젤레스의 생활비를 감당하기에는 턱도 없이 모자랐지만 나는 내 월급에 피칭이 중요하고도 필수적이라는 걸 알았다. 〈페어워닝〉에 다닌 4년 동안 피칭을 너무 여러 번 들었기에 잠을 자면서도 되뇔 수 있을 정도였다. 심지어 거꾸로도.

마이런은 잠재적 투자자의 말을 더 이상 듣지 않고 전화기 음 소거 버튼을 누르더니 고개를 들어 나를 보았다.

"보냈어?" 그가 물었다.

"방금요." 내가 말했다. "윌리엄한테도 보냈고."

"좋아, 오늘 밤에 읽어보지. 뭔가 다른 의견이 있으면 내일 이야기하자고."

"그냥 실어도 돼요. 훌륭한 표제까지 붙여놨습니다. 당신은 그냥 부제만 쓰면 돼요."

"내가 그러지 말라고……."

마이런은 질문에 대답하느라 전화기의 음 소거 기능을 껐다. 나는 그에게 경례한 다음 문으로 향하다가 에밀리 앳워터의 칸막이 자리에 들러 작별 인사를 했다. 지금 사무실에 있는 다른 직원은 그녀뿐이었다.

"축하해요." 그녀가 산뜻한 영국 억양으로 말했다.

우리는 스튜디오 시티의 2층 플라자에 있는 사무실에서 일했다. 1층은 전부 소매점과 음식점이었고 2층은 주로 자동차 보험회사, 매니큐어/페디큐어, 요가, 침술원 등 자유롭게 드나들 수 있는 가게가 있었다. 우리만 예외였다. 〈페어워닝〉은 아무나 드나들 수 있는 가게가 아니었다. 다만 사무실이 마리화나 판매점 위층에 있는 데다 건물의 환기 상태가 너무 좋지 않아 신선한 제품의 향이 1주일 내내, 하루에 24시간씩 우리 사무실로 흘러 들어왔기에 임대료가 쌌다. 마이런은 엄청난 할인을 받고 이 사무실을 구했다.

플라자는 엘 자 형태로 생겼으며 지하에는 〈페어워닝〉 직원과 방문객에게 배정된 주차 공간 다섯 자리가 있었다. 그게 주로 자랑할 만한 점이었다. 도시에서는 주차가 늘 문제였으니까. 이곳은 화창한 캘리포니아이고 나는 지프를 탈 때 상의를 거의 입지 않으므로 실내 주차장은 내게 더욱 자랑할 만한 일이었다.

나는 마지막으로 책을 냈을 때 지프 랭글러를 샀다. 주행 거리계는 내가 새 차를 사고 베스트셀러 목록에 올라간 게 얼마나 오래전 일인지 떠올리게 하는 역할을 했다. 나는 시동을 켜며 주행 거리계를 확인했다. 나는 한때 걸었던 길에서 26만 990킬로미터 떨어져 있었다.

2

나는 101번 고속도로 옆 우드먼 애비뉴의 셔먼 오크에 살았다. 공동 수영장과 바비큐 구역이 있는 안뜰을 네모나게 둘러싼 타운하우스 스물네 채로 이뤄진 1980년대 케이프코드식 아파트였다. 이 건물에도 지하 주차장이 있었다.

우드먼 지역의 아파트 대부분에는 카프리 어쩌고, 오크 크레스트 어쩌고 같은 이름이 붙어 있었다. 내 건물에는 이름이 없었다. 나는 방금 말한 책이 출간됐을 때 같이 샀던 고급 아파트를 팔고 겨우 1년 반 전에 이곳으로 이사했다. 정산되는 저작권료의 액수는 매년 점점 줄어들었고, 나는 〈페어워닝〉에서 받는 월급 내에서 살아가도록 내 인생의 질서를 다시 잡아가는 중이었다. 어려운 전환이었다.

비탈진 진입로에서 차고 문이 올라가기를 기다리던 나는 아파트 단지로 들어오는 보행자용 대문의 호출기 옆에 정장을 입은 남자 두 명이 서 있는 것을 봤다. 한 명은 50대 중반의 백인이었고 다른 한 명은 그보다 스무 살쯤 젊은 아시아인이었다. 바람이 살짝 불어닥치는 바람에 아시아인 남자의 재킷이 열렸고 나는 그의 허리띠에 달린 배지를 언뜻 보았다.

나는 백미러에 시선을 둔 채 차고에 들어갔다. 그들은 나를 따라 들어왔다. 나는 지정 주차 구역에 차를 세우고 시동을 껐다. 내가 배낭을 쥐고 밖으로 나왔을 때쯤 그들은 지프 뒤에서 기다리고 있었다.

"잭 미커보이?"

이름은 제대로 알았지만 성을 틀리게 말했다. 믹-어-보이라니.

"네, 매커보이입니다." 나는 그의 말을 고쳐줬다. 맥-어-보이였다. "무슨 일이시죠?"

"LA 경찰의 맷슨 형사입니다." 둘 중 나이 든 남자가 말했다. "이쪽은 내 파트너 사카이 형사고요. 몇 가지 질문할 게 있습니다만."

맷슨이 재킷을 열고 자신에게도 배지가, 그리고 배지와 어울리는 총이 있다는 것을 보여줬다.

"네." 내가 말했다. "무슨 질문이요?"

"댁으로 올라가도 되겠습니까?" 맷슨이 물었다. "차고보다 조용히 얘기할 수 있는 곳이었으면 하는데요."

그는 사방에 귀 기울이는 사람들이 있다는 듯 주위를 손짓했다. 차고가 비어 있었는데도.

"괜찮겠죠." 내가 말했다. "따라오세요. 보통은 계단으로 가는데, 엘리베이터를 타고 싶으시다면 저쪽 끝에 있습니다."

나는 차고 끝을 가리켰다. 내 지프는 가운뎃줄 오른쪽, 중앙 정원으로 올라가는 계단 맞은편에 주차돼 있었다.

"계단도 괜찮습니다." 맷슨이 말했다.

내가 계단으로 가자 형사들이 따라왔다. 우리 집으로 가는 내내 나는 업무적으로 생각하려고 애썼다. 내가 무슨 짓을 했기에 LA 경찰의 관심을 끌었을까? 〈페어워닝〉의 기자들은 대체로 큰 재량권을 가지고 기삿거리를 파헤칠 수 있었다. 그러나 일반적으로는 업무 분장이 이뤄져 있었고 내 분야는 인터넷 관련 보도 및 사기와 협잡이었다.

나는 아서 해서웨이에 대한 내 기사가 그 사기꾼에 대한 범죄 수사에 걸려들었고, 맷슨과 사카이가 내게 보도를 미뤄달라고 부탁하러 온 건지 궁금해졌다. 하지만 나는 그럴 가능성을 떠올리자마자 기각했다. 만일 그랬다면 형사들이 집이 아니라 사무실로 찾아왔을 것이다. 처음부터 직접 찾아오는 대신 전화를 먼저 걸었을 테고.

"어디 소속이시죠?" 나는 수영장 반대편의 7동을 향해 중앙 정원을 가로지르며 물었다.

"시내에서 일합니다." 맷슨이 점잔을 떨며 말했다. 그의 파트너는 침묵을 지켰다.

"어느 부서 소속인지 물은 건데요." 내가 말했다.

"강도 및 살인 전담반입니다." 맷슨이 말했다.

이번 기사는 LA 경찰에 관한 것이 아니었지만 과거에는 그들을 기사에서 다룬 경험이 있었다. 나는 엘리트 형사들이 시내의 경찰서에서 일한다는 것과, 줄여서 RHD(Robbery-Homicide Division)라고 부르는 강도 및 살인 전담반이 엘리트 중에서도 엘리트라는 걸 알고 있었다.

"그럼 무슨 얘기를 하러 오신 건가요?" 내가 말했다. "강도인가요, 살인인가요?"

"들어가서 얘기하시죠." 맷슨이 말했다.

나는 우리 집 현관문에 이르렀다. 형사가 대답하지 않는 걸 보니 답은 살인에 가까운 듯했다. 나는 손에 열쇠를 쥐고 있었다. 자물쇠를 열기 전 나는 돌아서서 등 뒤에 서 있던 두 남자를 바라봤다.

"형이 살인사건 전담반 형사였습니다." 내가 말했다.

"그래요?" 맷슨이 말했다.

"LA 경찰이었습니까?" 사카이가 물었다. 그게 사카이가 처음으로 한 말이었다.

"아뇨." 내가 말했다. "덴버였습니다."

"잘된 일이군요." 맷슨이 말했다. "퇴직했습니까?"

"그런 건 아니고요." 내가 말했다. "순직했습니다."

"유감입니다." 맷슨이 말했다.

나는 고개를 끄덕이고 돌아서서 자물쇠를 열었다. 갑자기 형 얘기를 왜 한 건지는 알 수 없었다. 보통은 남에게 하지 않는 이야기였다. 물론 내 책을 읽은 사람들은 이 정보를 알고 있었지만 나는 일상적인 대화에서 형 이야기를 꺼내지 않았다. 전생처럼 멀게 느껴지는 과거에 벌어진 일이었다.

나는 문을 열었고 우리는 안으로 들어갔다. 내가 불을 켰다. 나는 아파트 단지에서 가장 작은 집에 살았다. 1층은 개방식 구조로, 거실이 작은 식사 공간과 그 너머의 주방으로 이어져 있었다. 주방은 오직 싱크대가 달린 카운터로만 구분됐다. 오른쪽 벽을 따라 내가 침실로 쓰는 다락으로 이어지는 계단이 있었고 그 위에는 샤워기와 욕조가 갖춰진 욕실이 있었다. 계단 아래층에는 세면대와 변기만 있는 화장실이 있었다. 다 합쳐서 93제곱미터가 못 됐다. 깔끔하고 정돈돼 있었지만 단지 가구가 거의 없고 개인적 손길이 닿은 흔적도 거의 없었다. 나는 식탁을 작업 공간으로 바꿔놓았다. 식탁 한쪽 끝에 프린터가 놓여 있었다. 다음 책을 쓸 모든 준비가 돼 있었다. 이 집에 이사 오면서부터 늘 그랬다.

"집이 좋네요. 여기 오래 사셨습니까?" 맷슨이 물었다.

"1년 반쯤 됐죠." 내가 말했다. "무슨 일인지 여쭤봐도…….

"저쪽 소파에 앉으실까요?"

맷슨이 소파를 가리켰다. 내가 절대로 쓰지 않는 가스 벽난로 위, 벽에 걸린 평면 스크린을 바라보도록 놓인 소파였다.

커피 테이블 맞은편에 의자 두 개가 있었지만 소파와 마찬가지로 그 의자도 전에 살던 집에서 수십 년 동안 써서 닳아빠진 낡은 것이었다. 줄어든 재산이 집에도, 내 교통수단에도 반영됐다.

맷슨은 의자 두 개를 보더니 더 깨끗해 보이는 의자를 골라 앉았다. 사카이는 금욕주의자인지 서 있었다.

"그래서, 잭." 맷슨이 말했다. "우린 살인사건을 수사 중입니다. 그런데 수사 중에 당신 이름이 나왔어요. 그래서 온 겁니다. 우린…….

"누가 죽었죠?" 내가 물었다.

"크리스티나 포트레로라는 여자입니다. 아는 사람인가요?"

나는 고속으로 그 이름을 모든 회로에 돌려봤지만 결과는 없었다.

"아뇨, 모르는 사람 같은데요. 어쩌다 제 이름이…….

"대부분 티나라는 이름을 썼습니다. 도움이 되나요?"

한 번 더 회로를 돌렸다. 일치하는 이름이 있었다. 살인사건 전담반 형사 두 명이 말한 전체 이름을 들으니 너무 긴장돼 내 머릿속에 처음 떠오른 생각을 지워버린 것이다.

"아, 잠깐만요. 네. 티나는 압니다. 티나 포트레로요."

"방금 모른다고 하셨는데요."

"알아요. 그냥, 아시잖습니까. 뜬금없이 말하니까 연결이 안 됐어요. 어쨌든 압니다. 한 번 만난 게 다지만요."

맷슨은 대답하지 않았다. 그는 돌아서서 파트너에게 고개를 끄덕였다. 사카이가 앞으로 나와 내게 휴대전화를 내밀었다. 화면에는 검은 머리에 그보다 검은 눈을 가진 여자가 포즈를 잡고 찍은 사진이 떠 있었다. 짙게 태닝을 했고 나이는 30대 중반으로 보였다. 하지만 나는 그녀가 40대 중반에 더 가깝다는 걸 알고 있었다. 나는 고개를 끄덕였다.

"맞습니다." 내가 말했다.

"잘됐네요." 맷슨이 말했다. "어떻게 만나셨습니까?"

"여기, 저쪽 거리에서요. 거기에 미스트럴이라는 레스토랑이 있습니다. 저는 할리우드에 살다 여기로 이사 와서 딱히 아는 사람이 없었어요. 동네를 알아가려는 중이었죠. 그래서 가끔 그 레스토랑에 술을 마시러 갔습니다. 운전 걱정을 안 해도 되니까요. 거기서 만났어요."

"그게 언젭니까?"

"정확한 날짜를 짚을 수는 없지만 여기로 이사 오고 나서 6개월쯤 뒤인 것 같습니다. 그러니까 한 1년쯤 전이네요. 아마 금요일 밤이었을 거예요. 보통 그때 갔거든요."

"티나와 성관계를 가졌습니까?"

예상했어야 하는 질문이지만 의외로 충격적이었다.

"형사님이 신경 쓰실 일은 아니죠." 내가 말했다. "1년 전 일인데요."

"그런 적이 있다는 뜻으로 받아들이겠습니다." 맷슨이 말했다. "이리로 돌아오셨나요?"

나는 맷슨과 사카이가 티나 포트레로의 살인 정황에 대해 나보다 많이 알고 있는 게 분명하다는 걸 알았다. 1년 전 우리 사이에 무슨 일이 일어났는지에 관한 질문이 형사들에게 지나치게 중요해 보였다.

"말도 안 되는군요." 내가 말했다. "난 그 여자와 딱 한 번 함께 있었습니다. 그 이후로는 아무 일도 없었고요. 왜 내게 이런 질문을 하시는 거죠?"

"그야 우리가 티나의 살인사건을 수사하고 있으니까요." 맷슨이 말했다. "티나와 티나의 활동에 관해 최대한 많은 걸 알아야 합니다. 얼마나 오래전 일인지는 중요하지 않습니다. 그러니 다시 묻죠. 티나 포트레로가 이 아파트에 들어온 적이 있습니까?"

나는 항복한다는 뜻으로 두 손을 번쩍 들었다.

"네." 내가 말했다. "1년 전에요."

"자고 갔습니까?" 맷슨이 물었다.

"아뇨, 두어 시간 머물다가 우버를 타고 갔습니다."

맷슨은 후속 질문을 곧바로 던지지 않고 오랫동안 나를 살펴봤다. 어떻게 진행해야 할지 생각하는 듯했다.

"티나의 소지품이 하나라도 이 아파트에 있을까요?" 그가 물었다.

"아뇨." 내가 말했다. "무슨 소지품이요?"

맷슨은 내 질문에 질문으로 대꾸했다.

"지난주 수요일 밤에 어디 계셨습니까?"

"장난합니까?"

"아뇨, 장난 아닙니다."

"수요일 밤 몇 시요?"

"10시와 자정 사이라고 해두죠."

그 시간대의 시작인 오후 10시에 내가 사람들을 벗겨 먹는 방법에 관한 아서 해서웨이의 세미나에 참여하고 있었다는 건 확실했다. 하지만 그게 사기꾼을 위한 세미나이므로 존재하지 않는 것이나 마찬가지라는 점도 확실했다. 이 형사들이 내 알리바이의 그 부분을 확인하려 든다면 세미나가 존재한다는 사실조차 확인하지 못하거나 내가 그곳에 있었다는 걸 확인해줄 사람을 찾지 못할 터였다. 내가 그곳에 갔다는 걸 확인해주는 건 사기꾼 세미나에 참석했다는 걸 인정한다는 뜻이니까. 그런 일을 하고 싶어 할 사람은 아무도 없었다. 특히 내가 방금 제출한 기사가 간행된 다음이라면.

"어, 10시에서 10시 20분 사이에는 내 차에 타고 있었고, 그 이후로는 여기 있었습니다."

"혼자서요?"

"네. 저기, 이건 말도 안 되는 일입니다. 난 티나와 1년 전에 딱 하룻밤 같이 있었어요. 우리 둘 다 연락을 주고받지 않았고요. 우리 둘 다 관계를 계속할 생각이 없었거든요. 아시겠습니까?"

"확실합니까? 둘 다 그랬다고요?"

"확실합니다. 저는 티나에게 전화한 적이 없고 티나도 제게 전화한 적이 없습니다. 미스트럴에서도 다시 티나를 보지 못했고요."

"그래서 기분이 어떠셨습니까?"

나는 불안하게 웃었다.

"뭐가 기분이 어땠냐는 겁니까?"

"티나가 다시 전화하지 않아서 말입니다."

"내가 방금 한 말 못 들었습니까? 나도 전화하지 않았고 티나도 전화하지 않았다니까요. 둘 다 마찬가지였다고요. 그냥 안 될 관계였습니다."

"그날 밤 티나는 취해 있었습니까?"

"취한 건 아니었습니다. 미스트럴에서 술을 두어 잔 마시긴 했죠. 내가 술값을 계산했습니다."

"여기로 돌아와서는요? 술을 좀 더 마셨습니까, 바로 다락으로 올라갔습니까?"

맷슨이 위층을 가리켰다.

"여기서 더 마시지는 않았습니다." 내가 말했다.

"모든 게 합의된 상태였고요?" 맷슨이 말했다.

나는 자리에서 일어섰다. 더는 참을 수 없었다.

"저기요. 질문에는 답했습니다." 내가 말했다. "시간을 허비하시네요."

"그런지 아닌지는 우리가 판단합니다." 맷슨이 말했다. "거의 끝났습니다. 다시 앉아주시면 고맙겠는데요, 매키보이 씨."

그는 또 내 성을 잘못 발음했다. 아마 일부러 그랬을 것이다.

나는 다시 앉았다.

"난 기자예요. 알겠습니까?" 내가 말했다. "범죄를 다뤄왔습니다. 살인자들에 대한 책을 써왔어요. 당신들이 뭘 하려는 건지 압니다. 허를 찔러서 내가 뭔가 인정하게 하려는 거죠. 하지만 그런 일은 없을 겁니다. 이번 일에 관해서 난 아무것도 모르니까요. 그러니까, 부탁인데……."

"당신이 누군지는 우리도 압니다." 맷슨이 말했다. "우리가 누구를 상대하는 건지도 모르고 여기 왔을 거라고 생각합니까? 당신은 〈벨벳 코핀〉에서 일하던 그 사람이죠. 그냥 말해두는 겁니다만, 난 로드니 플레처와 협업한 적이 있습니다. 플레처는 내 친구였어요. 플레처에게 일어난 일은 쓰레기 같은 거였습니다."

나왔다. 나무 수액처럼 맷슨에게서 뚝뚝 떨어지는 악의의 이유.

"〈벨벳 코핀〉은 4년 전에 폐간됐습니다." 내가 말했다. "대체로 플레처에 관한 기사 때문이었죠. 그 기사는 100퍼센트 정확했고요. 플레처가 그런 일을 하리라는 걸 알 방법은 없었습니다. 아무튼, 난 지금 다른 곳에 취직해 소비자 보호에 관한 기사를 쓰고 있습니다. 경찰한테는 관심 없습니다."

"잘됐군요. 티나 포트레로 이야기로 돌아가도 되겠습니까?"

"돌아갈 게 없는데요."

"나이가 어떻게 되시죠?"

"이미 아실 겁니다. 그리고 내 나이가 대체 무슨 상관입니까?"

"좀 나이가 많아 보여서요. 티나한테는."

"티나는 매력적인 여자였고, 생김새나 자기가 말한 것에 비해 나이가 많았습니다. 그날 밤 만났을 때는 자기가 서른아홉 살이라고 했어요."

"하지만 그게 중요한 점이잖아요? 생김새보다 나이가 많았다는 점 말입니다. 50대인 당신이 30대라고 생각한 여자에게 들이댄 겁니다. 내 생각엔 좀 소름 끼칩니다만."

난 부끄럽고 화가 나 얼굴이 붉어지는 걸 느꼈다.

"난 티나에게 '들이대지' 않았습니다." 내가 말했다. "티나가 코스모폴리탄 잔을 들고 바의 옆자리에 있던 나한테 왔어요. 그렇게 시작된 겁니다."

"잘됐네요." 맷슨이 비꼬듯 말했다. "그런 관심에 자존감이 우뚝 섰겠어요. 그럼 수요일 이야기로 돌아가 봅시다. 그날 밤, 차를 타고 20분

동안 운전해 집으로 갔다고 했는데요. 그전에 어디 있었던 겁니까?"

"업무상 모임이었습니다." 내가 말했다.

"필요 시 우리가 물어보면 그 진술을 확인해줄 수 있는 사람이 있습니까?"

"꼭 필요하다면요. 하지만⋯⋯."

"좋습니다. 그럼 당신과 티나 얘기를 다시 해주세요."

나는 맷슨이 무슨 수작을 부리는 건지 알았다. 이것저것 정신없이 질문을 던지며 내 허점을 노리는 것이다. 나는 두 군데의 서로 다른 언론사와 〈벨벳 코핀〉에서 일하며 거의 20년 동안 경찰을 다뤄왔다. 어떤 식으로 일이 진행되는지 알았다. 이야기를 반복해서 말할 때 약간이라도 일치하지 않는 점이 있다면 경찰은 필요한 걸 손에 넣게 될 것이다.

"아뇨, 이미 전부 다 말했습니다. 더 많은 걸 원한다면 먼저 정보를 주셔야죠."

형사들은 입을 다물었다. 거래를 받아들일지 생각해보는 듯했다. 나는 머릿속에 떠오른 첫 번째 질문을 가지고 뛰어들었다.

"티나는 어떻게 죽은 겁니까?" 내가 물었다.

"목이 부러졌습니다." 맷슨이 말했다.

"고리뒤통수 관절 탈구입니다." 사카이가 말했다.

"그게 대체 무슨 말입니까?" 내가 물었다.

"몸 안쪽에서 목이 잘렸다는 뜻입니다." 맷슨이 말했다. "누군가가 티나의 목을 180도 비틀었습니다. 죽기 좋은 방법은 아니죠."

가슴속에서 깊은 압박감이 샘솟는 게 느껴졌다. 나는 티나 포트레로와 하룻밤을 함께했을 뿐 그 이상은 그녀에 대해 아무것도 몰랐다. 그러나 그토록 끔찍한 방식으로 살해당한 그녀의 모습을, 사카이가 보여준 사진 때문에 새로 떠오른 그 모습을 머릿속에서 몰아낼 수가 없었다.

"〈엑소시스트〉랑 비슷했습니다." 맷슨이 말했다. "그 영화 기억하세요? 악령이 들린 소녀의 머리가 빙글빙글 돌아가는."

그 말은 내 기분에 도움이 되지 않았다.

"어디서 일어난 일이죠?" 나는 그 모습에서 생각을 돌리려고 물었다.

"집주인이 샤워실에서 피해자를 발견했습니다." 맷슨이 말을 이었다. "티나의 몸이 하수구를 막고 있어서 물이 넘치는 바람에 집주인이 확인하러 왔거든요. 집주인은 물이 계속 틀어져 있는 상태에서 티나를 발견했습니다. 미끄러져 넘어진 것처럼 보이도록 위장한 것이지만, 우린 바보가 아니니까요. 샤워실에서 미끄러진다고 해서 목이 부러지지는 않습니다. 그런 식으로는 말이죠."

나는 그게 과연 알아둘 만한 정보라고 생각하는 사람처럼 고개를 끄덕였다.

"네, 그런데요." 내가 말했다. "난 이 일과 아무 상관이 없습니다. 수사에도 도움을 줄 수 없고요. 그러니 다른 질문이 없다면, 난……."

"다른 질문이 있습니다, 잭." 맷슨이 엄하게 말했다. "수사는 이제 겨우 시작이거든요."

"그럼 뭡니까? 나한테서 뭘 더 알고 싶은 거예요?"

"기자이기도 하고, 어쩌고저쩌고하니까 '디지털 스토킹'이 뭔지는 알죠?"

"소셜 미디어로 사람을 추적하는 거요?"

"질문은 내가 합니다. 당신은 대답해야죠."

"그럼 더 구체적으로 말해야죠."

"티나가 친한 친구한테 디지털 스토킹을 당하고 있다고 말했습니다. 친구가 그게 무슨 뜻이냐고 물어보니, 바에서 만난 남자가 자기에 대해 알아서는 안 되는 정보를 알고 있다고 했다는군요. 자기한테 말을 걸기도 전에 자기에 관한 모든 걸 알고 있는 것 같았답니다."

"난 1년 전에 바에서 티나를 만났습니다. 이 모든 일이……. 잠깐만요. 대체 여긴 어떻게 알고 날 찾아온 겁니까?"

"티나에게 당신 이름이 있었습니다. 연락처에요. 또 침대 옆 탁자에 당신 책도 놔두었더군요."

티나를 만난 날 밤에 내 책 이야기를 했었는지 기억나지 않았다. 하지만 우리가 결국 내 아파트에 오게 됐으니 내가 말을 했을 가능성이 컸다.

"그걸 근거로 여기까지 와서 날 용의자 취급하는 겁니까?"

"진정해요, 잭. 우리가 어떻게 일하는지 알잖아요. 철저히 수사하는 것뿐입니다. 그러니 스토킹 얘기로 돌아가죠. 그냥 말하는 겁니다만, 티나를 스토킹했다는 사람이 당신입니까?"

"아뇨, 난 아닙니다."

"다행이네요. 자, 일단은 마지막 질문입니다. DNA 분석을 위해 자발적으로 타액 표본을 제공하겠습니까?"

나는 이 질문에 놀랐다. 망설여졌다. 법이니 권리니 하는 생각이 불쑥 솟구쳤다. 그 바람에 내가 아무 범죄를 저지르지 않았으므로 정액

페어워닝

에서 피부 잔여물에 이르기까지 내 DNA가 어떤 형태로든 지난주 수요일의 범죄 현장에서 나올 리 없다는 사실은 완전히 건너뛰고 말았다.

"티나가 강간당한 겁니까?" 내가 물었다. "이젠 나한테 강간 혐의까지 씌워요?"

"진정합시다, 잭." 맷슨이 말했다. "강간 흔적은 없지만 용의자의 DNA가 좀 나왔다고만 해두죠."

나는 내 DNA가 수사망에서 벗어날 가장 빠른 방법이라는 걸 깨달았다.

"뭐, 난 범인이 아닙니다. 그럼 타액은 언제 채취할 겁니까?"

"지금은 어떤가요?"

맷슨이 파트너를 바라봤다. 사카이가 정장 재킷에 손을 넣더니 빨간 마개가 달린 15센티미터 정도의 시험관 두 개를 꺼냈다. 시험관에는 끝부분이 긴 면봉이 하나씩 들어 있었다. 나는 그때 이 둘이 방문한 유일한 이유가 내 DNA를 채취하기 위해서일 가능성이 크다는 걸 알았다. 형사들에게는 살인자의 DNA가 있었다. 그들도 내가 살인사건에 연루됐는지 판단할 가장 빠른 방법이 DNA라는 걸 알고 있었다.

나야 좋았다. 형사들은 결과를 보고 실망하게 될 것이다.

"하죠." 내가 말했다.

"좋습니다." 맷슨이 말했다. "도움이 될 만한 일이 한 가지 더 있는데요."

이럴 줄 알았어야 했는데. 문을 한 뼘만 열어주면 이들은 끝까지 들어온다.

"뭡니까?" 내가 조바심을 내며 말했다.

"셔츠 좀 벗어주시겠습니까?" 맷슨이 말했다. "팔과 몸을 좀 확인하게 말입니다."

"대체 왜……."

나는 말을 멈췄다. 나는 맷슨이 뭘 원하는지 알았다. 맷슨은 내게 격투로 인한 찰과상 등의 상처가 있는지 확인하고 싶은 것이다. 증거 DNA는 아마 티나 포트레로의 손톱에서 나왔을 것이다. 티나는 맞서 싸웠고 살인자의 일부를 손에 넣었다.

나는 셔츠 단추를 풀기 시작했다.

3

나는 형사들이 떠나자마자 배낭에서 노트북을 꺼내 인터넷에 접속한 뒤 크리스티나 포트레로라는 이름을 검색했다. 검색 결과는 두 건으로 둘 다 〈타임스〉 사이트에 뜬 것이었다. 첫 번째는 카운티에서 벌어지는 모든 살인사건을 기록한 신문사의 블로그에 단순히 언급된 경우였다. 이 보도는 사건 초기에 작성된 것이었다. 여기에는 포트레로가 출근도 하지 않고 전화나 소셜 미디어 메시지에도 응답하지 않자 집주인이 안부를 확인하러 갔는데, 그때 티나가 아파트에서 죽은 채로 발견됐다는 사실 말고는 자세한 내용이 거의 담겨 있지 않았다. 기사에는 범죄가 의심되지만 사인이 아직 판정되지 않았다고 적혀 있었다.

나는 전부터 이 블로그의 글들을 세심하게 읽어왔다. 이제는 내가 이 기사를 읽은 적이 있으나 크리스티나 포트레로라는 이름을 1년 전 어느 날 밤에 만난 티나 포트레로로 인식하지 못한 채 쓱 훑어 읽었다는 걸 깨달았다. 내가 아는 여자라는 걸 알았더라면 무슨 조치를 했을까 궁금했다. 경찰에 전화를 걸어 내 경험을, 티나가 최소 한 번은 혼자서 바에 가 나를 원나잇 상대로 골랐다는 정보를 알려줬을까?

두 번째 검색 결과는 〈타임스〉에 실린 보다 자세한 기사였다. 거기에 사카이 형사가 내게 보여준 사진이 실려 있었다. 검은 머리, 검은 눈, 실제 나이보다 젊어 보이는 외모. 나는 이 기사를 전혀 보지 못했다. 봤다면 사진을 알아봤을 것이다. 이 기사에는 포트레로가 셰인 셔

저라는 영화 제작자의 개인 조수로 일해왔다고 적혀 있었다. 나는 이 점이 흥미롭다고 생각했다. 1년 전 만났을 때 포트레로는 영화 업계에서 다른 일을 하고 있었기 때문이다. 그녀는 할리우드의 다양한 제작자와 에이전트를 대신해 대본과 책을 "리뷰"해주는 프리랜서 독자였다. 나는 티나가 의뢰인들에게 투고된 자료에 영화나 TV 프로그램으로 개발될 가능성이 있는지 살펴보는 일을 한다고 설명했던 게 기억났다. 그녀는 대본과 도서를 읽고 요약하고 정해진 양식에 따라 코미디, 드라마, 청소년, 역사, 범죄물 등등 해당 프로젝트의 종류를 표시했다.

티나는 모든 보고서를 예비 프로젝트에 대한 개인적 의견으로 마무리 지었다. 강력하게 추천하거나 고객사의 고위직이 더 자세히 살펴볼 것을 권하는 식이었다. 내 기억에, 티나는 이런 일을 하려면 파라마운트, 워너브라더스, 유니버설 등 시내의 주요 스튜디오에 위치한 제작사에 종종 들러야 한다고 했었다. 때로 유명 영화배우가 사무실, 무대, 매점 사이의 탁 트인 공간을 걸어 다니는 모습이 보여서 매우 흥미진진하다는 말도 덧붙였다.

〈타임스〉기사에는 포트레로의 가장 친한 친구라는 리사 힐의 말이 인용돼 있었다. 리사 힐은 기자에게 티나가 활발한 사회생활을 했으며 최근 중독 문제를 극복했다고 말했다. 힐은 중독 문제가 구체적으로 무엇인지 말하지 않았다. 아마 그에 관한 질문조차 받지 않았을 것이다. 그 문제는 누가 목을 180도 비트는 방법으로 포트레로를 죽였느냐는 문제와 거의 상관이 없어 보였으니까.

〈타임스〉의 두 기사 모두 정확한 사인은 언급하지 않았다. 두 번째의 자세한 기사에는 포트레로의 목이 부러졌다는 언급만 있었다. 아마

〈타임스〉의 편집자들이 더 자세한 정보를 기사에 싣지 않기로 했거나 경찰로부터 그 정보를 듣지 못했을 것이다. 두 기사 모두 범죄에 대한 정보의 출처는 일반적인 "경찰"로만 밝히고 있었다. 맷슨 형사의 이름도, 사카이 형사의 이름도 언급되지 않았다.

나는 두어 번 시도한 뒤에야 '고리뒤통수 관절 탈구'라는 말을 정확하게 써서 구글로 검색할 수 있었다. 검색 결과가 몇 개 나왔는데, 대부분은 이런 현상이 보통 고속 충돌과 관련된 외상성 교통사고에서 발견된다고 설명한 의학 관련 사이트였다.

위키피디아의 인용문이 가장 잘 요약돼 있었다.

고리뒤통수 관절 탈구(Atlanto-occipital dislocation, AOD), 일명 정형외과적 참수 혹은 체내 참수는 인대가 끊어져 두개골 하단부에서 척추가 분리되는 현상을 말한다. 인간은 이런 부상을 입고도 생존할 수 있다. 단, 부상을 입고도 즉사하지 않을 확률은 30퍼센트에 불과하다. 이런 부상의 일반적인 병인은 편타성 상해 외력에 의해 머리가 심하게 흔들렸을 때 목등뼈 및 주위 조직이 손상되는 증상 와 비슷한 메커니즘이다. 자동차가 급격히 감속하면서 몸에 충격이 가해지는 경우가 이에 해당한다.

이 설명에서 *메커니즘*이라는 단어가 머릿속을 맴돌기 시작했다. 힘이 세거나 일종의 도구를 가지고 있던 누군가가 티나 포트레로의 목을 강하게 비틀었다. 이제는 그녀의 머리나 몸에 도구가 사용됐다는 흔적이 있었는지 궁금해졌다.

구글 검색을 해보니 자동차 사고로 인한 사망 사건의 원인으로

AOD가 언급된 경우가 몇 건 있었다. 한 건은 애틀랜타에서, 한 건은 댈러스에서 일어난 사고였다. 최근 사고는 시애틀에서 일어났다. 모든 사건이 교통사고와 연관된 것으로 보였다. AOD가 살인사건의 사인으로 언급된 경우는 없었다.

깊이 탐사해봐야 했다. 〈벨벳 코핀〉에서 일하던 때에, 나는 세계 법의학 대회에 관한 기사를 할당받았다. 법의학자들이 로스앤젤레스 시내에 집합했는데, 당시의 편집자는 내가 이런 행사에 관해 법의학자들이 하는 말을 특집 기사로 나루기를 바랐다. 내게 이 기사를 할당한 편집자는 전쟁 이야기와 날이면 날마다 죽음과 시체를 다루는 사람들이 선보이는 엽기적인 농담을 원했다. 나는 그 기사를 쓰던 중 법의학자들이 특이한 사망 사건을 맞닥뜨렸을 때 다른 법의학자들의 의견을 구하기 위해 주로 사용하는 웹사이트를 알게 됐다.

사이트 주소는 causesofdeath.net causes of death, 사인(死因)이라는 뜻 였으며 암호가 걸려 있었다. 다만 전 세계 법의학자들이 모두 이용할 수 있는 사이트인 만큼 행사 때 배포된 자료 중 상당수에 암호가 언급돼 있었다. 나는 행사에 참석한 뒤로 몇 년 동안 그냥 이것저것 살펴보고 토론 게시판의 현재 관심사는 무엇인지 알아보고자 그 사이트에 몇 차례 방문했다. 단, 아직 게시물을 올린 적은 한 번도 없었다. 나는 법의학자 행세를 하지 않되 내가 법의학자가 아니라는 말을 정확히 하지도 않는 방식으로 단어를 골라 게시물을 작성했다.

안녕하세요. LA에서 고리뒤통수 관절 탈구로 인한 살인사건이 발생했습니다. 피해자는 여성, YOA 44입니다. 살인사건에서 AOD를 보신 분 있나요? 병인, 공구흔, 피부 흔적 등을 찾고 있습니다. 모든 도움을 환영합니다. 모두 다음 IAME 행사에서 봤으면 좋겠군요. IAME가 여기, 천사들의 도시 로스앤젤레스를 말한다 에서 열린 이후로는 한 번도 참석하지 못했습니다. 그럼 이만. @MELA

내 게시물에 사용된 약자는 전문성을 암시했다. YOA는 나이(years of age)라는 뜻이었고, AOD는 고리뒤통수 관절 탈구의 준말이었다. 세계 법의학 대회를 언급한 것도 타당했다. 나도 그 행사에 참석했으니까. 동시에, 이런 언급은 게시물을 읽는 사람들이 나를 현직 법의학자라고 생각하게 만드는 데 도움이 될 터였다. 나는 이런 행동이 아슬아슬하게 윤리적인 문제를 건드린다는 걸 알았다. 하지만 이번 일에서 나는 기자로서 활동하는 게 아니었다. 최소한 아직은. 나는 이해 당사자였다. 경찰은 내가 용의자라고 말한 것이나 다름없었다. 그들은 나를 찾아와 내 DNA를 수집했고, 내 팔과 상체를 살폈다. 내게는 정보가 필요했다. 그리고 이 게시물은 정보를 얻는 한 가지 수단이었다. 눈을 가린 채 총을 쏘는 것이나 마찬가지였지만 해볼 만한 가치는 있었다. 하루이틀쯤 뒤에 사이트에 돌아와 답이 달렸는지 확인해볼 생각이었다.

할 일 목록의 다음 항목은 리사 힐이었다. 그녀는 〈타임스〉 기사에 포트레로의 가까운 친구로 언급됐다. 나는 리사 힐의 일을 처리하기 위해 잠재적 용의자에서 기자로 입장을 바꾸었다. 리사 힐의 전화번호를 찾아보려고 기자다운 노력을 기울였으나 아무 결과도 나오지 않자 리사 힐이라 예상되는 사람의 페이스북 페이지를 통해 개인 메시지를 보냈다. 그 페이스북 계정은 휴면 상태로 보였다. 그런 다음에는 리사 힐의 인스타그램 계정에도 메시지를 보냈다.

안녕하세요. 저는 티나 포트레로 사건을 조사하는 기자입니다. 〈타임
스〉 기사에서 선생님 성함을 보았는데요. 삼가 고인의 명복을 빕니다. 이
야기를 나누고 싶습니다. 친구분에 관해 들려주실 수 있을까요?

나는 각각의 메시지에 내 이름과 전화번호를 넣었지만 리사 힐이 소
셜 미디어 플랫폼을 통해 내게 연락을 취할 수 있다는 것도 알고 있었
다. IAME 게시판에 남긴 메시지와 마찬가지로 이것도 기다려야 할 문
제였다.

나는 탐색을 그만두기 전에 내가 던진 미끼에 걸려든 고기가 있는지
causesofdeath.net을 확인해봤다. 아무것도 없었다. 그런 다음 나는
다시 구글로 돌아가 디지털 스토킹에 대해 읽기 시작했다(*사이버 스토
킹*이라는 단어가 보다 흔하게 쓰였다). 그 내용은 대부분 맷슨의 설명과
일치하지 않았다. 사이버 스토킹은 대체로 피해자가 간접적으로라도
아는 사람에게 괴롭힘을 당하는 사건이었다. 하지만 맷슨은 티나 포트
레로가 친구에게 자신에 관해 알아서는 안 될 정보를 알고 있는 것처
럼 보이는 웬 남자를 바에서 만났다고 불평했다는 말을 구체적으로 했
다. 그 친구가 리사 힐일 가능성이 가장 컸다.

나는 이 점을 염두에 두고 티나 포트레로에 관해 최대한 많은 것을
알아내기 시작했다. 그녀의 경계심을 자극한 수수께끼의 남자보다 내
가 유리할지 모른다는 점은 빠르게 분명해졌다. 나는 평소처럼 소셜
미디어 앱 체크리스트를 따라 내려가다가, 내가 이미 티나와 페이스북

친구이며 인스타그램에서도 그녀를 팔로우하고 있다는 걸 떠올렸다. 우리는 서로 만난 그날 밤에 연락처를 교환했다. 우리는 처음 만남 이후로 두 번째 데이트가 이뤄지지 않았을 때도 굳이 친구를 취소하거나 서로를 차단하지 않았다. 그게 허영심이었다는 점은 인정해야겠다. 모두 연락처를 불리고 싶어 하지 줄이고 싶어 하지는 않으니까.

티나의 페이스북 페이지는 그리 활성화돼 있지 않았다. 대체로 가족과 연락하기 위해 사용되는 듯했다. 그녀가 나와 만났을 때 가족이 시카고 출신이라고 말했던 게 떠올랐다. 티나와 같은 성을 가진 사람들이 작년 한 해에 걸쳐 띄엄띄엄 남긴 포스팅 몇 개가 있었다. 일상적으로 올린 메시지와 사진도 있었다. 티나가 올리거나 누군가 티나에게 보낸 고양이와 개 동영상도 몇 건 있었다.

인스타그램을 살펴보니 티나는 이곳에서 훨씬 더 활발하게 활동한 듯했다. 그녀는 자신이 친구들과, 또는 혼자서 다양한 활동에 참여하는 사진을 일상적으로 올렸다. 많은 사진에는 사진 속 장소와 사람을 특정하는 글귀가 달려 있었다. 나는 몇 달 치 피드를 거슬러 올라갔다. 티나는 그 시기에 마우이에 한 차례, 라스베이거스에 두 차례 갔다. 다양한 남녀와 함께 있는 티나의 사진도, 클럽과 바, 하우스 파티에 참석한 그녀의 사진도 여러 장 있었다. 이런 사진들을 보면 그녀가 가장 좋아하는 술이 코스모폴리탄이라는 건 분명했다. 나는 우리가 만난 날, 미스트럴에서 바의 옆자리에 있던 내게로 다가왔을 때도 그녀가 손에 코스모폴리탄을 들고 있었다는 걸 떠올렸다.

한 가지는 인정할 수밖에 없었다. 티나가 죽었다는 걸 아는 지금도 그녀의 근황을 담은 사진들을 살피고 그 생활이 얼마나 충만하고 활력 있었는지 보자 부러움이 느껴졌다. 그녀와 비교하면 내 삶은 전혀 흥미롭지 않았다. 나는 다가오는 티나의 장례식에 대한 음울한 생각에 빠져들었다. 장례식에서는 티나의 친구를 비롯한 사람들이 한결같이 그녀가 인생을 누구보다 풍성하게 살았다고 말할 터였다. 나에 대해서는 그렇게 말할 수 없었다.

나는 불만족스러운 느낌을 떨치려 애썼다. 소셜 미디어가 진짜 인생을 반영하는 건 아니라고 나 자신을 타일렀다. 소셜 미디어는 과장된 인생이었다. 계속 읽어보니 진짜로 흥미가 생기는 유일한 포스팅은 4개월 전 티나가 동갑이거나 약간 나이가 많은 다른 여자와 함께 찍은 사진과 글이었다. 둘은 서로에게 팔을 두르고 있었다. 티나가 쓴 글귀는 "이제야 찾은 반쪽짜리 언니 테일러. 즐거움도 1.5배!!!!"였다.

포스팅만 봐서는 테일러가 연락이 끊겨 찾아내야만 했던 이복 자매인지, 전에는 모르던 사람인지 알 수 없었다. 분명한 건 두 여자가 확실히 친척처럼 보인다는 점이었다. 둘 다 이마와 광대가 높았고 눈과 머리카락이 검었다.

나는 인스타그램이나 페이스북에 테일러 포트레로가 있는지 찾아봤지만 결과는 나오지 않았다. 티나와 테일러가 이복 자매라면 성이 다른 듯했다.

소셜 미디어 조사가 끝나자 나는 완전한 기자 모드에 돌입해, 다양한 검색 엔진에 접속해 크리스티나 포트레로에 관한 다른 자료가 있는지 찾아봤다. 얼마 지나지 않아 소셜 미디어에서는 알려지지 않은 그녀의 면모를 찾을 수 있었다. 티나는 음주운전으로 체포된 기록이 있었고 규제 약물을 소지한 죄로 체포된 적도 있었다. 이때의 규제 약물은 MDMA. 더 흔하게 쓰이는 이름은 엑스터시 혹은 몰리로, 기분을 띄우는 효과가 있는 파티 약물이었다. 체포는 법원 명령에 따른 재활과 보호 관찰이라는 두 가지 흠으로 이어졌고, 티나는 이 명령을 완수함으로써 판사가 유죄 판결 기록을 말소하도록 했다. 두 건의 체포 모두 5년도 더 전에 발생한 사건이었다.

내가 계속 온라인에서 죽은 여자에 관한 자세한 정보를 더 찾고 있을 때 휴대전화가 진동하고 화면에 발신자 제한 번호가 떴다.

나는 전화를 받았다.

"리사 힐이에요."

"아, 그렇군요. 전화 주셔서 감사합니다."

"기사를 쓰고 싶으시다고요. 어디에 실으시는 거죠?"

"저는 〈페어워닝〉이라는 인터넷 신문사에서 일하고 있습니다. 들어보신 적은 없을지 모르지만 저희가 낸 기사가 종종 〈워싱턴 포스트〉나 〈로스앤젤레스 타임스〉 같은 신문에 뽑힙니다. NBC 뉴스와도 기사 우선 검토 계약을 맺고 있고요."

나는 리사 힐이 키보드를 치는 소리를 듣고 그녀가 사이트에 들어가 보고 있다는 걸 알았다. 리사 힐이 똑똑하며 잘 속는 사람이 아니라는 생각이 들었다. 잠시 침묵이 흘렀다. 아마 〈페어워닝〉 홈페이지를 살펴보는 것 같았다.

"여기 소속이세요?" 리사 힐이 마침내 말했다.

"네." 내가 말했다. "검은색 큰 글자로 **구성원**이라고 돼 있는 링크를 클릭하시면 저희 프로필이 뜹니다. 제가 마지막에 있는 사람이에요. 최근에 고용된."

안내해주는 동안에도 클릭 소리가 들렸다. 침묵이 더 이어졌다.

"몇 살이세요?" 리사 힐이 물었다. "당신보다 나이가 많은 사람은 사장밖에 없는 것 같은데요."

"편집장 말씀이시죠." 내가 말했다. "그게, 제가 〈로스앤젤레스 타임스〉에서 그분과 함께 일했거든요. 그분이 이 회사를 차린 이후 합류했습니다."

"회사는 여기, 로스앤젤레스에 있고요?"

"네. 본사가 여기입니다. 스튜디오 시티요."

"이해가 안 가네요. 왜 소비자를 위한다는 이런 사이트에서 티나가 살해당한 일에 관심을 갖는 거죠?"

준비해둔 질문이었다.

"제가 담당하는 분야 중에 사이버 보안 문제가 있거든요." 내가 말했다. "LA 경찰에 취재원이 있기도 하고요. 경찰은 제가 사이버 스토킹에 관심이 있다는 걸 알고 있어요. 그게 소비자 보안 영역과 연관되니까 말이죠. 그래서 티나 얘기를 듣게 된 겁니다. 이 사건에 관해서 맷슨과 사카이라는 형사들과 이야기해 봤는데, 형사들 말이 티나가 친구들에게 데이트를 했거나 만나본 어떤 남자가 자기를 디지털 스토킹하고 있다고 느낀다는 불평을 했다더군요. 디지털 스토킹이라는 건 형사들이 쓴 문구입니다."

"형사들이 제 이름을 알려줬어요?" 힐이 물었다.

"아뇨. 형사들은 증인의 이름을 대지 않았습니다. 제가……."

"난 증인이 아니에요. 아무것도 못 봤어요."

"죄송합니다. 그런 뜻이 아니었어요. 수사관의 입장에서는 사건에서 이야기를 나누는 모든 사람이 증인이거든요. 이 사건에 관한 직접적인 정보가 없으시다는 건 알고 있습니다. 저는 〈타임스〉 기사에서 당신 이름을 보고 연락한 거예요."

타자 치는 소리가 좀 더 들린 뒤 리사 힐이 대답했다. 〈페어워닝〉 직원 페이지 맨 위에 있으며 창업자이자 경영자로 등재된 마이런에게 이메일을 보내 나에 대해 더 확인해 보려는 건지 궁금했다.

"〈벨벳 코핀〉이라는 곳에서 일하셨어요?" 리사 힐이 물었다.

"네, 〈페어워닝〉에 들어가기 전에요." 내가 말했다. "지역 수사에 관해 보도했죠."

"63일간 수감된 전력이 있으시다고 뜨네요."

"취재원을 보호하느라고 그랬습니다. 연방 정부에서 취재원의 신원을 밝히라고 했지만 제가 응하지 않았습니다."

"그래서 어떻게 됐어요?"

"두 달이 지나자 취재원이 직접 나섰어요. 정부에서는 원하는 걸 얻었기에 저를 풀어줬고요."

"취재원은 어떻게 됐는데요?"

"저한테 정보를 흘렸다는 이유로 해고당했습니다."

"이런, 안됐네요."

"그러게 말입니다. 한 가지 여쭤봐도 될까요?"

"네."

"궁금해서요. 〈타임스〉에서는 당신을 어떻게 찾아낸 거죠?"

"제가 〈타임스〉 스포츠부에서 일하는 사람과 사귄 적이 있거든요. 그 사람이 제 인스타그램에 들어왔다가 티나가 죽은 이후에 올린 사진을 봤어요. 그러고는 기사를 쓴 기자한테 죽은 여자와 아는 사람을 자기가 안다고 말한 거예요."

때로는 그런 돌파구가 필요하다. 나도 경력을 쌓는 과정에 그런 경험이 여러 번 있었다.

"알겠습니다." 내가 말했다. "그럼 좀 여쭤봐도 될까요? 형사들에게 사이버 스토킹에 대해서 말한 사람이 당신입니까?"

"형사들이 저더러 최근 티나에게 뭐든 이상한 일이 있었는지 물어봤어요. 티나가 몇 달 전 바에서 어떤 개자식을 만났는데, 그놈이 티나에 대해서 너무 많은 걸 알고 있는 것처럼 보였다는 것 말고는 딱히 생각나는 게 없더라고요? 그 일로 티나가 좀 겁에 질렸어요."

"너무 많이 알다니, 어떻게요?"

"뭐, 티나가 얘기를 많이 해준 건 아니라서요. 그냥 바에서 어떤 남자를 만났는데, 티나 입장에서는 아무하고나 원나잇을 하는 상황이었는데도 꼭 함정에 빠진 것처럼 느껴졌다는 거예요. 둘이 술을 마시는데, 남자가 하는 말을 들으면 이미 티나가 누군지도 알고, 티나에 대한 다른 정보도 많이 아는 것 같았대요. 너무 소름 끼쳐서 당장 빠져나왔다더라고요."

나는 정보를 단계별로 추적하기가 어려워 조각조각 나누기로 했다.

"네. 그럼 둘이 만난 장소의 이름은 뭔가요?" 내가 물었다.

"잘 모르겠지만, 티나는 저 위 밸리에 있는 곳에 가는 걸 좋아했어요." 힐이 말했다. "벤투라에 있는 곳이요. 그 동네 남자들은 너무 들러붙지 않는다더군요. 티나의 나이 때문인 것도 같았고요."

"무슨 뜻인가요?"

　　　　　　　　　　　　　　페어워닝

"티나도 나이를 먹어갔으니까요. 할리우드, 웨스트 할리우드의 클럽에 있는 남자들은 다 티나보다 젊었어요. 그게 아니면 티나보다 젊은 여자들을 원했든지."

"그렇군요. 경찰한테 티나가 밸리를 더 좋아했다는 말도 했나요?"

"네."

나는 벤투라의 레스토랑 바에서 티나를 만났다. 맷슨과 사카이가 내게 관심을 가지는 이유가 이해되기 시작했다.

"티나는 선셋 스트립 근처에 살았죠?" 내가 물었다.

"네." 힐이 말했다. "바로 언덕 위에요. 스파고 근처였어요."

"그럼 차를 몰고 언덕을 넘어서 밸리로 갔던 건가요?"

"아뇨, 절대 그렇게는 안 했어요. 얼마 전에 음주운전으로 걸려서 외출할 때 운전하지 않았거든요. 우버나 리프트를 이용했죠."

나는 맷슨과 사카이가 티나의 우버와 리프트 이용 기록을 얻었을 거라고 생각했다. 그게 티나가 자주 드나드는 바를 찾고 그녀의 다른 동선을 파악하는 데 도움이 됐을 것이다.

"그럼, 다시 스토킹 얘기로 돌아와서요." 내가 말했다. "티나가 혼자서 그냥 클럽에 갔다가 어떤 남자를 만난 건가요, 아니면 데이트 앱 같은 걸로 미리 약속을 잡은 건가요?"

"그냥 혼자 간 거예요." 힐이 말했다. "가볍게 취하고 음악을 듣고, 어쩌면 남자를 만나려고 간 거죠. 그러다가 바에 있는 어떤 남자랑 우연히 만난 거예요. 티나 입장에서는 무작위로 만난 거였어요. 겉보기에는 그랬죠."

티나와 나 사이에 있었던 일이 그때 한 번만은 아니었던 것 같았다.

어쩌면 티나에게는 남자를 만나기 위해 혼자 바에 가는 습관이 있었는지도 모른다. 나는 여자에 대해 고리타분한 생각을 하지 않는다. 여자도 어디든 자유롭게 가서 뭐든 원하는 일을 하면 된다. 피해자가 당한 일에 책임이 있다고 생각하지도 않았다. 하지만 음주운전에, 과거에 약물을 소지한 전력도 있으니 이제는 티나가 위험을 무릅쓰는 사람이라는 시각을 갖게 됐다. 남자들이 덜 들러붙는 바에 간다는 것만으로 충분히 안전해지는 건 아니었다. 어느 모로 보나.

"그렇군요. 그렇게 둘이 바에서 만나서 이야기를 나누고 술을 마시기 시작했다는 거네요." 내가 말했다. "티나 입장에서는 한 번도 본 적 없는 사람이었고요?"

"맞아요." 힐이 말했다.

"남자가 한 말 중에 구체적으로 어떤 말에 소름이 끼쳤다던가요?"

"딱히 그런 얘긴 안 했어요. 그저, '날 알더라고. 날 알았어.'라고만 했죠. 남자가 무슨 말을 실수로 흘렸는데, 그냥 아무렇게나 한 말이 아닌 것 같았대요."

"클럽에 갔을 때 남자가 이미 있었는지, 아니면 나중에 왔는지 말하던가요?"

"말 안 했어요. 잠깐만요, 다른 전화가 와서."

리사 힐은 내 대답을 기다리지 않았다. 그녀는 다른 통화로 넘어갔고 나는 클럽에서의 사건을 생각하며 기다렸다. 다시 돌아온 힐의 말과 말투는 완전히 달라져 있었다. 화가 나서 거칠어진 상태였다.

"이 개자식. 이 쓰레기 같은 놈. 네가 그놈이구나."

"뭐라고요? 대체 무슨……."

"방금 전화한 사람이 맷슨 형사님이었어. 내가 메일을 보내 물어봤거든. 형사님은 네놈이 기사를 쓰는 게 아니니 조심하라고 하셨어. 네가 티나를 알고 있었어. 넌 티나를 알고 있었고. 지금은 네가 용의자잖아. 이 씨발 좆같은 새끼야."

"아니, 잠깐만요. 난 용의자가 아니고 기사를 쓰고 있어요. 네, 티나를 한 번 만난 건 사실입니다. 하지만 난 그 남자가……."

"씨발, 나한테 접근하지 마!"

리사 힐이 전화를 끊었다.

"제기랄!"

나는 명치를 얻어맞은 기분이었다. 내가 댄 핑계가 부끄러워 얼굴 전체가 후끈거렸다. 나는 리사 힐에게 거짓말했다. 이유조차 분명하지 않았다. 내가 무슨 짓을 한 건지도 잘 알 수 없었다. 형사들의 방문이 나를 토끼 굴에 밀어 넣었고 나는 내 동기를 확신할 수 없었다. 중요한 건 크리스티나 포트레로와 나일까, 아니면 내가 쓸지도 모르는 사건 기사일까?

크리스티나와 나는 원나잇으로 끝난 사이였다. 그날 밤 크리스티나는 차를 불러 떠났다. 나는 데이트를 한 번 더 하자고 했지만 티나가 거절했다.

"내 취향엔 당신이 너무 직선적인 것 같아." 그녀가 말했다.

"그게 무슨 말이야?" 내가 물었다.

"우린 안 될 거라는 말."

"왜?"

"개인적인 감정이 있어서 그러는 건 아니야. 그냥 당신이 내 스타일이 아닌 것 같아서. 오늘 밤은 좋았지만 장기적으로는."

"뭐, 그럼 당신 스타일은 뭔데?"

너무 형편없는 답이었다. 티나는 그냥 미소 지으며 차가 왔다고 말했다. 그녀는 문을 나섰고 나는 그녀를 다시 보지 못했다.

이제는 티나가 죽었고 나는 그 일을 가만히 내버려둘 수 없었다. 차고에서 두 형사가 내게 다가온 순간부터 내 인생은 어쩐지 바뀌어 버렸다. 나는 이제 토끼 굴에 들어와 있었고 이곳에서 내 앞에 가로놓인 것은 어둠과 골치 아픈 문제뿐이라는 게 느껴졌다. 하지만 이게 기삿거리라는 것도 느껴졌다. 좋은 기삿거리. 내 스타일의 기삿거리.

4년 전, 나는 기사로 모든 것을 잃었다. 일자리도, 내가 사랑하는 여자도. 내가 날려버렸다. 나는 내가 가진 가장 소중한 것을 돌보지 않았다. 나 자신과 기사를 다른 모든 것보다 앞세웠다. 내가 캄캄한 물속을 헤쳐 온 건 사실이다. 나는 한 차례 사람을 죽인 적도 있고 거의 살해당할 뻔한 적도 있다. 내가 감옥에 들어가게 된 건 내 직업과 그 직업의 원칙에 헌신했기 때문이며 마음속 깊은 곳에서는 그 여자가 나를 구하기 위해 스스로 희생하리라는 걸 알았기 때문이다. 그 모든 게 무너져 내렸을 때 내가 스스로 처방한 속죄의 방법은 모든 것을 내려놓고 나를 다른 방향으로 돌려놓는 것이었다. 나는 예전에 오랫동안 죽음이야말로 내 담당이라고 말해왔다. 크리스티나 포트레로가 나타난 지금, 나는 여전히 그렇다는 걸 알았다.

4

다음 날 아침 사무실에 들어가 보니 마이런이 기다리고 있었다. 우리가 일하는 뉴스룸은 평등주의적인 개방형 설계로 돼 있었다. 각각의 칸막이 자리가 한데 모여 있었다는 뜻이다. 편집장부터 가장 최근에 고용된 나를 비롯해 모두에게 동일한 크기의 작업 공간이 주어졌다. 우리의 데스크톱 컴퓨터에는 무소음 키보드가 연결돼 있었다. 어떤 날에는 누군가가 전화 업무를 보지 않는 한 사무실이 월요일의 교회처럼 조용했다. 전화 업무를 볼 때조차 사람들이 방해가 되지 않으려고 사무실 뒤쪽의 회의실로 들어가곤 했다. 내가 경력을 쌓던 초기에 일했던 뉴스룸과는 전혀 달랐다. 그곳에서는 키보드 딸각거리는 불협화음만으로도 집중력을 잃고 일을 멈춰야만 했다.

뉴스룸을 내다보는 창문이 달린 회의실은 방문 인터뷰와 직원회의를 위해서도 사용됐다. 마이런은 바로 그곳으로 나를 데려가 문을 닫았다. 우리는 타원형 탁자를 사이에 두고 마주 앉았다. 마이런은 "사기꾼의 왕"으로 보이는 인쇄물을 가져다가 탁자에 올려놓았다. 마이런은 구식이었다. 종이에 빨간펜으로 교정을 본 다음 우리 사무실 보조 직원인 탤리 갤빈에게 수정 사항을 기사에 디지털로 입력하라고 했다.

"내 제목이 마음에 들지 않았나 보네요." 내가 말했다.

"그래. 표제는 인물이 아니라 소비자가 기사에서 얻는 의미여야 해. 그 인물이 착한 놈인지 나쁜 놈인지, 비극적인 인물인지 용기를 주는 인물인지는 상관없어." 마이런이 말했다. "그런데 지금 얘기하려는 건 표제가 아니야."

"그럼 뭔데요? 기사도 마음에 안 들어요?"

"기사는 괜찮아. 괜찮은 것 이상이야. 자네가 쓴 기사 중 최고에 들어. 내가 하고 싶은 얘기는 어제 받은 이메일에 관한 거야. 민원이 들어왔어."

나는 불안하게 웃었다. 본능적으로 그게 무슨 일인지 알았지만 아무것도 모르는 척했다.

"무슨 민원이요?"

"리사 힐이라는 여자가 그러던데. *자네가* 어떤 살인사건의 용의자가 되어서, 기자 행세를 하며 그 사건에 관해 인터뷰를 하려 했다고. 보통 때라면 이메일을 지우거나 다른 미친 소리들과 함께 벽에 붙여놨겠지."

휴게실에는 우리가 낸 기사를 본 사람들의 가장 터무니없고 기괴한 반응을 붙여놓는 코르크 보드가 있었다. 소비자에 대한 위험의 배후에 있다고 기사를 낸 회사나 사람들이 보낸 것이었다. 그 게시판의 이름은 오욕의 벽이었다.

"그런데." 마이런이 말했다. "오늘 아침에 LA 경찰한테서 먼저 전화가 왔어. 그 여자가 이메일에 썼던 내용을 뒷받침할 만한 전화였지. 이젠 LA 경찰까지 민원을 넣었어."

"그야말로 헛소리입니다." 내가 말했다.

"무슨 일인지 말해. 전화한 경찰이 그리 우호적이지 않았으니까."

"그 사람 이름이 맷슨이었어요?"

마이런은 인쇄물에 자기가 손으로 써넣은 메모를 내려다봤다. 그는 고개를 끄덕였다.

"맞아."

"알겠습니다. 이 모든 일이 어젯밤, 퇴근하고 집에 갔을 때 시작된 거예요."

나는 마이런에게 전날 밤에 맷슨과 사카이가 나를 따라 아파트 단지의 차고에 들어온 일부터 내가 보낸 메시지를 보고 리사 힐이 전화를 걸었던 일, 그녀가 화가 나서 오해하며 전화를 끊어버렸던 일까지 차근차근 설명했다. 한결같은 구식 기자인 마이런은 내가 이야기하는 동안에도 메모했다. 내가 말을 마치자 그는 메모를 다시 살펴본 뒤 입을 열었다.

"그래." 그가 마침내 말했다. "그런데 내가 이해가 안 가는 건, 자네가 살인사건 기사를 〈페어워닝〉에 실을 만하다고 생각한 이유야. 그러니까……."

"하지만 생각해보면……."

"말 좀 하자. 그러니까, 자네가 〈페어워닝〉과 이곳의 기자라는 합법적 지위를 이용해 다른 사건을, 자네가 아는 여자의 죽음을 조사하려 한 것 같은데. 내가 무슨 말을 하려는 건지 알겠지? 이건 옳은 일 같지 않아."

"알았어요. 저기, 리사 힐이 편집장님한테 이메일을 보냈든 말든, 경찰이 편집장님한테 전화를 걸었든 말든 저는 오늘 여기에 와서 이게 제가 쓸 다음 기사라는 말을 할 생각이었습니다."

"자네가 쓰면 안 되지. 이해 충돌 당사자인데."

"무슨, 제가 알았던 여자가 1년 후에 살해당했다는 이유로요?"

"아니, 자네가 이 사건의 이해 당사자이니까."

"말도 안 돼요. 리사 힐이 전화를 끊기 전에 한 말이나 제가 살펴본 피해자의 소셜 미디어로 미뤄 볼 때, 피해자는 남자를 많이 사귄 게 틀림없습니다. 그걸 뭐라는 게 아니에요. 하지만 나를 포함해 그 모든 남자들이 이해 당사자라고요. 경찰이 그냥 넓게 그물을 치는 거예요. 나한테서 표본을 채취해 간 걸 보면 범죄 현장에서 DNA가 나온 모양인데……."

"방금 나한테 얘기해줄 때만 해도 그 얘기는 자네 좋을 대로 빼버렸군."

"중요하다고 생각 안 했어요. 안 중요하니까. 전 DNA가 분석되는 순간 누명을 벗으리라는 걸 알았기에 자발적으로 표본을 내줬을 뿐입니다. 그러면 얼마든지 이 기사를 쓸 수 있겠죠."

"무슨 기사, 잭? 우린 〈로스앤젤레스 타임스〉의 살인사건 블로그가 아니라 소비자를 위한 감시 언론이야."

"살인사건 이야기가 아니에요. 그러니까, 맞긴 맞죠. 하지만 진짜 기사는 사이버 스토킹에 관한 겁니다. 그러면 소비자 보호라는 무대에 들어갈 수 있죠. 모두에게 소셜 미디어가 있잖아요. 이건 우리가 사이버 포식자들에게 얼마나 취약한지에 관한 기사예요. 사생활이 과거의 문제로 전락했다는 기사라고요."

마이런이 고개를 저었다.

"그건 오래된 이야기야." 그가 말했다. "이 나라 모든 언론사에서 다룬 얘기라고. 이번 기사에 관해서는 자네 편에 설 수 없겠어. 자네가 그 이야기를 쫓아다니게 놔둘 수도 없고. 우리한테는 새로운 장을 열고 많은 사람의 이목을 끌 수 있는 기사가 필요해."

"이게 바로 그런 기사가 될 거라고 장담합니다."

마이런이 고개를 저었다. 일이 잘못 돌아가고 있었다.

"이 기사에 대체 어떤 새로운 점을 넣을 수 있는데?" 그가 말했다.

"뭐, 그걸 완전히 이해하려면 시간이 좀 필요하겠지만……."

"봐, 자넨 이런 이야기를 다룬 경험이 있는 훌륭한 기자야. 하지만 〈페어워닝〉에서 하는 일은 그게 아니야, 잭. 우리한테는 준수하고 완수해야 할 보도 목표가 있어."

나는 우리 나이가 같기 때문에 마이런이 극도로 불편해한다는 걸 알 수 있었다. 그가 타이르는 사람은 언론정보학과를 막 졸업한 어린애가 아니었으니까.

"우리에겐 따르는 사람도 있고 기반도 있어." 마이런이 말을 이었다. "우리 독자들은 우리 사이트에 사명이라고 밝혀놓은 것을, 사나운 경비견으로서의 언론사를 보러 오는 거야."

"우리가 어떤 기사를 쓸지를 독자와 후원자가 결정한다는 말이에요?" 내가 물었다.

"어이, 그 얘기는 하지도 마. 난 기부자 얘기는 꺼내지도 않았어. 자네도 그 말이 사실이 아니라는 건 알고. 우린 완전한 독립 언론이야."

"시비 걸자는 게 아니고요. 하지만 결론이 무엇일지 알고 모든 기사를 시작할 수는 없잖아요. 최고의 보도는 질문에서 시작합니다. 누가 민주당 당사에 침입할 것인가에서부터 누가 우리 형을 죽였는가에 이르기까지. 크리스티나 포트레로가 사이버 스토킹으로 죽은 걸까? 제

의문은 그거예요. 만약에 답이 '그렇다'라면, 이건 〈페어워닝〉에서 다룰 만한 기사고요."

마이런은 메모를 살펴본 뒤 대답했다.

"대단한 '만약에'네." 마침내 그가 말했다.

"그쵸." 내가 말했다. "그렇다고 질문에 대답할 시도조차 하지 말라는 뜻은 아닙니다."

"난 지금도 자네가 이 이야기에 발을 깊게 담그고 있다는 게 마음에 들지 않아. 빌어먹을, 경찰이 자네 DNA를 채취했다니!"

"네, 제가 줬습니다. 자발적으로. 제가 이번 사건과 조금이라도 관련이 있었다면 과연 '그럼요, 내 DNA를 가져가세요. 변호사는 필요 없습니다. 망설일 필요도 없어요'라고 말했을까요? 아니죠, 마이런. 그러지 않았을 거예요. 난 이 사건과 아무 상관이 없습니다. 난 누명을 벗을 거예요. 하지만 경찰견들이 덤벼들기만 기다렸다가는 동력을 잃고 이야기도 잃게 됩니다."

마이런은 메모에서 시선을 떼지 않았다. 나는 거의 다 왔다는 걸 알았다.

"저기, 며칠만 이 사건을 다루게 해줘요. 뭔가 찾든지 말든지 하겠죠. 못 찾으면 돌아와서 뭐든 편집장님이 시키는 일을 할게요. 아이들을 죽게 한 요람이라든지, 위험한 카시트라든지……. 원한다면 아기 관련 분야를 전부 맡겠습니다."

"어이, 무시하지 마. 아기 관련 분야는 우리가 쓰는 기사 중에 가장 이목을 많이 끄는 기사라고."

"알아요. 아기한테는 보호가 필요하기 때문이죠."

"그래, 다음 단계는 뭔데? ……만약에 내가 이 기사를 다루게 해준
다면 말이야."

나는 전투에서 이긴 기분이 들었다. 마이런은 항복할 것이다.

"티나의 부모요." 내가 말했다. "티나가 스토킹에 대해서 부모한테
는 뭐라고 말했는지 알고 싶어요. 인스타그램에도 반쪽짜리 언니를 찾
았다는 얘기를 올렸던데. 그게 무슨 뜻인지 모르겠습니다. 알아보고
싶어요."

"부모가 어디 사는데?" 마이런이 물었다.

"아직 잘 몰라요. 티나가 나한테 시카고 출신이라고 했었는데."

"시카고는 못 가. 그럴 돈이 없……."

"알아요. 시카고에 보내달라는 게 아니에요. 그게, 세상엔 전화라는
게 있거든요, 마이런. 내가 부탁하는 건 시간입니다. 돈을 써달라는 게
아니고."

마이런이 대답할 겨를도 없이 문이 열리고 탤리 갤빈이 고개를 들이
밀었다.

"마이런." 그녀가 말했다. "경찰이 왔어요."

나는 의자에 기대앉아 창밖의 뉴스룸을 내다봤다. 맷슨과 사카이가
사무실로 들어오는 공용 출입구에 있는 탤리의 책상 근처에 서 있는
게 보였다.

"뭐," 마이런이 말했다. "들여보내."

탤리가 두 형사를 데리러 갔고 마이런은 탁자 건너편의 나를 봤다.
그가 목소리를 낮춰 말했다.

"이번 일은 내가 처리할게." 그가 말했다. "자넨 아무 말도 하지 마."

반박할 새도 없이 회의실 문이 열리고 맷슨과 사카이가 들어왔다.

"형사님." 마이런이 말했다. "〈페어워닝〉의 창립자이자 경영인인 마이런 레빈입니다. 오늘 아침 두 분 중 한 분과 통화한 것 같은데요."

"저였습니다." 맷슨이 말했다. "맷슨입니다. 이쪽은 사카이 형사이고요."

"앉으시죠. 어떻게 도와드릴까요?"

사카이가 탁자에서 의자를 꺼내려 했다.

"앉을 필요는 없습니다." 맷슨이 말했다.

사카이는 의자에 손을 댄 채 얼어붙었다.

"우리한테 필요한 건 당신들이 물러서는 겁니다." 맷슨이 말을 이었다. "우린 살인사건을 수사하는 중입니다. 절대 필요하지 않은 게 있다면, 무능한 기자 두 명이 여기저기 찔러보고 다니며 일을 망치는 거고요. 물. 러. 서. 세. 요."

"무능한 기자들이라고요, 형사님?" 마이런이 말했다. "그게 무슨 말입니까?"

"당신이 진짜 기자조차 아니고, 이 사람을 마구 돌아다니게 놔뒀다는 뜻입니다. 우리 증인과 이야기를 나누고 그 사람들을 위협하도록."

그가 나를 손짓했다. 내가 '이 사람'이었다.

"그건 말도 안 됩니다." 내가 말했다. "제가 한 일이라고는……."

마이런이 손을 내밀며 내 말을 잘랐다.

"형사님, 우리 기자는 기삿거리를 파헤치고 있었던 겁니다. 우리가 무능한 뭐시기라고 생각하신다고요? 그럼 우리가 완전한 자격을 갖춘, 인정받는 언론계의 일원으로서 언론의 자유를 완전히 누리고 있다는 걸 아셔야겠는데요. 유효한 기삿거리를 파헤치면서 위협에 굴하지는 않을 겁니다."

나는 마이런의 침착한 태도와 강한 어조에 놀랐다. 5분 전만 해도 그는 내 동기와 내가 쓰고 싶어 하는 기사에 의문을 제기했다. 하지만 지금 우리는 의견 일치를 이루고 강하게 버티고 있었다. 이게 바로 애초에 내가 마이런과 일하게 된 이유였다.

"당신 기자가 교도소에 들어가면 별다른 기사를 쓰지 못할 텐데요." 맷슨이 말했다. "그러면 언론계의 형제들이 다 뭐라고 생각하겠습니까?"

"기삿거리를 계속 들여다본다는 이유로 우리 기자를 감옥에 넣겠다는 말입니까?" 마이런이 물었다.

"내 말은, 저 사람이 기자에서 주요 용의자로 빠르게 전환될 수 있고 그때는 언론의 자유가 별로 중요하지 않게 될 거라는 뜻입니다. 안 그래요?"

"형사님, 우리 기자를 체포하면, 장담하는데 광범위한 관심을 끄는 기삿거리가 될 겁니다. 전국적인 뉴스가 되겠죠. 당신이 우리 기자를 놓아주고 당신과 경찰이 틀렸다는 것, 그리고 우리 기자가 당신들이 찾지 못한 답을 찾을지도 모른다는 두려움에 사건을 날조했다는 것을 인정해야만 할 때가 와도 마찬가지고요."

맷슨은 대답하기를 망설이는 듯했다. 마침내 그가 입을 열더니 나를 똑바로 봤다. 이제는 마이런이 튼튼한 장벽이라는 걸 알았기 때문이었다. 하지만 더 이상 그의 말에는 날이 단단하게 서 있지 않았다.

"마지막으로 말하는데 이번 일에서 손 떼시오." 그가 말했다. "리사 힐한테도 접근하지 말고 사건에서도 손 떼기를 바랍니다."

"아무것도 안 나왔군요?" 내가 말했다.

나는 마이런이 손을 들고 다시 나를 조용히 시킬 줄 알았다. 하지만 이번에 그는 아무 행동도 하지 않았다. 골똘히 맷슨을 보며 대답을 기다리기만 했다.

"당신 DNA가 있는데." 맷슨이 말했다. "결과가 깨끗하길 바라는 게 좋을 거요."

"그 말로 확인되네요." 내가 말했다. "당신들한텐 아무것도 없어요. 사람들을 위협하고, 당신들에게 단서가 없다는 걸 아무도 알아내지 못하도록 하느라 시간만 낭비하고 있는 거지."

맷슨은 내가 무슨 말을 하는지도 모르는 바보라는 듯 히죽거리더니 손을 내밀어 그때까지 침묵을 지키던 사카이의 팔을 툭 쳤다.

"가자." 그가 말했다.

맷슨이 돌아서서 사카이를 데리고 나갔다. 나는 그들이 거들먹거리며 뉴스룸을 가로질러 문으로 향하는 모습을 창문 너머로 지켜봤다. 기분이 좋았다. 지지와 보호를 받는 기분이었다. 요즘은 기자로 살기 좋은 시절이 아니다. 가짜 뉴스의 시대이자 권력자가 기자에게 인민의 적이라는 딱지를 붙이는 시대다. 신문은 좌로든 우로든 치우쳤고 어떤 사람들은 이 업계가 죽음의 나선에 휘말렸다고 말했다. 한편, 편향되고 확인되지 않은 보도와 미디어 사이트는 성행했다. 불편부당한 의제 중심의 언론과 그런 황색 미디어를 구분하는 선이 점점 더 흐려져 갔다. 하지만 마이런이 맷슨을 다루는 모습을 보며, 나는 언론이 주눅들지 않고 편견에 사로잡히지 않았기에 위협의 대상이 될 수도 없었던 그 시절이 다시 찾아오는 것을 봤다. 오랜만에 처음으로 내가 제대로 된 곳에 있다는 걸 알았다.

마이런 레빈은 돈을 모금해 웹사이트를 운영해야 했다. 그게 마이런이 해야 할 가장 중요한 일이었다. 마이런은 기자가 되고 싶어 하긴 했지만 그럴 수 없었다. 다만 기자의 모자를 썼을 때의 그는 내가 알았던 그 누구보다도 가차 없었다.

〈타임스〉의 소비자 전문 기자이던 전성기의 마이런에 관한 유명한 일화가 있다. 그가 명예퇴직을 하고 받은 돈으로 〈페어워닝〉의 초기 자금을 대기 전의 일이다. 언론의 세계에서는 사기꾼의 정체를 폭로하고 협잡꾼의 정체를 드러내 그들을 무너뜨릴 기사를 쓰는 것만큼 기분 좋은 일이 없다. 대부분 사기꾼들은 결백한 피해자 행세를 한다. 백만 달러짜리 소송을 걸고 조용히 마을을 빠져나가 다른 곳에서 다시 시작한다.

마이런은 1994년 노스리지 지진이 발생한 이후 지진 피해 복구 관련 사기를 치던 사기꾼의 정체를 폭로해 전설로 알려져 있다. 〈타임스〉 1면에 정체가 폭로된 그 사기꾼은 무죄를 주장하며 배상금 천만 달러를 요구하는 명예훼손 소송을 제기했다. 소장에서 사기꾼은 마이런의 기사로 너무도 큰 수치심과 고통을 겪었으며 평판과 소득을 넘어서 자신의 건강에까지 피해를 입었다고 진술했다. 한마디로 마이런의 기사 때문에 항문에서 피가 흐른다는 것이었다. 그 덕분에 기자로서 마이런의 전설적인 지위가 확립됐다. 기사로 사람 항문에서 피를 흘리게 만든 기자가 됐으니까. 아무리 수백만 달러의 소송에 휘말린 기자라도 그보다 나은 성과를 낼 수는 없었다.

"고마워요, 마이런." 내가 말했다. "든든하네요."

"그렇겠지." 마이런이 말했다. "이제 가서 기사를 가져와."

나는 두 형사가 사무실 문을 나서는 모습을 지켜보며 고개를 끄덕였다.

"이번 일은 조심하는 게 좋을 거야." 마이런이 말했다. "저 개자식들이 자넬 좋아하지 않으니까."

"알아요." 내가 대답했다.

5

편집장 겸 발행인의 허락을 받은 나는 공식적으로 기삿거리를 파헤치기 시작했다. 그리고 첫 공식적 행동에서 운이 따라줬다. 나는 티나 포트레로의 소셜 미디어로 돌아가 그녀의 페이스북 태그 이력을 활용해 티나의 어머니인 레지나 포트레로를 찾아낸 다음 레지나의 페이스북 페이지를 통해 연락을 취했다. 레지나가 시카고의 집에서 연락해 온다면 전화 통화를 할 수 있을 터였다. 유족과는 통화를 하는 게 가장 안전했다. 내게는 약혼자의 갑작스러운 죽음을 애도하던 여자에게 엉뚱한 질문을 던지는 바람에 생긴 흉터가 아직 남아 있었으니까. 단, 통화로 인터뷰할 때는 무언가를 놓치거나 빠뜨릴 수 있다. 대화의 뉘앙스, 표정, 감정 같은 것들 말이다.

하지만 바로 이때 행운이 찾아왔다. 개인 메시지를 보낸 지 한 시간 안에 레지나가 연락해 오더니, 딸의 집을 인수할 준비를 하러 로스앤젤레스에 와 있다고 했다. 그녀는 런던 웨스트 할리우드라는 이름의 호텔에 머물고 있으며 다음 날 아침 비행기 화물칸에 티나의 시신을 싣고 로스앤젤레스를 떠날 생각이라고 했다. 그녀는 나더러 호텔로 와서 티나 이야기를 하자고 했다.

그런 초대를 묵혀둘 수는 없었다. 맷슨과 사카이가 레지나에게 나에 대해 경고해 줘야겠다는 생각을 떠올릴지 모르는 상황이었으니 더욱 그랬다. 나는 레지나에게 한 시간 뒤 호텔 로비로 찾아가겠다고 말했다. 마이런에게 행선지를 밝힌 뒤 지프를 타고 떠났다. 샌타모니카 산맥을 넘어 콜드워터 캐니언 남부로 가 베벌리 힐스에 접어들었다. 그런 다음 동쪽의 선셋 대로로 가서 선셋 스트립으로 향했다. 런던 웨스트 할리우드는 선셋 스트립 한가운데에 있었다.

레지나 포트레로는 60대 중반의 왜소한 여자였다. 나이를 보면 그녀가 어렸을 때 티나를 낳았다는 걸 알 수 있었다. 대체로 짙은 갈색 눈과 머리카락에서 닮은 점이 보였다. 레지나는 호텔 로비에서 나를 만났는데, 호텔은 선셋 스트립에서 남쪽으로 겨우 반 블록 내려온 샌 비센테에 있었다. 티나가 살던 곳이었다. 티나는 그곳에서 겨우 몇 블록 떨어진 곳에 살았다.

우리는 아마 객실이 준비되기를 기다리는 사람들이 쓰도록 마련됐을 작은 방에 앉아 있었다. 그 순간에는 그 방에 아무도 없어서 조용히 이야기하는 게 가능했다. 나는 공책을 꺼내 허벅지에 올려놓았다. 메모하면서도 최대한 눈에 띄지 않기 위해서였다.

"티나한테 왜 관심을 두시는 거죠?" 레지나가 물었다.

그녀의 첫 질문은 놀라웠다. 처음 소통할 때는 하지 않은 질문이었기 때문이다. 이제야 그녀는 내가 무슨 일을 하는 건지 알고 싶어 했다. 나는 이 질문에 자세히, 정직하게 대답하면 인터뷰가 시작되기도 전에 끝나리라는 걸 알았다.

"그게, 일단은 고인의 명복을 빕니다." 내가 말했다. "지금 어떤 일을 겪고 계실지 상상도 되지 않습니다. 이렇게 방해하게 된 것이 저도 참 싫고요. 하지만 이 사건 담당 경찰이 한 말을 들으니 생각이 달라지더군요. 티나에게 일어난 일을 대중이 알아야만 할 것 같았습니다."

"이해가 안 돼요. 티나의 목을 말하는 건가요?"

"아아, 이뇨."

레지나의 첫 질문에 대한 내 서툰 대답이 그녀의 머릿속에 딸이 살해당한 끔찍한 방법을 떠올리게 했다니 당황스러웠다. 여러모로, 차라리 얼굴을 손등으로 맞는 게 나을 것 같았다. 다이아몬드 약혼반지가 내 얼굴을 할퀴고 흉터를 또 하나 남기더라도.

"음……." 나는 말을 더듬었다. "제 말씀은……. 경찰이 그러는데, 티나가 사이버 스토킹의 피해자였을지 모른다더군요. 지금까지 제가 아는 바로는 그 두 가지 일이 연관돼 있었다는 증거가 없습니다만……."

"나한테는 그런 얘기 안 하던데요." 레지나가 말했다. "아무 단서가 없다고 했어요."

"뭐, 제가 경찰 의견을 대신 전달하고 싶지는 않습니다. 경찰이야 확신이 설 때까지 어머님께 아무 말도 하고 싶지 않은 건지도 모르죠. 하지만 제가 알기로, 티나는 리사 힐 같은 친구들에게 스토킹을 당하는 기분이 든다고 했습니다. 솔직히 말해 제가 관심을 두는 건 바로 그 부분입니다. 그건 소비자 관련 문제, 개인정보 보호와 관련된 문제거든요. 뭔가…… 문제가 있다면 그 문제에 관해 기사를 쓸 생각입니다."

"어떻게 스토킹을 당했다는 거예요? 다 처음 듣는 얘기라서."

나는 상황이 곤란해졌다는 걸 알았다. 나는 레지나에게 그녀가 모르는 일들을 전해주고 있었다. 그러니 내가 떠난 뒤 레지나가 처음으로 할 일은 맷슨에게 전화를 걸어 물어보는 것일 터였다. 그러면 맷슨은 내가 지금도 활발하게 사건을 쫓고 있다는 걸 알게 될 테고, 역으로 레지나는 티나와 티나의 죽음에 대해 보이는 기자로서의 내 관심이 내가 그녀와 잠깐이지만 내밀한 관계를 맺었다는 사실로 빛바랬다는 걸 알게 될 터였다. 그 말은, 이번이 내가 티나의 어머니와 이야기할 수 있는 유일한 기회라는 뜻이었다. 레지나도 리사 힐과 똑같은 방식으로 내게 반감을 가질 수 있었다.

"정확히 어떻게 스토킹을 당했는지는 모릅니다." 내가 말했다. "경찰이 한 말은 그게 전부니까요. 저는 티나의 친구인 리사와 이야기를 해봤어요. 리사 말로는 티나가 바에서 어떤 남자를 만났는데 그 남자가 꼭 티나를 기다리고 있었던 것만 같았다는군요. 우연히 만난 게 아니었다는 얘기였습니다."

"내가 바에는 좀 그만 가라고 했는데." 레지나가 말했다. "도저히 거리를 두지 못하더군요. 체포당해 재활 센터까지 다녀온 뒤에도."

부적절한 반응이었다. 나는 레지나에게 딸이 스토킹을 당했다고 말했다. 그런데 레지나는 딸의 약물과 알코올 문제에 집착했다.

"그 두 가지 사건이 서로 연관돼 있다는 얘기는 아닙니다." 내가 말했다. "그 얘긴 경찰도 아직 모를 거예요. 하지만 저는 티나가 체포당해 재활 센터에 들어갔었다는 걸 알고 있습니다. 티나가 바에 다녔다는 게 그런 말씀이신가요?"

"티나는 언제나 밖에 나가서 낯선 사람들을 만나곤 했어요……." 레지나가 말했다. "오래전 고등학생 시절부터요. 애 아빠가 걔한테 이런 식으로 삶을 마감할 수 있다고 경고했어요. 하지만 티나는 듣지 않았어요. 신경 쓰지 않는 것 같더군요. 처음부터 남자에 미쳐 있던 애라."

레지나는 말을 하며 먼 곳을 바라보는 듯했다. 남자에 미쳤다는 말에 딱히 악의가 담겨 있는 것 같지는 않았다. 레지나는 딸이 젊었을 때를 떠올리고 있는 게 분명했다. 분노와 증오심이 담겨 있는 불쾌한 기억을.

"티나가 결혼한 적이 있나요?" 내가 물었다.

"아뇨, 한 번도 없어요." 레지나가 말했다. "한 남자에게 매이고 싶지 않다더군요. 남편은 티나가 절대 결혼하지 않는 방법으로 상대 남자를 구해준 거라고 농담하곤 했어요. 하지만 티나는 우리 외동딸이에요. 난 예전부터 티나의 결혼식을 계획해주고 싶다고 생각했고요. 그런 일은 절대 벌어지지 않았죠. 티나는 언제나 뭔가를 찾고 있었어요. 어떤 남자도 그걸 줄 수 없다고 느꼈고요. ······그게 대체 뭐였는지는 나도 모르겠네요."

나는 티나의 소셜 미디어에서 본 포스팅을 떠올렸다.

"티나의 인스타그램에서 언니를 찾았다는 내용을 봤는데요." 내가 말했다. "반쪽짜리 언니라고 했습니다. 그럼 그 사람은 당신 딸이 아닌가요?"

레지나의 표정이 바뀌었다. 나는 내가 레지나의 인생에서 나쁜 무언가를 건드렸다는 걸 알았다.

"그 얘기는 하고 싶지 않아요." 레지나가 말했다.

"죄송합니다. 제가 뭔가 잘못 말한 건가요?" 내가 물었다. "무슨 일이 있었는데요?"

"온갖 사람들이 그런 일에 지나친 관심을 보이죠. 어디 출신인지. 스웨덴 사람인지, 인도 사람인지. 자기들이 무슨 장난을 치는 건지도 몰라요. 당신이 말한 사생활 문제죠. 어떤 비밀은 비밀로 남겨둬야 하는 거예요."

"반쪽짜리 언니가 비밀이었습니까?"

"티나는 DNA를 제출했어요. 그러더니 우리한테 네이퍼빌에 이부
자매가 있다고 하더군요. 티나는……. 이 얘기는 당신한테 할 얘기가
아니에요."

"비보도로 얘기하셔도 됩니다. 기사에는 쓰지 않겠지만, 제가 따
님과 따님의 관심사를 이해하는 데 도움이 될 겁니다. 중요한 정보일
수도 있어요. 티나가 왜 DNA를 분석용으로 제출했는지 아세요? 혹
시……."

"누가 알겠어요? 그게 사람들이 하는 짓이잖아요. 안 그래요? DNA
분석은 간편하게 할 수 있죠. 값도 싸고. 티나의 친구들 중에 그런 걸
하는 애들이 있었어요. 자기 족보를 찾겠다면서."

나는 그 어떤 유전자 분석 사이트에도 내 DNA를 제출한 적이 없었
지만 그렇게 한 사람들을 몇 명 알았으므로 이런 일이 어떻게 진행되
는지는 대략 알고 있었다. DNA는 유전자 데이터 은행에 보관됐다가
사이트의 다른 고객과 일치하는 결과가 나오면 DNA 일치율과 함께
회신됐다. 일치율이 높을수록 관계가 가깝다는 뜻이었다. 상대는 먼
친척일 수도 있었고 직접적인 남매일 수도 있었다.

"티나는 피가 섞인 자매를 찾았습니다. 제가 둘의 사진을 봤어요. 네
이퍼빌이라면…… 시카고 근처 맞죠?"

나는 레지나가 하고 싶어 하지 않는 이야기를 계속하도록 해야 했
다. 쉬운 질문을 던지면 쉬운 대답이 나와 말이 끊기지 않았다.

"네." 레지나가 말했다. "제가 어렸을 때 살던 곳이에요. 거기서 고

등학교에 다녔죠."

그녀는 잠시 멈춰 나를 바라봤다. 나는 레지나가 내가 이야기를 풀어주기를 바란다는 걸 깨달았다. 사람들이 마음을 터놓는 순간은 내게 언제나 놀랍게 느껴졌다. 나를 잘 모를 때조차 사람들은 내가 기자이자 역사의 기록자라는 걸 알았다. 나는 비극을 보도할 때마다 유족들이 슬픔 너머로 손을 뻗어 이야기를 전하고 자신들이 잃어버린 사랑하는 사람에 대한 일종의 기록을 남기고 싶어 한다는 걸 여러 번 경험했다. 남자보다는 여자들이 그랬다. 그들은 떠난 사람에게 의무감을 느꼈다. 때로는 조금만 부추기면 됐다.

"아기를 낳으셨군요." 내가 말했다.

레지나가 고개를 끄덕였다.

"티나는 몰랐고요." 내가 말했다.

"아무도 몰랐어요." 레지나가 말했다. "여자애였어요. 난 그 애를 포기했죠. 그땐 내가 너무 어렸거든요. 그러다가 시간이 지나서 남편을 만나 가정을 꾸렸어요. 티나가 태어났고. 그런데 티나가 커서 그런 데다가 DNA를 보낸 거예요. 그 애도 그랬고요. 그 여자애 말이에요. 걘 자기가 입양아라는 걸 알아서 핏줄을 찾고 있었어요. 둘은 DNA 사이트를 통해 연락했죠. 그래서 우리 가족이 망가진 거예요."

"티나의 아버지가 몰랐군요……."

"처음에는 말하지 않았고 어쩌다 보니 너무 늦어서 말할 수가 없었어요. 그건 내 비밀이었다고요. 그런데 세상이 바뀌어 DNA로 모든 것을 열어볼 수 있게 됐죠. 비밀은 더 이상 비밀이 아니게 됐어요."

예전에 '때로 가장 좋은 질문이란 던지지 않은 질문'이라고 말한, 폴리라는 편집자가 있었다. 나는 기다렸다. 다음 질문을 던져야 한다는 생각이 들지 않았다.

"남편은 떠났어요." 레지나가 말했다. "내가 아기를 낳은 적이 있다는 게 문제가 아니었어요. 남편한테 말하지 않았다는 게 문제였죠. 남편은 우리 결혼이 거짓말이라는 토대 위에 서 있다고 했어요. *그게 4개월 전이네요.* 크리스티나는 몰랐어요. 애 아빠랑 나는 티나에게 그런 죄책감을 지워주고 싶어 하지 않았거든요. 말했다면 티나가 자책했을 거예요."

레지나는 손에 티슈를 뭉쳐 들고 있다가 그걸로 눈을 훔치고 코를 닦았다.

"티나는 이부 자매를 만나려고 시카고에 돌아갔습니다." 나는 상심한 여자를 자극해 더 많은 정보를 끌어내려고 말했다.

"티나는 정말 상냥한 아이였어요." 레지나가 말했다. "그 여자애와 나를 다시 만나게 해주고 싶어 했죠. 그게 좋은 일이라고 생각했어요. 자기 아빠와 나 사이에 무슨 일이 벌어지고 있는지 몰랐거든요. 내가 티나에게 하지 말라고 했어요. 난 도저히 그 여자애를 볼 수가 없었으니까요. 당장은요. 그랬더니 티나가 내게 무척 화를 내더군요."

레지나는 고개를 저으며 말을 이었다.

"인생이 참 우습죠." 그녀가 말했다. "다 좋고, 다 괜찮고, 비밀이 안전하다는 생각이 들고. 그러다가 무슨 일이 터지면 그 모든 게 사라지는 거예요. 모든 게 바뀌어요."

이야기에서는 작은 정보에 불과하겠지만 나는 크리스티나가 어느 유전자 사이트에 DNA를 제출했는지 물었다.

"GT23이었어요." 레지나가 말했다. "가격이 겨우 23달러여서 기억나요. 겨우 23달러에 너무 많은 슬픔이 따랐죠."

나도 GT23을 알았다. 비교적 최근에 DNA 검사 및 분석 업계에 등장한 업체였다. 이 회사는 갑자기 성장해 가격을 극적으로 인하함으로써 10억 달러짜리 산업의 통제권을 쥐려 하고 있었다. 누구나 활용할 수 있는 DNA 분석을 약속한다며 광고를 펼치는 중이었다. 슬로건은 *당신도 받을 수 있는 DNA 분석!*이었다. 회사 이름의 *23*은 회사에서 제공하는 기본 서비스의 가격인 동시에 인간 세포에 있는 *23*쌍의 염색체를 의미했다. 23달러만 내면 DNA와 유전자에 관한 정보 전체를 담은 보고서를 받을 수 있었다.

레지나는 그때부터 본격적으로 울기 시작했다. 뭉쳐진 티슈가 너덜너덜해지고 있었다. 나는 레지나에게 휴지를 더 가져다주겠다고 말하며 일어났다. 화장실을 찾기 시작했다.

티나의 인생에서 이부 언니가 나타난 사건이 중요하긴 하지만, 이 사건이 사이버 스토킹으로 이어지는 길은 아니라는 생각이 들었다. 아무리 티나와 가까운 사람들에게 깊은 변화를 일으켰다지만, 이건 그냥 티나의 인생을 이루는 바큇살 중 하나일 뿐이었다. 스토킹은 다른 각도에서 다가온 게 틀림없었다. 나는 그 각도가 티나의 생활 방식이라고 추측했다.

나는 화장실을 찾은 뒤 티슈 상자가 들어 있는 철제 함을 열고 휴지를 상자째 로비의 작은 방으로 가져왔다.

레지나는 사라지고 없었다.

주위를 둘러봤지만 그녀는 어디에도 보이지 않았다. 나는 그녀가 앉아 있던 소파도 확인했다. 핸드백도, 휴지 뭉치도 없었다.

"죄송해요, 화장실에 가야 해서."

돌아보니 레지나였다. 그녀가 소파로 돌아왔다. 세수를 한 것 같았다. 나는 티슈 상자를 레지나 옆에 내려놓고 그녀의 왼쪽, 내가 앉았던 자리로 돌아갔다.

"이 모든 일을 떠올리게 해서 죄송합니다." 내가 말했다. "그 질문을 던졌을 때는 이렇게 어려운 이야기가 나올 줄 몰랐습니다."

"아뇨, 괜찮아요." 레지나가 말했다. "어느 면에서는 심리치료 같았어요. 얘기를 하고, 꺼내놓고. 아시죠?"

"그럴지도 모르겠네요. 아마 그렇겠군요."

나는 이제 다른 방향으로 움직이고 싶었다.

"그래서," 내가 물었다. "티나가 데이트했던 남자에 대해 말한 적은 없나요?"

"네, 티나는 내가 그런 데이트나 자기 생활 방식에 대해 어떻게 생각하는지 알았어요." 레지나가 말했다. "하긴, 내가 뭐라고 말할 수 있겠어요? 난 시카고 사우스사이드의 블루스 클럽에서 남편을 만났어요. 겨우 스물두 살이었죠."

"혹시 티나가 온라인 데이트나 그 비슷한 일을 했는지 아시나요?"

"아마 했겠지만, 잘 몰라요. 경찰도 같은 걸 물어봤는데 난 티나가 이곳에서의 삶에 대해 구체적인 이야기는 해주지 않는다고 말했어요. 체포나 재활 센터 일은 알죠. 그때는 티나한테 돈이 필요했으니까요. 하지만 그게 전부였어요. 내가 티나한테 항상 말했던 건 집으로 돌아와서 가까운 곳에 있으라는 거였어요. 티나와 이야기할 때마다 그 말을 했죠."

나는 고개를 끄덕이며 몇 줄을 적었다.

"그런데 이제 너무 늦었네요." 레지나가 덧붙였다.

그녀는 다시 울기 시작했고 나는 그녀가 한 마지막 한마디를 적어 뒀다.

여자를 더 압박하지 말고 거기서 인터뷰를 중단하는 게 맞는 일이 었다. 하지만 나는 레지나가 다시 맷슨과 연락하는 순간 맷슨이 그녀에게 나에게서 떨어지라고 말하리라는 걸 알았다. 지금 아니면 기회가 없으니 그대로 밀고 나가야 했다.

"티나의 집에 가본 적 있으신가요?" 내가 물었다.

"아직이요." 레지나가 말했다. "경찰이 그러는데, 범죄 현장이라 아직 출입을 못 한다는군요."

나는 티나의 집을 직접 들여다보고 싶었다.

"언제쯤 들어가서 짐을 챙겨도 된다고 말하던가요?"

"아직 안 했어요. 짐 챙기러는 다시 와야 해요. 아마 장례식이 끝난 다음이겠죠."

"티나의 집이 정확히 어디였죠?"

"타워 레코드가 있던 자리 아세요?"

"네, 서점 맞은편이요."

"티나는 그 가게 바로 위층에 살았어요. 선셋 플레이스 아파트요."

레지나가 상자에서 새 티슈를 꺼내 눈을 쿡쿡 찍었다.

"사랑스러운 곳이었죠." 레지나가 말했다.

나는 고개를 끄덕였다.

"티나는 아름답고 착했어요." 레지나가 말했다. "대체 티나를 죽여야만 할 이유가 뭐죠?"

레지나가 휴지에 얼굴을 묻고 흐느꼈다. 나는 그냥 지켜보기만 했다. 티나는 오직 어머니만이 물을 수 있고 살인자만이 답할 수 있는 질문을 던졌다. 좋은 대사였기에, 나는 나중에 쓰려고 그 말을 외워뒀다. 당장은 공감하며 고개만 끄덕였다.

6

나는 점심시간에 사무실로 돌아왔다. 모두가 각자의 자리에 앉아 아츠 델리에서 사 온 샌드위치를 먹고 있었다. 대체로 우리는 음식을 주문했지만, 모두가 까먹고 내게는 뭘 주문할지 묻는 문자를 보내지 않았다. 괜찮았다. 지금 이 순간 내게는 음식이 필요하지 않았다. 나는 이야기의 탄력으로 움직이고 있었다. 나는 뭔가가 손에 들어온 건 알겠지만 그게 뭔지, 혹은 다음 단계가 무엇일지 모르는 바로 그 초기 단계에 있었다. 나는 노트북에서 워드 파일을 열어 레지나 포트레로와의 인터뷰 때 적은 손글씨 메모를 입력하기 시작했다. 그 과정을 반쯤 진행했을 때 문제가 무엇인지 깨달았다. 다음 단계는 리사 힐에게 돌아가 티나와 티나의 스토커에 대해 더 많은 질문을 던지는 것이었지만, 리사 힐은 내가 사기꾼일 뿐 아니라 자기 친구를 살해한 용의자라고 생각하고 있었다.

나는 녹취용 노트를 옆으로 밀어놓고 힐이 인스타그램에서 나를 차단해야겠다는 생각을 떠올렸는지 확인하느라 휴대전화를 켰다. 차단은 돼 있지 않았다. 하지만 내 생각에는 그냥 잠깐 잊은 것 같았다. 리사 힐은 팔로워를 확인하고 내가 앞서 자신을 속였던 걸 떠올리자마자 날 차단할 것이다.

나는 리사 힐에게 보낼, 두 번째 기회를 줬으면 좋겠다는 개인 메시지를 쓰며 다음 30분을 보냈다.

잭

리사, 죄송합니다. 솔직하게 말씀드렸어야 하는데요. 하지만 저에 대해서 경찰이 한 말은 틀렸습니다. 경찰도 그 사실을 알고 있어요. 그저 당신이 기자와 이야기하는 걸 바라지 않을 뿐입니다. 제가 경찰보다 먼저 진짜 용의자를 잡으면 당혹스러울 테니까요. 저는 티나를 무척 좋아했습니다. 티나가 저를 다시 만나고 싶어 하면 좋겠다고 생각했습니다. 하지만 그게 다였어요. 다른 일은 없었습니다. 저는 티나를 스토킹하고 어쩌면 해치기까지 한 사람을 찾아낼 겁니다. 당신 도움이 필요합니다. 부탁이니 전화 주세요. 더 설명해드리고, 경찰은 모르지만 저는 아는 내용을 말씀드리겠습니다. 감사합니다.

나는 메시지 끝에 전화번호를 적어 보냈다. 희망은 걸었지만 별 가능성이 없다는 건 알고 있었다. 리사 힐이 나에 대한 생각을 바꾸기만 기다릴 수도 없었다. 다음으로, 나는 고리뒤통수 관절 탈구에 관한 정보를 요청했던 causesofdeath.net을 확인했다. 그리고 바로 그곳에서 나의 운과 기사가 극적으로 변화했다. 이미 다섯 통의 메시지가 나를 기다리고 있었다.

첫 번째 메시지는 로스앤젤레스 시간으로는 오전 7시, 플로리다 시간으로는 오전 10시에 작성된 것이었다. 게시물이 작성된 곳은 플로리다의 브로워드 카운티 검시관실이었다. 프랭크 가르시아라는 이름의 병리학자가 살인으로 판정된 작년 AOD 사례를 인용해뒀다.

미제 살인사건이 하나 있습니다. 32세 여성이 작년에 단독 교통사고로 인한 COD 정형외과적 참수(AOD)로 들어왔는데요. TA 조사관 말로는 충격량이 충분치 않았다더군요. 사건 현장이 조작됐습니다. TA로 인한 부상은 사후에 일어난 것이었습니다. 피해자 이름: 말로리 예이츠. I/O 레이 곤잘레스 FLPD.

나는 약자 대부분을 해독할 수 있었다. COD는 사인(cause of death), TA는 교통사고(traffic accident), I/O는 담당 수사관(investigating officer)을 의미했다. 아마 FLPD는 플로리다 경찰(Florida Police Department)을 의미하는 것 같았는데, 구글에 검색해 보니 포트로더데일 경찰(Fort Lauderdale Police Department)이 나왔다. 그 경찰서가 브로워드카운티 내에 있었다. 나는 이 메시지를 복사해 노트북에 만들어 둔 기사 파일로 옮겼다.

다음 메시지는 댈러스에서 온 것이었다. 그 사건은 피해자인 34세의 제이미 플린이 비슷한 나이의 여성이라는 점에서 첫 번째 메시지의 사건과 유사했다. 그녀는 사인이 AOD로 판정된 단독 교통사고로 죽은 것처럼 보였다. 플린의 모든 독극물 검사 결과가 깨끗했던 만큼 그녀가 길에서 방향을 틀어 둑을 따라 내려가 나무를 들이박은 이유가 명확히 설명되지 않아 살인이 아니라 의문사로 분류됐다. 플린의 죽음은 10개월 전에 일어났으며, 미심쩍은 정황 때문에 사건은 아직 종결되지 않고 있었다.

세 번째 메시지는 브로워드카운티 검시관실의 프랭크 가르시아가 보낸 후속 메시지였다.

FLPD의 곤잘레스에게 확인했습니다. 사건은 아직 미제 상태입니다. 현

잭

재로서는 용의자도, 단서도 없습니다.

게시판의 네 번째 게시물은 3개월 전에 발생한 다른 사건에 관한 것이었다. 그 메시지는 샌타바버라카운티 검시관실에서 일하는 수사관인 브라이언 슈미트가 보냈다.

샬런 타가트, 22 yoa. 헨드리스 비치의 절벽에서 떨어져 다음 날 아침 즉사한 채 발견됨. AOD 포함 다발성 손상, 사고사. BAT 0.09, 추락은 완전히 어두웠던 03:00에 발생.

나는 BAT가 혈중 알코올 농도(blood-alcohol toxicity)를 의미하며, 캘리포니아에서는 그 수치가 0.08을 넘으면 운전을 할 수 없다는 걸 알고 있었다. 타가트가 어둠 속에서 절벽 가장자리로 걸어가 추락사했을 때 최소한 조금은 취해 있었다는 뜻이었다.
네 번째 메시지는 비교적 최근에 올라온 것이었다. 가장 짧은 메시지였지만 나는 얼어붙었다.

누구시죠?

겨우 20분 전에 아디라 라크스파 박사가 올린 메시지였다. 나는 그 사람이 로스앤젤레스카운티의 수석 검시관이라는 걸 알고 있었다. 그 말은 내가 정체를 들킬 위험에 처해 있다는 뜻이었다. 아무도 자신의 상관에게 자발적으로 신원을 밝히지 않으면, 라크스파가 자기 사무실에 실제로 최근 AOD 사건이 들어왔는지 확인할지도 모를 상황이었다. 이런 궁금증은 그녀를 맷슨과 사카이에게로 연결해줄 게 분명했고, 그들은 애초에 게시판에 메시지를 올린 사람이 바로 나라는 결론을 내릴 게 뻔했다.

나는 형사들이 다시 찾아올지 모른다는 생각을 미뤄두고 눈앞에 놓인 정보에 집중하려 노력했다. 지난 1년 반 동안 AOD 사건이 세 건 발생했다. 그러니 티나 포트레로의 사건은 네 번째였다. 피해자들은 22세에서 44세의 여성. 지금까지 그중 두 건이 살인으로, 한 건은 의문사로 판정됐고 포트레로 이전의 가장 최근 사건은 사고사로 분류됐다.

네 건 모두 여성과 연관된 사건이라는 사실이 중요한지 판단하기에는 내게 인간의 신체에 대한 지식이 부족했다. 일반적으로 남자가 여자에 비해 덩치도 크고 근육도 많으니 AOD가 비교적 약한 신체를 가진 여자에게 더 많이 일어날 가능성도 있었다.

아니면 여자가 남자에 비해 스토킹을 당하다가 포식자의 표적이 되는 경우가 더 많을 수도 있었고.

내가 가진 정보를 토대로 현명한 판단을 내리려면 네 여자의 신상에 대해 더 많은 걸 알아야 했다. 나는 최근 사건부터 조사하기 시작했다. 기본적인 검색 엔진을 활용했을 때는 샬럿 타가트에 관해 거의 알아내지 못했다. 그저 〈이스트 베이 타임스〉에 돈을 주고 실은 부고 한 건, 그리고 그 부고와 연결된 온라인 방명록 페이지가 있을 뿐이었다. 방명록 페이지에서는 친구나 가족이 떠나버린 사랑하는 이에 관해 하고 싶은 말 한마디와 자기 이름을 적을 수 있었다.

부고에 따르면 샬럿 타가트는 캘리포니아 버클리에서 어린 시절을 보내고 샌타바버라대학교에 다녔다. 사망 당시에는 4학년이었다. 시신은 버클리의 선셋 뷰 공동묘지에 매장됐다. 유족은 부모 두 명과 남동생 두 명, 그녀가 작년 한 해 동안 발견한 수많은 가깝고도 먼 친척들이었다.

마지막 줄이 내 눈길을 끌었다. 샬럿 타가트가 인생의 마지막 해에 새로운 친척들을 찾아냈다는 내용이었다. 그 말은 그녀가 유전자 분석 회사를 통해 그 사람들을 찾아냈을 가능성이 크다는 뜻으로 들렸다. 나는 그녀가 크리스티나 포트레로처럼 DNA를 제출했으리라고 추측했다.

이런 연결에 반드시 의미가 있는 건 아니었다. 젊은 두 여자가 한 일은 수백만 명의 다른 사람들도 한 일이었으니까. 전혀 특이한 일이 아니었고, 지금 단계에서는 우연처럼 보였다.

나는 온라인 추모 페이지에 남겨진 말들을 훑어봤다. 사랑과 상실감을 담은, 진심이 깃들어 있지만 일상적인 메시지가 가득했다. 마치 샬럿이 저 너머의 세상에서 직접 읽고 있기라도 한 것처럼.

샬럿 타가트의 삶과 죽음에 대해 알아낸 내용을 기사 파일에 입력한 뒤, 나는 댈러스 사건으로 넘어갔다. 제이미 플린의 사망 사건은 그녀가 둑을 따라 내려가 나무를 들이박은 이유가 설명되지 않았기에 의문사로 분류됐다.

이번에는 〈포트워스 스타 텔레그램〉에서 사망 사건에 관한 짧은 기사를 발견했다. 제이미는 포트워스에서 잘 알려진 신발 업체를 운영하는 유명 가문 출신이었다. 플린은 댈러스의 서던메소디스트대학교에서 조교로 일하며 심리학 박사 과정을 밟고 있었다. 자기 소유의 말들

페어워닝

과 가까이 살고 싶어서 부모 소유의 포트워스 소재 말 목장에 살면서 통학했다. 승마를 치료 방법으로 활용하는 상담소를 여는 것이 그녀의 인생 목표였다. 기사에는 플린의 아버지가 한 인터뷰가 포함돼 있었다. 그는 딸이 우울증과 알코올 중독에 맞서 싸운 뒤 인생을 바로잡고 학교로 돌아갔다며 슬퍼했다. 그리고 딸의 병이 재발하지 않았다는 점과 부검 당시 혈액 검사 결과가 깨끗했다는 점을 자랑스럽게 여기는 듯했다.

기사에는 댈러스 경찰의 교통사고 조사관이 한 말도 인용돼 있었다. 토드 휘트니는 제이미 플린의 죽음이 사고사였다는 확신이 들 때까지는 사건을 종결하지 않겠다고 말했다.

"수많은 일을 벌이고 있던 젊고 건강한 여성이 그냥 길에서 벗어나 가파른 강둑을 내려가서 목을 부러뜨리지는 않습니다." 그가 말했다. "순수한 사고였을지도 모르죠. 사슴 같은 것을 보고 방향을 틀었을 수도 있습니다. 하지만 스키드마크도 없고, 동물이 지나간 흔적도 없어요. 피해자의 부모님에게 답을 알고 있다고 말씀드리고 싶지만 답이 없습니다. 아직은요."

나는 기사에 제이미 플린이 자살을 사고로 꾸미기 위해 일부러 도로에서 방향을 틀었는지에 관한 정보가 없다는 걸 눈치챘다. 그런 일은 드물지 않았다. 하지만 그럴 가능성은 고려됐다 하더라도 공개적으로 보도되지는 않았다. 자살에는 너무도 강한 낙인이 찍혀 있어 대부분의 언론사에서는 전염병이라도 되는 듯 자살이라는 단어를 피했다. 자살 관련 기사가 쓰이는 건 공인이 스스로 목숨을 끊을 때뿐이었다.

나는 일단 제이미 플린 사건에서 눈을 뗐다. 추진력을 잃고 싶지 않

았다. 내가 무언가에 다가가고 있다는 확신이 들었다. 지체하고 싶지
않았다.

7

마지막으로 검토한 사건은 causesofdeath.net 게시판에 언급된 첫 사건이었다. 메시지에는 짧은 사건 개요가 딸려 있었다. 포트로더데일에서 발생한 32세 말로리 예이츠의 사망 사건은 댈러스의 경우와 마찬가지로 사망자가 교통사고로 목숨을 잃은 것처럼 보이지만 여러 모순이 있었기에 종결되지 않은 채 살인사건으로 취급되고 있었다. 예이츠의 몸에 난 일부 상처의 히스타민 수치를 보면, 상처가 사후에 발생한 것이고 교통사고는 연출된 것이라고 추측할 수 있었다. 하지만 게시물에서 시선을 돌리자 이 사건에 대한 장례식 공고나 신문 기사가 보이지 않았다. 상세 검색을 해보니 예이츠의 추모 페이지로 전환된 페이스북 공개 페이지가 떴다. 예이츠가 사망한 이후 16개월 동안 그녀의 친구와 가족이 남긴 수십 건의 메시지가 올라와 있었다. 나는 빠르게 그 메시지를 훑어보며 사망한 여자의 이력과 사건에 관련된 새로운 소식을 주워 모았다.

나는 말로리가 포트로더데일에서 어린 시절을 보냈으며 가톨릭 학교에 다니다가 바히아 마라는 이름의 항구에서 가족이 운영하는 보트 임대 업체에서 일했다는 사실을 알아냈다. 그녀는 고등학교를 졸업한 이후 대학교에 들어가지 않은 듯했고, 포트워스의 제이미 플린이 그랬듯 아버지 소유의 집에서 혼자 살았다. 어머니는 사망했다. 페이스북 게시물 중 몇 건은 2년 차이로 아내와 딸을 모두 잃은 말로리의 아버지에게 건넨 위로의 말이었다.

말로리가 죽고 3주 뒤에 올라온 메시지가 내 시선을 끌었다. 아무렇지 않게 스크롤을 내리던 나는 우뚝 멈추고 말았다. 에드 예거스라는 사람이 말로리를 자신의 육촌이라며, 이제 막 그녀를 알아가던 와중에 그녀를 빼앗겼다며 슬퍼했다. 그는 "이제야 널 알아가고 있었는데. 시간이 좀 더 있었으면 했어. 가족을 찾고 같은 달에 그 가족을 잃는다니 무척 슬프다."라고 했다.

샬럿 타가트의 부고에서 볼 수 있을 만한 감정이었다. 오늘날, 요즘 시대에 가족을 찾는다는 건 보통 DNA가 관련돼 있다는 뜻이다. 세상에는 온라인 데이터를 활용해 가족 관계를 찾아주는 혈통 분석 회사들도 있었지만 DNA가 지름길이었다. 이제 나는 샬럿 타가트와 말로리 예이츠가 둘 다 DNA 유전자 분석을 통해 혈연을 찾고 있었다고 확신했다. 크리스티나 포트레로도 그랬다. 이런 우연은 세 여자에게로 확장됐고, 네 여자 모두에게 해당할지도 몰랐다.

나는 이후 20분 동안 말로리 예이츠와 샬럿 타가트의 친척 및 친구들의 소셜 미디어 링크를 찾아봤다. 그들 모두에게 사랑하는 사람이 DNA를 분석 회사에 제출했는지, 만일 그랬다면 어느 회사에 제출했는지 묻는 같은 메시지를 보냈다. 그 일을 마치기도 전에 나는 에드 예거스에게서 이메일 답장을 받았다.

GT23을 통해 말로리를 만났습니다. 말로리가 죽기 6주 전이었으니 실제로 만날 기회는 없었죠. 정말 좋은 아이 같았어요. 안타까운 일입니다.

아드레날린이 흘러넘쳤다. 나는 희귀한 사망 원인과 GT23에 DNA를 제출했다는 사실이 공통적으로 확인된 사건 두 건을 확보했다. 나는 재빨리 포트워스 신문의 제이미 플린에 관한 기사로 돌아가, 플린의 아버지 이름과 그가 운영하는 가족 회사를 알아냈다. 그 회사는 장화와 허리띠, 안장과 고삐 등의 승마 용품을 파는 회사였다. 나는 그 회사를 검색해 본사 전화번호를 알아낸 뒤 전화를 걸었다. 여자가 전화를 받기에 월터 플린을 바꿔달라고 했다.

"어떤 용건이신지 여쭤봐도 될까요?" 여자가 물었다.

"따님인 제이미에 관한 일입니다." 내가 말했다.

누군가가 이미 겪고 있는 것 이상의 슬픔을 더 겪게 하고 싶어 하는 사람은 아무도 없다. 나는 이번 통화로 내가 바로 그런 짓을 하게 되리라는 걸 알았다. 하지만 내 본능이 맞는다면, 결국 해답을 통해 그 슬픔을 덜어줄 수 있을지 모른다는 것도 알았다.

아주 잠깐 기다리니 한 남자가 전화를 받았다.

"월트 플린입니다. 무슨 일이시죠?"

그는 질질 늘어지는 텍사스 특유의 억양을 갖고 있었다. 헛소리 따위는 허락하지 않는 데다 몇 세대는 거슬러 올라가는 말투인 듯했다. 머릿속에 말보로 광고가 떠올랐다. 흰 카우보이모자를 쓴 채 말에 타고서 성으로 새긴 듯한 얼굴을 찌푸리고 있는 남자 같은 느낌이었다. 나는 그가 나를 무시해 버리거나 화를 내지 않도록 단어를 신중하게 골랐다.

"플린 씨, 방해해서 죄송합니다. 저는 로스앤젤레스의 기자인데요. 몇몇 여성의 설명되지 않은 죽음에 관한 기사를 쓰고 있습니다."

나는 기다렸다. 미끼는 던져졌다. 플린은 미끼를 물거나 전화를 끊을 것이다.

"그런데 그게 내 딸에 관한 이야기라는 겁니까?" 그가 물었다.

"예, 맞습니다. 그럴 수도 있습니다." 내가 말했다.

나는 이어진 침묵을 채우지 않았다. 물이 흐르는 소리 같은 배경의 소음이 들렸다.

"듣고 있습니다."

"대표님, 이미 겪고 계신 것 이상으로 슬픔을 드리고 싶지는 않습니다." 내가 말했다. "따님이 돌아가신 것은 정말 유감입니다. 그래도 솔직히 말씀드려도 괜찮을까요?"

"전화 안 끊었습니다."

"비보도로 할까요?"

"그건 내가 당신한테 하는 말에나 적용되는 것 아닙니까?"

"제 말씀은, 전화를 끊으신 뒤 이 대화 내용을 사모님을 제외한 누구와도 나누지 마시라는 뜻입니다. 그래도 될까요?"

"당장은 괜찮습니다."

"네. 그게, 그럼 그냥 말씀드리죠. 제가 지금…… 죄송한데, 연결 상태가 나쁜가요? 배경에서 소리가 들리는데……."

"비가 옵니다. 조용히 얘기하려고 나왔어요. 당신이 말을 하는 동안에는 음 소거해 두겠습니다."

전화가 조용해졌다.

"어, 네. 괜찮습니다." 내가 말했다. "그러니까, 저는 22세에서 44세에 이르는 여성 네 명의 사망 사건을 살펴보고 있습니다. 이 사망 사건은 지난 1년 반 동안 전국에서 벌어졌고, 사인이 고리뒤통수 관절 탈구로 판정됐습니다. 줄여서 AOD라고 하죠. 그중 두 건의 사망 사건은 여기 로스앤젤레스와 플로리다에서 벌어졌는데, 살인사건으로 분류됐습니다. 한 건은 사고사로 등록됐습니다만 제 생각에는 의심스럽습니다. 그리고 네 번째 사건이 대표님의 따님 사건인데요. 그 사건은 공식적으로 의문사로 분류됐죠."

플린은 음 소거 기능을 껐다. 빗소리가 들린 뒤 그가 입을 열었다.

"그 넷이 어떤 식으로든 연관돼 있단 말입니까?"

나는 그의 목소리에 불신감이 스며드는 걸 알 수 있었다. 상황을 바꾸지 못하면 상당히 빠르게 그를 잃게 될 터였다.

"확실하지는 않습니다." 내가 말했다. "저는 사망한 여성들의 공통점을 찾고 있습니다. 제가 몇 가지 질문을 하게 해주시면 도움이 될 겁니다. 그래서 전화를 건 거고요."

처음에 플린은 대답하지 않았다. 빗소리에 베이스 음을 넣는 듯 낮게 우르릉거리는 천둥소리가 들리는 듯했다. 마침내 플린이 대답했다.

"물어보세요."

"알겠습니다. 제이미가 죽기 전에 혈연 분석을 위해서든 건강상의 이유로든 유전자 분석 회사에 DNA를 제출했습니까?"

플린은 음 소거 기능을 켜놓고 있었다. 대답 대신 침묵만이 들려왔다. 잠시 후 나는 그가 전화를 끊은 건지 궁금해졌다.

"플린 씨?"

빗소리가 다시 들렸다.

"듣고 있습니다. 답은, 제이미가 그때 막 그런 일에 관심을 갖기 시작했다는 겁니다. 하지만 내가 아는 한 제이미는 아무 회신도 받지 못했어요. 제이미는 어떤 식으로든 그 결과를 박사 학위 과정에 끼워 넣고 싶다고 했습니다. 자기가 대학교에서 하는 어느 수업의 모든 학생에게 그 검사를 받게 했다고 하더군요. 그게 제이미의 죽음과 무슨 상관입니까?"

"아직은 모릅니다. 혹시 따님이 어느 회사에 DNA를 제출했는지 아십니까?"

"제이미의 수업을 듣는 애들 중에는 장학금을 받고 다니는 애들이 있어요. 자금 사정이 빠듯하다는 말이죠. 걔들은 가장 싼 검사를 받았습니다. 검사 비용으로 23달러를 요구하는 회사였습니다."

"GT23이군요."

"맞아요. 이게 다 무슨 뜻입니까?"

나는 그의 질문을 거의 듣지 못했다. 내 귓속에서 맥박이 뛰는 소리만 들렸다. 이제는 세 번째 확인이 이뤄졌다. 같은 종류의 죽음을 맞이한 세 여성이 모두 GT23에 DNA를 보냈을 확률이 얼마나 될까?

"아직은 무슨 의미인지 모르겠습니다, 플린 씨." 내가 말했다.

나는 플린이 이 사건들의 연관성에 나만큼 흥분하지 않도록 방어해야 했다. 나는 그가 내 기삿거리를 가지고 텍사스 순찰대나 FBI로 달려가기를 바라지 않았다.

"당국에서도 알고 있습니까?" 플린이 물었다.

"아직은 알 만한 게 아무것도 없습니다." 내가 재빨리 말했다. "혹시 사건 사이의 확실한 연관성을 찾아내면 제가 당국에 알리겠습니다."

"당신이 물어본 DNA 건은 뭡니까? 그게 연결 고리인가요?"

"모르겠습니다. 아직 확인되지는 않았어요. 아직 당국에 알릴 만한 자료가 충분하지 않습니다. 그냥 제가 살펴보고 있는 몇 가지 사실이 있을 뿐입니다."

나는 눈을 감고 빗소리를 들었다. 결국 이렇게 될 줄 알았다. 플린의 딸은 죽었다. 그러나 플린에게는 해답도, 아무런 설명도 주어지지 않았다.

"어떤 기분이신지 압니다, 플린 씨." 내가 말했다. "하지만 기다려야 합니다. 일단……."

"당신이 어떻게 이해한다는 말입니까?" 그가 말했다. "딸이 있어요? 딸을 잃었습니까?"

과거의 기억이 나를 후려쳤다. 내 얼굴로 날아온 손, 그 손을 피하려고 고개를 돌리던 나. 내 뺨을 긁은 다이아몬드.

"대표님 말씀이 맞습니다. 제가 말실수를 했습니다. 저는 대표님이 어떤 고통을 느끼시는지 전혀 모릅니다. 그저 이번 일을 좀 더 파고들 시간이 약간 필요할 뿐입니다. 연락을 끊지 않고 계속 소식을 전해드리겠다고 약속합니다. 확실한 뭔가를 손에 넣게 되면, 누구보다 먼저 대표님께 전화를 걸겠습니다. 그런 다음 함께 경찰에, FBI에, 모두에게 알리죠. 그렇게 해주실 수 있을까요? 제게 시간을 주실 수 있겠습니까?"

"얼마나요?"

"모르겠습니다. 확실히 못 박지 않는 한 저는…… 우리는 FBI에게든, 누구에게든 알릴 수 없습니다. 실제 불이 날 때까지는 불이야 라고 외치지 않는 법이니까요. 무슨 뜻인지 아시죠?"

"얼마나 걸립니까?"

"아마 1주일쯤 걸릴 겁니다."

"나한테 전화할 생각이고?"

"전화하겠습니다. 약속합니다."

우리는 휴대전화 번호를 교환했고 플린은 처음에 내 이름을 듣지 못했다며 다시 이름을 알려달라고 했다. 그런 다음 플린은 주말에 내가 소식을 전해줄 때까지 가만히 있겠다고 약속했고 우리는 전화를 끊었다.

내가 수화기를 제자리에 내려놓자마자 전화벨이 울렸다. 킨제이 러셀이라는 여자였다. 샬럿 타가트의 온라인 추모 공간에 게시물을 올린 사람 중 하나였다. 나는 인스타그램에서 그녀를 찾아 개인 메시지를 보냈었다.

"어떤 기사를 쓰시는데요?" 킨제이가 물었다.

"솔직히 말씀드리면 아직 잘 모르겠습니다." 내가 말했다. "당신의 친구 샬럿의 죽음은 사고사로 기록됐지만, 저는 사고사가 아닌 여성들의 비슷한 사망 사건이 세 건 더 있다는 걸 알고 있어요. 저는 그 세 사건에 관한 기사를 쓰고 있습니다. 혹시 놓친 게 없는지 확인하려고 샬럿의 사망 사건을 살펴보고 싶었습니다."

"저는 살인사건이었다고 생각해요. 처음부터 그렇게 말했어요."

"왜 그렇게 생각하시죠?"

"샬럿이 한밤중에 그런 절벽을 찾아갔을 리 없으니까요. 그것도 혼자서라니. 하지만 경찰은 진실을 찾는 데 관심이 없었어요. 경찰이나 학교가 보기에는 살인보다 사고가 나았나 보죠."

나는 킨제이 러셀이 누군지 잘 몰랐다. 그녀는 죽은 친구에게 직접 건네는 메시지를 쓴 사람 중 한 명이었다.

"샬럿과는 어떤 관계이십니까?"

"학교 친구예요. 같은 수업을 들었어요."

"그러니까, 그때 일종의 학교 파티를 연 거군요."

"네, 학교 애들이랑요."

"그럼 샬럿이 파티에서 사라진 것만으로 절벽에서 살인사건이 일어났다고 비약하시게 된 이유가 뭐죠?"

"샬럿이 혼자서 거기 가지 않았으리라는 걸 아니까요. 샬럿은 아예 그런 데 가지 않았을 거예요. 걘 높은 데를 무서워해요. 항상 자기가 살던 동네에 사람들이 세워놓은 그 모든 높은 다리에 관해서 얘기했어요. 너무 무서워서 베이브리지나 금문교를 차 타고 건너지도 못한다고요. 그 다리 때문에 샌프란시스코에도 거의 가본 적이 없다고 했어요."

나는 이것만으로 샬럿의 사망이 살인이라고 말할 수 있는지 확신이 서지 않았다.

"흠……. 한번 살펴보겠습니다." 내가 말했다. "이미 조사를 시작했습니다만. 몇 가지 질문을 더 드려도 될까요?"

"그럼요." 킨제이가 말했다. "어떤 식으로든 도와드릴게요. 이건 옳지 않으니까요. 저는 뭔가 일이 벌어졌다는 걸 알아요."

"버클리의 신문에 실린 부고를 보니까 샬럿에게 유족이 있다더군요. 그중 몇 명은 샬럿이 작년에 찾아낸 먼 친척이었고요. 그게 무슨 뜻인지 아십니까? 먼 친척에 관한 이야기요."

"네, 샬럿이 DNA와 관련된 뭔가를 했어요. 우리 둘 다요. 단지, 샬럿은 정말로 그 일에 빠져 있었고 자기 가족의 혈통을 아일랜드와 스웨덴까지 추적해갔죠."

"두 분 다 하셨군요. 어떤 회사를 이용하셨습니까?"

"GT23이라는 곳이에요. 큰 회사들처럼 잘 알려지지는 않았지만 값이 싸죠."

또 나왔다. 네 건 중 네 건. AOD에 의한 사망 사건이 네 건 발생했는데 네 명의 피해자가 GT23에 DNA를 제출했다. 연관성이 있을 게 틀림없었다.

나는 킨제이 러셀에게 후속 질문을 몇 가지 던졌지만 그 답을 기록하지는 않았다. 나는 다음 단계로 나아가고 있었다. 추진력이 느껴졌다. 전화를 끊고 일을 시작하고 싶었다. 마침내 나는 킨제이에게 도와줘서 고맙다고 인사하고 계속 연락하겠다고 말하며 전화를 끊었다.

전화를 끊고 고개를 들어 보니 마이런 레빈이 내 칸막이 자리의 벽 너머로 나를 보고 있었다. 〈페어워닝〉의 로고가 들어간 커피잔을 든 채였다. 워닝(Warning)의 A는 번개가 관통하고 있는 빨간 삼각형이었다. 나는 지금 이 순간 그 번개의 힘을 느끼고 있었다.

"다 들었어요?"

"일부. 뭔가 나온 거야?"

"네. 큰 게 나왔어요. 제 생각이지만."

"회의실로 가자."

마이런이 회의실 쪽을 컵으로 가리켰다.

"아직 안 돼요." 내가 말했다. "전화를 몇 통 더 걸어야 합니다. 만나러 갈 사람도 있고. 그럼 얘기할 준비가 될 거예요. 편집장님도 마음에 들걸요."

"알았어." 마이런이 말했다. "자네가 준비되는 대로 얘기하지."

8

나는 GT23에 관해 찾아낼 수 있는 모든 것을 띄워놓고 DNA 분석 업계에 몰입했다.

가장 많은 정보가 담긴 자료는 GT23이 창립 20년을 맞아 상장되며 〈스탠퍼드 매거신〉에 실린 회사 소개서였다. 창립자 다섯 명은 싱장 덕분에 극도로 부유해졌다. GT23은 제노타입23이라는 오래된 회사의 자회사였다. 제노타입23은 20년 전 스탠퍼드 화학과 교수 몇 명이 자금을 모아 세운 회사였다. 이 회사의 목적은 실험실을 열어, 사법 당국 중 너무 영세해서 범죄 법의학적 DNA 분석을 할 자체 실험실을 두지 못하는 곳에 서비스를 제공하는 것이었다. 제노타입23은 처음에 성공을 거둬 법원에서 인증받은 기술자를 50명 이상 두고 미국 서부 전역의 형사 사건에서 증언하는 수준으로 성장했다. 하지만 DNA가 만병통치약이 되고 말았다. DNA는 점점 전 세계에서 잘못 기소되거나 유죄 판결을 받은 사람들의 누명을 벗겨주기 위해서만이 아니라 오래된 사건과 새로운 사건을 해결하는 데에도 모두 쓰이기 시작했다. 점점 더 많은 경찰과 사법 당국이 기술적으로 제노타입23을 따라잡고 자체 법의학 DNA 실험실을 열거나 자금을 모아 합동 연구실 혹은 광역 연구실을 설립하자 제노타입23의 사업은 쇠퇴하고 이익은 줄어들었다. 그들은 직원을 해고해야만 했다.

회사가 쇠락하던 그 시기에, 인간 게놈 프로젝트가 완성됨에 따라

DNA 분야에서는 새로운 사회적 분석 영역이 출현했다. 수백만 명의 사람들이 조상과 건강 이력을 찾아 나서기 시작했다. 창립자들은 제노타입23을 개편해 실속형 DNA 분석 회사인 GT23을 열었다. 하지만 비용 절감에는 함정이 있었다. 이 분야의 대형 선발주자들은 고객에게 연구 목적으로 DNA를 익명으로 제공하겠느냐고 물었다. 반면 GT23은 그런 선택지를 제공하지 않았다. 연구 시설이나 바이오테크 회사에게 자신들이 수집한 DNA 표본과 데이터를 쓰게 해줌으로써 분석에 들어가는 비용을 벌충해야 했기 때문이다. 단, 데이터의 익명성은 유지됐다.

GT23의 데이터 관리 방식은 논란의 대상이 됐다. 이 분야 전체가 개인정보 보호에 관한 염려로 가득했다. 그러나 GT23의 창립자들은 GT23에 DNA를 제출하는 것은 연구 목적으로 DNA를 기부하는 행위라는 기본적인 설명만으로 세간의 의문을 물리치고 시장으로 나아갔다. 그리고 시장은 반응을 보였다. 반응이 상당히 좋아서 1년이 조금 지난 뒤 창립자들은 회사를 상장하기로 했다. 우연인지 회사의 주식 거래가 공교롭게도 1주당 23달러의 가격으로 개시됐고 다섯 창립자는 뉴욕증권거래소에서 벨을 울렸다. 그들은 하룻밤 사이에 부자가 됐다.

다음으로 나는 〈사이언티픽 아메리칸〉에 실린 비교적 최신 기사를 보게 됐다. 이 기사에는 "누가 GT23의 DNA를 사는가?"라는 표제가 붙어 있었다. 그 기사는 DNA 분석이라는 자유분방한 세계의 윤리적 문제와 개인정보 보호에 관한 우려를 탐구하는 더 큰 기사 옆에 곁가지로 붙어 있었다. 기사 작성자는 GT23 내부의 취재원을 찾아 이 회사로부터 DNA를 구매하는 대학교와 바이오테크 연구 시설 명단을 얻었다. 구매자는 영국 케임브리지대학교 연구실에서 MIT의 생물학자, 캘리포니아 어바인에 있는 소규모 개인 실험실에 이르기까지 다양했다. 기사에서는 GT23 참여자의 DNA가 알코올 중독, 비만, 불면증, 파킨슨병, 천식 등등 다양한 질병과 질환 이면의 유전자 연구에 쓰인다고 적혀 있었다. GT23에서는 고객이라는 말 대신 참여자라는 말을 썼다.

GT23의 데이터를 활용한 다양한 연구와 그로부터 유래할 수 있는 이득은 아찔할 정도였다. 대학교, 대형 제약 회사, 웰빙 제품을 제조하는 회사의 잠재적 이윤은 말할 것도 없었다. 기사에서는 식욕의 만족과 비만의 유전적 근원을 다룬 UCLA의 연구를 지목했다. 어느 화장품 회사에서는 GT23 참여자들을 활용해 노화와 주름에 관해 연구했다. 한 제약 회사에서는 사람마다 귀지의 양이 다른 이유를 연구했고 어바인의 실험실에서는 유전자와 흡연, 약물 사용, 성 중독, 심지어 과속 운전 등의 위험 행동 사이에 어떤 연관성이 있는지 살폈다. 이 모든 연구의 목표는 인간 병폐의 원인을 이해하고 그런 병폐를 처리하거나 치료할 약물 혹은 행동요법을 개발하는 것이었다.

모든 게 좋아 보였고 모든 게 이윤을 낳았다. 최소한 GT23의 창립자들에게는 말이다.

하지만 곁가지 기사가 붙어 있는 주요 기사는 모든 좋은 소식에 그림자를 드리웠다. 그 기사에서는 10억 달러 규모의 유전자 분석 업계를 규제하는 미국 식품의약국이 최근까지 이런 책임을 방기해 왔다고 보도했다. 기사는 전국 인간 게놈 연구소의 최근 보고서를 인용했다.

최근까지 식품의약국은 유전자 검사 대부분에 "집행의 재량"을 적용하는 편을 선택해왔다. 이는 식품의약국이 검사를 규제할 권한을 가지고 있으나 그 권한을 쓰지 않기로 했다는 뜻이다.

기사는 계속해서 식품의약국이 이제야 규칙과 규제를 만드는 과정에 있으며 이런 규제는 결국 의회에 발의될 것이라고 보도했다. 그때에야 어떤 식으로든 규제가 시작될 수 있었다.

소비자를 직접 호객하는 유전자 분석 업계가 빠르게 성장하면서, 규제되지 않은 검사가 공중보건에 위협이 된다는 식품의약국의 우려는 가중됐다. 이에 따라 식품의약국은 접근법을 바꿔 유전자 검사 규제에 관한 새로운 지침을 초안하고 있다. 식품의약국의 "지침"은 문제에 대해 식품의약국이 내린 "현재의 판단"을 나타낼 뿐 식품의약국에도, 식품의약국이 규제하는 이해 당사자에게도 법적 효력이 없다는 점에서 법률이나 규제와는 다르다.

나는 충격을 받았다. 기사는 유전자 분석이라는 급성장하는 분야에 사실상 정부의 감독이나 규제 같은 것이 없다고 결론 내렸다. 정부가 한참 뒤처져 있었다.

나는 마이런이 읽을 수 있도록 기사를 인쇄한 뒤 GT23의 웹사이트에 회사가 제공하고 보장하는 서비스와 보안이 정부 규제에 의해 뒷받침되고 있다는 내용이 있는지 살폈다. 그런 정보는 전혀 없었다. 다만 연구자들이 익명 처리된 데이터와 생물학적 표본에 접근할 수 있는 방법 및 GT23이 지원하는 연구 분야에 관한 개요는 있었다.

암

영양

사회적 행동

위험 행동

중독

불면증

자폐

정신장애 (양극성 장애, 조현병, 조현정동장애)

　웹사이트에서는 데이터와 생물학 표본을 받는 주체가 협력 업체로 지칭됐다. 모든 정보는 '세상을 더 나은 곳으로' 만들겠다는 유쾌한 소개와 함께 제시됐다. 유전자 분석 및 보관이라는 엄청난 미지의 분야에 자신의 DNA를 익명으로 제공한다는 점에 대해 잠재적 참여자가 품을 만한 모든 우려를 불식시키기 위해 공들여 만든 게 분명했다.

　웹사이트의 다른 부분에는 GT23의 가정용 표본 채취 키트로 DNA를 제출할 때 익명성이 보장된다는 내용을 개략적으로 제시한 4페이지짜리 개인정보 제공 및 활용 동의서가 담겨 있었다. 깨알 같은 글씨로 적힌 지루한 내용이었지만 나는 모든 단어를 읽었다. 회사는 DNA를 처리할 때 여러 단계의 보안 조치를 하고 협력 업체에도 동일한 수준의 물리적, 기술적 데이터 보안을 요구하겠다고 참여자들에게 약속했다. 어떤 생물학적 표본도 참여자의 신원 정보와 함께 협력 업체에 제공되지 않을 거라고 했다.

동의서에는 DNA 분석, 매칭, 건강 관련 보고서 작성에 참여자가 낮은 비용을 지불할 수 있는 건 익명화된 데이터를 쓰는 대가로 협력 업체와 연구소에서 차액을 지원하기 때문이라고 명시적으로 적혀 있었다. 이에 따라 참여자는 협력 업체에서 유전자 분석과 관련된 요청을 해도 된다고 동의한 셈이었다. 협력 업체의 요청은 익명성을 유지하기 위해 GT23을 통해 걸러질 예정이었다. 이런 요청은 특정 연구 분야에 쓰기 위해 개인적 습관에 대한 설문조사를 해달라는 것에서부터 DNA 표본을 더 제공해달라는 것까지 다양했다. 이에 응할지는 참여자가 판단할 몫으로, 협력 업체의 연구에까지 반드시 참여할 필요는 없었다.

자체적인 보안 조치와 약속을 개략적으로 설명하는 3페이지가 이어진 뒤 마지막 페이지에 결론이 적혀 있었다.

당사는 정보 유출이 일어나지 않을 것을 보장할 수 없습니다.

이 문장은 마지막 문단의 첫 문장이었고 그 뒤에는 "가능성이 매우 낮은" 최악의 상황이 나열돼 있었다. 그런 상황은 협력 업체가 보안 의무를 위반하는 경우에서부터 협력 업체가 지원하는 연구실로 옮겨지는 도중 DNA 표본이 도난 및 훼손되는 경우까지 다양했다. 나는 면책 조항의 한 줄을 이해해 보려고 읽고 또 읽었다.

제3자가 다른 수단을 통해 자신이 쓸 수 있는 정보와 참여자의 유전 정보를 결합할 수 있을 경우 참여자의 신원을 알아낼 수 있으나 그럴 가능성은 낮습니다.

나는 화면을 보고 이 문장을 베껴 적은 다음 메모 문서 꼭대기에 적었다. 그 아래에는 이렇게 입력했다. *망할, 뭐라고?*

이제는 첫 후속 질문이 떠올랐다. 하지만 그 질문을 따라가기 전에 나는 메뉴에 있는 사법 기관이라는 제목의 탭을 클릭했다. 이 페이지에는 GT23이 범죄 수사에 유전 정보를 활용할 수 있도록 FBI 및 경찰을 지원하고 그들과 협력하고 있다는 성명서가 공개돼 있었다. 최근 뜨거운 주제였다. 경찰이 유전자 분석 정보 제공자를 활용해 가족 DNA와의 연관성으로 사건을 해결하는 데 도움을 받았기 때문이다. 가장 유명한 사건은 캘리포니아의 골든 스테이트 살인마1970~1980년대에 캘리포니아에서 13건의 살인과 50건 이상의 성범죄를 저질렀다고 알려진 범죄자 사건이었다. 골든스테이트 살인마로 추정되는 인물은 살인 강간 잔치를 벌인 뒤 수십 년이 지나서 잡혔다. 강간 후 검사 과정에서 살인 용의자의 DNA가 GED매치라는 사이트에 업로드되었고 수사관들은 그 DNA와 연관성이 있는 친척들의 정보를 제공받았다. 가계도가 그려졌고 머잖아 용의자가 특정된 뒤 추가적인 DNA 분석을 통해 확인됐다. 그보다 덜 알려진 수많은 다른 살인사건도 비슷하게 해결됐다. GT23은 사법 당국과 협력하고 있다는 사실을 굳이 감추지 않았다.

이제 나는 GT23의 웹사이트 검토를 마치고 메모 페이지에 한 가지 질문을 적어뒀다. 내 손에 들어온 게 무엇인지, 내가 지금 뭘 하고 있는지 확실하지 않았다. 나는 젊은 네 여자의 죽음에서 연결 고리를 찾아냈다. 그들은 성별과 사인, GT23에 참여했다는 사실로 연결돼 있었다. 나는 GT23에 참여한 사람이 수백만 명은 될 것이라고 추정했으므로 이 마지막 연결 고리가 유효한 공통점이라고 확신할 수는 없었다.

나는 허리를 펴고 앉아 내 칸막이벽 너머를 쳐다봤다. 자기 자리에 앉아 있는 마이런의 정수리만 보였다. 그에게 가서 지금이 이야기를 나눌 순간이라고 말할까 생각해 봤지만 금세 그 생각을 접었다. 나는 편집자나 상관에게 가서 이제 뭘 해야 할지 모르겠다고 말하는 걸 좋아하지 않았다. 편집자는 확신을 원한다. 기삿거리로 이어질 계획을 듣고 싶어 한다. 〈페어워닝〉과 우리가 하는 일에 관심을 끌어줄 기삿거리 말이다.

나는 GT23의 연락처를 검색하고 팰로앨토에 있는 그 회사에 전화를 거는 것으로 결정을 미뤘다. 나는 홍보팀에 연결해 달라고 요청했고 곧 마크 볼렌더라는 이름의 언론 대응 전문가와 이야기하게 됐다.

"저는 〈페어워닝〉이라는 소비자 뉴스 사이트에서 일하고 있습니다. DNA 분석 분야에서의 소비자 개인정보 보호에 관한 기사를 쓰고 있고요." 내가 말했다.

처음에 볼렌더는 대답하지 않았지만 나는 그가 타자 치는 소리를 들었다.

"그렇군요." 마침내 그가 말했다. "지금 〈페어워닝〉의 웹사이트를 보고 있습니다. 잘 모르는 회사네요."

"보통은 좀 더 인지도가 높은 언론사와 협력 기사를 쓰고 있습니다." 내가 말했다. "〈로스앤젤레스 타임스〉, 〈워싱턴 포스트〉, NBC 같은 곳이죠."

"이번 기사는 어디와 협력해서 쓰시는 건가요?"

"당장은 파트너사가 없습니다. 예비 작업을 하는 중인데……."

"실오라기를 모으는 중이군요?"

신문 쪽에서 쓰는 오래된 표현이었다. 이 표현을 들은 나는 볼렌더가 과거에 언론계에서 일하다가 반대편으로 넘어간 사람이라는 걸 알수 있었다. 현재 그는 언론인으로 살기보다는 언론을 다루고 있었다.

"그건 기자나 하는 말인데요." 내가 말했다. "어디서 일하셨습니까?"

"아, 여기저기서요." 볼렌더가 말했다. "제가 마지막으로 한 쇼는 12년 전, 기술 전문 기자로 〈머큐리〉에서 한 보도였죠. 그런 다음에는 명예퇴직해서 여기 오게 됐습니다."

〈새너제이 머큐리 뉴스〉는 아주 훌륭한 신문이다. 볼렌더가 첨단기술로 유명한 곳의 기술 전문 기자였다니 내 상대는 단순한 홍보팀 직원이 아닌 셈이었다. 이제 나는 그가 내 진짜 의도를 알아내고 나를 막을 방법을 찾아낼지 걱정해야 했다.

"그럼, 〈페어워닝〉에는 제가 어떤 도움을 드리면 될까요?" 볼렌더가 물었다.

"글쎄요, 지금은 보안에 관한 일반적 정보가 필요합니다." 내가 말했다. "GT23의 웹사이트에 들어가 보니 참여자의 유전 정보와 자료를 다루기 위해 여러 단계의 보안 조치를 취하고 있다고 적혀 있더군요. 그걸 자세히 안내해 주셨으면 합니다."

"저도 그럴 수 있었으면 좋겠네요, 잭. 그런데 지금 물어보신 정보는 특허와 관련된 내용이라 공개하지 않습니다. GT23에 유전자 표본을 제출하는 사람은 누구든 업계 최고 수준의 보안을 기대할 수 있다는 말로 충분합니다. 정부에서 요구하는 수준을 한참 뛰어넘죠."

판에 박힌 대답이었다. 나는 정부 규제가 없는데 정부에서 요구하는 수준을 뛰어넘는다는 말은 아무 의미가 없다는 걸 떠올렸다. 나는 대화를 시작한 지 얼마 되지도 않은 지금 볼렌더에게 덤벼들어 적의 자리에 서고 싶지 않았다. 대신 나는 볼렌더가 한 말을 파일에 입력했다. 그 말이 기사에 필요할 터였다. 기사가 나간다면 말이지만.

"네, 알겠습니다." 내가 말했다. "그런데 웹사이트에는 정보 유출이 없을 거라고 보장할 수 없다는 내용이 명시적으로 적혀 있던데요. 방금 하신 말씀과 그 내용이 어떻게 일치할 수 있나요?"

"웹사이트에 적혀 있는 말은 변호사들이 웹사이트에 적으라고 한 말입니다." 볼렌더가 말했다. 목소리에 날이 섰다. "인생에서는 그 무엇도 100퍼센트 보장된다고 할 수 없으니 그런 조언을 남겨둬야죠. 하지만 말씀드렸다시피 우리 회사의 보안 조치는 의심의 여지 없이 최고입니다. 다른 질문 있으십니까?"

"네, 잠깐만요."

나는 그의 대답을 다 입력했다.

"음, 이 말이 무슨 뜻인지 설명해주실 수 있습니까?" 내가 물었다. "귀사의 웹사이트에 올라와 있는 내용인데, *제3자가 다른 수단을 통해 자신이 쓸 수 있는 정보와 참여자의 유전 정보를 결합할 수 있을 경우 참여자의 신원을 알아낼 수 있으나 그럴 가능성은 낮습니다* 라네요."

"말 그대로입니다." 볼렌더가 말했다. "가능하지만 확률이 낮다는 거죠. 이번에도 법적인 이유로 적어놓은 겁니다. 동의서에 그런 조항을 달아야 해서요."

"좀 더 자세히 설명해 주시겠습니까? 예를 들어, '자신이 쓸 수 있는 정보'라는 건 무슨 뜻인가요?"

"아주 많은 뜻이 있을 수 있겠지만, 그 면책 조항에 관해서는 더 자세히 이야기하지 않겠습니다, 잭."

"GT23에서 참여자 데이터와 관련된 정보 유출이 일어난 적이 있습니까?"

잠시 침묵이 흐른 뒤 볼렌더가 대답했다. 딱 내가 그의 대답을 의심하게 할 만한 정도의 침묵이었다.

"당연히 없죠." 볼렌더가 말했다. "그런 일이 있었으면 이 업계를 규제하는 주체인 식품의약국에 보고됐을 겁니다. 식품의약국에 확인해보시면 그런 보고는 없었다는 걸 알게 되실 겁니다. 그런 일이 없었으니까요."

"네."

나는 타자를 치고 있었다.

"이 내용을 기사에 실으실 건가요?" 볼렌더가 물었다.

"잘 모르겠네요." 내가 말했다. "당신이 말했듯이 실오라기를 모으는 중이니까요. 어디 두고 보죠."

"다른 회사도 취재하세요? 트웬티스리 앤드 미라든지, 앤시스트리라든지?"

"네, 그러려고요."

"뭐, 기사를 내실 거라면 다시 저한테 회람시켜 주시면 감사하겠습니다. 제 말이 정확하게 인용됐는지 확인해보고 싶어서요."

"어…… 통화를 시작할 때는 그런 요청을 하지 않았잖아요, 마크. 제가 보통은 하지 않는 일이라서요."

"뭐, 처음에는 무슨 통화인지 몰랐습니다. 지금은 제가 한 말이 정확하게, 맥락에 맞게 인용될지 걱정되네요."

"그건 걱정할 필요 없습니다. 저는 오랫동안 이 일을 해왔거든요. 인용할 말을 지어내거나 맥락에 맞지 않게 쓰지는 않습니다."

"그럼 대화는 이걸로 마치겠습니다."

"저기요, 마크. 왜 불쾌해하는지 모르겠군요. 당신도 기자였잖아요. 지금은 언론에 대응하고요. 일이 어떤 식으로 돌아가는지 알 텐데요. 인터뷰를 한 다음에 규칙을 정하지는 않습니다. 왜 화가 난 거예요?"

"뭐, 한 가지만 말하자면 당신 정보를 찾아봐서 이젠 당신이 누군지 알거든요."

"내가 누군지는 말했잖아요."

"하지만 당신이 그 살인범들에 대해 쓴 책 얘기는 하지 않았죠."

"그건 아주, 아주 오래된 이야기입니다. 이번 일과는 아무 상관도 없는⋯⋯."

"둘 다 기술의 진보가 나쁜 사람들한테 이용된 사례였죠. 시인? 허수아비? 너무 악질이라 언론에서 별명까지 붙여준 연쇄 살인범이잖아요. 그러니 우리 회사의 보안 수준에 관해 마음이 놓이는 기사를 쓰려고 전화한 건 아닐 것 같은데요. 다른 뭔가가 있는 거죠."

볼렌더의 말은 틀린 것도 아니었지만 옳은 것도 아니었다. 나는 지금도 내가 손에 쥐고 있는 것이 무엇인지 몰랐지만 볼렌더의 미꾸라지 같은 태도는 여기에 뭔가 있을지 모른다는 내 느낌을 증폭시킬 뿐이었다.

"다른 뭔가는 없습니다." 내가 말했다. "진짜로 귀사에 제출된 DNA의 보안에 관해 알고 싶을 뿐이에요. 하지만 한 가지는 해드리죠. 지금 당신이 한 말을 그대로 읊어달라고 하면 그렇게 해드리겠습니다. 내가 정확하게 받아 적었다는 걸 알게 될 겁니다."

침묵이 흘렀다. 볼렌더의 말투는 이 대화가 끝났다는 걸 알려주듯 딱딱했다. 내가 대화를 이어갈 방법을 찾는다면 모르겠지만.

"그럼, 잭. 얘기가 끝났으면…….."

"두 가지 더 물어보고 싶은데요. 읽어보니, GT23은 DNA 분석 공급 업체 중 가장 큰 기업으로 아주 빠르게 성장했더군요."

"그렇긴 하죠. 뭐가 궁금한데요?"

"글쎄요, GT23은 지금도 모든 연구 업무를 직접 하나요? 아니면 너무 빠르게 규모가 커진 만큼 연구 업무는 위탁하나요?"

"어, 다른 연구실로 위탁하는 업무가 일부 있는 걸로 압니다. 마지막으로 할 질문은 그런 업체들도 똑같은 안전 및 개인정보 보호 기준에 따라 운영되느냐는 것일 텐데, 답은 철저히 '그렇다'입니다. 완전히 같은 기준이에요. 정부에서 요구하는 수준을 한참 넘어서죠. 여기에 기삿거리라고는 없습니다. 이제 끊어야겠네요."

"마지막 질문이요. 보안 문제에 있어서 GT23과 하청 업체들이 연방 정부의 규제나 요구사항을 훨씬 넘어서는 기준을 가지고 있다고 하셨죠. 어떤 식으로든 개인정보 유출이 일어나면 보고한다거나 하는 식으로요. 이 부문에서 어떤 규제나 요구사항도 없고, 이런 문제에 대한 보고는 자발적으로 이뤄질 수밖에 없다는 점을 알고 계십니까?"

"저는, 어…….. 잭, 그건 당신이 잘못 알고 있는 것 같은데요. 식품의약국에서 DNA를 규제합니다."

"맞아요, 식품의약국 소관인 건 맞죠. 하지만 식품의약국은, 적어도 지금까지는 규제하지 않기로 해왔습니다. 그러니 GT23이 정부 규제를 넘어선다고 말하는 건…….."

"얘기는 끝났다고 했습니다, 잭. 좋은 하루 보내세요."

볼렌더는 전화를 끊었고 나는 수화기를 다시 제자리에 내려놓았다. 주먹을 쥐고 망치질이라도 하듯 주먹을 조용히 쾅쾅 쳤다. 나는 볼렌더가 한 말을 그대로 되돌려주어 그의 성질을 돋우었다. 하지만 그게 아니라도 볼렌더 주변에서 큰 파도가 일어나는 것을 느꼈다. 볼렌더에게는 화를 낼 만한 이유가 충분히 있었다. 자신을 고용한 회사의 평판을 보호하려고 노력하는 것일 수도 있겠지만 업계 전체의 더 큰 비밀이 드러날 위험에 처해 있다는 걸 아는 게 분명했다. 유전자 검사는 정부가 거의, 또는 아예 감시하지 않는 자기 규제 산업이었다.

그건 기삿거리였다.

9

나는 조사와 인터뷰로 얻은 모든 메모를 출력했다. 공용 프린터에서 나온 종이를 챙긴 뒤 또 다른 잠재적 기부자와 통화하며 선전하고 있던 마이런을 지나 사무실을 나섰다. 지금은 숨을 쉴 기회였다. 내가 뭘 하는 건지, 어디로 가는 건지 설명할 필요가 없을 테니까. 내가 문을 나서는 동안 아무도 내 이름을 부르지 않았다.

시내로 차를 몰아가 주차하는 데 45분이 걸렸다. 나는 미리 전화하지 않으면 두 시간을 낭비하는 위험을 감수하게 된다는 걸 알고 있었지만, 미리 전화하면 내가 도착했을 때 레이철 월링이 편리하게도 사무실을 비워버리는 위험을 감수하게 된다는 것 또한 알고 있었다.

레이철의 사무실은 4번가와 메인 스트리트의 교차로에 있는 우아하고 오래된 상업은행 건물에 있었다. 사적史蹟으로 등록된 건물이었다. 그 말은, 건물의 정면이 지금도 은행처럼 생겼다는 뜻이다. 하지만 한때 웅장했던 내부를 개조하고 나눠 개인 사무실과 창조적 공간으로 활용하고 있었다. 대체로 변호사, 로비스트, 근처 공공기관을 상대하는 그 외의 업체들이 공간을 임대해 사용했다. 레이철은 비서를 두고 방 두 칸짜리 사무실을 썼다.

문에는 **RAW 자료 서비스(RAW DATA SERVICE)**라고 적혀 있었다. RAW는 *레이철 앤 월링(Rachel Anne Walling)*의 약자였다 raw data에는 미 가공 자료라는 의미도 있다. 레이철의 비서 이름은 토머스 리벳이었다. 그는 책

페어워닝

상 뒤에 앉아 컴퓨터 화면을 들여다보고 있었다. 이 업체의 주요 업무인 배경 조사와 관련된 컴퓨터 업무는 토머스가 많이 처리했다.

"안녕하세요, 잭." 토머스가 말했다. "오늘 오실 줄은 몰랐는데."

"나도 몰랐어요." 내가 말했다. "레이철은 안에 있어요?"

"네. 들어가도 되는지만 확인할게요. 고객 자료를 늘어놓고 있을지 몰라서요."

토머스가 책상 위 수화기를 들고 등 뒤 2미터 거리에 있는 방에 전화를 걸었다.

"레이철? 잭 매커보이가 왔어요."

나는 그가 내 성과 이름 전부를 사용했다는 걸 눈여겨봤다. 레이철의 인생에 다른 잭이 있는 건지, 토머스가 그중 어느 잭이 레이철을 기다리고 있는 건지 밝혀야 한다고 느낀 건지 궁금해졌다.

토머스는 전화를 끊고 미소 지으며 나를 올려다봤다.

"괜찮대요. 들어가셔도 돼요."

"고마워요, 토머스."

나는 토머스의 책상을 돌아 그의 등 뒤 벽 가운데에 있는 문을 지났다. 레이철의 사무실은 긴 직사각형 형태였다. 사무실에는 앞에 앉을 수 있는 작은 공간이 있었고 그 뒤로 엘 자 책상이 있었다. 책상 위에는 양옆으로 커다란 모니터가 놓여 있어 레이철은 개별 IP 주소를 갖춘 서로 다른 컴퓨터로 여러 가지 일을 동시에 처리할 수 있었다.

내가 들어가 문을 닫자 그녀는 한 화면에서 고개를 돌려 나를 보았다. 내가 레이철을 마지막으로 본 건 적어도 1년 전이었다. 그나마 이곳 사무실 건물에서 오픈하우스 행사를 열어 사람이 붐빌 때였다. 그때 레이철은 RAW 자료 서비스를 개업했다고 알렸다. 그간 몇 차례 이런저런 문자와 이메일을 주고받기는 했지만, 나는 레이철에게 미소 지은 그 순간 내가 지난 2년 동안 레이철과 단둘이 있었던 경우가 한 번도 없었다는 걸 깨달았다.

"잭." 레이철이 말했다.

다른 말은 없었다. 여긴 무슨 일이야 라거나 당신 마음대로 아무 때나 여기 오면 안 돼 같은 말은 없었다. 오기 전에 약속을 잡아야지 라는 말도.

"레이철." 내가 말했다.

나는 그녀의 책상으로 다가갔다.

"시간 좀 있어?" 내가 물었다.

"그럼. 앉아. 잘 지냈어, 잭?"

나는 책상 뒤로 돌아가 그녀를 의자에서 일으켜 세워 끌어안고 싶었다. 그녀에게는 여전히 그 힘이 있었다. 나는 레이철을 볼 때마다 그 충동을 느꼈다. 아무리 오랜만이라도 상관없었다.

"잘 지냈어." 나는 자리에 앉으며 말했다. "뭐, 늘 똑같지. 당신은? 일은 어때?"

"좋아." 레이철이 말했다. "정말로. 더는 아무도 다른 사람을 믿지 않아. 그 말은 내게 일거리가 있다는 뜻이지. 우리로서는 감당할 수 없을 정도로 많아."

"우리?"

"토머스랑 나랑. 토머스랑 동업하기로 했거든. 토머스는 그럴 만한 자격이 있으니까."

나는 목소리가 나오지 않아 고개를 끄덕였다. 10년 전, 우리는 사설 탐정으로 나란히 일하겠다는 꿈을 꿨다. 그 계획을 미룬 건 레이철이 FBI 연금 수령 기준을 완전히 만족시킬 때까지 기다리고 싶어 했기 때문이다. 그래서 그녀는 FBI에 남았고 나는 〈벨벳 코핀〉에서 일했다. 그러다가 로드니 플레처 사건이 발생했고, 나는 그 이야기를 우리가 가진 것이나 우리의 계획보다 앞세웠다. 레이철은 2년만 더 있으면 연금 수령 기준을 만족할 수 있었는데 해고당했다. 우리 관계도 무너졌다. 이제 레이철은 나 없이 배경 조사와 개인적 조사 활동을 했다. 나는 소비자를 위한 사나운 경비견이 돼 기사를 쓰고 있었고.

원래 이렇게 될 건 아니었다.

나는 한참 만에 목소리를 되찾았다.

"간판에도 토머스의 이름을 쓸 거야?"

"그건 아니야. *RAW* 데이터로 이미 브랜딩을 마쳤는데, 잘 통하거든. 그래서…… 여긴 어쩐 일로?"

"그게, 내가 쓰고 있는 기사에 당신 머리와 조언을 좀 빌릴 수 있을까 했어."

"이쪽으로 와."

레이철은 앉을 수 있는 자리를 가리켰다. 우리는 그리로 옮겼다. 나는 소파에 앉았고 레이철은 커피 테이블을 사이에 두고 내 맞은편의 안락의자에 앉았다. 레이철 뒤의 벽에는 그녀가 FBI에 있던 시절의 사진이 걸려 있었다. 나는 그게 매출을 위한 도구라는 걸 알았다.

"자." 자리를 잡자 그녀가 말했다.

"기삿거리가 있어." 내가 말했다. "그러니까, 내 생각에는. 당신한테 검토를 받고 싶었어. 혹시 당신도 생각나는 게 있나 싶어서."

나는 티나 포트레로의 살인사건과 전국에서 발생한 다른 세 여성의 사망 사건의 연관성, 그 바람에 내가 끌려 들어간 토끼 굴에 관한 이야기를 최대한 빨리 전했다. 나는 뒷주머니에서 인쇄물을 꺼내 GT23의 개인정보 제공 및 활용 동의서에서 발췌한 문단, 그리고 볼렌더와 티나의 어머니가 한 말 일부를 읽어줬다.

"뭔가 있는 것 같아." 내가 결론을 내렸다. "그런데 다음 단계로 뭘 해야 할지 모르겠어."

"첫 번째 질문은," 레이철이 말했다. "LA 경찰이 이런 방향으로 수사를 진행할 거라는 징후가 조금이라도 있느냐는 거야. 경찰도 당신이 아는 걸 알아?"

"그건 잘 모르겠지만, 다른 사건 세 건을 떠올렸을 것 같지는 않아."

"당신은 애초에 그 사실을 어떻게 알게 된 거야? 새로운 당신하고는 어울리지 않는데. 소비자 전문 기자라며."

나는 1년 전 티나 포트레로와 하룻밤을 보냈기에 LA 경찰이 나를 찾아왔다는 이야기는 편의상 빼놓았다. 하지만 이제는 그 사실을 말하지 않을 도리가 없었다.

"그게, 내가 티나 포트레로와 아는 사이여서……. 잠깐이지만. 그래서 경찰이 날 찾아왔어."

"당신이 용의자란 말이야, 잭?"

"아니. 그보다는 참고인에 가까워. 어쨌든 누명은 곧 벗겨질 거야. DNA를 넘겼으니 혐의가 벗겨지겠지."

"하지만 그럼 당신은 엄청난 이해 충돌에 얽혀 있는 셈이야. 당신 편집자가 이걸 하게 놔뒀다고?"

"크게 다를 게 없으니까. DNA로 혐의가 소명되면 이해 충돌은 없는 셈이야. 그래, 난 티나를 알았어. 하지만 그렇다고 이 사건에 대한 기사를 쓰지 못하는 건 아니야. 전에도 해본 적 있는 일인걸. 난 형에 대한 기사를 썼어. 그전에는 내가 아는 시행정 보조관이 살해당했을 때도 기사를 썼고."

"그래, 그런데 그 여자랑 잠자리도 했어?"

가혹한 말이었다. 그 바람에 나는 나와 관련된 문제에서는 레이철도 이해 충돌 당사자가 된다는 걸 깨달았다. 3년 전 갈라서기로 한 우리의 결정은 둘의 합의에 따른 것이었지만, 나는 우리 둘 다 서로를 잊지 못했을 거라고 생각했다. 아마 영원히 그럴 것이다.

"아니, 시행정 보조관이랑은 안 잤어." 내가 말했다. "그 여자는 단순 취재원이었어."

나는 마지막 말을 한 순간 실수했다는 걸 깨달았다. 레이철과 나의 비밀스러운 관계는 그녀가 로드니 플레처의 비행을 폭로한 연작 기사에서 내 취재원으로 활동한 사람이 자신이었다는 사실을 드러내며 공개적으로 끝장나 버렸다.

"미안." 내가 재빨리 말했다. "그런 뜻으로 말한 건……."

"괜찮아, 잭." 레이철이 말했다. "지나간 일인데. DNA에 관해서는 당신 생각이 맞는다고 생각해. 뭔가 있어. 추적해볼게."

"그래, 그런데 어떻게?"

"자율 규제 업계라며. 보잉이 여객기 사고를 일으켰을 때, 그 회사가 사실상 자율 규제와 자율 보고에 따라 운영되고 있었다는 사실이 드러났던 것 기억나? 당신은 지금 그만큼 큰 문제를 다루는 것일지도 몰라. 그 문제가 뭔지는 상관없어. 정부든, 관료제든, 기업이든. 규칙이 없으면 부패가 녹슬 듯 끼어들게 마련이야. 그게 당신이 접근해야 할 방향이고. 당신은 GT23이든, 업계의 다른 회사든 정보 유출을 경험했는지 알아내야 해. 만일 그런 적이 있다면 게임은 끝난 거야."

"말이 쉽지."

"약점이 어딘지 자문해봐. 당신이 나한테 읽어준 그 부분, 당사는 정보 유출이 일어나지 않을 것을 보상할 수 없습니다 라는 부분 말이야. 그게 중요해. GT23에서 그 점을 보장할 수 없다면 뭔가 알고 있다는 거야. 약점을 찾아. 언론 담당자가 그냥 알려줄 거라고 생각하지 말고."

나는 레이철의 말을 이해했다. 하지만 나는 외부인으로서 안을 들여다보는 입장이었다. 모든 시스템의 약점은 바깥에서 볼 수 없도록 감춰져 있었다.

"그건 나도 알아." 내가 말했다. "하지만 GT23은 요새나 다름없다고."

"훌륭한 기자에게는 세상 어느 곳도 요새가 아니라고 말한 사람이 당신 아니었나? 들어갈 방법은 언제나 있어. 전직 직원이라든가, 불만이 있는 현직 직원이라든가. GT23에서 해고당한 사람은 누굴까? 부당한 대우를 받은 사람은? 경쟁사든, 질투심을 느끼는 동료든. 들어갈 방법은 언제나 있어."

"알았어, 그건 다 확인해 보겠지만……."

"협력 업체도 있지. 거기도 약점이야. GT23이 뭘 하는지 봐, 잭. 그 회사는 자료를 넘겨주고 있어. 자료를 팔고 있지. 바로 그 지점에서 자료에 대한 통제권을 잃는 거야. 더는 물리적으로 자료를 통제하지 않고, 그 자료를 가지고 하는 일을 통제하지도 못해. 연구 신청서만 심사하고 신청서에 적힌 연구가 실제로 이뤄질 거라고 그냥 믿는 거야. 하지만 과연 되돌아가서 정말 그런지 확인해보면 어떨까? 그게 당신이 가야 할 방향이야. 엄마는 뭐래?"

"뭐?"

"피해자의 엄마 말이야. 피해자 엄마가 한 말을 나한테 읽어줬잖아. 티나가 결혼한 적이 없고, 한 남자에게 매이고 싶어 한 적도 없었다며. 처음부터 남자에 미쳐 있었다는 말도 했고. 그게 다 무슨 소리일까? 티나가 문란한 생활을 했다는 말을 돌려서 한 거야. 요즘 사회에서는 그게 여성의 행동 문제로 간주되던데. 안 그래?"

나는 레이철이 프로파일러로서의 본능을 본격적으로 발휘하는 것을 봤다. 레이철 월링을 다시 만나러 온 내게 다른 동기가 있었을지는 모르겠지만, 지금 그녀는 자신의 기술을 활용해 내 취재의 방향을 제시해주고 있었다. 훌륭하게.

"어, 맞아. 그렇지."

"전형적인 프로파일이야. 남자가 여러 상대와 섹스하고 싶어 한다면 별일이 아니지. 여자가 그러면? 헤픈 거야. 창녀 취급을 당하지. 글쎄, 이런 성향이 유전적인 걸까?"

나는 기억을 떠올리며 고개를 끄덕였다.

"성 중독 말이구나. GT23의 협력 업체 중 최소 한 곳이 위험한 행동과 그 유전적 원인을 연구하고 있었어. 기사에서 봤어. 다른 업체들도 있을지 몰라."

레이철이 나를 가리켰다.

"빙고." 그녀가 말했다. "성 중독이야. 성 중독과 유전자의 관계에 관해 연구한 건 누구지?"

"와." 내가 말했다.

"세상에, FBI 사건을 수사할 때 이런 자료가 있었으면 좋았을 텐데." 레이철이 말했다. "피해자 연구에서든, 용의자 프로파일링에서든 엄청난 영향을 줬을 거야."

그녀는 FBI에서 했던 작업을 떠올리며 아쉽다는 듯 말했다. 나는 내가 가져온 자료가 레이철을 흥분시킨 한편, 예전의 그녀와 그때 그녀가 가졌던 것들을 떠올리게 했다는 걸 알 수 있었다. 여기에 찾아온 내 동기에 죄책감이 들 정도였다.

"어, 아주 멋져, 레이철." 내가 말했다. "훌륭해. 덕분에 상황을 바라볼 여러 관점이 생겼어."

"전부 다 당신처럼 노련한 기자라면 이미 알았을 얘기인걸." 그녀가 말했다.

나는 레이철을 바라봤다. 내 동기는 아무 소용없었다. 레이철은 범죄 현장과 살인자를 읽어내던 그 방법으로 나를 읽어냈다.

"여기 온 진짜 이유가 뭐야, 잭?" 그녀가 물었다.

나는 고개를 끄덕였다.

"뭐, 바로 이런 거야." 내가 말했다. "당신은 나를 펼쳐놓은 책이라도 된 것처럼 읽어버렸어. 그래서 온 거야. 당신이 이번 일에 운을 걸어보고 싶어 할지도 모른다고 생각했어. 살인자를 프로파일링하고, 피해자도 프로파일링하고. 피해자 관련 자료는 아주 많아. 살인자에 관해서는 사건 발생 시간, 장소, 놈이 현장을 연출한 방법을 알고 있고. 난 많은 걸 알아."

레이철은 내가 말을 마치기도 전에 고개를 저었다.

"지금은 일이 너무 많아." 레이철이 말했다. "이번 주에는 이 도시의 멀홀랜드 드라이브 계획 위원회의 위원 후보자 배경 조사를 하고 있어. 단골들이 맡긴 평소 업무도 남아 있고."

"뭐, 그거면 비용은 충분히 감당하겠네." 내가 말했다.

"게다가……. 난 사실 그 길을 가고 싶지 않아. 다 지난 일이야, 잭."

"하지만 당신은 실력이 좋았어, 레이철."

"그랬지. 하지만 이런 식으로는……. 이러다가는 과거가 너무 많이 생각날 것 같아. 시간이 오래 걸리긴 했지만 미련은 버렸어."

나는 그녀를 바라봤다. 이번에는 내가 그녀를 읽어내고 싶었다. 하지만 그녀는 예전부터 부수기 어려운 단단한 견과 같았다. 나는 그녀가 하는 말을 액면 그대로 받아들일 수밖에 없었다. 하지만 그녀가 과거로 돌아가고 싶지 않은 이유가 떠나온 직장보다는 나 때문인지 궁금했다.

"알았어." 내가 말했다. "그럼 다시 일하게 해줘야겠네."

나는 자리에서 일어났다. 레이철도 마찬가지였다. 정강이까지 올라오는 커피 테이블이 우리 사이에 놓여 있었다. 나는 그 위로 몸을 숙여 어색하게 레이철을 포옹했다.

"고마워, 레이철."

"얼마든지, 잭."

나는 사무실을 나선 후 메인 스트리트를 따라 지프를 세워둔 자리로 걸어가며 휴대전화를 확인했다. 레이철을 만나러 가기 전에 무음 설정을 해둔 터였다. 이제 보니 모르는 번호로 부재 중 전화 두 통이 와 있었고 새 음성메시지도 두 통이 있었다.

첫 번째 메시지는 리사 힐이 보낸 것이었다.

"그만 괴롭혀."

짧고도 간단한 메시지에 이어 전화가 끊겼다. 이 메시지 덕분에 나는 두 번째 메시지를 재생하기도 전에 발신자가 누구인지 정확하게 추측할 수 있었다. 맷슨 형사는 리사 힐보다 몇 단어를 더 썼다.

"매커보이, 내가 당신을 괴롭힘 혐의로 입건하기를 바란다면 계속 리사 힐을 괴롭히시오. 그 여자를. 가만히. 놔두라고."

나는 메시지 두 통을 다 지워버렸다. 얼굴이 분노와 수치심으로 달아올랐다. 나는 그저 일을 하고 있었을 뿐인데, 힐도, 맷슨도 그렇게 생각하지 않는다니 거슬렸다. 그들에게 나는 일종의 침입자였다.

티나 포트레로를 비롯한 세 명의 여자에게 무슨 일이 일어났는지 알아보겠다는 결심이 더욱 굳어졌다. 레이철 월링은 과거로 가고 싶지 않다고 말했다. 하지만 나는 달랐다. 오랜만에 처음으로, 나는 내 피를 중독성 추진력으로 움직이게 하는 기삿거리를 손에 넣었다. 그 느낌을 되찾으니 좋았다.

페어워닝

10

〈페어워닝〉에는 렉시스넥시스 등의 법률 검색 엔진 같은 사치를 부릴 예산이 없었다. 하지만 이사회의 일원으로 〈페어워닝〉의 기사에 법률적 허점이 있는지 검토해주는 변호사인 윌리엄 마천드는 그 서비스를 이용했고, 우리에게 무료로 제공해주는 수많은 것 중 하나로 그 서비스를 이용하게 해줬다. 그가 돈을 내는 의뢰인 대부분을 만나는 사무실은 밴나이스 시민회관 근처에 있는 빅토리 대로에 위치하고 있었다. 마천드가 고객들을 대신해 출석하는 법원과 나란히 있는 곳이었다. 나는 시내를 벗어나자마자 그곳부터 들렀다.

마천드는 법원에 있었지만, 그의 법률 보조원인 사차 넬슨은 사무실에 있었다. 그녀는 컴퓨터를 보고 있다가 내게 자기 옆자리에 앉아 있도록 해주고 GT23이나 그 모회사, 설립자들이 소송의 대상이 된 적이 있는지 렉시스넥시스를 검색했다. 나는 GT23을 상대로 한 소송 한 건이 계류 중인 것을 찾았다. 제소됐다가 합의가 이뤄지면서 기각된 소송도 한 건 보였다.

계류된 사건은 규제 사무 전문가 제이슨 황이라는 사람이 제기한 부당 해고 관련 건이었다. 소장 1면의 소송 원인에는 다른 직원이 탕비실에서 황과 우연히 마주쳤을 때 성희롱을 당했다고 주장해 황이 해고됐다고 적혀 있었다. 황은 혐의를 부인하며, 자신이 규정에 따른 본격적 내사 절차 없이 해고당했다고 주장했다. 소장에는 황이 DNA 검사 및 연구와 관련해 회사의 규약에 엄격하게 따라야 한다고 주장했기에 그를 제거하고자 성희롱 혐의가 날조됐다고 적혀 있었다. 원치 않는 성적 접촉의 피해자라는 사람이 황이 해고당한 뒤 그의 자리로 승진했다고도. 해고가 불법이라는 확실한 지표였다.

내가 보기에 이 소송에서 눈에 띄는 점은 황이 팰로앨토에 있는 GT23의 실험실에서 직접 일한 건 아니라는 점이었다. 엄밀히 말하면, 그는 로스앤젤레스의 우드랜드 힐 지역에 위치한 독립 연구소인 우드랜드 바이오의 직원이었다. 소장에는 우드랜드 바이오가 GT23의 하청 업체로, 모회사가 다 처리하지 못한 유전자 검사 일부를 받아서 하는 실험실이라고 설명돼 있었다. 황이 모회사에 소송을 건 이유는 인사와 관련된 궁극적 결정권이며 돈이 모두 모회사에 있었기 때문이다. 황은 날조된 혐의로 업계 내 평판이 망가졌기에 다른 회사에서 자신을 고용하지 않을 거라며 손해배상금으로 120만 달러를 요구했다.

나는 사차에게 소장을 인쇄해 달라고 부탁했다. 소장에는 황의 변호사 이름과 연락처가 적힌 송달 장소에 관한 페이지가 포함돼 있었다. 황의 변호사는 로스앤젤레스 시내의 로펌에서 일하는 파트너 변호사였다. 사차는 내가 흥분했다는 걸 감지했다.

"좋은 일인가 봐요?" 그녀가 물었다.

"그럴지도 몰라요." 내가 말했다. "원고나 원고 변호사가 나와 이야기하겠다면 어떤 결과가 나올 수도 있어요."

"다른 사건도 띄워볼까요?"

"네, 좋습니다."

나는 사차가 키보드 작업을 하는 동안 그녀 옆의 바퀴 달린 의자에 앉아 있었다. 사차는 40대 초반으로 오랫동안 마천드 밑에서 일했다. 나는 앞서 나눈 대화를 통해 그녀가 낮에는 사무실에서 일하고 밤에는 로스쿨에 다닌다는 걸 알고 있었다. 그녀는 책벌레에 결단력이 강한 스타일로 매력적이었다. 예쁘장한 얼굴과 눈이 안경에 가려져 있었고 립스틱을 바르거나 거울 앞에 앉아 화장하며 오랜 시간을 보낸 흔적은 전혀 없었다. 사차는 반지나 귀고리도 착용하지 않았다. 컴퓨터 화면을 들여다보며 무의식적으로 짧은 고동색 머리카락을 귀 뒤로 넘기는 습관이 있었다.

알고 보니, 사법계에서 점차 늘어나는 DNA 실험 업무 수요를 맞추기 위해 제노타입23을 최초로 설립한 스탠퍼드 동문은 총 여섯 명이었다. 하지만 그중 젠슨 피츠제럴드는 다른 다섯 명의 동업자들에 의해 퇴직당했다. 몇 년 뒤 GT23이 설립되자 그는 모회사의 최초 창립자라는 위치를 인정해 GT23의 지분을 받아야 한다고 주장하는 소송을 제기했다. 이 소송에 대한 최초의 답변서에는 두 회사가 별개의 단체이므로 피츠제럴드에게는 새로운 회사에 의해 창출된 부에 대한 소유권이 없다고 적혀 있었다. 단, 렉시스넥시스의 파일은 공동 소 취하 통지서로 마무리됐다. 그 말은 양측 관계자가 합의에 이르렀고 분쟁이 해결됐다는 뜻이었다. 합의의 자세한 내용은 비밀이었다.

이 사건에 대해서는 후속 조사를 할 게 별로 보이지 않았지만, 나는 사차에게 이용 가능한 서류를 인쇄해 달라고 부탁했다. 나는 황의 사건이 훨씬 더 많은 소득을 낼 거라고 생각했다.

나는 GT23에 걸린 다른 소송이 없다는 걸 알아낸 후 사차에게 남은 다섯 명의 창립자 이름을 하나씩 하나씩 입력해 달라고 했다. 그들이 제기하거나 그들에게 제기된 개인적 소송이 있는지 살펴보기 위해서였다. 사차는 창립자 중 한 명인 찰스 브레이어라는 남자의 이혼 소송밖에 찾지 못했다. 24년간 이어진 프레이어의 결혼 생활은 2년 전 그의 아내 애니타가 제기한 이혼 소송으로 끝나게 됐다. 애니타는 브레이어의 잔인함을 참아줄 수 없다고 주장하며 남편이 연달아 바람을 피웠다고 했다. 그녀는 2백만 달러와 팰로앨토에서 남편과 함께 쓰던 집을 일시에 받는 대가로 이혼에 합의했다. 집의 가치는 320만 달러였다.

"사랑에 빠진 행복한 부부가 한 쌍 더 있네요." 사차가 말했다. "인쇄할까요?"

"네, 인쇄하는 게 낫겠네요." 내가 말했다. "꽤 냉소적이신데요."

"돈이란," 사차가 말했다. "모든 문제의 근원이죠. 남자들은 돈을 벌면 자기가 세상의 왕이 된 줄 알아요. 왕처럼 굴고요."

"개인적 경험으로 하는 말입니까?" 내가 물었다.

"아뇨. 하지만 법률사무소에서 일하다 보면 그런 꼴을 많이 보게 된답니다."

"소송 관련해서요?"

"네, 소송 관련해서요. 우리 변호사님 얘긴 절대 아니고요."

사차는 일어나 프린터로 갔다. 내가 요청한 페이지 전부가 거기에서 기다리고 있었다. 사차는 인쇄물을 탁탁 모아 클립을 끼운 다음 내게 건넸다. 나는 일어서서 그녀의 책상 뒤에서 나갔다.

"로스쿨은 어때요?" 내가 물었다.

"아주 좋아요." 그녀가 말했다. "2년 다녔고, 앞으로 1년 더 다녀야 해요."

"여기서 윌리엄과 같이 일할 생각인가요? 아니면 독립하려고요?"

"바로 여기에서, 당신과 〈페어워닝〉과 우리 고객들과 함께 일하고 싶어요."

나는 고개를 끄덕였다.

"좋네요." 내가 말했다. "뭐, 늘 그렇듯이 도와주셔서 감사합니다. 윌리엄한테도 고맙다고 전해주세요. 두 분은 정말 저희를 잘 챙겨주시는군요."

"좋아서 하는 일이에요." 사차가 말했다. "기사에 행운을 빌어요."

사무실로 돌아가 보니 마이런 레빈이 회의실에 들어가 문을 닫고 있었다. 나는 유리 너머로 그가 남자 한 명과 여자 한 명에게 이야기하고 있는 걸 봤지만, 그들은 경찰처럼 보이지 않았다. 그래서 나는 그들이 내 취재와는 아무 상관이 없을 거라고 생각했다. 나는 자기 칸막이에 있는 에밀리 앳워터를 들여다보고 그녀의 관심을 끌며 회의실 문을 가리켰다.

"기부자예요." 에밀리가 말했다.

나는 고개를 끄덕이고 내 자리에 앉아 제이슨 황을 검색하기 시작했다. 전화번호나 소셜 미디어 흔적은 발견되지 않았다. 그는 페이스북에도, 트위터에도, 인스타그램에도 없었다. 나는 일어서서 에밀리에게 다가갔다. 나는 그녀가 나와 달리 직업 네트워크 사이트인 링크드인에 가입해 있다는 걸 알고 있었다.

"찾는 사람이 있는데요." 내가 말했다. "링크트인을 빠르게 확인해줄 수 있을까요?"

"이것만 다 쓰고요." 에밀리가 말했다.

그녀는 계속 타자를 쳤다. 나는 유리창 너머로 마이런을 확인해봤다. 여자가 수표에 이서하고 있었다.

"이번 주에 월급이 나오겠는데요." 내가 말했다.

에밀리는 타자를 멈추고 회의실 창문을 힐끗 봤다.

"수표를 쓰길래요." 내가 설명했다.

"10만 달러대였으면 좋겠네요." 에밀리가 말했다.

나는 〈페어워닝〉의 가장 큰 재정적 후원자가 개인 및 가족 재단이라는 걸 알고 있다. 때로는 언론 재단에서 일대일로 연결해준 후원금이 들어오기도 했다.

"네, 이름이 뭐죠?" 에밀리가 물었다.

"제이슨 황이요." 나는 철자를 불러줬다.

에밀리는 타자를 쳤다. 그녀에게는 타자를 칠 때 몸을 앞으로 숙이는 습관이 있었다. 꼭 뭐든 그녀가 쓰고 있는 글에 머리부터 뛰어드는 것 같았다. 연파랑 눈에 흰 피부, 흰색에 가까운 금발. 에밀리는 유전적으로 조금만 바뀌면 완전한 알비노가 될 것 같은 모습이었다. 키도 컸다. 여자치고 큰 게 아니라 그냥 컸다. 플랫 슈즈를 신고도 180센티미터는 됐다. 그녀는 언제나 하이힐을 신어 이런 특징을 강조하는 편을 선택했다. 거기다가 어마어마하게 뛰어난 기자이기도 했다. 그녀는 한때 종군기자였으며 그다음에는 뉴욕과 워싱턴 DC에서 일했고 그다음에는 서부의 캘리포니아로 와 결국 〈페어워닝〉에 안착했다. 에밀리는 아프가니스탄에서 두 건의 개별적 기사를 쓰며 끈질기고 차분해졌다. 기자로서 훌륭한 자질이었다.

"이게 누군데요?" 에밀리가 물었다.

"내가 살펴보는 회사의 하청 업체 직원입니다." 내가 말했다. "그런데 해고당해서 회사를 고소했어요."

"GT23을요?"

"그걸 어떻게 알았어요?"

"마이런한테 들었죠. 그 사건으로 당신에게 도움이 필요할지 모른다던데요."

"그냥 이 사람만 찾으면 됩니다."

에밀리가 고개를 끄덕였다.

"흠, 네 명 나오네요." 에밀리가 말했다.

나는 소장에서 설명한 황을 떠올렸다.

"로스앤젤레스에 삽니다." 내가 말했다. "UCLA에서 생명공학 석사 학위를 받았고요."

에밀리는 네 명의 제이슨 황의 경력을 살펴보더니 매번 고개를 저으면서 "아니고"라고 말했다.

"포 스트라이크 아웃이네요. 이 중엔 로스앤젤레스 출신인 사람도 없어요."

"네, 찾아봐줘서 고마워요."

"렉시스넥시스도 한번 보세요."

"이미 봤어요."

나는 내 책상으로 돌아갔다. 물론 나는 렉시스넥시스에서 황의 이름을 찾아봤어야 했지만 그러지 않았다. 나는 법률사무소로 전화를 걸어 사차 넬슨에게 검색해 달라고 조용히 부탁했다. 사차가 이름을 입력하는 소리가 들렸다.

"흐음. 그 소송밖에 안 뜨네요." 사차가 말했다. "미안해요."

"괜찮습니다." 내가 말했다. "제가 부릴 수 있는 재주가 그것만은 아니니까요."

전화를 끊은 뒤 나는 계속해서 제이슨 황을 검색했다. 황의 소송을 대리했던 변호사에게 그냥 전화를 걸면 된다는 건 알았지만, 내가 하고 싶었던 일은 변호사가 황의 어깨에 올라가 정보의 흐름을 통제하려하지 않는 상태에서 그에게 연락하는 것이었다. 하지만 변호사에게도 쓸모는 있었다. 그가 소상에 황의 자격과 경험을 올려놓았던 것이다. 그는 황이 우드랜드 바이오에 취직하기 전, 2012년 UCLA에서 석사 학위를 받았다고 밝혔다. 그래서 나는 황이 젊은이라는 걸 알 수 있었다. 30대 초반일 가능성이 가장 컸다. 그는 우드랜드에서 실험 기사로 시작한 뒤 규제 전문가로 승진했다가 1년 뒤 해고됐다.

나는 DNA 업계의 전문 단체들을 검색하다가 전국 전문 유전학자 협회라는 단체를 찾아냈다. 협회의 웹사이트에는 *실험실 찾습니다* 라는 이름이 붙은 페이지가 있었는데, 구인을 위한 항목인 것 같았다. 황은 아직 계류 중인 소송에서 제기된 혐의 때문에 유전자 업계에서 따돌림을 당하게 됐다고 주장했다. #미투 시대에는 혐의 제기만으로도 경력을 끝장내 버릴 수 있었다. 나는 황이 어딘가에서 면접 기회를 따내려고 이력서와 연락처를 올려뒀을 가능성이 있을지도 모른다고 생각했다. 변호사에게 이 분야에서 일자리를 얻을 수 없게 됐다는 걸 증명하기 위해 그렇게 하라는 조언을 받았을 수도 있었다.

이력서는 알파벳 순서로 등재돼 있었고, 나는 H라는 글자 아래의 마지막 항목에서 제이슨 황의 이력서를 빠르게 찾아냈다. 대박이었다.

페어워닝

이력서에는 이메일 주소, 휴대전화 번호, 우편물 수신용 주소까지 기록돼 있었다. 업무 경험 항목을 보니 GT23에서 그가 맡았던 책임은 품질 관리 및 DNA 분석의 다양한 측면을 감시하는 규제 당국과 회사의 중재였다. 주로 식품의약국, 보건사회복지국, 연방 통상위원회였다. 나는 황이 추천인 몇 명의 이름도 올려놓은 것을 보았다. 대부분은 개인적으로나 학연으로 그를 지지하는 사람들이었지만, 한 명은 연방 통상위원회의 조사관이라는 고든 웹스터였다. 나는 웹스터가 인터뷰하기에 좋은 인물일지 모른다는 생각에 그의 이름을 적어뒀다.

황의 신상정보도 써놓았다. 나는 탄력을 받아 일하고 있었다. 황의 우편물 수신용 주소가 집 주소라면, 그는 바로 언덕 너머의 웨스트 할리우드에 살고 있었다. 나는 시간을 확인하고 지금 사무실을 나서면 로렐 캐니언이 러시아워의 교통 체증으로 꽉 막히기 전에 그곳을 통과할 수도 있다고 생각했다.

나는 배낭에 새 공책과 녹음기 배터리를 넣고 문을 나섰다.

11

로렐 캐니언 대로라는 구불구불 이어지는 2차선 도로를 지나는 데는 거의 30분이 걸렸다. 나는 로스앤젤레스에 관한 진실을 다시금 체험했다. 로스앤젤레스에서는 모든 시간이 러시아워이기에 러시아워가 없다는 진실 말이다.

제이슨 황의 이력서에 적힌 주소는 윌로비 애비뉴의 어느 집과 일치했다. 높은 울타리로 둘러싸인 값비싼 주택이 있는 동네였다. 실직한 30대 초반의 생물학자가 살기에는 너무 좋아 보이는 집. 나는 주차한 뒤 2미터 두께의 울타리 사이에 놓인 아치를 통과해 2층짜리 흰 정사각형 건물의 남청색 문을 두드렸다. 문을 두드린 뒤에는 초인종도 눌렀다. 둘 중 하나만 했어야 했다. 하지만 초인종 소리에 이어 안에서 개 짖는 소리가 들렸고 이내 누군가가 개의 이름을 외치자 빠르게 잦아들었다. 개의 이름은 팁시였다.

문이 열리자 소형 푸들을 팔로 안고 있는 한 남자가 서 있었다. 개도 집만큼 흰색이었다. 남자는 아시아인으로 덩치가 아주 작았다. 키만 작은 게 아니라 모든 면에서 왜소했다.

"안녕하세요. 제이슨 황 씨를 찾고 있는데요." 내가 말했다.

"누구시죠?" 그가 말했다. "왜 찾으시는데요?"

"저는 기자입니다. GT23에 관한 기사를 쓰고 있는데, 관련해서 황 씨와 이야기를 나누고 싶습니다."

"어떤 기사인데요?"

"당신이 제이슨 황인가요? 어떤 기사인지는 그분에게 말씀드리겠습니다."

"내가 제이슨입니다. 무슨 기사죠?"

"여기 서서 얘기하는 건 좋지 않을 것 같은데요. 앉아서 이야기를 나눌 만한 곳이 있나요? 집 안이라든가, 근처 어딘가라든가."

내가 처음 일을 시작했을 때 편집자 폴리가 준 팁이었다. 절대 문 앞에서 인터뷰를 하지 말라는 것. 그렇게 했다가는 내 질문이 마음에 들지 않을 경우 사람들이 쉽게 문을 닫을 수 있었다.

"명함이나 신분증 같은 거 있어요?" 황이 물었다.

"그럼요." 내가 말했다.

나는 지갑에서 명함을 꺼내 건넸다. 6년 전, 내가 〈벨벳 코핀〉에 범죄 기사를 정기적으로 기고하던 시절에 보안관실에서 발급해준 기자증도 보여줬다.

황은 둘 다 살펴봤지만, 기자증의 날짜가 2013년으로 돼 있다거나 사진 속 남자가 나보다 훨씬 젊어 보인다는 점을 언급하지는 않았다.

"네." 황이 내게 명함을 돌려주며 말했다. "들어오시죠."

그는 물러나며 내가 들어갈 수 있게 해줬다.

"감사합니다."

황은 나를 데리고 현관을 지나 흰색과 남청색 가구로 장식된 거실로 향했다. 그는 내가 앉을 소파를 가리키며 자신과 어울리는 색깔의 푹신푹신한 의자에 앉았다. 그는 개를 옆의 의자에 내려놓았다. 황은 흰 바지에 해포석 색깔 골프 셔츠를 입고 있었다. 그는 집의 디자인이나 장식과 완벽하게 어울렸다. 우연 같지는 않았다.

"혼자 사세요?" 내가 물었다.

"아뇨." 황이 말했다.

그는 더 자세한 정보를 내놓지는 않았다.

"음, 문 앞에서 말씀드렸다시피 저는 GT23에 관한 기사를 쓰고 있습니다. 그러다가 당신의 소송을 보게 됐어요. 지금도 계류 중이죠?"

"네, 맞아요. 아직 재판 날짜가 나오지 않았어요." 그가 말했다. "하지만 아직 소송을 하고 있으니 그 얘기는 할 수가 없네요."

"그게, 당신의 소송은 사실 제가 쓰는 기사와는 상관이 없습니다. 소송을 건드리지만 않으면 몇 가지 질문을 해도 될까요?"

"아뇨, 안 됩니다. 다른 기자가 전화했을 때도 변호사가 말하지 말라고 했거든요. 저도 기자와 이야기하고 싶었지만 변호사가 못 하게 했어요."

나는 갑자기 기자가 느끼는 최악의 두려움, 즉 특종을 빼앗길지 모른다는 두려움에 사로잡혔다. 다른 기자가 나와 같은 길을 밟고 있을지 몰랐다.

"다른 기자가 누구였죠?" 내가 물었다.

"기억 안 나요." 황이 말했다. "변호사가 그 기자를 거절했거든요."

"음, 최근 일인가요? 아니면 소송을 제기했을 당시를 말씀하시는 건가요?"

"네, 소송을 제기했을 때예요."

나는 안도감이 밀려드는 것을 느꼈다. 소송은 거의 1년 전에 제기됐다. 기자가 일상적으로 건 전화였을 것이다. 아마 〈타임스〉의 기자였겠지. 법원의 소송 사건 일람표에 소송이 올라온 걸 보고 의견을 구할 목적이었을 것이다.

"비보도로 이야기하면 어떨까요?" 내가 말했다. "당신 말을 인용하거나 이름을 싣지 않겠습니다."

"글쎄요." 황이 말했다. "그래도 위험한 것 같은데요. 전 당신을 알지도 못하는데, 저더러 당신을 믿으라니."

이건 전에도 여러 번 해본 게임이었다. 사람들은 말할 수 없다거나 말하고 싶지 않다는 이야기를 자주 했다. 이럴 때는 그들의 분노를 지렛대로 사용해 그들이 안전하게 분노를 쏟아낼 통로를 만들어주면 된다. 그러면 그들이 입을 열었다.

"제가 할 수 있는 말은 당신의 신원을 보호하겠다는 것뿐입니다." 내가 말했다. "저 자신의 신용이 걸린 문제예요. 제가 취재원을 노출하면 어떤 취재원도 저를 믿지 않을 테니까요. 저는 취재원의 이름을 대지 않는다는 이유로 63일간 수감된 적이 있습니다."

황은 겁에 질린 표정이었다. 그 경험을 꺼내면 보통 망설이던 사람들이 입을 열었다.

"그래서 어떻게 됐어요?" 황이 물었다.

"결국 판사가 저를 풀어줬습니다." 내가 말했다. "제가 이름을 대지 않으리라는 걸 알았거든요."

이 말은 전부 사실이었다. 하지만 내 취재원, 레이철 월링이 나서서 신원을 밝혔다는 부분은 빼놓았다. 그 이후에는 법정모독죄를 지속할 의미가 없었기에 판사가 나를 풀어줬다.

"문제는, 내가 입을 열면 놈들이 취재원이 나라는 걸 알아볼 거라는 점이에요." 황이 말했다. "기사를 읽고 황이 아니면 누가 말했겠어라고 하겠죠."

"당신의 정보는 배경 조사만을 위한 것입니다. 기록하지 않을 거예요. 심지어 메모도 할 필요가 없습니다. 그냥 이 모든 게 어떻게 된 일인지 이해해 보려는 것뿐이니까요."

황은 잠시 말을 멈추더니 결정했다.

"질문하세요. 마음에 들지 않으면 대답하지 않겠습니다."

"괜찮네요."

나는 황이 비보도든, 아니든 나와 이야기하겠다고 할 경우에 대해 미리 생각해보지 않았다. 지금이 생각할 때였다. 이젠 때가 됐다. 훌륭한 형사가 그렇듯 나는 인터뷰 대상에게 내가 가진 모든 정보를 넘기고 싶지 않았다. 나는 황을 잘 몰랐고 그가 누구에게 정보를 넘길지도 몰랐다. 황도 나를 믿을 수 있을지 걱정했지만 나도 황을 믿을 수 있을지 걱정했다.

"제가 누군지, 뭘 하고 있는지부터 말씀드리죠." 내가 입을 열었다. "저는 〈페어워닝〉이라는 온라인 신문사에서 일합니다. 소비자 보호를 위한 언론이죠. 뭐랄까, 소시민을 위한 경비견 같은 겁니다. 그래서 유전자 분석 분야의 개인정보 및 생물학적 자료 보안 문제를 들여다보는 기사를 쓰게 됐어요."

황이 즉시 코웃음을 쳤다.

"무슨 보안이요?" 그가 말했다.

나는 본능적으로 그 말이 기사의 첫 인용문으로 쓰일 수 있다는 걸 알았기에 그 말을 받아 적고 싶었다. 도발적인 문구이니 독자들을 끌어들일 수 있을 터였다. 하지만 나는 황의 말을 쓰지 못했다. 그와 거래했으니까.

"GT23의 보안이 딱히 감명 깊지는 않으셨나 보네요." 내가 말했다.

이 질문은 일부러 답을 정해놓지 않고 던졌다. 황이 원하면 말을 이어갈 수 있도록 말이다.

"연구소 쪽 문제가 아닙니다." 황이 말했다. "난 연구소를 빡빡하게 운영했어요. 우리는 모든 규약을 준수했어요. 법정에서도 증명할 겁니다. 문제는 그 이후에 일어난 일이죠."

"그 이후요?" 내가 재촉했다.

"데이터가 전송된 곳 말이에요. 놈들은 돈을 원했어요. 돈만 받으면 데이터가 어디로 전달되든 신경 쓰지 않았죠."

"'놈들'이라는 게 GT23인가요?"

"네, 당연하죠. GT23이 상장됐기 때문에 주가를 지탱하려면 수익을 높여야 했어요. 그래서 사업 영역을 확장했죠. 기준을 낮춘 거예요."

"예를 들어주세요."

"예를 들기엔 너무 많은데. 우린 DNA를 전 세계로 전달했습니다. 수천 개의 표본을요. 회사는 돈이 필요했고, 식품의약국이나 다른 나라의 비슷한 단체에 등록된 연구소라면 GT23에서는 거래를 거절하지 않았어요."

"그럼 합법적인 거였네요. 누가 차를 몰고 와서 *DNA가 필요합니다* 라고 말한 게 아니잖아요. 뭘 걱정하시는 건지 모르겠는데요."

"지금은 서부 개척 시대나 마찬가지예요. 유전자 연구가 나아갈 방향이 너무 많습니다. 사실 유전자 연구는 유아기예요. 그런데 우리는,

그러니까 회사는 생물학적 자료에 어떤 일이 일어나는지, 일단 회사 문밖으로 나간 그 자료가 어떻게 쓰이는지 통제하지 않아요. 그건 우리 문제가 아니라 식품의약국 문제다, 그런 태도였죠. 분명히 말씀드리는데, 식품의약국은 아무것도 하지 않습니다."

"네, 그건 알겠습니다. 그게 좋은 일이라는 얘기를 하는 것도 아니고요. 하지만 자료가 전부 익명 처리돼 있으니 안전하지 않은가요? 그러니까, 연구자들은 DNA만 받을 뿐 참여자의 신원 정보를 받는 게 아니잖아요?"

"당연하죠. 그런데 중요한 건 그게 아니에요. 그건 현재만 생각하는 겁니다. 미래는요? 이 과학 분야는 아주 초기예요. 게놈 전체를 밝혀낸 지 20년도 채 지나지 않았습니다. 매일 새로운 사실이 밝혀지죠. 지금 익명인 정보가 20년 뒤에도 익명일까요? 10년 뒤에는? ID와 암호는 계속 중요할까요? DNA가 신원 확인을 위해 쓰이게 됐는데, 이미 그걸 제출해 버렸다면요?"

황은 손을 들고 손가락으로 천장을 가리켰다.

"군대도 그래요." 그가 말했다. "올해 국방부에서 군의 모든 구성원에게 보안상의 염려가 있으니 DNA 채취를 하지 말라고 명령했다는 거 아셨어요?"

나는 그런 기사를 본 적이 없었지만 무슨 뜻인지 알아들었다.

"GT23에도 이 문제에 관해 경고하셨습니까?" 내가 물었다.

"당연하죠." 황이 말했다. "매일 했어요. 그렇게 한 건 나뿐이었지만."

"소장을 읽어봤습니다."

"그 얘기는 못 해요. 비보도라도. 변호사가……."

"소송 얘기를 해달라는 게 아닙니다. 하지만 소장에는 당신을 상대로 불만을 제기한 직원이, 데이비드 셴리가 당신 자리를 차지하려고 당신을 함정에 빠뜨렸다고 적혀 있더군요. 이런 상황을 회사에서는 조사하지 않았고요."

"셴리의 말은 전부 거짓말이었어요."

"압니다. 이해해요. 하지만 그렇게 된 동기 말인데요. 혹시 그렇게 된 이유가 이 문제에 관해 당신 입을 다물게 하려는 것이었다고 생각하지는 않으시죠? 통제 장치 부족이나 DNA가 전송되는 곳에 관한 염려에 대해서 말하지 못하게 하려고요."

"내가 아는 건 셴리가 내 자리를 꿰찼다는 것뿐입니다. 나에 대해서 거짓말하고, 빌어먹을 내 자리를 차지했어요."

"당신을 회사에서 쫓아내는 대가로 받은 상이었을지도 모르죠. 회사에서는 당신이 내부고발자가 될까 봐 두려워했으니까요."

"변호사가 사내 문건을 제출하라고 요구했어요. 이메일도. 그런 일이 있었다면 알게 되겠죠."

"회사에서 DNA를 팔았다는 얘기로 돌아가보죠. 표본을 사 간 실험실이나 바이오테크 기업 이름이 기억나시나요?"

"너무 많아서 기억 못 해요. 거의 매일 생물학 정보를 패키지로 내보냈는걸요."

"DNA를 가장 많이 구매한 건 누구입니까? 기억나세요?"

"딱히요. 뭘 찾고 있는 건지 말하지 그래요?"

나는 오랫동안 그를 바라봤다. 나는 사실과 정보를 찾는 사람이었다. 기사로 쓸 때가 되기 전까지는 사실과 정보를 가슴에 꼭 끌어안고 남과 나누지 말아야 한다. 하지만 나는 황이 스스로는 깨닫지 못했더라도 지금 한 말 이상을 알고 있다고 느꼈다. 나만의 규칙을 깨고, 얻기 위해 먼저 내줘야 한다는 기분이 들었다.

"좋습니다. 여기에 온 진짜 이유를 말씀드리죠."

"그렇게 하시죠."

"지난주에 로스앤젤레스에서 젊은 여성이 살해당했습니다. 목이 부러졌어요. 저는 그 사건을 살펴보던 중 캘리포니아, 텍사스, 플로리다에서 똑같은 방식으로 살해당한 세 명의 다른 여자를 알게 됐습니다."

"이해가 안 가는군요. 그게 무슨 상관…….."

"아무 상관이 없을지도 모르죠. 전부 우연일지도 모릅니다. 하지만 여성 네 명 모두가 GT23의 참여자였어요. 그들은 서로를 몰랐지만 모두 DNA를 제출했습니다. 네 명의 여성이 동일한 방식으로 살해당했는데, 그들이 모두 참여자였다니. 제가 보기에 이건 우연을 벗어나는 얘기입니다. 그래서 여기 온 거예요."

황은 아무 말도 하지 않았다. 내가 한 말의 가능성을 곱씹어보는 듯했다.

"그게 전부가 아닙니다." 내가 말했다. "아직 이번 사건에 대해 많은 취재를 한 건 아니지만 다른 공통점이 있을지도 몰라요."

"어떤 공통점이요?" 황이 물었다.

"일종의 중독적 행동이요. 로스앤젤레스에서 사망한 여자는 알코올 중독과 약물 중독으로 치료받은 적이 있습니다. 파티를 즐기는 성격이었어요. 클럽에 많이 다니고 바에서 남자를 만났죠."

"더티 포(Dirty Four)로군요."

"네?"

"더티 포, 더러운 4번 유전자요. 유전학자들이 DRD4 유전자를 그렇게 부릅니다."

"왜요?"

"그 유전자가 위험한 행동 및 중독과 관계된 것으로 밝혀졌거든요. 성 중독을 포함해서."

"여성의 유전자인가요?"

"남녀 모두에게 있습니다."

"어떤 여자가 혼자서 자주 바에 가서 남자를 골라 섹스한다면……그게 DRD4 유전자 때문일 거라고 말씀하시는 겁니까?"

"그럴 가능성이 있어요. 하지만 이 분야의 과학은 유아기에 있습니다. 모든 사람은 저마다 다르고요. 확신할 수는 없습니다."

"당신이 아는 GT23의 협력 업체 중 더티 포 유전자를 연구하는 곳이 있나요?"

"그럴 수도 있죠. 내가 잘못됐다고 말한 게 바로 이런 점입니다. 우리는 한 가지 목적으로 DNA를 판매하지만 협력 업체에서 다른 목적으로 그 DNA를 사용한다 한들 누가 막을 수 있겠습니까? 그 사람들이 제3자에게 다시 유전자를 파는 건 또 어떻게 막고요?"

"회사에 관한 기사를 봤습니다. 거기에는 DNA가 팔려 가는 장소들이 열거돼 있더군요. 어바인에 있는 어느 실험실에서 중독과 위험한 행동을 연구한다던데요."

"네. 오렌지 나노라는 곳입니다."

"그게 실험실 이름이에요?"

"맞습니다. 대규모 바이어였어요."

"누가 운영합니까?"

"윌리엄 오턴이라는 거물입니다."

"어바인대학교 부설 연구소인가요?"

"아뇨, 사설 연구소예요. 아마 거대 제약사일 겁니다. 아시겠지만, GT23은 대학교보다는 사설 연구소에 DNA를 파는 걸 좋아했어요. 사설 연구소에서 돈을 더 냈고, 거래 기록이 공개적으로 남지도 않았으니까요."

"당신이 오턴을 상대하셨나요?"

"전화로 몇 번요. 그게 다였습니다."

"왜 통화하신 거죠?"

"그 사람이 나한테 전화를 걸어서 생물학 자료 패키지에 관해 물었으니까요. 뭐, 배송이 됐는지, 기존 주문에 다른 걸 추가할 수 있는지 확인하려고요."

"주문한 게 한 번이 아니군요?"

"그럼요. 여러 번이었습니다."

"매주요? 아니면 어떻게요?"

"아뇨, 한 달에 한 번 정도였어요. 그 이상 걸릴 때도 있었고."

"주문 내용은 어땠습니까? 양은요?"

"생물학 자료 패키지 하나에는 표본 백 개가 포함돼 있습니다."

"왜 계속 생물학 자료 패키지를 주문해야 했을까요?"

"지속적 연구를 위해서겠죠. 다들 그걸 하니까."

"오턴이 자기 실험실에서 하는 연구에 대해 말한 적이 있나요?"

"가끔요."

"뭐라던가요?"

"별말은 안 했어요. 그냥 그게 자기 연구 분야라고만 했죠. 여러 형태의 중독이요. 알코올, 마약, 섹스. 오턴은 이런 유전자를 분리해내 치료법을 개발하고 싶어 했어요. 그래서 제가 더티 포를 아는 거예요. 오턴한테 들어서."

"오턴이 '더티 포'라는 표현을 썼어요?"

"네."

"전에 당신한테 그 표현을 쓴 다른 사람이 있나요?"

"내 기억으로는 없습니다."

"오렌지 나노에 가본 적 있으세요?"

"아뇨, 한 번도 안 가봤어요. 연락은 전화와 이메일로만 주고받았습니다."

나는 고개를 끄덕였다. 나는 그 순간 내가 어바인으로 내려가 오렌지 나노에 방문하리라는 걸 알았다.

12

나는 꽉 막힌 고속도로나 산악 도로 중 한 곳을 통해 산을 넘어 밸리로 들어가기만을 기다리는 자동차 대열에 합류하는 건 시간을 쓰는 최선의 방법이 아니라고 판단했다. 이 시간에 그런 짓을 했다간 90분쯤 걸릴 수 있었다. 천사들의 도시를 너무도 아름답게 만드는 것이 이 도시의 고통 거리이기도 했다. 샌타모니카 산맥은 로스앤젤레스 한복판을 가로질렀다. 그 바람에 내가 살고 일하는 샌페르난도 밸리는 북쪽에, 할리우드와 웨스트사이드를 포함한 도시의 나머지 구역은 남쪽에 남았다. 주요 통로를 지나는 고속도로가 두 곳 있었고 구불구불한 2차선 도로도 몇 군데 있었다. 어느 곳을 고르더라도 평일 5시 정각에는 아무 데도 갈 수 없었다. 나는 코팩스 커피로 차를 몰고 가, 머리를 까닥거리는 인형을 비롯한 다저스의 기념품이 전시된 곳 아래의 탁자에 카푸치노 한 잔과 노트북 컴퓨터를 올려놓고 자리를 잡았다.

일단은 마이런 레빈에게 제이슨 황과의 인터뷰 및 내가 오렌지 나노에 대해 알아낸 실마리를 요약한 이메일을 보냈다. 다음으로는 파일을 열어 황이 내게 해준 말을 전부 떠올리려 노력하면서 인터뷰를 자세히 요약했다. 두 번째 카푸치노를 절반쯤 마셨을 때 마이런에게서 전화가 왔다.

"어디야?"

"언덕 반대쪽 페어팩스에 있는 카페요. 메모를 쓰면서 길이 좀 뚫리

길 기다리고 있습니다."

"지금이 6시인데 언제 돌아오려고?"

"거의 끝났어요. 그런 다음에는 차들을 헤치고 들어가야죠."

"그럼 한 7시쯤은 될까?"

"그보다 이르면 좋고요."

"좋아. 기다릴게. 이 기사 얘기를 하고 싶어서."

"음, 그냥 지금 말하지 그래요? 제 이메일 받았어요? 방금 여기서 대박 인터뷰를 했는데."

"이메일은 받았는데, 자네가 여기 도착하면 이야기하지."

"알았어요. 저는 니콜스 캐니언으로 가볼 생각입니다. 운이 따라줄지도 모르죠."

"천천히 와."

전화를 끊은 뒤 나는 왜 마이런이 직접 얼굴을 맞대고 이야기하고 싶어 하는 건지 궁금해졌다. 나는 여기에 뭔가 있다는 걸 그가 나만큼 확신하지 못한다고 추측했다. 그는 내 이메일에 의견을 남기지 않았다. 처음부터 다시 이 기사를 어필해야 할 것 같았다.

니콜스 캐니언은 마법의 도로였다. 차량은 피할 수 없이 병목 현상이 벌어지는 멀홀랜드 드라이브에 이를 때까지 할리우드 위쪽의 언덕 동네를 통과하며 매끄럽게 흘러갔다. 일단 멀홀랜드 드라이브를 지나자 밸리로 내려가는 동안 다시 쾌적한 항해가 이어졌다. 나는 6시 40분에 사무실로 들어가며 꽤 대단한 일을 해냈다고 생각했다.

마이런은 에밀리 앳워터와 함께 회의실에 있었다. 나는 배낭을 내 책상에 내려놓고 창문 너머로 그에게 손을 흔들었다. 예상보다 일찍 돌아왔으니 마이런이 에밀리와 기사 관련 회의를 하고 있으리라 생각했다.

하지만 마이런은 내게 들어오라고 손짓했고, 내가 들어갔을 때도 에밀리를 내보내려는 움직임을 보이지 않았다.

"잭." 그가 말했다. "에밀리한테 자네 기사에 도움을 주라고 하고 싶은데."

나는 오랫동안 마이런을 본 뒤에야 대답했다. 그는 영리한 일을 했나. 에밀리를 회의실에 남겨둔 건, 그렇게 하면 내가 자기 계획을 거부하기가 더 어려워지기 때문이다. 그래도 나는 아무 저항 없이 이런 식의 침입을 그냥 받아들일 수 없었다.

"어째서요?" 내가 물었다. "아니, 저도 잘 처리했다고 생각했는데요."

"자네가 이메일에서 언급한 오렌지 나노 쪽 접근은 가망이 있어 보여." 마이런이 말했다. "에밀리의 족보에 대해서 알지 모르겠는데, 에밀리는 〈페어워닝〉에 오기 전에 〈오렌지카운티 레지스트리〉에서 대학 교육 기사를 다뤘어. 지금도 그쪽에 인맥이 있고. 내 생각에는 둘이 파트너가 되는 게 좋을 것 같아."

"파트너가 되라고요? 하지만 이건 제 기사예요."

"당연하지. 하지만 가끔은 기삿거리가 커서 더 많은 손이 필요해. 더 노련한 손이 말이야. 말했듯이, 에밀리는 그쪽 사람들을 알아. 자넨 경찰 쪽 상황도 처리해야 하고."

"무슨 경찰 쪽 상황이요?"

"내가 아는 한, 자넨 지금도 경찰의 참고인 명단에 올라 있어. 최근에 경찰하고 얘기해봤어? 자네 DNA를 처리했대?"

"오늘은 얘기 안 했어요. 그런데 그건 상황이라고 할 것도 없어요. 경찰이 DNA를 돌려보는 순간 나는 명단에서 빠질 거라고요. 나는 내일 아침 눈 뜨자마자 오렌지 나노에 갈 생각입니다."

"좋긴 한데, 내 말이 바로 그거야. 난 자네가 아무 준비 없이 거기 가는 걸 바라지 않아. 그 연구소나 거기서 일하는 사람들의 배경은 조사해봤어?"

"아직요. 이제부터 할 거예요. 그래서 사무실에 온 거잖아요, 조사하려고."

"뭐, 에밀리랑 얘기해봐. 에밀리가 이미 어느 정도 일을 해놨으니 자네들 둘이 활동 계획을 세울 수 있을지도 모르지."

나는 아무 말도 하지 않았다. 그냥 테이블만 내려다봤다. 나는 마이런의 생각을 바꿀 수 없으리라는 걸 알고 있었다. 그리고 어쩌면, 분하긴 했지만 그의 말이 옳다는 것도 알았을 것이다. 기자 두 명이 한 명보다는 나았다. 게다가 직원 절반이 이 기사에 매달리면 마이런도 이번 일에 더 관심을 쏟게 될 터였다.

"좋아." 마이런이 말했다. "그럼 두 사람이 계속하게 놔둘게. 소식 알려줘."

마이런은 자리에서 일어나 회의실을 나가더니 문을 닫았다. 내가 입을 열기도 전에 에밀리가 말했다.

"미안해요, 잭." 그녀가 말했다. "내가 가서 끼워달라고 한 건 아니에요. 마이런이 집어넣었죠."

"괜찮아요." 내가 말했다. "탓할 생각 없습니다. 그냥, 손에 뭔가 들어왔다고 생각하고 있었거든요. 알죠?"

"네. 그런데 당신을 기다리는 동안에, 내가 윌리엄 오턴에 관해서 예비 조사를 좀 해봤어요. 오렌지 나노를 운영하는 그 사람 말이에요."

"그랬더니?"

"뭔가 있는 것 같아요. 오턴은 오렌지 나노를 차리려고 어바인대학교를 떠났더군요."

"그래요?"

"그러니까, 종신직을 보장받은 데다가 마음대로 쓸 수 있는 실험실에 무한히 공급되는 박사 과정 학생들까지 멋대로 부려 먹을 수 있는 대학교의 일자리를 그냥 떠나지는 않았을 거라는 얘기예요. 밖에서 회사나 연구소를 차릴 수는 있겠지만, 대학교가 비빌 언덕이죠. 그 관계를 이어가는 이유는 도움이 되기 때문이에요. 보조금을 받기도 더 쉽고, 직업적으로 노출되기도 더 쉽고. 온갖 이점이 있죠."

"그러니까 무슨 일이 일어났다는 거군요."

"맞아요, 무슨 일이 일어난 거예요. 우린 그게 뭔지 알아낼 테고요."

"어떻게요?"

"글쎄요. 난 어바인대학교를 조사해 볼게요. 거기 취재원이 몇 명 있거든요. 당신은 말한 대로 하세요. 오렌지 나노를 조사하는 거죠. 괜히 방해하고 싶진 않지만 여기서라면 내가 도움을 줄 수 있을 거예요."

"알겠습니다."

"좋아요, 그럼."

"내 생각엔 이런 식으로 조사해야 할 것 같은데……."

다음 한 시간 동안 나는 네 여자의 죽음과 GT23에 관해 지금까지 알아낸 것 전부를 공유했다. 에밀리는 수많은 질문을 던졌고 우리는 함께 활동 계획을 세웠다. 기삿거리를 두 방향에서 공격할 수 있는 계획이었다. 나는 에밀리가 합류했다는 점을 꺼림칙하게 여기다가 기뻐하게 됐다. 에밀리는 나만큼 경험이 많지는 않았지만 인상적이었다. 나는 〈페어워닝〉에서 지난 2년 동안 내놓은 가장 중요한 기사를 그녀가 특종으로 냈으리라는 걸 알았다. 나는 그날 밤 마이런이 우리를 붙여준 건 좋은 결정이었다고 생각하며 사무실을 나섰다.

내가 지프를 몰아 집에 도착했을 때는 8시 정각이었다. 차고에 주차한 뒤, 나는 아파트 건물 앞쪽으로 걸어가 우편함을 확인했다. 내가 우편함을 확인한 뒤로 1주일이 흘렀으니 지금까지 받은 모든 쓸데없는 우편물을 비우는 것이 급선무였다.

건물 관리인은 쓸데없는 우편물을 빠르게 최종 목적지로 옮길 수 있도록 우편함 옆에 쓰레기통을 놓아뒀다. 나는 우편물 뭉치를 살펴보며 하나씩 하나씩 쓰레기통에 던져 넣다가 등 뒤에서 다가오는 발소리와 아는 목소리를 들었다.

"매키보이 씨. 마침 찾고 있었는데."

맷슨과 사카이였다. 맷슨은 내 성을 또 잘못 발음하고 있었다. 그는 서류를 손에 들고 있다가 어두워져 가는 햇빛 속에 다가오며 내게 그 서류를 내밀었다.

"이게 뭡니까?" 내가 물었다.

"영장입니다." 맷슨이 말했다. "사인도, 봉인도 돼 있고 시 검사가 보낸 거요. 당신을 체포합니다."

"뭐라고요? 왜 체포해요?"

"캘리포니아 형법 148조에 의해서입니다. 임무 수행 중인 경찰관을 방해한 죄. 그 경찰관이 나이고, 크리스티나 포트레로의 살인사건 수사가 내 임무요. 우리가 물러서라고 했을 텐데, 매키보이. 하지만 당신은 계속 증인들을 괴롭히고 거짓말을 해댔소."

"무슨 소립니까? 난 당신들도, 그 누구도 방해하지 않았어요. 난 기사를 쓰려는 기자이고……."

"아니, 당신은 참고인입니다. 내가 물러나라고 했죠. 그런데 당신은 그러지 않았소. 그러니 이제 당신, 신세 조진 거야. 저쪽 벽에 두 손을 대시오."

"이건 말도 안 됩니다. 이러다 당신들 조직이 큰 창피를 당하게 될 거요. 그건 압니까? 언론의 자유라는 말 들어봤어요?"

"판사한테 말하시오. 이제 돌아서서 두 손을 저기에 대요. 당신에게 무기가 있는지 수색하겠소."

"세상에, 맷슨. 이건 말도 안 됩니다. 포트레로 사건에 대해 아무것도 모르겠는데 관심을 돌릴 대상이 필요해서 이러는 겁니까?"

맷슨은 아무 말도 하지 않았다. 나는 그가 시키는 대로 벽으로 다가갔다. 공무 집행 방해라는 허깨비 같은 혐의에 체포 불응죄를 더하고 싶지는 않았다. 맷슨은 재빨리 내 몸을 수색하고 주머니를 비우더니 내 휴대전화와 지갑, 열쇠를 사카이에게 건넸다. 나는 사카이가 보일 만큼 고개를 돌렸는데, 그는 이번 행동이 아주 마음에 들지는 않는 것 같았다.

"사카이 형사님, 저분한테 이러지 말자고 설득해 봤습니까?" 내가 물었다. "이건 실수입니다. 상황이 엉망진창이 되면 당신도 저 사람과 같이 몰락할 겁니다."

"조용히 하는 게 좋겠습니다." 사카이가 말했다.

"난 입을 다물지 않을 거예요." 나는 그에게 마주 쏘아붙였다. "온 세상이 이 얘기를 듣게 될 겁니다. 이건 말도 안 됩니다."

맷슨은 내 손을 한 쪽씩 벽에서 떼어내더니 내 팔을 뒤로 돌려 손목에 수갑을 채웠다. 그는 나를 데리고 자기들 자동차로 갔다. 자동차는 도로변에 주차돼 있었다.

나는 뒷자리에 앉기 전, 건물의 한 이웃이 목줄을 찬 개를 데리고 인도를 따라오다가 아무 말 없이 내가 치욕을 당하는 꼴을 지켜보는 걸 보았다. 그녀의 개가 내게 짖어댔다. 나는 고개를 돌렸고 맷슨은 내 머리에 손을 대고 누르며 나를 뒷자리로 밀어 넣었다.

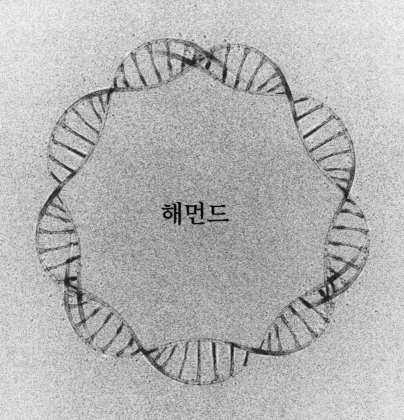

해먼드

13

해먼드는 실험실의 자기 자리에서 방금 가열기에서 꺼낸 겔 트레이에 니트로셀룰로오스를 펴 바르고 있었다. 그 순간 손목 안쪽에서 워치의 진동이 느껴졌다. 그는 플래그가 떴다는 걸 알았다. 경고가 온 것이다.

하지만 이 과정을 멈출 수는 없었다. 그는 작업을 계속해 나갔다. 다음으로는 겔 트레이를 종이 타월로 덮어 트레이 전체의 겔이 동일한 압력을 받도록 했다. 타월을 다 덮고 난 그는 잠시 쉬어도 된다고 느꼈다. 그는 워치를 확인하고 문자를 읽었다.

야 해머, 맥주 한잔할래?

셀룰러 릴레이 휴대전화 신호를 전송하고 수신하는 장치나 시스템 에서 맥스라는 암호로 송신된 위장 문자였다. 물론 맥스는 존재하지 않았다. 게다가 설령 누군가 손목 안쪽으로 돌려찬 해먼드의 워치를 보더라도 이 메시지를 의심하지 않았을 것이다. 심지어 새벽 3시 14분에 메시지가 왔고 모든 바가 문을 닫았다고 해도.

해먼드는 실험용 테이블로 다가가 배낭에서 노트북을 꺼냈다. 그는 실험실의 다른 자리들을 확인하고 아무도 자신을 지켜보고 있지 않다는 걸 확신했다. 어쨌든 야간 근무를 하는 다른 기술자들은 세 명밖에 없었고, 그들과 해먼드 사이를 갈라놓는 빈자리도 많았다. 예산 문제였다. 강간 검사 키트나 일부 미제 살인사건의 자료는 며칠은 아니더라도 몇 주 만에 처리돼야 했으나 여전히 몇 달의 대기 시간을 거쳐야 했다. 그런데도 시 당국의 예산 관리자들은 실험실의 세 번째 교대 시간을 없애버렸다. 해먼드는 곧 다시 주간 근무를 하게 될 거라고 생각했다.

그는 노트북을 켜고 엄지로 인증했다. 감시 소프트웨어를 열어 알림을 띄웠다. 그가 감시하는 형사 중 한 명이 방금 누군가를 체포해 감옥에 가둔 것이 보였다. 그가 체포 보고서를 넣어 알림이 울린 것이다. 해먼드의 파트너인 로저 보겔이 LA 경찰 내부 전산망을 해킹해 모든 경고 시스템을 설정했다. 그는 솜씨가 매우 뛰어났다.

해먼드는 다른 기술자들을 확인해본 뒤 화면으로 시선을 돌렸다. 그는 데이비드 맷슨 형사가 제출한 보고서를 띄웠다. 맷슨은 잭 매커보이라는 남자를 체포해서 LA 경찰의 밴나이스 지부 유치장에 집어넣었다. 해먼드는 체포 내용을 자세히 읽어본 뒤 지퍼가 달린 안쪽 주머니에 보관하는 휴대전화를 꺼내려고 배낭에 손을 넣었다. 비상 연락을 위한 휴대전화였다.

그는 휴대전화를 켜고 부팅이 되기를 기다렸다. 그러는 동안 체포 보고서를 닫고 로스앤젤레스 수감 시스템의 공개 페이지에 들어갔다. *잭 매커보이*라는 이름을 입력하자 곧 그의 머그샷이 떴다. 카메라를 바라보는 그의 표정은 화가 나 있고 반항적이었다. 그의 왼뺨 위쪽에 흉터가 나 있었다. 성형수술로 쉽게 지울 수 있을 것처럼 보였다. 하지만 매커보이는 흉터를 간직했다. 해먼드는 그게 이 기자에게 명예의

훈장 같은 것일지도 모른다고 생각했다.

휴대전화가 켜졌다. 해먼드는 기억 속에 저장된 단 하나의 번호로 전화를 걸었다. 보겔이 졸음에 겨운 목소리로 전화를 받았다.

"좋은 얘기여야 할 거야."

"문제가 생긴 것 같아."

"뭐?"

"맷슨이 오늘 밤 누군가를 체포했어."

"그건 문제가 아니야. 좋은 일이지."

"아니, 살인범 말고. 기자야. 수사를 방해했다는 이유로 체포됐어."

"그래서 날 깨웠다는 거야?"

"기자가 이 문제에 달려들었다는 뜻일 수 있다고."

"어떻게 그럴 수가 있어? 경찰은 심지어 아직……."

"직감인지 뭔지 모르지."

해먼드는 머그샷을 다시 살펴봤다. 화가 나 있고 단호해 보였다. 매커보이는 뭔가 알고 있었다.

"이 사람을 지켜봐야 할 것 같아." 그가 말했다.

"그래, 뭐든." 보겔이 말했다. "자세한 내용을 문자로 보내면 무슨 일인지 알아볼게. 언제 체포된 거야?"

"어젯밤에 유치장에 들어왔어. 네가 설치해둔 소프트웨어에서 경고가 떴어."

"잘된다니 다행이네. 알겠지만, 우리한텐 이게 좋은 일일 수 있어."

"어떻게?"

"아직은 모르겠다. 이런저런 방법으로. 내가 작업해볼게. 아침에 만날까? 해 떴을 때?"

"못 만나."

"이 좆같은 뱀파이어 같으니. 잠은 나중에 자."

"아니, 그게 아니라 법원 일이 있어. 오늘 증언을 해야 해."

"무슨 사건? 가서 봐야겠네."

"미제 사건이야. 누가 30년 전에 어떤 여자를 죽였어. 그놈이 칼을 씻어내면 괜찮다고 생각하고 계속 가지고 있었고."

"멍청한 놈. 어딘데?"

"언덕 위. 멀홀랜드를 내려다보는 절벽에서 던져버렸어."

"법원이 어디냐고."

"아."

해먼드는 자기도 모른다는 걸 깨달았다.

"잠깐만."

그는 배낭에 손을 집어넣어 출석 통지서를 꺼냈다.

"시내 형사법원이야. 108호 재판정, 판사는 라일리. 일단 9시에 거기에 가야 해."

"뭐, 가능하면 거기서 보자. 그때까지 이 기자에 대해서 알아볼게. 〈타임스〉 사람이야?"

"체포 보고서에는 안 적혀 있었어. 직업 기자인데, 사건 개요에는 자기가 피해자의 지인이라는 사실을 밝히지 않고 증인을 괴롭히는 방식으로 수사를 방해했다더라."

"빌어먹을, 해머. 핵심적인 내용을 빠뜨렸잖아. 이 기자가 피해자를 알았다고?"

페어워닝

"그렇게 적혀 있어. 보고서에."

"알았어, 확인해볼게. 법원에서 볼 수 있으면 보자."

"응."

보겔은 전화를 끊었다. 해먼드는 휴대전화를 끄고 다시 배낭에 집어 넣었다. 가만히 서서 이것저것 생각했다.

"해머?"

해먼드는 휙 돌아섰다. 카산드라 내시가 서 있었다. 그의 상관이었다. 해먼드가 눈치채지 못하는 사이 그녀가 자기 사무실에서 나와 있었다.

"어, 네. 무슨 일이세요?"

"그거 들고 무슨 생각해요? 그냥 서 있는 것 같은데."

"아뇨. 그러니까 잠깐 쉬고 있었습니다. 트레이를 덮고 잠깐 묵히고 있어요. 그다음에 수화水化를 시작할 겁니다."

"그래요. 그럼 근무 시간 끝나기 전에 마무리할 건가요?"

"그럼요. 당연하죠."

"아침에는 법원에도 가야 하고요. 맞죠?"

"네, 그것도 다 준비해 뒀습니다."

"잘됐네요. 그럼 맡겨둘게요."

"다음 인사 배치에 관해서 들은 게 있으신가요?"

"내가 아는 한은 아직 3교대 유지예요. 뭔가 알게 되면 내가 아는 걸 알려줄게요."

해먼드는 고개를 끄덕이고 카산드라가 다른 기술자들에게 다가가 관리자 노릇을 하는 모습을 지켜봤다. 그는 카산드라 내시를 싫어했다. 그녀가 상관이어서가 아니었다. 그녀가 냉담하고 가식적이기 때문이었다. 그녀는 명품 핸드백과 신발에 돈을 썼다. 머저리 남편과 같이 갔다는 고급 레스토랑의 오마카세에 대해 떠들었다. 해먼드는 머릿속으로 그녀의 이름을 캐시로 불렀다. 그녀의 동기는 돈과 재산뿐이라는 생각이 들었으니까. 모든 여자가 그렇듯이 말이다. 좆같은 것들. 해먼드는 내시가 다른 기술자 중 한 명과 이야기하는 모습을 지켜보며 생각했다.

그는 준비하고 있던 겔 트레이로 돌아갔다.

14

오전 9시 정각, 해먼드는 형사법원 9층 복도의 대리석 벤치에 앉아 있었다. 증언할 시간이 될 때까지 그곳에서 기다리라는 명령을 받았다. 그의 옆 벤치에는 사건에 관한 노트와 도표 그리고 엘리베이터 근처의 스낵바에서 가져온 블랙커피 한 잔이 놓여 있었다. 커피는 끔찍했다. 그가 자주 마시는 명품 커피가 아니었다. 커피가 필요했던 건 야간 근무로 8시간을 쭉 달리고 나서 몸이 축 처졌기 때문이다. 하지만 끔찍한 커피를 삼키자니 힘들었다. 증언대에 오를 때까지 그를 따라다닐 소화 문제를 일으킬까 봐 걱정됐다. 해먼드는 더 이상 커피를 마시지 않았다.

9시 20분에 클레버 형사가 마침내 법원에서 반쯤 나와 해먼드에게 들어오라고 손짓했다. 클레버가 사건의 담당 형사였다.

"죄송합니다. 배심원들을 불러들이기 전에 발의할 게 있다고 해서요." 그가 설명했다. "지금은 준비됐습니다."

"저도요." 해먼드가 말했다.

그는 전에 여러 차례 증언을 해봤다. 지금 증언은 일상적인 일이었다. 단 하나, 익숙해지지 않는 것은 자신이야말로 해머, 즉 망치라는 걸 아는 데서 오는 만족감이었다. 해먼드의 증언은 언제나 결정타를 날렸다. 그는 증언석에서 "그 순간"에 가장 유리한 시각을 내놓았다. 그 순간에는 피고인조차 해먼드의 증언에 설득당해 눈에서 희망이 빠져나갔다.

해먼드는 증언대 앞에 서서 손을 들고 사실만을 말하겠다고 맹세했다. 그는 이름과 성인 마셜 해먼드를 말한 다음, 증언대에 올라 빈센트 라일리 판사와 배심원단 사이에 있는 증인석에 앉았다. 그는 배심원들을 보고 미소 지었다. 첫 번째 질문을 받을 준비가 됐다.

검사의 이름은 게인스 월시였다. 그는 LA 경찰의 미제 사건을 많이 다뤘다. 그런 만큼 해먼드는 전에도 여러 번 그의 직접적인 심문에 대해 증언했다. 해먼드는 사실상 검사가 질문을 던지기 전부터 질문의 내용을 알고 있었지만 모든 질문이 새로운 고려 사항인 것처럼 행동했다. 해먼드는 어렸을 때 스포츠를 한 적이 한 번도 없는 왜소한 체격으로 짙은 갈색 머리카락과 대조를 이루는 교수 스타일의 불그레한 염소수염을 기르고 있었다. 거의 1년 동안 야간 근무를 했기에 그의 피부는 백지장처럼 하얬다. 보겔이 통화에서 놀렸던 말도 일리가 있었다. 그는 햇빛에 꼼짝 못 하고 붙들린 뱀파이어처럼 보였다.

"해먼드 씨, 배심원단에게 직업을 말씀해주실 수 있겠습니까?" 월시가 물었다.

"저는 DNA 기술자입니다." 해먼드가 말했다. "LA의 캘리포니아주립대학교에 있는 LA 경찰의 생물 법의학 실험실에서 근무합니다."

"일한 지는 얼마나 되셨죠?"

"LA 경찰과 일한 건 21개월째입니다. 그전에는 오렌지카운티 보안관실의 생물 법의학 실험실에서 8년간 근무했습니다."

"배심원 여러분께 LA 경찰 실험실에서는 어떤 일을 하는지 말해주실 수 있을까요?"

"제 업무는 DNA 분석이 필요한 법의학 사건들을 처리하고, 그 분석의 결론에 토대를 둔 보고서를 작성한 다음 법원에서 그 결론에 대해 증언하는 것 등입니다."

"DNA 및 유전학 분야에서 받은 교육에 대해 조금 더 설명해주실 수 있을까요?"

"네, 저는 서던캘리포니아대학교 생화학과에서 학사 학위를 받았고, 어바인에 있는 캘리포니아주립대학교에서 유전학으로 생명과학 석사 학위를 받았습니다."

월시는 가짜 미소를 지었다. 그는 모든 재판에서 이 순간에 항상 그 미소를 지었다.

"생명과학이라." 그가 말했다. "우리 같은 나이 든 사람들이 그냥 생물학이라고 부르는 것 말인가요?"

해먼드도 마주 가짜 미소를 지었다. 이것도 재판마다 짓는 표정이었다.

"네, 맞습니다." 그가 말했다.

"DNA가 무엇이고, 그 역할은 무엇인지 일반인의 말로 설명해주실 수 있겠습니까?" 월시가 물었다.

"노력해 보겠습니다." 해먼드가 말했다. "DNA는 *디옥시리보 핵산*의 약자입니다. 디옥시리보 핵산이란, 두 개의 가닥으로 이루어진 분자입니다. 이 분자가 서로를 감고 돌며 생물의 유전자 부호를 담고 있는 이중 나사선을 이루죠. 여기서 부호라는 말은, 사실 그 생명체의 발달에 관한 지시 사항이라는 뜻입니다. 인간의 경우, DNA에는 우리의 유전 정보 전체가 담겨 있습니다. 그러므로 DNA가 눈 색깔에서부터 뇌 기능에 이르는 우리의 모든 것을 결정하죠. 모든 인간의 DNA 중 99퍼센트는 동일합니다. 마지막 1퍼센트와 그 안에서 나타나는 수많은 조합이 우리 하나하나를 완전히 독특한 존재로 만드는 겁니다."

해먼드는 고등학교 생물학 선생님 같은 답을 내놓았다. 천천히 말했고 경이감을 느낀다는 말투로 정보를 읊었다. 그런 다음, 월시는 화제를 옮겨 해먼드가 사건에서 맡은 업무의 기본적인 내용을 빠르게 말하도록 했다. 이 부분은 너무도 일상적인 내용이라, 해먼드는 무의식적으로 말을 이으며 몇 차례 피고인을 힐끔거릴 수 있었다. 피고인을 직접 본 건 처음이었다. 로버트 얼 다익스는 59세의 배관공으로, 1990년에 그의 약혼자인 윌마 포네트를 죽였다는 의심을 오랫동안 받아왔다. 그녀를 칼로 찌른 뒤 멀홀랜드 드라이브의 언덕 사면으로 시신을 던져버렸다는 혐의였다. 이제야 그가 법의 심판을 받게 됐다.

다익스는 변호사에게 자신과 어울리지도 않는 정장을 받아 입고서 피고인석에 앉아 있었다. 앞에는 옆자리의 변호사에게 전달할 천재적인 질문이 떠오를 때를 대비해 노란색 노트패드를 놔뒀다. 하지만 해먼드는 그 노트패드가 비어 있는 걸 봤다. 해먼드가 끼칠 피해를 무효화할 만한 질문은 다익스에게서도, 그의 변호사에게서도 나올 리 없었다. 해먼드는 해머였다. 언제라도 내리칠 준비가 된 해머.

"이게 증인이 혈액과 DNA 검사를 할 때 사용한 칼인가요?" 월시가 물었다.

그는 펼쳐진 주머니칼이 들어 있는 투명한 증거품 봉투를 들고 있었다.

"네, 맞습니다." 해먼드가 말했다.

"어쩌다 이걸 손에 넣게 됐는지 알려주실 수 있을까요?"

"네, 그 칼은 1990년 최초 수사 당시부터 증거품으로 봉인돼 있었습니다. 클레버 형사가 재수사를 시작하면서 제게 가져다줬습니다."

"왜 증인한테 준 거죠?"

"클레버 형사가 DNA 부서에 가져다줬는데, 당시 당번이던 제게 배정됐다고 해야겠군요."

"이걸 어떻게 하셨습니까?"

"저는 포장을 열고 육안으로 혈흔을 확인한 다음 확대해서 다시 살펴봤습니다. 칼은 깨끗해 보였지만 손잡이에 스프링이 장착된 것이 보였기에 공구흔 부서의 칼 전문가에게 분해해 달라고 부탁했습니다."

"그 전문가는 누구였죠?"

"제럴드 래티스였습니다."

"제럴드 래티스가 칼을 분해해 줬나요?"

"제럴드 래티스가 칼을 분해했고, 그다음에 제가 현미경으로 스프링 부품을 살펴봤습니다. 스프링의 코일 부분에 말라붙은 극미량의 혈액이 보이는 듯했습니다. 이후 저는 DNA 추출 절차를 시작했습니다."

월시는 해먼드가 과학적인 내용을 설명하도록 유도했다. 이 부분은 배심원들이 집중력을 잃을 위험이 있는 지루하고 기술적인 부분이었다. 월시는 배심원이 DNA를 통해 알아낸 것에 열중하기를 바라며 즉각적이고 짧은 답이 필요한 즉각적이고 짧은 질문을 던졌다.

칼의 출처는 이미 클레버가 증언했을 것이다. 칼은 수사 당시 첫 취조 때 다익스에게서 압수한 것이었다. 최초의 담당 형사들은 칼을 실험실로 보내 구식 방법과 자료를 활용해 혈흔 유무를 살펴보도록 했고

칼이 깨끗하다는 말을 들었다. 클레버는 피해자 언니의 촉구로 재수사를 결정하면서 칼을 다시 한번 살펴보고 DNA 실험실로 가져왔다.

결국 월시는 해먼드가 주머니칼의 스프링에 묻은 극미량의 혈흔에서 추출한 DNA가 피해자인 윌마 포네트의 DNA와 일치한다는 증언을 하는 순간에 이르렀다.

"칼에 묻은 재료로부터 전개한 DNA 프로파일은 부검 당시 확보한 피해자의 혈액 프로파일과 일치합니다." 해먼드가 말했다.

"얼마나 일치하나요?" 월시가 물었다.

"독특하게 일치합니다. 완벽하게요."

"완벽한 일치에 관한 통계가 있다면 배심원에게 설명해주실 수 있을까요?"

"네, 저희는 이러한 일치에 무게를 실어주기 위해 지구상의 인구를 토대로 한 통계를 만듭니다. 이번 경우, 피해자는 아프리카계 미국인이었습니다. 아프리카계 미국인 관련 데이터베이스에서 이런 DNA 프로파일이 아무 관계 없는 사람에게서 출현하는 빈도는 1경 3천조분의 1입니다."

"1경 3천조라면, 0이 몇 개나 붙는 건가요?"

"13 뒤에 0을 열다섯 개 붙이면 됩니다."

"이런 빈도의 중요성을 일반인의 용어로 설명할 방법이 있을까요?"

"네. 현재 지구라는 행성의 인구는 대략 80억 명입니다. 1경 3천조에 비하면 현저하게 적은 숫자죠. 즉, 해당 DNA를 가진 사람이 지금이든 지난 100년 동안이든 지구상에 한 명도 없었다는 뜻입니다. 그 DNA는 이 사건의 피해자만 가지고 있었죠. 오직 윌마 포네트만요."

해먼드는 다익스를 힐끗 바라봤다. 살인자는 눈을 내리깔고 꼼짝도 하지 않고 앉아서 자기 앞에 놓인 텅 빈 노란색 페이지를 바라보고 있었다. 지금이 그 순간이었다. 해머가 떨어졌다. 다익스는 다 끝났다는 걸 알고 있었다.

해먼드는 자신이 법정에서 벌어진 연극에서 맡은 역할이 만족스러웠다. 그는 증인석의 스타였다. 하지만 별다른 범죄도 아니라고 생각되는 일로 다른 사람이 몰락하는 모습을 보자니 괴롭기도 했다. 해먼드는 다익스가 해야만 하는 일을 했을 뿐이며 그의 전 약혼자는 당해도 싼 일을 당한 것이라고 믿어 의심치 않았다.

해먼드는 반대 심문을 위해 계속 자리에 앉아 있어야 했지만, 피고인 측 변호인도 그도 해먼드의 증언에는 허점이 없다는 걸 알고 있었다. 과학은 거짓말을 하지 않았다. 과학이 바로 해머였다.

해먼드는 방청석을 내다보다 한 여자가 흐느끼는 것을 발견했다. 거의 30년이 지나 클레버에게 사건을 재수사해 달라고 촉구한 언니였다. 이제는 해먼드가 그녀의 영웅, 그녀의 슈퍼맨이 됐다. 가슴에 과학(Science)을 뜻하는 S를 달고 있는 슈퍼맨. 그가 악당을 쓰러뜨렸다. 그녀의 눈물이 와닿지 않는다는 건 무척 유감스러운 일이었다. 해먼드는 그 여자에게도, 그 여자가 오랫동안 겪어온 고통에도 연민을 느끼지 않았다. 해먼드는 여자들이란 어떤 고통을 겪어도 싸다고 믿었다.

그때, 흐느끼는 여자의 두 줄 뒤에서 해먼드는 보겔을 보았다. 보겔은 눈에 띄지 않고 법정에 들어와 있었다. 이제 해먼드는 저 바깥에 있는 더 대단한 악당을, 때까치를 떠올렸다. 해먼드와 보겔이 애써온 모든 것이 위험에 빠져 있었다.

15

해먼드가 피고인 측 변호사의 약한 반대 심문에 답하기를 마치고 마침내 증인석에서 내려왔을 때, 보겔은 복도에서 기다리고 있었다. 보겔은 해먼드와 나이가 같았지만 태도는 달랐다. 해먼드는 과학자, 정의의 사도였다. 보겔은 해커, 어둠의 사도였고. 보겔은 옷장에 청바지와 티셔츠밖에 없는 사람이었다. 둘이 대학교 룸메이트였던 시절부터 그랬다.

"잘했어, 해머!" 보겔이 말했다. "저놈은 끝장이야!"

"너무 시끄럽게 말하지 마." 해먼드가 경고했다. "여기서 뭐 하는 거야?"

"네가 저기서 놈을 조지는 걸 보고 싶었어."

"헛소리."

"그래, 따라와."

"어디로?"

"이 건물을 나갈 필요도 없어."

해먼드는 보겔을 따라 복도를 지나 엘리베이터로 향했다. 보겔이 내려가는 버튼을 누르고 해먼드를 돌아봤다.

"그 사람이 여기 있어." 보겔이 말했다.

"누가?" 해먼드가 물었다.

"그 남자 말이야. 그 기자."

"매커보이? 그 사람이 여기 있다는 게 무슨 말이야?"

"판사가 기소인부절차_{미국에서 피고인에게 기소 이유를 알려주고 혐의를 인정하는지 묻는} 절차로 그를 불렀어. 이미 끝난 게 아니었으면 좋겠는데."

그들은 엘리베이터를 타고 3층으로 내려가, 애덤 크로어 판사가 주재하는 크고 북적거리는 죄상 인정 법정에 들어갔다. 그들은 방청석의 붐비는 벤치 한 곳에 앉았다. 해먼드는 사법 시스템에 속해 있었지만, 그 시스템의 이 부분을 본 적은 없었다. 의뢰인의 이름이 불리기를 기다리며 서 있거나 앉아 있는 변호사가 몇 명 있었다. 피고인들이 한 번에 여덟 명씩 불려 와 좁은 창문 너머로 변호사와 의논하거나 각자의 사건이 호명될 때 판사와 이야기할 수 있는, 나무와 유리로 만들어진 울타리가 있었다. 그곳은 정리된 혼돈처럼 보였다. 선택의 여지가 없거나 돈을 받은 게 아니라면 가고 싶지 않은 곳이었다.

"뭐 하는 거야?" 해먼드가 속삭였다.

"매커보이가 기소인부절차를 거쳤는지 살펴보려는 거야." 보겔이 마주 속삭였다.

"그걸 어떻게 아는데?"

"그냥 끌려 나오는 사람들을 봐. 매커보이가 보일지도 몰라."

"알았어. 그런데 왜? 우리가 왜 그 사람을 찾는 건지 모르겠는데."

"그 사람이 필요할지도 모르니까."

"어째서?"

"너도 알다시피 맷슨 형사는 경찰의 온라인 사건 아카이브에 보고서를 제출했어. 내가 살펴봤지. 네 말이 맞았어. 그 기자는 피해자인 포트레로와 아는 사이야. 형사들이 기자를 취조했는데, 기자가 범인이 아니라는 걸 증명하려고 자발적으로 DNA를 내놨어."

"그래서?" 해먼드가 물었다.

"그래서 그 DNA가 네 실험실 어딘가에 있어. 뭘 해야 하는지는 너도 알 거야."

"무슨 소리야?"

해먼드는 너무 크게 말했다는 걸 깨달았다. 앞 벤치 사람들이 뒤를 돌아봤다. 보겔의 제안은 그들이 생각해본 적조차 없는 일이었다.

"일단," 해먼드가 속삭였다. "사건이 니한테 배당되지 않는 한 나는 그 DNA 근처에도 갈 수 없어. 오렌지카운티에서랑은 절차가 달라. 둘째, 우린 둘 다 그 사람이 때까치가 아니라는 걸 알아. 결백한 사람한테 누명을 씌우지는 않을 거야."

"왜 이래, 오렌지카운티에서 네가 했던 일이랑 똑같잖아?" 보겔이 마주 속삭였다.

"뭐라고? 그건 완전히 달랐지. 나는 범죄로 여겨져서는 안 될 일을 저지르고 감옥에 가게 된 사람을 지켜줬을 뿐이야. 무고한 사람을 감옥에 보낸 게 아니라고. 그리고 이번에 문제가 된 건 살인이야."

"법의 관점에서는 그것도 범죄였어."

"무고한 자 한 명이 고통받느니 죄가 있는 사람 백 명을 놓치는 게 낫다는 얘기 못 들어봤어? 씨발, 벤저민 프랭클린이 한 말이라고."

"어쨌든. 내 말은 그냥, 우리가 이 사람을 이용해서 시간을 벌 수 있다는 거야. 때까치를 찾을 시간을."

"그런 다음에는 어떻게 할 건데? 신경 쓰지 마, 내가 DNA를 조작했어 라고 말해? 너한테는 그런 방법이 통할지 몰라도 나한테는 아니야.

전부 중단해야 해. 모든 걸. 당장."

"아직은 아니야. 그놈을 찾으려면 계속해야지."

해먼드의 가슴 속에서 자라나던 두려움이 이제는 활짝 피어났다. 그는 자신의 증오와 탐욕이 이런 결과로 이어졌다는 걸 알았다. 탈출할 방법이 보이지 않는다니 악몽이었다.

"야." 보겔이 속삭였다. "저 사람인 것 같아."

보겔은 법정 앞 울타리를 턱으로 은근슬쩍 가리켰다. 체포당한 사람들이 새로 줄지어 법정 경위를 따라 들어왔다. 해먼드는 세 번째 남자가 전날 밤에 본 머그샷 속 남자와 닮았다고 생각했다. 기자 잭 매커보이 같았다. 그는 감옥에서 하룻밤을 보내 지치고 피곤한 듯했다.

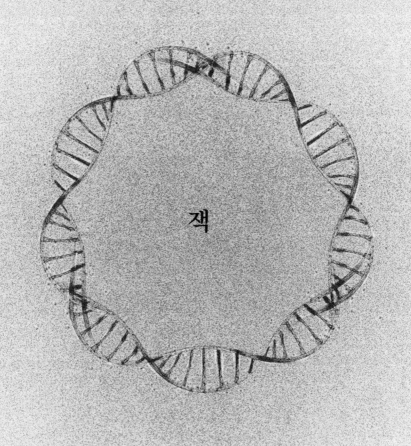

책

16

법정은 사법 제도로 들어가는 붐비는 항구다. 법 제도라는 나락에 휩쓸린 사람들은 이곳에 들어와 처음으로 판사 앞에 서서 자신에게 제기된 혐의를 듣는다. 그런 다음 그들의 최초 출석일이 잡힌다. 유죄 판결을 받고 수감되지는 않더라도 피투성이가 돼 굽신거리게 되고 마는 늪지대를 지나는, 길고도 구불구불한 여정의 첫 단계였다.

나는 윌리엄 마천드가 법정의 앞쪽 난간을 따라 죽 늘어선 자리에서 일어나 내게로 다가오는 모습을 봤다. 나는 밤새 잠을 자지 못했다. 꽉 쥔 주먹처럼 몸을 오그리고 공동 수용 시설에서 두려움에 떨며 보낸 시간부터 몸의 모든 근육이 쑤셨다. 나는 전에도 감옥에 가본 적이 있었기에 어느 곳에서든 위험이 출현할 수 있다는 걸 알았다. 감옥은 인생과 세상에 배신당했다는 느낌이 드는 곳, 사람을 절박하고 위험하게 만드는 곳, 그들이 가치 있어 보이는 모든 사람과 모든 것을 기꺼이 공격하도록 만드는 곳이었다.

마천드가 나와 이야기할 수 있는 틈새로 다가오자 나는 세상에서 가장 급하게 느껴지는 네 마디로 입을 열었다.

"날 여기서 꺼내 주십시오."

변호사가 고개를 끄덕였다.

"그럴 계획입니다." 마천드가 말했다. "이미 검찰 측과 이야기했어요. 형사들이 말벌 둥지를 걷어찼다고 했습니다. 검찰에서는 이번 건에 대해 기소 유예를 줄 겁니다. 아무리 길어도 두 시간 안에는 여기서 빼드리겠습니다."

"검사가 그냥 기소를 안 한다고요?" 내가 물었다.

"실은 시 법무관이 그렇게 하는 겁니다. 경범죄니까요. 그나마 근거도 없고요. 당신은 수정 헌법 제1조의 전면적인 보호를 받으며 일하고 있었던 거예요. 마이런이 전쟁이라도 할 태세로 오고 있습니다. 내가 검찰한테도 말했어요. 이런 혐의로 이 기자에게 유죄를 인정하게 하면 저 사람이 한 시간 인에 법원 앞에서 기자 회견을 열 거라고요. 시 법무관이 원하는 언론사의 관심은 아니죠."

"지금 마이런은 어디 있습니까?"

나는 붐비는 방청석을 훑어봤다. 마이런은 보이지 않았지만 어떤 움직임이 눈에 걸렸다. 누군가가 뭔가를 집으려고 허리를 굽히는 것처럼 다른 사람 등 뒤로 몸을 숙이는 게 보인 듯했다. 그 남자는 다시 몸을 일으켜 나를 보더니 자기 앞에 앉아 있던 사람 뒤로 움직였다. 그는 머리가 벗어져가고 있었으며 안경을 쓰고 있었다. 마이런이 아니었다.

"어딘가에 있을 거예요." 마천드가 말했다.

그 순간, 크로어 판사가 내 사건 번호와 이름을 부르는 소리가 들렸다. 마천드가 판사석을 돌아보며 자신이 피고인의 변호사라고 말했다. 여자 한 명이 북적거리는 검사석에서 일어서며 시 법무관 조슬린 로즈라고 신분을 밝혔다.

"재판장님, 이번에는 피고인에 대한 기소를 취하하도록 하겠습니다." 그녀가 말했다.

"확실합니까?" 크로워가 물었다.

"예, 재판장님."

"잘 알겠습니다. 사건을 기각하겠습니다. 매커보이 씨, 가셔도 좋습니다."

하지만 그건 사실이 아니었다. 나는 두 시간을 기다렸다가 카운티 유치장으로 이송될 때까지는 아무 데도 갈 수 없었다. 나는 거기에서 소지품을 돌려받은 뒤 절차를 거쳐 석방될 예정이었다. 아침 시간은 다 지나버렸다. 나는 유치장에서 아침과 점심을 둘 다 놓쳤다. 집까지 타고 갈 교통수단도 없었다.

하지만 유치장 출구를 지나는 순간, 나는 기다리고 있던 마이런 레빈을 발견했다.

"미안해요, 마이런. 얼마나 기다렸어요?"

"괜찮아. 휴대전화 보고 있었어. 자넨 괜찮아?"

"지금은요."

"배고파? 집에 갈래?"

"둘 다 해당이네요. 굶어 죽을 것 같습니다."

"가서 뭘 좀 먹자."

"와줘서 고마워요, 마이런."

우리는 조금이라도 빨리 음식을 먹으려고 그냥 차이나타운으로 건너가 리틀 주얼에서 포보이 샌드위치를 주문했다. 자리를 잡고 샌드위치가 나오기를 기다렸다.

"그래서, 어쩌게요?" 내가 물었다.

"뭘?" 마이런이 물었다.

"LA 경찰이 수정 헌법 제1조를 명백히 위반했잖아요. 맷슨이 이런 짓을 하고도 빠져나갈 수는 없어요. 어쨌든 기자 회견을 열어야 해요. 장담하는데, 〈타임스〉가 득달같이 덤벼들걸요. 〈뉴욕 타임스〉가요."

"그렇게 간단한 일이 아니야."

"아주 간단한 일이에요. 제가 기삿거리를 파헤치고 있었는데 맷슨이 그걸 마음에 들어 하지 않았어요. 그래서 절 허위로 체포한 겁니다. 수정 헌법 1조만이 아니라 4조도 위반이라고요. 경찰에는 저를 구류할 명분이 없었어요. 저는 일을 하고 있었을 뿐이니까요."

"그건 나도 다 아는데, 기소가 취소됐고 자네는 다시 기삿거리를 파헤치게 됐잖아. 피해 본 게 없으니 벌을 줄 것도 없지."

"뭐라고요? 저는 유치장에서 하룻밤을 보냈어요. 구석에 몰려서 밤새 뜬눈으로 있었다고요."

"하지만 아무 일도 일어나지 않았잖아. 자넨 무사해."

"아니, 무사하지 않아요, 마이런. 당신도 가끔 해보든지요."

"저기, 그런 일이 일어난 건 유감인데 그냥 안고 가야 하는 문제 같군. 더 이상 자극하지 말고 취재나 다시 시작해. 말이 나와서 말인데, 에밀리한테서 문자가 왔어. 어바인대학교에서 괜찮은 게 나왔다고."

나는 테이블 건너편의 마이런을 오랫동안 바라보며 그의 마음을 읽어보려 했다.

"말 돌리지 마세요." 내가 말했다. "진짜 이유가 뭔데요? 기부자들?"

"아니야, 잭. 전에도 말했지만 기부자들은 이 일과 아무 상관이 없어." 마이런이 말했다. "거대 담배 회사나 자동차 업계에서 우리한테 이래라저래라 하도록 놔두지 않듯 기부자들이 우리가 하는 일이나 우리가 다루는 대상을 좌우하게 놔두지도 않을 거야."

"그럼 왜 이번 일에는 넋 놓고 있겠다는 건데요? 그 맷슨이라는 놈은 불구덩이에 굴려야 하는 놈이라고요."

"그래, 사실을 알고 싶다니까 하는 말인데, 이번 일로 고약하게 굴었다가는 우리한테 업보가 돌아올 수 있다는 생각이 들어."

"대체 왜요?"

"자네 때문에. 나 때문이기도 하고. 상황이 바뀔 때까지 자네는 이번 사건의 참고인이야. 나는 자네를 빼냈어야 할 때 그렇게 하지 않은 편집자고. 우리가 전쟁을 시작한다면 그 모든 얘기가 나오게 될 거고 별로 좋아 보이진 않을 거야, 잭."

나는 뒤를 돌아보며 항의하는 뜻으로 무력하게 고개를 저었다. 나는 마이런의 말이 옳다는 걸 알고 있었다. 어쩌면 맷슨도 우리에게 약점이 있다는 걸 알았기에 이런 일을 벌인 건지 몰랐다.

"제기랄." 내가 말했다.

누군가가 마이런의 이름을 불렀다. 그가 점심값을 냈기 때문이다. 마이런은 일어나서 샌드위치를 가져왔다. 그가 돌아왔을 때 나는 너무 배가 고파 그 문제에 대해 계속 이야기할 수가 없었다. 먹어야 했다. 나는 포보이를 반쯤 먹어 치운 뒤에야 한마디를 할 수 있었다. 그리고 그때쯤에는 내 분노에 허기로 인한 날이 서리지 않았으므로, LA 경찰과 헌법을 놓고 싸움을 벌여야겠다는 욕망도 잦아들었다.

"그냥 우리 처지가 이렇게 된 것 같아요." 내가 말했다. "가짜 뉴스에, 민중의 적에, 대통령은 〈워싱턴 포스트〉와 〈뉴욕 타임스〉 구독을 끊어버리고. LA 경찰은 아무 생각 없이 기자를 유치장에 집어넣고 말이죠. 우린 대체 어느 지점에서 버텨야 하는 걸까요?"

잭   175

"뭐, 지금은 아니야." 마이런이 말했다. "그런 저항을 하겠다면 경찰이나 기자가 유치장에 내팽개쳐지는 꼴을 보고 좋아하는 정치인들이 반격하지 못하게 우리가 100퍼센트 깨끗할 때 해야지."

나는 고개를 젓고 말대꾸를 포기했다. 이길 수도 없었고, 솔직히 말해 LA 경찰에 덤벼들기보다는 다시 취재로 돌아가고 싶었다.

"알았어요, 집어치우죠." 내가 말했다. "에밀리는 뭘 찾았대요?"

"말해준 건 없어." 마이런이 말했다. "그냥 좋은 게 있다면서 사무실로 오겠대. 여기 일이 끝나고 가서 에밀리를 만나보면 될 것 같아."

"먼저 제 아파트에 잠깐 내려주실래요? 거기에 차를 세워뒀어요. 다른 일을 하기 전에 샤워부터 하고 싶어서."

"그래."

나는 유치장에 들어가는 과정에서 휴대전화와 지갑, 열쇠를 압수당했다. 유치장을 나서며 그 물건들을 반환받고서 나는 최대한 빨리 그곳에서 빠져나오고 싶어 서둘러 그것들을 주머니에 쑤셔 넣었다. 마이런이 나를 우드먼의 내 아파트 건물 앞에 내려줬을 때는 좀 더 신중하게 열쇠고리를 살펴봤어야 한다는 게 분명해졌다. 공동 현관 열쇠는 지프 열쇠와 차고의 보관용 로커 열쇠, 자전거 열쇠와 함께 열쇠고리에 걸려 있었다. 하지만 내 집으로 들어가는 열쇠는 없었다.

나는 점심 식사 후 낮잠을 즐기던 상주 관리인을 깨워 관리인용 복제 열쇠를 빌린 뒤에야 아파트에 들어갈 수 있었다. 들어가고 보니 주방 조리대 위에 수색 영장이 놓여 있었다. 내가 감방에 들어가 있던 전날 밤 맷슨과 사카이가 내 아파트를 뒤진 것이다. 날조된 나의 공무 집행 방해 혐의를 가택 수색의 합당한 명분으로 삼았을 가능성이 컸다.

아마 그게 처음부터 그들의 목표였을 것이다. 혐의가 기각되리라는 걸 알면서도 그 혐의를 판사에게 제시해 내 집에 들어온 것이다.

분노가 빠르게 돌아왔다. 나는 다시 한번 그들의 행동을 나의 권리에 대한 직접적인 침해로 받아들였다. 나는 휴대전화를 꺼내 LA 경찰의 강도 및 살인사건 전담반에 전화를 걸고 맷슨을 바꿔달라고 했다. 전화가 연결됐다.

"맷슨 형사입니다. 무슨 일이신가요?"

"맷슨, 내가 당신보다 먼저 이 사건을 해결하는 일이 없기를 바라야 할 겁니다. 당신의 개똥 같은 정체를 다 밝혀버릴 테니까."

"매커보이? 법원에서 당신을 놔줬다고 들었는데. 왜 그렇게 화가 났습니까?"

"당신이 한 짓을 아니까. 당신은 내 집을 뒤지려고 날 감방에 넣었습니다. 당신이 이 사건에서 하도 머저리 같이 굴다 보니 내가 뭘 가졌는지 알고 싶었겠지."

나는 수색 영장을 보다가 경찰이 가져간 물건을 하나도 적어두지 않았다는 걸 알았다.

"열쇠 돌려주세요." 내가 말했다. "뭐든 여기서 가져간 물건하고."

"아무것도 안 가져갔소." 맷슨이 말했다. "열쇠는 여기 있고. 언제든 와서 가져가면 됩니다."

나는 갑자기 얼어붙었다. 노트북이 어디에 있는지 알 수 없었다. 맷슨이 가져갔을까? 나는 재빨리 전날 저녁을 되짚어보다가 집 앞 도로 연석으로 다가가 우편함을 확인하려고 배낭을 지프에 놔뒀던 것이 떠올랐다. 거기에서 맷슨과 사카이에게 잡힌 것이다.

나는 수색 영장을 집어 들고 수색 범위가 내 집과 차량으로 돼 있는지 빠르게 확인했다. 내 노트북은 지문과 암호로 보호됐다. 그러나 맷슨은 어렵지 않게 사이버 부서에 해킹을 지시했을 것이다.

맷슨이 내 노트북을 열어봤다면 내가 가진 모든 것을 손에 넣고 내가 수사에 관해 아는 모든 것을 알아냈을 것이다.

수색 영장은 아파트에 대한 것뿐이었다. 자동차에 두 번째 영장이 기다리고 있다면 앞으로 30초 안에 알게 될 터였다.

"매커보이, 듣고 있습니까?"

나는 굳이 대답하지 않았다. 나는 전화를 끊고 문을 나섰다. 콘크리트 계단을 내려가 차고로 간 다음 재빨리 차고를 가로질러 지프로 향했다.

배낭은 전날 놔뒀던 대로 조수석에 놓여 있었다. 나는 배낭을 가지고 아파트로 돌아가 내용물을 주방 카운터 위에 쏟아놓았다. 노트북이 있었다. 맷슨은 노트북에도, 사건 관련 메모에도 손을 대지 않은 듯했다. 배낭의 나머지 내용물도 건드린 흔적은 없었다.

경찰이 내 작업물과 이메일을 샅샅이 훑어보지 않았다는 안도감은 피로와 함께 밀려들었다. 유치장에서 뜬눈으로 밤을 새워서 그런 게 틀림없었다. 나는 소파에 몸을 쭉 뻗고 30분쯤 낮잠을 잔 뒤 사무실로 가 마이런과 에밀리를 만나기로 했다. 타이머를 설정해놓고 몇 분 안에 잠들었다. 깨어 있을 때 마지막으로 그날 아침 나와 함께 법정으로 실려 갔던 남자들이 생각났다. 그들 모두가 지금쯤은 눈을 감는 것만으로도 위험해지는 감방에 돌아가 있을 것이다.

17

눈을 떴을 때는 방향감각이 제대로 잡히지 않았다. 나는 깊이 잠들어 있다가 밖에서 나뭇잎 날리는 소리에 깼다. 휴대전화로 시간을 확인하려 했지만, 충전하지 않은 채 감옥의 물품 보관실에서 밤사이 방치돼 있었기에 꺼져 있었다. 자느라 마이런과 약속한 30분이 지난 게 틀림없었다. 나는 보통 휴대전화로 시간을 확인했으므로 손목시계를 차지 않았다. 자리에서 일어나 비틀거리며 작은 주방으로 들어갔다. 오븐에 '4:17'이라는 글자가 보였다. 두 시간도 넘게 정신을 잃고 있었던 것이다.

나는 휴대전화에 플러그를 꽂고 화면이 켜질 만큼 충전되기를 기다려야 했다. 그런 다음 나는 마이런과 에밀리에게 단체 문자로 늦는 이유를 설명했다. 만나기엔 너무 늦은 건지 묻자 답장이 즉시 돌아왔다.

사무실로 와.

우리는 20분 뒤에 만났다.

에밀리가 앞서 마이런에게 보낸 문자는 정확했다. 그녀는 어바인대학교에서 윌리엄 오턴에 관한 좋은 자료를 얻었다. 우리는 〈페어워닝〉 회의실에서 만났고, 에밀리는 자신이 발견한 내용을 풀어놓았다.

"일단, 이건 전부 기사에 실으면 안 되는 내용이에요." 에밀리가 말했다. "이 정보를 활용하고 싶다면 별도로 확인할 방법이 필요해요. 아마 방법이 있을 거예요, 애너하임 경찰에서 취재원을 찾을 수만 있다면."

"학교 쪽 취재원은 어느 정도 레벨이야?" 마이런이 물었다.

"지금은 부학장이에요." 에밀리가 말했다. "하지만 4년 전에, 이 모든 사태가 벌어졌을 때는 타이틀 9 부서의 책임자였어요. 타이틀 9가 뭔지는 알아요, 잭?"

"네." 내가 말했다. "연방 정부의 자금을 받는 모든 학교가 준수해야 하는 성폭력 및 성적 괴롭힘 관련 규약이죠."

"맞아요." 에밀리가 말했다. "그래서, 내 취재원이 비보도로 극히 비밀리에 말해준 바로는 윌리엄 오턴이 제자 여러 명을 연속적으로 학대했다는 의심을 받았대요. 다만 확실한 증거가 없었던 거죠. 피해자들은 협박당하고 증인들은 증언을 철회했어요. 익명의 여자가 나타나기 전까지는 오턴에 대해 확실한 혐의를 제기할 수 없었죠."

"익명의 여자요?" 내가 물었다.

"학생이었어요. 생물학 전공으로, 오턴의 수업을 들었대요. 오턴과 애너하임의 어느 바에서 우연히 마주쳤는데, 오턴이 자기한테 몰래 약물을 먹이고 강간했다고 주장했어요. 여자는 벌거벗은 채 모텔 방에 들어갔고 마지막으로 기억나는 건 오턴과 술을 마신 거라고 했어요."

"변태 자식." 마이런이 말했다.

"범죄자 자식이라는 뜻이겠죠." 에밀리가 말했다.

"범죄자도 범죄자고." 마이런이 말했다. "어떻게 된 거야? 익명의 여자가 생각을 바꾼 건가?"

"아뇨, 전혀 아니었어요." 에밀리가 말했다. "그 사람은 단호했어요. 똑똑하기도 하고. 그날 밤 경찰에 전화를 걸었는데, 경찰이 강간 검사 키트를 가져와 혈액을 채취했대요. 오턴은 성폭행 도중에 콘돔을 사용했지만, 경찰은 그 사람 유두에서 타액을 채취했어요. 오턴을 상대로 확실한 혐의가 만들어지고 있었죠. 여자의 독성학 검사에서는 플루니트라제팜, 더 잘 알려진 이름으로는 로힙놀이라는 데이트 강간 약물이 검출됐어요. 피해자의 증언 의지도 확실했으니 사건을 진행할 준비가 돼 있었죠. 그냥 DNA 결과만 기다리고 있었어요."

"그런데요?" 내가 물었다.

"DNA 유형 분석이 오렌지카운티 보안관실 연구소에서 이뤄졌어요." 에밀리가 말했다. "타액이 오턴과 일치하지 않았죠."

"농담이지?" 마이런이 말했다.

"저도 그랬으면 좋겠네요." 에밀리가 말했다. "그 바람에 사건이 죽어버렸어요. 여자가 조사실에서 6일 동안 다른 남자와 있었던 적이 없다고 말했기 때문에, DNA 검사 결과로 여자의 이야기가 의심을 사게 됐죠. 그런 뒤에는 검찰 수사관이 여자와 관계를 맺었던 수많은 예전 섹스 파트너를 찾아냈어요. 이 모든 게 검찰에서 사건을 기각해 버리는 결과로 이어졌죠. 직접적인 DNA 연관성이 없는 한 검찰은 사건을 건드리지 않으려 했거든요."

나는 제이슨 황이 DRD4 유전자에 대해 했던 말을 떠올렸다. 오렌지카운티 검찰은 익명의 여성을 난잡한 사람, 재판에서 혐의를 받쳐줄 만큼 신빙성이 없는 사람으로 보고 무시했다.

"우연히 만났다고 했는데." 내가 말했다. "그 점에 대해서 더 알아낸 내용은 없어요? 우연히 만난 걸 어떻게 알죠?"

"그건 안 물어봤는데요." 에밀리가 말했다. "그냥 무작위적인 만남이라고 했어요. 바에서 우연히 마주쳤다고요."

"타액은 다른 사람하고 일치했습니까?" 내가 물었다.

"신원미상의 누군가와 일치했어요." 에밀리가 말했다. "당시에는 오턴이 DNA 연구자로서 어떻게든 자기 DNA를 조작해 일치하는 결과가 나오지 않도록 막았다는 소문이 돌았어요."

"공상과학 소설 같군." 마이런이 말했다.

"맞아요." 에밀리가 말했다. "취재원 말로는, 보안관실 연구소에서 두 번째로 검사를 해봤는데 그때도 불일치 결과가 나왔대요."

"증거 조작의 가능성은?" 마이런이 물었다.

"그럴 가능성도 제기되긴 했지만 보안관실이 연구소 편을 들었어요." 에밀리가 말했다. "증거의 완전성에 문제가 있다는 신호가 조금이라도 있으면 증거 분석을 할 때 그 연구소에 의존했던 모든 유죄 판결이 흔들릴 위험이 있었던 것 같아요. 그런 만큼 보안관실에서는 그 방향으로 가지 않으려 했죠."

"그래서 오턴은 풀려났고요." 내가 말했다.

"어느 정도는요." 에밀리가 말했다. "형사 소송은 없었지만 연기는 피울 대로 피워진 상태였어요. 익명의 여성이 DNA 증거를 마주하고서도 흔들림 없이 이야기를 계속했기에 학교는 오턴을 직원 품행 방침에 따라 처분했어요. 형사 처벌을 목표로 한 게 아니에요. 학교는 다른 학생들을 보호해야 했어요. 그래서 조용히 협상해 오턴을 내보냈죠. 오턴은 연금을 받게 됐고 이 모든 일이 침묵으로 덮인 거예요."

"그 여성은 어떻게 됐어요?" 내가 물었다.

"그건 모르겠어요." 에밀리가 말했다. "취재원에게 애너하임 경찰에서 그 여자를 맡았던 사람이 누구냐고 물었는데, 취재원은 이 사건을 다룬 형사가 형사라는 직업에 완벽히 어울리는 이름을 가지고 있었다는 것밖에 기억하지 못하더군요. 딕 dig, 형사들이 사건을 '파헤친다'고 할 때 쓰는 단어다이라고 했어요."

"이름이요, 성이요?" 내가 물었다.

"이름이요." 에밀리가 말했다. "취재원의 설명으로는 라틴계라니까, 이름이 디고베르토나 그 변형된 형태이겠죠. 알아내는 게 너무 어렵지는 않을 거예요."

나는 고개를 끄덕였다.

"그래서," 마이런이 말했다. "오턴이 어바인대학교에서 쫓겨난 뒤, 조금만 걸어가면 있는 곳에 사설 연구소를 차렸단 말이지. 쉽게 빠져나갔네."

"맞아요." 에밀리가 말했다. "하지만 취재원이 말했듯 학교의 가장 큰 관심사는 오턴을 내보내는 거였어요."

"오턴이 DNA를 바꿨다는 소문은요?" 내가 물었다. "그게 가능하긴 한가요?"

"당신이 나타나기를 기다리면서 조사를 좀 해봤는데요." 에밀리가 말했다. "유전자 편집 기술은 매일 발전하고 있지만 자신의 유전자 부호 전체를 바꿀 수 있는 수준은 아니에요. 이 사건이 일어난 4년 전에는 더더욱 아니었고요. 익명의 여성에게 일어난 사건은 수수께끼예요. 내 취재원 말에 따르면 익명의 여성에게는 오턴과 학교를 고소할 준비가 된 변호사가 있었대요. 그런데 변호사 사무실에서도 자체적으로 표본을 검사했는데 같은 결과가 나왔어요. 소송은 제기되지 않았죠."

우리 셋은 모두 잠시 침묵을 지켰다. 이어 마이런이 입을 열었다.

"그럼, 다음은?" 그가 물었다.

이건 내 기사였고 나는 내 기사를 지키고 싶었다. 하지만 에밀리 앳워터가 취재를 크게 진전시켰다는 건 인정해야 했다.

"뭐, 우리가 기억해야 하는 것 한 가지는 윌리엄 오턴이 수상쩍은 인물이긴 해도 잭이 쫓고 있는 사건이 오턴에게 이르지는 못했다는 점이에요. 아직은요." 에밀리가 말했다. "더 취재해 봐야겠지만 현재 상태를 보자고요. 우리가 아는 네 명의 피해자는 GT23의 참여자였어요. 피해자들의 DNA가 오턴의 연구소에 연구 목적으로 판매됐을 가능성은 존재하지만 아직 그 가능성이 증명되지는 않았어요. 여기에 오턴이 성범죄자로 보인다는 점을 더하면 모든 게 더 재미있어지죠. 하지만 이런 사실을 서로 연결하는 구체적인 요소가 없어요."

"바로 그거야." 마이런이 말했다. "더 강한 연결 고리가 나타나지 않는 한 이걸 얼마나 끌고 갈 수 있을지 모르겠어."

마이런이 나를 쳐다봤다. 나는 그걸 좋은 징조로 받아들였다. 이건 지금도 내 기사였고, 마이런은 내 의견을 듣고 싶어 했다.

"제 생각엔 이게 그물 던지기의 일환입니다." 내가 말했다. "뭐가 걸려 올라오는지 봐야죠. 제 생각에, 우리가 해야 할 일은 오렌지 나노 내부에 들어가 오턴과 이야기하는 거예요. 직접 만나서 감을 잡아보는 거죠. 하지만 어떻게 그럴 수 있는지는 모르겠군요. 그냥 전화를 걸어서 네 여자의 살인사건을 들여다보고 있다고 말하면 안 될 것 같은데.

들어갈 다른 방법이 필요해요."

"저도 그 생각을 하고 있었어요." 에밀리가 말했다. "이번에도, 오늘 잭을 기다리면서 오턴에 대해 찾을 수 있는 모든 걸 찾아봤는데 렉스퍼드 회사의 연례 보고서에 오턴의 이름이 올라 있는 걸 봤어요. 오턴이 그 회사 이사더라고요."

"렉스퍼드가 뭐 하는 회사인가요?" 내가 물었다.

"주로 남성용 헤어 제품을 만들어요." 에밀리가 말했다. "탈모, 그러니까 대머리에 중점을 두고요. 탈모는 남녀 모두에게서 점점 더 많이 나타나고 있고, 5년 안에 40억 달러짜리 산업이 될 것으로 예상돼요."

"오턴이 탈모를 치료하려고 하는군요." 내가 말했다.

"저도 그렇게 생각해요." 에밀리가 말했다. "탈모를 치료하거나 속도라도 좀 늦춰주는 유전 요법을 발견 또는 발명하면 그 가치가 얼마나 될지 생각해 보세요. 오턴이 렉스퍼드의 이사인 이유는 그 회사가 오턴의 연구에 자금을 대기 때문이에요. 그게 우리가 들어갈 방법일 수 있어요."

"대머리를 살펴봐야 한다는 건가요?" 내가 물었다.

"돈을 좇는 거죠." 에밀리가 말했다. "매년 수십억 달러가 지출되고 있는데 치료법이 없어요. 지금은 말이에요. 우린 소비자의 시각에서 들어가야 해요. 이런 치료법 중 얼마나 많은 게 아무 가치가 없는 것인지, 유전적 치료는 어디까지 왔는지. 오턴의 자만심에 장단을 맞춰주고 누군가가 돌파구를 만들어 낸다면 그건 바로 오턴일 거라는 얘기를 들었다고 말하는 거예요."

좋은 계획이었다. 내가 먼저 떠올렸으면 좋았을 거라는 생각이 들었다는 것만이 단점인 계획. 나는 아무 말도 하지 않았고 마이런은 나를 쳐다봤다.

"어떻게 생각해, 잭?" 그가 물었다.

"뭐, 탈모 연구는 저한테 새로운 분야예요." 내가 말했다. "제이슨 황 말로는 오턴이 중독과 위험한 행동을 연구한다고 했습니다. 대머리가 되는 건 그 둘 중 무엇과도 상관없는 일인데요. 제가 아는 한은요."

"이 분야 연구자들은 그런 식으로 일해요." 에밀리가 말했다. "거대 제약 회사에서 연구자들에게 특정 분야를 연구하라고 표를 사주면, 연구자들이 그 표를 가지고 다른 연구에, 정말로 자기들 관심을 끄는 문제에 자금을 대는 거죠. 렉스퍼드는 회사에서 원하는 연구비를 지불하지만 오턴이 원하는 연구에도 돈을 대는 거예요."

나는 고개를 끄덕였다.

"그럼 좋은 생각인 것 같네요." 내가 말했다. "그렇게 들어가죠. 렉스퍼드에 먼저 가는 게 좋을지도 모르겠습니다. 렉스퍼드의 홍보팀 사람들이 자리를 만들게 해서 오턴이 거절하기 어렵게 하는 겁니다. 오턴이 뭔가 수상한 일을 벌이고 있다면 더 그렇겠죠."

"좋은 생각이에요." 에밀리가 말했다. "제가······."

"전화는 내가 날 밝는 대로 걸겠습니다." 내가 말했다. "자리를 만들어보죠."

"인터뷰하러 갈 기자는 자네들 둘이라고 말해." 마이런이 말했다.

"무슨 말이에요?" 내가 물었다.

"자네 둘 다 갔으면 좋겠다는 말이야." 마이런이 말했다.

"저 혼자서도 할 수 있을 것 같은데." 내가 말했다.

"당연히 그렇겠지." 마이런이 말했다. "하지만 보안상의 이유로 난 자네 둘이 같이 갔으면 해. 에밀리, 캐논 카메라를 가져가서 사진을 찍어."

"전 사진기자가 아닌데요." 에밀리가 항의했다.

"그냥 카메라만 가져가." 마이런이 말했다.

"애너하임 경찰은요?" 에밀리가 물었다. "그 방면으로도 우리 둘이 팀으로 움직이길 바라세요?"

"거긴 제가 내일 가볼 생각이었는데요." 내가 말했다. "제가 딕 형사를 찾을 겁니다."

에밀리는 아무 말도 하지 않았다. 나는 그녀가 항의할 거라고, 그쪽 단서는 자기 몫이라고 주장할 줄 알았지만 아니었다.

"그래, 좋아. 자네가 가, 잭." 마이런이 말했다. "하지만 잘 들어. 난 이게 경쟁이 되는 걸 바라지 않아. 협력해. 난 우리 회사 직원의 절반을 이 취재에 투입하고 있어. 낭비할 시간은 없어. 뭔가 있는지 알아보고 없으면 빠져나와서 다음 기사로 옮겨 가."

"알겠습니다." 에밀리가 말했다.

"네." 내가 말했다.

그걸로 회의는 해산됐고 우리는 각자의 작업 공간으로 돌아갔다. 나는 곧장 애너하임 경찰에 전화를 걸어 딕을 찾기로 했다. 쉬운 일이었다. 나는 형사팀에 연결해 달라고 하고, 전화를 받은 여자에게 "딕하고 얘기할 수 있을까요?"라고 물었다.

"죄송하지만 루이즈 형사님은 오늘 자리를 비우셨습니다. 메시지 남겨드릴까요?"

"아뇨, 괜찮습니다. 내일은 출근하시나요?"

"네. 하지만 하루 종일 법원에 나가 계실 거예요. 메시지 남겨드릴까요?"

"아뇨, 법원에서 만나면 되겠네요. 그 강간사건 때문인가요?"

이건 루이즈가 익명의 여성/오턴 사건을 담당했었다는 사실에 근거한 추측이었다.

"네, 아이제이아 갬블 사건이요. 누가 전화했다고 말씀드릴까요?"

"그건 괜찮습니다. 내일 법원에서 직접 만날게요. 감사합니다."

전화를 끊은 뒤 나는 오렌지카운티 검사실 웹사이트에 들어가 *아이제이아 갬블*이라는 이름을 검색창에 넣었다. 그 결과 납치와 강간이라는 사건 개요와 이 사건이 할당된 샌타애나 법원의 법정이 떴다. 아침이면 가볼 수 있었다.

나는 공책에 정보를 적다가 레이철 월링이 보낸 문자를 보고 멈칫했다.

오늘 밤에 술 한잔할래?

뜬금없었다. 나는 1년도 더 지나 처음으로, 미리 알리지도 않고 그녀에게 들렀다. 그런데 다음 날에 그녀가 술을 마시고 싶어 하다니. 나는 오래 기다리지 않고 답장했다.

좋아. 어디서? 몇 시?

기다렸지만 즉시 답장이 오지는 않았다. 나는 퇴근하려고 짐을 싸기 시작했다. 다음 날 오렌지카운티로 갈 때 필요할지도 모르는 모든 것을

페어워닝

배낭에 쑤셔 넣었다. 일어나서 나가려는데 레이철에게서 답신이 왔다.

나 밸리에 있어. 지금 만나도 되고 나중에 만나도 돼. 당신이 크리스티나를 만났던 거긴 어때? 거길 한번 보고 싶어서.

나는 휴대전화 화면을 빤히 봤다. 나는 레이철이 말하는 장소가 미스트럴이라는 걸 알고 있었다. 좀 이상하게 느껴졌지만, 이번 만남에는 술 한잔 이상의 무언가가 있을지도 몰랐다. 어쩌면 레이철이 내 제안에 대해 생각을 바꿨을지 몰랐다. 나는 미스트럴의 주소를 적어 답장을 보내며 지금 출발하겠다고 말했다.

나는 나가면서 에밀리 앳워터의 자리를 지나쳤다. 에밀리가 화면에서 눈을 떼고 쳐다봤다.

"딕을 찾았어요." 내가 말했다. "이름이 루이즈더군요. 내일 다른 사건으로 법원에 간답니다."

"완벽한데요." 에밀리가 말했다. "거기서 루이즈를 만나볼 수 있겠어요."

"네, 나도 그렇게 생각했어요. 그리고 내가 개자식처럼 구는 것같이 보인다면 사과하고 싶습니다."

"아뇨, 그렇게 안 보여요. 원래 당신 기사였잖아요. 이해해요."

나는 고개를 끄덕였다.

"이해해줘서 고맙습니다." 내가 말했다. "나랑 같이 가서 루이즈를 찾아보고 싶다면 그래도 괜찮아요. 당신 단서였으니까."

"아뇨, 난 사실 여기 남아도 괜찮아요." 그녀가 말했다. "당신이 그 일을 하는 동안 연방 정부를 통해 얻을 수 있는 게 뭔지 살펴보려 했거든요. 식품의약국부터 시작하려고요."

"식품의약국은 이 문제에 대해 아무것도 하지 않습니다." 내가 말했다. "지금도 법 집행에 관해 '고려 중'인 단계예요."

"네, 하지만 그 내용을 기록해야 하잖아요. 왜 그렇게 된 건지, 언제쯤 상황이 바뀔지도 물어봐야 하고요. 정부가 이 사기의 배후에 있어요. 기사의 중요한 부분이죠."

"맞아요."

"그러니까 그 부분은 내가 맡을게요. 당신은 오렌지카운티로 가세요."

"렉스퍼드 홍보팀을 통해서 오턴과도 뭔가 잡아보겠습니다. 소식 전할게요."

에밀리가 미소 지었다. 어째서인지 그 모습을 보자 내가 여전히 이런저런 일에 대해 개자식처럼 굴고 있다는 생각이 들었다.

"그럼 괜찮은 거죠?" 내가 물었다.

"그럼요." 에밀리가 말했다. "내일 상황을 살펴봐요."

나는 고개를 끄덕였다. 내가 돌아서서 떠나려 하자 그녀가 말했다.

"나라면 내 기삿거리를 지키려 했다는 이유로 절대 사과하지 않았을 거예요, 잭."

나는 그녀를 돌아보았다.

"당신은 뭔가를 보고 그걸 쫓았어요." 그녀가 말했다. "그걸 간직할 권리는 충분히 있죠."

"그래요." 내가 말했다.

"내일 봐요." 에밀리가 말했다.

18

내가 도착했을 때는 레이철이 이미 미스트럴의 바에 있었다. 그녀의 마티니 잔이 반쯤 차 있었다. 레이철은 내가 들어오는 걸 보지 못했고 나는 뒤로 물러서서 잠시 그녀를 살펴봤다. 그녀는 시선을 바 쪽으로 내리깔고 서류를 읽고 있었다. 보지도 않고 마티니 잔의 기다란 목 부분으로 손을 뻗더니 조금 홀짝였다. 내가 그녀와 교류해온 시간은 거의 25년에 이르렀다. 그녀와의 관계는 뜨겁고도 차가웠고 강렬하면서도 소원했으며 친밀하면서도 엄격하게 직업적이었다. 궁극적으로는 마음이 찢어질 듯한 관계였다. 처음부터 레이철은 내 가슴에 거의 낫지 않을 구멍을 남겼다. 나는 레이철을 보지 않고 몇 년씩 지낼 수 있었으나 그녀에 대한 생각은 그칠 수 없었다. 레이철이 어디에 있는지, 뭘 하고 있는지, 누구와 있는지에 대한 생각을.

나는 전날 레이철을 만나러 가기로 한 순간, 내가 나 자신에게 또 한 바탕 희망과 상처를 줄 생각이라는 걸 알았다. 하지만 어떤 사람들은 이런 운명을 타고났다. 긁힌 레코드판처럼 같은 음악을 틀고 또 트는 것이다.

그 순간은 바텐더가 문가에 서 있는 나를 보고 자기 멋대로 나를 부르는 바람에 망가졌다.

"자크, 뭐해요?" 바텐더가 말했다. "들어와요, 들어와."

내가 성을 모르는 엘은 프랑스어 억양으로 말했다. 내 이름을 프랑

잭   191

스어식으로 바꿔 발음하긴 했지만, 그녀는 나를 단골손님이라고 생각했다. 거리가 가까워서, 그 소리를 들은 레이철이 고개를 들어 나를 쳐다봤다. 내 환상과 희망의 순간은 끝났다.

나는 바로 걸어가 레이철 옆에 앉았다.

"안녕, 온 지 오래됐어?" 내가 물었다.

"아니, 방금 왔어." 레이철이 말했다.

엘이 주문을 받으려고 바를 따라왔다.

"평소 마시던 걸로, 자크?" 그녀가 물었다.

"좋죠." 내가 말했다.

엘은 다시 바를 따라 케텔 원 병이 있는 곳으로 가더니 내 술을 준비하기 시작했다.

"평조-마지던-걸루, *자크?*" 레이철이 놀리듯 속삭였다. "저 억양이 가짜인 건 알지?"

"저 여잔 배우야." 내가 말했다. "여긴 프랑스식이고."

"로스앤젤레스에서나 그렇게 보이지."

"파리 기준으로 봐도 그럴지 몰라. 그래서, 뭣 때문에 언덕을 넘어서 밸리까지 왔어?"

"새로운 고객을 낚으려는 중이라 오늘 아주 공들인 프레젠테이션을 했거든."

"배경 조사를 해달래?"

"우리 주업이니까."

"무슨, 그냥 들어가서 전직 FBI라는 자격증을 휙 보여주고 할 수 있는 일이 뭔지 말하면 사람들이 당신한테 일거리를 준단 말이야?"

페어워닝

"좀 단순화한 얘기긴 한데, 그래, 그렇게 하는 거야."

엘이 마티니를 가져와 칵테일 냅킨에 내려놓았다.

"*브왈라* '짜잔'이라는 뜻의 프랑스어!" 그녀가 말했다.

"*메르시* 고맙다는 뜻의 프랑스어." 내가 말했다.

엘이 다시 바를 따라 멀어져갔다. 그녀에게는 우리에게 공간을 내줄 만큼의 센스가 있었다.

"여기가 당신이 노는 곳이야?" 레이철이 말했다. "가짜 프랑스어 억양을 쓰는 바텐더가 있는 곳이?"

"여기서 겨우 두 블록 떨어진 곳에 살거든." 내가 말했다. "문제가 생기면 집까지 걸어갈 수도 있어."

"여자랑 잘될 수도 있고. 그 여자들이 생각을 바꾸기 전에 집에 데려 가야 하잖아?"

"말이 좀 그렇네. 어제 당신한테 그 얘기를 하지 말걸 그랬어. 여기 에서 나한테 그런 일이 일어난 건 그때 딱 한 번뿐이야."

"그러시겠지."

"진짜야. 그런데 당신, 질투하는 것 같네."

"그런 날이 올까?"

우리는 거기에서 잠시 대화를 멈췄다. 나는 우리가 둘 다 어지러운 과거 기억을 떠올리고 있다고 느꼈다. 과거를 망쳐버린 건 언제나 나 인 것만 같았다. 시인 수사 때 내가 불안한 마음을 이기지 못하고 레이 철을 의심해 관계를 망가뜨린 것도 그랬고 내가 우리 관계보다 일을 앞세워 그녀를 참을 수 없는 위치에 밀어 넣었을 때도 그랬다.

이제 우리는 바에서 만나 내숭이나 떨어대게 됐다. 사라진 가능성을 생각하니 죽을 것만 같았다.

"한 가지에 대해서는 질투가 난다는 걸 인정해야겠네." 레이철이 말했다.

"내가 이제 밸리에 산다는 거?" 내가 말했다.

나는 지금도 이런 내숭에서 벗어날 수 없었다. 맙소사.

"아니, 당신이 사건을 조사하고 있다는 거." 레이철이 말했다. "진짜 사건 말이야."

"무슨 소리야?" 내가 물었다. "당신도 나름대로 일을 하잖아."

"그 일의 90퍼센트는 컴퓨터 앞에 앉아서 배경 조사를 하는 거야. 난 진짜 사건을 다루는 게 아니라…… 난 내 기술을 쓰지 않고 있어, 잭. 쓰지 않으면 기술은 사라지게 마련이고. 당신이 어제 찾아오는 바람에 내가 더 이상 하지 않는 일이 떠올랐어."

"미안. 전부 내 탓이라는 거 알아. 당신 배지도, 다른 모든 것도. 내가 기사를 쓰겠다고 모든 걸 조져버렸어. 눈이 멀어 있었어. 미안해."

"잭, 사과가 필요해서 온 게 아니야. 과거는 과거야."

"그럼 왜, 레이철?"

"모르겠어. 난 단지……."

레이철은 말을 맺지 않았다. 하지만 나는 이번 만남이 빠르게 술을 마시고 헤어지는 자리가 되지 않으리라는 걸 알았다. 나는 바의 반대쪽 끝에 있던 엘에게 손가락 두 개를 들어 보였다. 두 잔 더.

"우리가 어제 이야기했던 것 중에 한 일이 있어?" 레이철이 물었다.

"응." 내가 말했다. "아주 좋은 게 나왔어. 오늘도 계속할 수 있었는데, 결국 밤새 유치장에 있게 됐어."

"뭐? 왜?"

"사건을 맡은 LA 경찰 놈이 겁을 먹었거든. 내가 이번 일에서 자기보다 앞서갈까 봐. 그래서 어젯밤에 날조된 공무 집행 방해 혐의로 나를 체포했어. 난 경찰서에서 하룻밤을 꼬박 보내고 오늘 낮의 절반은 법정에서 보냈어. 교도소 버스를 타고 오가면서."

내가 마티니를 다 마시는 그 순간에 엘이 새 잔을 가져다줬다.

"주 부 장프리 '천만에요'라는 뜻의 프랑스어." 그녀가 말했다.

"메르시." 내가 말했다.

"그라시아스 고맙다는 뜻의 스페인어." 레이철이 말했다.

엘이 떠났다.

"아, 잊었네." 내가 말했다.

나는 새 잔을 들어 올렸다.

"총알 한 개 이론을 위하여?" 내가 물었다.

너무 나간 걸지도 모르지만 레이철은 멈칫하지 않았다. 그녀도 잔을 들고 고개를 끄덕였다. 이 건배사는 몇 년 전 레이철이 내게 했던 말에 관한 것이었다. 레이철은 모든 사람에게 세상 어딘가에는 총알처럼 그들의 심장을 꿰뚫을 수 있는 누군가가 있다고 믿었다. 모두가 그 사람을 만나는 행운을 누리는 건 아니고, 그런 사람을 만난다고 해서 모두가 그 사람을 붙잡을 수 있는 것도 아니지만.

내게는 한 번도 의심의 여지가 없었다. 레이철이 바로 그 사람이었다. 나를 관통한 총알에 그녀의 이름이 새겨져 있었다.

우리는 잔을 부딪쳤다. 그런 뒤 레이철은 이 주제에 관해 다른 말이 나오기 전에 화제를 바꿨다.

"기소당했어?" 그녀가 물었다.

"시 법무관이 사건을 보자마자 기각했어." 내가 말했다. "어떤 사람에게는 기자가 쓰레기보다 못한 존재로 보이는 시대에 벌어지는 새로운 형태의 괴롭힘일 뿐이야. 경찰은 자기들이 무슨 짓을 저질러도 빠져나갈 수 있다고 생각해."

"이번 사건에서 정말 당신이 경찰보다 앞서 있다고 생각해?"

"응. 혹시 생각이 바뀌었으면……."

"뭘 알아냈는데?"

나는 다음 20분 동안 레이철에게 제이슨 황과 윌리엄 오턴에 대해서, 그리고 이번 기사의 파트너인 에밀리 앳워터가 어바인대학교의 취재원을 통해 큰 진전을 이뤄냈다는 점에 대해서 이야기해 줬다. 레이철은 몇 가지 질문을 던지고 이따금 조언을 해줬다. 내가 과녁의 10점 부분에 해당하는 무언가를 쫓고 있다고 느끼는 게 분명했다. 레이철은 한때 FBI와 함께 연쇄살인범들을 쫓았다. 지금은 직업 후보자에 관한 배경 조사를 하고 있었다. 우리는 마티니를 한 잔씩 더 마셨다. 대화가 끝나자 해야 할 결정이 남았다.

"차는 그냥 여기 두고 가?" 레이철이 물었다.

"여기 발레파킹 기사들이 나를 알거든." 내가 말했다. "너무 많이 마셔서 집으로 걸어가면 그 사람들이 나한테 열쇠를 줘. 그러면 아침에 다시 여기로 걸어와서 차를 찾아가는 거야."

"뭐, 나도 운전하면 안 될 것 같아."

"나랑 같이 우리 집으로 걸어가면 되지. 당신이 운전할 준비가 되면 돌아와서 당신 차를 되찾으면 되니까."

나왔다. 팔푼이 같은 초대. 레이철은 대답으로 반쪽짜리 미소를 지었다.

"아침이 돼서야 술이 깨면?" 레이철이 물었다.

"마티니 세 잔을 마셨으니까…… 최소한 그 정도는 걸리겠네." 내가 말했다.

나는 플래티넘 아메리칸 익스프레스 카드로 술값을 냈다. 레이철이 그걸 봤다.

"요즘도 저작권료 받아, 잭?"

"조금. 매년 조금씩 줄어들지만 책이 계속 인쇄되고 있긴 해서."

"새로운 연쇄살인범이 잡힐 때마다 그 사람 소지품 중에 《시인》이 한 권씩 있다던데. 내가 가본 모든 교도소에 있던 책이기도 해."

"좋은 정보네. 어젯밤 경찰서에서 작가 사인회라도 열 걸 그랬어."

레이철은 크게 웃었다. 나는 그녀가 마티니에 취해 과하게 반응한다는 걸 알았다. 그녀는 보통 이런 식으로 웃음을 터뜨리기에는 자제력이 너무 강했다.

"우리 둘 다 정신을 잃기 전에 가자." 내가 말했다.

우리는 스툴에서 미끄러지듯 내려 문으로 향했다.

두 블록을 걸어가는 동안 알코올 기운에 레이철은 계속 혀가 풀려 있었다.

"한 가지 알려줄 건 우리 집 가사도우미가 1년쯤 휴가 중이라는 거야." 내가 말했다.

레이철이 다시 웃었다.

"그럴 줄 알았어." 레이철이 말했다. "당신이 살았던 집 몇 군데 기억나. 미혼 남자 취향이었지."

"그래, 뭐, 바뀌지 않는 것들도 있나 봐." 내가 말했다.

"같이하고 싶어." 그녀가 말했다.

나는 대답하지 않고 몇 발짝 불안정하게 걸음을 옮겼다. 나는 레이철이 우리 관계를 이야기한 건지, 내 기사에 대해 말한 건지 궁금했다. 내가 묻지 않았는데도 레이철이 자기 말 뜻을 분명히 밝혔다.

"돈은 엄청나게 벌고 있지만, 난…… 아무것도 하지 않고 있어." 그녀가 말했다. "예전에는…… 나한테 기술이 있었어, 잭. 지금은……."

"내가 어제 그래서 당신을 만나러 간 거야." 내가 말했다. "당신이라면 관심이……."

"내가 오늘 뭘 했는지 알아? 플라스틱 가구를 만드는 회사를 상대로 프레젠테이션을 했어. 그 회사에서 범법자는 절대 고용하고 싶지 않다고 했거든. 그래서 날 찾아온 거야. 그런데 어땠는지 알아? 그렇게 나한테 돈을 주고 싶다면야 받아줘야지 뭐, 싶었어."

"뭐, 사업이 그런 거잖아. 당신도 알고서……."

"잭, 난 뭔가 하고 싶어. 뭔가 도움이 되고 싶어. 네 기사에 도움을 줄 수 있어."

"어……. 그래, 당신이 이 사람을 프로파일링하고 싶어 할지 모른다고 생각했어. 누군지 몰라도 이 일을 하는 놈 말이야. 피해자들도 그렇고. 우리한테 필요한 건……."

"아니, 난 그 이상을 원해. 밖으로 나가서 이번 일에 참여하고 싶어. 허수아비 때 그랬듯이."

나는 고개를 끄덕였다. 그 사건에서 우리는 손을 잡고 함께 일했다.

"뭐, 이건 약간 달라. 그 당시에는 당신이 요원이었고 이번 사건에는 나한테 이미 파트너가…….."

"하지만 난 정말 도움이 될 수 있어. 지금도 연방 정부에 연줄이 있는걸. 이것저것 얻어낼 수 있어. 당신은 찾지 못하는 걸 찾아내고."

"어떤 거?"

"아직은 모르지. 살펴봐야겠지만, 전에 같이 일을 했던 만큼 지금도 FBI에 아는 사람들이 있어."

나는 고개를 끄덕였다. 나는 아파트에 도착했다. 레이철이 하는 말 중 어느 정도가 술김에 하는 말인지 알 수 없었지만 진심으로 하는 말 같았다. 나는 열쇠를 더듬어 찾아 정문을 열었다.

"들어가서 좀 앉자." 내가 말했다. "얘기 좀 더 하게."

"오늘 밤에는 더 이상 얘기하고 싶지 않아, 잭." 레이철이 말했다.

19

나는 샌타애나의 법원에 한 번도 가본 적이 없었다. 심지어 평일 아침에 샌페르난도 밸리에서 오렌지카운티로 차를 몰아본 적도 없었다. 나는 9시 전에 반드시 도착하려고 7시에 출발했다. 내 지프를 찾아오느라고, 그다음에는 레이철의 BMW를 찾아오느라고 미스트럴까지 두 차례 왔다 갔다 하고 나니 7시였다. 나는 레이철의 차를 건물 앞에 세워뒀다. 맷슨과 사카이가 나를 체포했던 그 장소였다. 그런 다음 레이철의 열쇠를 그녀가 잠을 잔 침대 옆 탁자에 올려놓았다. 일어나면 전화하라는 쪽지를 쓴 뒤 애드빌 두 알과 함께 침대 옆 탁자에 올려놓았다.

눈을 떴을 때 아파트가 비어 있다면 레이철이 불쾌해할 수도 있었다. 하지만 나는 재판이 시작되기 전에 디고베르토 루이즈 형사에게 가고 싶었다.

계획은 계획일 뿐. 101번 국도와 5번 고속도로 모두에서 교통정체를 겪은 뒤, 나는 샌타애나의 형사법원 건물 차고에 9시 20분에 들어갔다. 아이제이아 갬블의 재판은 이미 진행되고 있었다. 나는 방청석 뒷줄로 슬쩍 들어가 지켜봤다. 운이 따라줬다. 나는 겨우 몇 분 만에 루이즈 형사가 증언석에 서서 증언하고 있는 남자라는 걸 알아봤다.

법정의 방청석은 나와 앞줄, 검사 측 자리에 있는 여자 한 명을 제외하고 비어 있었다. 이 사건은 지역 주민이나 언론의 관심을 끌지 않은 게 분명했다. 검사는 검찰 측과 피고인석 사이에 놓인 강단에 서 있는

페어워닝

여자였다. 배심원들이 그녀의 왼쪽에 있었다. 배심원 열두 명과 교대 인원 두 명이 정신을 똑바로 차린 채 하루의 첫 시간에 관심을 기울이고 있었다.

피고인 아이제이아 갬블은 다른 여자 옆 탁자에 앉아 있었다. 내가 그 사실을 안 이유는 재판정에 여성 변호사와 함께 출석하는 것이 성 범죄자의 교본이나 마찬가지이기 때문이다. 그렇게 하면 배심원들은 이렇게 물을 수밖에 없다. 저 남자가 정말 저 사람들이 말하는 짓을 저질렀다면 과연 여자 변호사가 변호를 맡아줬을까?

루이즈는 은퇴할 나이에 가까워 보였다. 벗어진 정수리 주변에 잿빛 머리털이 나 있었고 눈은 울상이었다. 일하면서 너무 많은 것을 본 듯했다. 지금 그는 수많은 사건 중 그저 한 가지를 이야기하고 있을 뿐이었다.

"병원에서 피해자를 만났습니다." 그가 말했다. "피해자는 부상을 치료하고 경찰이 증거를 수집하도록 하는 중이었습니다."

"피해자가 다른 증거나 정보를 줬나요?" 검사가 물었다.

"네, 피해자는 자기가 갇혀 있던 트렁크에 같이 들어 있던 자동차 번호판을 외우고 있었습니다."

"번호판이 차에 달려 있었던 게 아니에요?"

"네, 번호판이 떼어져 있었습니다."

"왜죠?"

"누군가가 납치 장면을 볼 경우 용의자의 신원을 숨기는 데 도움이 될까 해서 그랬겠죠."

변호인이 형사의 답은 추측에 불과하다며 이의를 제기했다. 판사는 루이즈가 방금 말한 의견을 가질 만큼 강간사건을 다뤄온 경험이 많다고 판단하고 형사의 답을 기각하지 않았다. 이런 판사의 행동에 대담해진 검사는 질문을 더 밀어붙였다.

"전에도 강간사건에서 이런 일을 본 적이 있으신가요?" 그녀가 물었다. "번호판을 떼는 경우 말입니다."

"네." 루이즈가 말했다.

"경험 많은 형사로서, 증인이 보기에 그 의미는 무엇입니까?"

"미리 계획했다는 겁니다. 계획을 세운 뒤 사냥하러 나간 거죠."

"사냥이요?"

"피해자를 찾은 겁니다. 사냥감을요."

"그럼, 피해자가 트렁크에 있었다는 이야기로 돌아가 보겠습니다. 번호판을 보기에는 트렁크가 너무 어둡지 않았을까요?"

"어둡긴 했지만, 납치범이 브레이크를 밟을 때마다 후미등에 불이 들어와 트렁크 일부가 밝아졌기에 볼 수 있었습니다. 그런 식으로 번호판을 외운 겁니다."

"그래서 증인은 그 정보로 무슨 일을 했습니까?"

"컴퓨터로 번호판을 조회해보고 차량에 등록된 차주의 이름을 알아냈습니다."

"누구 앞으로 등록돼 있었죠?"

"아이제이아 갬블입니다."

"피고인이군요."

"네."

"그래서 어떻게 했습니까, 루이즈 형사?"

"갬블의 면허증에서 사진을 딴 뒤 식스팩에 넣어 피해자에게 보여줬습니다."

"배심원단에게 식스팩이 무엇인지 설명해 주세요."

"사진을 줄지어 세우는 겁니다. 저는 아이제이아 갬블의 사진 및 갬블과 같은 인종에 나이와 체격, 머리카락, 얼굴이 비슷한 다른 남자 다섯 명의 사진을 포함해 여섯 장의 사진을 뽑았습니다. 그런 다음 피해자에게 보여주고 사진 속 남자 중 피해자를 납치하고 강간한 사람이 있는지 물었습니다."

"피해자가 사진 중 한 남자를 알아보던가요?"

"피해자는 자신을 납치하고 강간하고 폭행한 남자로 망설임 없이 아이제이아 갬블을 지목했습니다."

"증인은 피해자에게 자신이 지목한 남자의 사진 아래에 서명하도록 했나요?"

"네, 그렇게 했습니다."

"오늘 법정에도 그때 쓰인 식스팩을 가져왔나요?"

"가져왔습니다."

검사는 식스팩을 검찰 측 증거로 제시하는 절차를 거쳤고 판사는 그 증거를 받아들였다.

20분 뒤, 루이즈는 직접 증언을 마쳤고 판사는 피고인 측 반대 심문이 이뤄지기 전 아침 휴식 시간을 갖기로 했다. 판사는 배심원을 비롯한 모든 관계자들에게 15분 뒤 돌아오라고 했다.

나는 루이즈가 화장실에 가거나 커피를 마시러 법정을 떠나는지 유심히 살폈다. 처음에 그는 증인석에 계속 앉아서 법정 사무직원과 잡담을 나눌 뿐이었다. 그때 직원이 전화를 받고 형사에게서 관심을 돌렸다. 다시 1분이 지난 뒤 루이즈는 일어서서 검사에게 화장실에 갔다가 바로 돌아오겠다고 말했다.

나는 루이즈가 문밖으로 나서는 모습을 지켜보다가 그를 따라갔다. 그가 화장실에 먼저 들어가고 1분쯤 후 뒤따라 들어갔다. 그는 세면대에서 손을 씻고 있었다. 나는 두 칸 떨어진 세면대로 가서 똑같은 행동을 하기 시작했다. 우리는 우리 사이에 놓인 세면대 위 거울로 서로를 보고 고개를 끄덕었다.

"기분 좋으시겠습니다." 내가 말했다.

"뭐가요?" 루이즈가 물었다.

"성범죄자를 오랫동안 치워놓는 것 말이에요."

루이즈는 이상하다는 듯 나를 보았다.

"법정에 있었거든요." 내가 말했다. "증언하시는 걸 봤습니다."

"아." 루이즈가 말했다. "배심원은 아니시죠? 난 배심원과 접촉하면 안 되는……."

"네, 아닙니다. 실은 기자예요. 저쪽 로스앤젤레스에서 왔습니다."

"이 사건 때문에요?"

"아뇨, 이 사건 때문은 아니고요. 형사님이 다루신 다른 사건 때문입니다. 제 이름은 잭 매커보이입니다."

나는 손을 닦은 휴지를 휴지통에 던지고 손을 내밀었다. 루이즈가 망설이며 손을 잡았다. 내가 한 말 때문인지, 화장실에서 손 내미는 행동에 따라오는 일반적인 어색함 때문인지는 알 수 없었다.

"무슨 사건 말입니까?" 루이즈가 물었다.

"아마도 범인이 빠져나간 사건인 것 같습니다." 내가 말했다. "윌리엄 오턴요."

나는 어떤 반응이 나타나는지 보려고 루이즈의 얼굴을 살폈다. 잠깐 분노가 스치는가 싶더니 그의 얼굴이 돌처럼 굳어졌다.

"그 사건을 어떻게 아는 겁니까?" 그가 물었다.

"취재원이 있으니까요." 내가 말했다. "저는 윌리엄 오턴이 어바인 대학교에서 뭘 했는지 압니다. 형사님은 그자를 감옥에 넣지는 못했지만 적어도 그곳 학생들에게서 떼어놓긴 하셨죠."

"이봐요, 그 사건 얘기는 할 수 없습니다. 지금 법정으로 돌아가야 합니다."

"못 하는 겁니까, 안 하는 겁니까?"

루이즈가 문을 열며 나를 돌아보았다.

"오턴에 관한 기사를 쓴다고요?" 그가 물었다.

"네." 내가 말했다. "형사님이 저와 이야기하든 하지 않든 쓸 겁니다. 형사님과 이야기를 나눠보고 형사님이 그자가 기소당하지 않은 이유를 설명해주신 다음에 기사를 쓴다면 더 좋겠지만요."

"오턴이든, 그 사건에 대해서든 뭘 안다고 생각하는 거요?"

"저는 그자가 지금도 성범죄를 저지르고 있을지 모른다고 생각합니다. 그거면 충분할까요?"

"난 법정으로 돌아가야 합니다. 내가 증언을 마친 뒤에도 당신이 여기 있겠다면 이야기할 수 있을지도 모르지."

"저는……."

루이즈는 떠났고 문은 천천히 닫혔다.

법정으로 돌아온 뒤 나는 피고인 측 변호인이 루이즈를 반대 심문하는 모습을 지켜봤다. 하지만 내가 계산하기에 변호인은 점수를 전혀 올리지 못했다. 심지어 한번은 엉뚱한 질문을 던져 루이즈에게 납치 및 강간 이후로 병원에서 수집된 DNA가 그녀의 의뢰인과 일치한다는 진술을 할 기회를 주는 큰 실수를 저질렀다. 물론, 그 정보야 어떻게든 나오게 돼 있었다. 아니면 검사 측 심문 때 이미 나온 이야기인지도 몰랐다. 하지만 변호사가 자기 의뢰인에게 불리한 검찰 측 핵심 증거를 언급하는 것은 절대 좋은 일이 아니었다.

20분을 심문했는데도 의뢰인에게 도움이 될 만한 말을 거의 끌어내지 못하자 변호사는 포기했고 형사는 증인석에서 물러났다.

나는 법정에서 나와 복도의 벤치에 앉아 있었다. 나와 이야기할 생각이라면 루이즈가 나올 테니까. 하지만 실제로 밖에 나온 루이즈는 복도의 다음 벤치에서 기다리고 있던 다음 증인을 데려갈 뿐이었다. 나는 루이즈가 그 증인을 슬로언 박사라고 부르며 그녀의 차례가 됐다고 말하는 소리를 들었다. 루이즈는 그녀를 법정으로 데려다줬고 그녀에게 문을 열어주면서 나를 돌아보더니 고개를 끄덕였다. 나는 그 행동을 내게 돌아오겠다는 뜻으로 알아들었다.

다시 10분이 흐르고 마침내 루이즈가 다시 법정에서 나와 벤치 옆자리에 앉았다.

"내가 들어가야 했습니다." 그가 말했다. "검사가 나만큼 사건을 알지는 못해서."

"저 박사는 DNA 전문가인가요?" 내가 물었다.

"아뇨, 병원에서 강간 치료 센터를 운영합니다. 저분이 증거를 수집했어요. DNA 전문가는 다음 차례입니다."

"재판은 얼마나 더 할까요?"

"우리 쪽은 아침이면 끝날 겁니다. 그런 다음에는 피고인이 뭐든 내놓겠지요. 별건 없겠지만."

"이렇게까지 승산이 없었다면 왜 유죄를 인정하고 형량을 거래하지 않은 걸까요?"

"저런 놈한테는 우리가 거래를 제안하지 않으니까요. 여긴 왜 온 겁니까?"

"기사를 하나 쓰고 있는데 그게 오턴에게까지 이어지더군요. 어바인대학교에 관해 알아냈는데 그 사건이 왜 어떤 결과로도 이어지지 않았는지 궁금했습니다."

"짧게 답하자면 DNA가 일치하지 않았습니다. 우린 피해자의 신분을 확보했고 확인할 만한 사실관계를 입증했지만 DNA에 발이 걸려 넘어졌죠. 검찰이 사건을 그냥 넘겨버렸습니다. 당신이 쓰는 기사랑 오턴은 무슨 관계가 있는 겁니까?"

나는 루이즈가 뭘 하려는지 알았다. 그는 거래를 하려는 것이었다. 정보를 주면 정보를 건네겠다는 것이다. 하지만 지금까지 그는 내가 이미 아는 것 이외에 아무것도 말하지 않았다.

"저는 어떤 여자의 살인사건을 살펴보고 있습니다." 내가 말했다. "오턴 사건과 직접적인 연관이 있는 건 아닌데, 제 생각에는 그 여자의 DNA가 오턴의 연구소를 거쳐 간 것 같습니다."

"어바인대학교에서?" 루이즈가 물었다.

"아뇨, 이 사건은 오턴이 대학교를 떠난 이후의 일입니다. 오턴이 지금 운영하는 연구소인 오렌지 나노를 말씀드린 겁니다."

"무슨 상관인지 모르겠는데요."

"제 피해자는 성범죄자에게 살해당했습니다. 제가 알아낸 바로는 오턴도 성범죄자이고요."

"난 그렇게 말할 수 없습니다. 우린 오턴을 기소한 적이 없으니까."

"하지만 기소하고 싶어 하셨잖아요. 더 이상 사건을 진행하지 않은 건 검찰이죠."

"그럴 만한 이유가 있었지. DNA는 양쪽으로 모두 통하니까. 유죄를 이끌어 내기도 하고 무죄를 이끌어 내기도 하는 거요."

나는 공책을 꺼내 그 대사를 적었다. 이 모습에 루이즈가 매우 당황했다.

"내가 한 말은 절대 쓰면 안 됩니다. 오턴에게 고소당하고 싶지 않아요. 사건은 없었습니다. 그자는 DNA로 혐의를 벗었어요."

"하지만 형사님한테는 피해자의 이야기가 있었잖아요."

"중요하지 않습니다. DNA로 다 박살 나버렸으니. 사건을 유지할 수 없게 됐소. 우린 수사를 진행하지 않았고. 그게 끝입니다. 이게…… 당신은 윗동네 〈타임스〉 기자입니까?"

"이따금 〈타임스〉와 협업하는 웹사이트에서 일합니다. DNA 결과가 나왔는데 윌리엄 오턴과 일치하지 않았을 때 얼마나 놀라셨나요?"

"비보도라면, 매우 놀랐소. 비보도가 아니라면, 노코멘트이고."

나는 루이즈가 내 말을 위협으로 느끼지 않도록 공책을 벤치에 내려놓았다.

"DNA나 DNA의 출처에 대해 생각하시는 게 있습니까?" 내가 물었다.

"없습니다." 루이즈가 말했다. "난 그냥 DNA로 사건이 망가졌다는 것만 알 뿐이오. 우리 피해자가 얼마나 신빙성 있어 보였는지는 중요하지 않습니다. 피해자의 몸에서 나온 다른 남자의 DNA로 사건이 끝나버렸어요."

"증거가 조작됐을 가능성은요?"

"어디서 조작됐는지 모르겠네요. 나는 법원 명령에 따라 오턴에게서 표본을 채취했습니다. 내가 그걸 연구소로 가져갔고요. 내가 뭔가 잘못했다는 겁니까?"

"전혀 아닙니다. 그냥 여쭤보는 거예요. 오턴의 DNA와 대조해볼 두 번째 표본도 있었을 텐데요. 그에 관해서는 아무 내사도 없었나요?"

"검사를 다시 해서 똑같은 결과를 받아본 것밖에는 없었습니다. 당신이 지금 하는 얘기는 아주 예민한 거요. 이 법원의 피고인 측 변호사들이 그런 일에 어떻게 반응할지 아시오? 그 실험실에서 나온 증거를 토대로 한 모든 유죄 판결에 항소가 쏟아질 겁니다."

나는 고개를 끄덕였다. 이건 문제를 들여다보기는 하되 너무 열심히 들여다봐서는 안 되는 경우였다.

"소식을 전해줬을 때 피해자는 어떻게 반응하던가요?" 내가 물었다.

"나보다 더 놀랐습니다. 그건 확실히 말할 수 있소." 루이즈가 말했다. "피해자는 다른 남자가 없었다고 그때도 주장했고, 지금도 주장하고 있소. 오턴뿐이었다고."

"오턴과 이야기해본 적 있으세요? 제 말은, 취조해 보셨느냐는 겁니다. 면봉으로 DNA를 채취할 때라든지요?"

"딱히 없소. 취조를 시작하려 했는데 오턴이 변호사를 사면서 끝났어요. 글쎄, 이번 일에 관해서는 당신이 맞소. 당신이 한 말 말입니다."

"제가 뭐라고 했는데요?"

"오턴이 빠져나갔다고 했잖아요. 그 개새끼는 강간범이오. 난 분명히 알아요. DNA가 어떻게 나오든 그건 바뀌지 않습니다. 이것도 비보도로 하는 말입니다."

루이즈가 일어섰다.

"다시 들어가야 합니다." 그가 말했다.

"두 가지만 더 빨리 여쭤볼게요." 내가 말했다.

루이즈는 내게 계속하라고 손짓했다. 내가 일어섰다.

"피해자의 변호인은 누구였나요?"

"에르베 가스파르였소. 내가 추천했지."

"피해자의 실명은 뭐죠?"

"그건 당신 취재원한테 얻을 수 있을 텐데."

"알겠습니다. 그럼 DNA에 관한 실험실 보고서는요? 그건 어디서 얻을 수 있을까요?"

"그건 얻을 수 없소. 기소가 이뤄지지 않으면서 그건 전부 없애버렸으니까. 실험실 보고서도, 기록도. 오턴의 변호사가 법원 명령을 받으면서 놈의 체포 기록도 삭제됐어요."

"제기랄."

"내 말이 그 말입니다."

루이즈는 법정을 향해 돌아서 몇 발짝 걸어가다가 우뚝 멈추더니 내게 돌아왔다.

"명함 같은 거 있어요? 혹시 모르니까."

"그럼요."

나는 배낭의 지퍼를 열고 명함을 한 장 꺼내 건네줬다.

"아무 때나 전화 주세요." 내가 말했다. "이번 사건에는 행운이 있길 빕니다."

"고맙소." 그가 말했다. "하지만 이번 사건에는 행운이 필요 없어요. 놈이 무너질 겁니다."

나는 루이즈가 자기 일을 처리하러 법정으로 돌아가는 모습을 지켜 봤다.

20

법원을 떠나 휴대전화를 켜자 렉스퍼드 주식회사의 홍보팀 팀장인 랜들 작스에게서 메시지가 와 있었다. 인디애나폴리스와의 두 시간 시차가 내게 유리하게 작용했기에 나는 차를 몰고 가며 그에게 전화를 걸었다. 내 시간으로는 이른 시각이었지만 그는 일과를 시작한 지 한참 됐기에 나는 오렌지 나노에 들어가 윌리엄 오턴과 인터뷰를 해야겠다고 말했다. 내 요청을 거절하면 상장사인 렉스퍼드에서 뭘 숨기고 있기에 이사회의 구성원이자 최고위급 연구원과 이야기할 수 없는지 궁금해질 거라고 분명히 밝혔다. 오늘 늦게 오렌지 나노 근처에 갈 텐데 그때 방문할 수 있으면 좋겠다고도 했다.

메시지는 2시 정각에 나와 사진기자가 함께 오턴을 인터뷰할 수 있다는 내용이었다. 인터뷰는 3시에 정확히 끝나야 했다. 나는 즉시 작스에게 전화를 걸어 일정을 확인했고, 작스는 도착했을 때 누구에게 연락해야 하는지 알려주고 인터뷰가 한 시간 이상 이어질 수는 없다는 걸 재차 밝혔다. 그는 오턴이 인터뷰를 하고 싶어 하지 않았지만 자신이 그를 설득할 수 있었다는 암시를 흘렸다.

"우린 투명한 기업입니다." 작스가 내게 단호히 말했다.

나는 그에게 고맙다고 인사하고 전화를 끊은 뒤 즉시 에밀리 앳워터에게 전화했다.

"빨리 오면 얼마나 걸립니까?" 내가 물었다. "오턴과 2시 정각에 인터뷰를 잡았습니다."

"지금 바로 갈게요. 그러면 늦지 않게 도착해서 대본을 짜볼 수 있을 거예요." 그녀가 말했다.

"네, 좋습니다. 카메라 잊지 말고요. 당신이 사진기자, 내가 인터뷰 담당 기자입니다."

"재수 없게 굴지 말아요. 내가 어떤 역할인지는 잘 아니까."

"미안해요. 정부 쪽에서 나온 건 없습니까?"

"연방 통상위원회 쪽에 소득이 있었어요. 가서 말해줄게요."

"누가 재수 없게 구는지 모르겠네요."

"그러게요. 지금 가요."

그녀는 전화를 끊었다.

시간을 죽여야 했으므로, 나는 이른 점심을 먹으러 코스타메사에 있는 타코 마리아로 갔다. *아라체라* 타코를 먹는 동안 오턴에게 접근할 가장 좋은 방법을 생각했다. 나는 지금이 오턴이 나를 만나주는 처음이자 마지막 기회일지 모른다는 걸 알고 있었다. 에밀리와 나는 렉스퍼드 홍보팀에 말한 위장을 유지해야 할까, 아니면 오턴에게 정면으로 문제를 제기해야 할까?

내가 루이즈 형사에게 들은 바로 미뤄 보면 오턴은 누가 문제를 제기해도 굽히지 않을 게 거의 확실했다. 직접적으로 접근해봐야 쫓겨나기만 할 가능성이 컸다. 하지만 오턴이 어떻게 반응하는지, 어바인대학교의 교수이던 시절에 그를 향했던 혐의에 대해 어떻게 방어할지 살펴보는 것도 유용할 수 있었다. 우리 기사의 핵심에 있는, 죽은 여성 네 명의 DNA가 오렌지 나노의 연구소로 오게 됐느냐고 물었을 때 그가 뭐라고 말할지 알아보는 것도.

타코는 훌륭했다. 나는 오턴과의 약속 시간까지 90분을 남겨두고 식사를 마쳤다.

주차장을 가로질러 가는데 휴대전화가 진동했다. 레이철이었다.

"방금 일어났어?" 내가 말했다.

"아니, 설마. 회사야." 그녀가 말했다.

"뭐, 더 일찍 전화할 줄 알았거든. 내 쪽지 봤어?"

"응, 봤어. 그냥 회사로 가서 하루를 시작하고 싶어. 당신은 오렌지카운티로 내려갔어?"

"응, 와 있어. 오턴 사건을 다뤘던 형사와 이야기해 봤어."

"뭐래?"

"별 얘기 안 해. 그런데 이야기하고 싶긴 한가 봐. 나더러 명함을 달랬는데 보통 그런 일은 없거든. 그러니 두고 봐야지."

"이제 어쩔 거야?"

"두 시에 오턴을 만나기로 했어. 회사 쪽 담당자가 인터뷰를 잡아 줬어."

"나도 가면 좋겠다. 그럼 내가 오턴의 속마음을 한번 읽어볼 수 있을 텐데."

"뭐, 다른 기자랑 같이 가. 세 명이 가면 너무 붐빌 거야. 당신이 누군지 설명할 방법도 잘 모르겠……."

"그냥 한 말이야, 잭. 이게 내 기사도, 내 사건도 아니라는 건 나도 알아."

"아. 뭐, 오늘 밤에 언제든 간접적으로나마 프로파일링 해줘도 돼."

"미스트럴에서 볼까?"

"아니면 내가 언덕을 넘어서 당신한테 갈 수도 있지."

"아니, 난 미스트럴이 좋아. 거기로 갈게. 퇴근하고 나서."

"좋아. 그때 보자."

나는 차에 올라 오랫동안 생각했다. 전날 밤의 감정과 느낌들은 알코올로 흐릿해져 있었지만, 어쨌든 내게는 멋지게 느껴졌다. 나는 다시 레이철과 함께 있었다. 그녀의 곁보다 더 나은 곳은 세상에 없었다. 하지만 이곳에는 언제나 희망과 상처가 함께했다. 희망과 상처가. 레이철과 함께할 때는 희망 없는 상처도, 상처 없는 희망도 없었다. 나는 같은 주기가 다시 다가올 것에 대비했다. 지금은 고점에 올라 있었지만 과거의 역사나 물리의 법칙은 분명했다. 올라간 것은 언제나 내려간다.

나는 연구소 주소를 GPS 앱에 입력하고 오렌지 나노 근처를 몇 차례 지나간 다음 맥아서 대로로 접어들어 휴대전화로 오턴의 익명 피해자를 대리했던 변호사 에르베 가스파르의 사무실을 찾아 전화를 걸었다. 나는 그날이 끝날 때쯤 게재될 기사를 쓰기 위해 변호사와 통화를 해야 하는 기자라고 소개했다. 대부분의 변호사는 언론에 이름이 노출되기를 바란다. 무료 광고이니까. 예상대로 나는 가스파르와 휴대전화로 통화를 할 수 있었고, 내가 레스토랑에서 식사하던 그에게 전화를 걸었다는 걸 알았다.

"에르베 가스파르입니다. 어떻게 도와드릴까요?"

"제 이름은 잭 매커보이입니다. 로스앤젤레스에 있는 〈페어워닝〉 사의 기자인데요."

"〈페어워닝〉이 대체 뭡니까?"

"좋은 질문이네요. 〈페어워닝〉은 소비자 보호를 위한 뉴스 사이트입니다. 소시민의 경비견이 돼주는 거죠."

"들어본 적 없는데요."

"괜찮습니다. 들어본 사람도 많으니까요. 우리가 규칙적으로 정체를 폭로하는 협잡꾼들은 특히 그렇고요."

"이게 나랑 무슨 상관입니까?"

나는 서두절미하고 말하기로 했다.

"가스파르 씨, 식사 중이신 것 같으니 요점만 말하겠습니다."

"타코 마리아라는 곳인데, 와본 적 있으세요?"

"네, 한 20분 전에요."

"진짜로요?"

"진짜입니다. 그리고 지금은 윌리엄 오턴과 두 시 정각에 인터뷰할 예정입니다. 당신이 저라면 뭘 물어보겠습니까?"

오랜 침묵이 흐른 뒤에야 가스파르가 대답했다.

"얼마나 많은 사람의 인생을 망쳤는지 물어볼 겁니다. 오턴에 대해 아세요?"

"당신 의뢰인과 관련된 사건은 압니다."

"어떻게 알죠?"

"취재원이 있으니까요. 그 사건에 대해 해주실 얘기가 있습니까?"

"없습니다. 합의가 이뤄졌고 모두 기밀 유지 합의서에 서명했습니다."

기밀 유지 합의서라니, 기자로서의 삶에는 치명적이었다.

"아무 소송이 제기되지 않았다고 들었는데요." 내가 말했다.

"맞습니다. 합의했으니까요."

"자세한 내용은 알려주실 수 없고요."

"네, 맞습니다."

"합의 내용이 기록됐을 만한 곳이 있습니까?"

"아뇨."

"의뢰인 이름은 알려주실 수 있을까요?"

"의뢰인 허락 없이는 안 됩니다. 어쨌든 의뢰인도 관련 내용을 발설할 수는 없고요."

"그건 알아요. 그래도 한번 물어봐 주시겠습니까?"

"물어볼 수는 있는데, 답은 분명히 거절일 겁니다. 이 번호로 연락하면 될까요?"

"네, 제 휴대전화 번호입니다. 저기, 피해자의 이름을 공개적으로 내보낼 생각은 없습니다. 그냥 이름을 아는 것만으로 도움이 될 거예요. 저는 오늘 오턴을 인터뷰합니다. 피해자의 이름조차 모른다면 이 문제로 오턴을 공격하기가 어렵습니다."

"이해합니다. 물어볼게요."

"감사합니다. 먼저 했던 질문으로 돌아가서요. 오턴에게 몇 사람의 인생을 망쳤는지 물어볼 거라고 하셨죠. 당신 의뢰인 말고도 피해자가 더 있을 거라 생각하십니까?"

"이렇게 표현하죠. 내가 다룬 사건은 엉뚱한 일탈이 아니었습니다. 비보도로 하는 말입니다. 나는 그 사건에 대해서도, 오턴에 대해서도 말할 수 없습니다."

"뭐, 비보도라면 DNA 보고서에 대해서는 뭐라고 생각하셨습니까?

루이즈 형사님은 결과를 보고 무척 충격받았다고 하시던데요."

"루이즈랑 얘기해 봤어요? 네, 엄청나게 충격적이었습니다."

"오턴이 어떻게 빠져나간 걸까요?"

"기자님이 알아내면 나한테도 알려주세요."

"당신은 알아내려고 해봤습니까?"

"당연하죠. 하지만 아무 소득도 없었습니다."

"증거 조작이 있었을까요?"

"누가 알겠습니까?"

"사람이 자기 DNA를 바꿀 수 있나요?"

가스파르가 웃기 시작했다.

"훌륭한 농담이네요."

"농담한 것 아닙니다."

"뭐, 이렇게 말해보죠. 오턴이 DNA를 바꿀 방법을 발명했다면 캘리
포니아에서 가장 부유한 개자식이 됐을 겁니다. 그럴 수만 있다면 아
주 많은 사람들이 엄청난 돈을 낼 테니까요. 골든 스테이트 살인범부
터 시작해서 쭉 내려오면 되겠네요."

"마지막 질문입니다." 내가 말했다. "당신과 당신 의뢰인이 서명한
기밀 유지 서약서에 수사 관련 기록도 포함되는 겁니까, 아니면 당신
소장에 적힌 내용은 제가 볼 수 있습니까?"

그가 다시 웃었다.

"제법이시네요."

"저도 그렇게 생각했습니다. 가스파르 씨, 혹시라도 제 이름과 전화
번호를 의뢰인에게 알려주시면 감사하겠습니다. 의뢰인이 비밀리에

저한테 이야기할 수 있도록요. 그 점은 의뢰인에게 약속드리죠."

"말해두겠습니다. 하지만 그렇게 했다가는 서약서를 어길 위험이 있다는 조언도 하겠습니다."

"알겠습니다."

나는 전화를 끊고 차에 앉아 생각했다. 지금까지 오렌지카운티에서는 대단한 진전을 이뤄내는 결과도, 내가 표면적으로 수사하고 있는 네 건의 사망 사건과 윌리엄 오턴 혹은 오렌지 나노를 연결해주는 결과도 나오지 않았다.

휴대전화가 진동했다. 에밀리였다.

"방금 405번 국도에서 벗어났어요. 어디예요?"

나는 내 차를 세워둔 자리를 알려줬다. 에밀리는 5분 후에 도착할 예정이라고 말했다. 나는 에밀리가 도착하기 전에 문자를 받았다. 지역번호 714, 오렌지카운티에서 온 문자였다.

제시카 켈리

나는 그 이름을 보낸 사람이 가스파르이며 그가 이용자를 추적할 수 없는 대포폰을 사용했으리라고 생각했다. 이 점이 내게 아주 많은 사실을 알려줬다. 첫째, 가스파르는 기밀 유지 서약을 어기되 자기 자신도 보호할 방법을 쓸 만큼 이 사건에 관심을 가지고 있었다. 또한 그는 대포폰을 사용하는 종류의 변호사였다. 일을 진행하다 보면 그 점이 유용할 수 있었다.

나는 고맙다고 문자를 보내고 곧 연락하겠다는 말을 덧붙였다. 답장은 오지 않았다. 나는 그 번호를 연락처에 추가하고 딥 스로트_{정체를 밝힐} _{수 없는 제보자라는 뜻} 라는 이름을 붙였다. 나는 같은 이름의 비밀 취재원한테 도움을 받아 대통령을 끌어내린 〈워싱턴 포스트〉의 2인조 우드워드와 번스타인 때문에 기자가 됐다.

나는 에밀리의 자동차가 내 앞의 도로 연석에 멈춰 서는 걸 봤다. 작은 재규어 SUV였는데 내 지프보다 좋았다. 나는 배낭을 들고 내려 그녀의 자동차 조수석에 탔다. 휴대전화를 확인해보니 아직도 죽일 시간이 남아 있었다.

"자," 내가 말했다. "정부 얘기나 해봐요."

"다른 기사를 쓸 때 협력했던 사람과 얘기했는데요." 에밀리가 말했다. "그 사람이 지금 연방 통상위원회 집행부에서 일해요. 전에는 이 부서에서 DNA 업계를 감독했는데, 그 업계가 너무 커지는 바람에 연방 통상위원회가 해당 업무를 식품의약국으로 넘겼죠."

"식품의약국에서는 사실상 아무것도 하지 않고 있고요."

"맞아요. 하지만 내 취재원은 지금도 면허 기록과 데이터베이스에 접근할 수 있어요."

"그런데요?"

"이 DNA 연구소들은 기본적으로 면허를 받아야 해요. 하지만 아시다시피 그 이후로는 어떤 감독이나 법 집행도 이뤄지지 않죠. 그래도 식품의약국에서 민원을 접수하긴 하는데, 제 취재원 말로는 오턴에 대한 경고가 있다는군요."

"그게 기록돼 있는 겁니까?"

"기록은 돼 있는데 출처는 밝힐 수 없어요."

"경고는 어디에서 한 거래요?"

"취재원도 그 정보는 얻을 수 없었어요. 하지만 제 추측은, 어바인대학교에서 한 것 같아요. 거기에서 일어난 일 때문에."

내가 보기에도 그럴 가능성이 가장 컸다.

"알겠습니다." 내가 말했다. "다른 건요?"

"하나 있어요." 에밀리가 말했다. "오렌지 나노의 면허에는 익명화된 정보를 면허가 있는 다른 연구 기관과 공유할 수 있다는 수정 조항이 들어가 있어요. 그러니 오렌지 나노가 GT23에서 얻는 자료는 오렌지 나노를 거쳐 다른 어딘가로 갈 수 있죠."

"그런 거래에 허가는 필요하지 않은 건가요?"

"지금은요. 식품의약국에서 즐겁게 시간을 끌며 만들고 있는 규칙과 규정에는 그런 내용도 포함될 것 같지만요."

"오렌지 나노에서 어디에 DNA를 넘기는지 알아봐야겠군요." 내가 말했다. "오턴을 만나서 물어볼 수도 있겠지만, 그래서 무슨 소득이 나올지는 모르겠네요."

"곧 알게 되겠죠. 모기업의 불만 많은 전 직원 제이슨 황은 어때요? 제이슨 황이 뭔가 알고 공유해줄지 모르죠."

"그럴 수도 있습니다. 하지만 제이슨 황은 아무 관련이 없을 거예요. 제이슨 황은 DNA를 오렌지 나노에 보내는 역할을 했습니다. 아무 통제권이 없었을 테고, 일단 오렌지 나노에 DNA를 보내고 나면 그게 어디로 가는지 몰랐을 거예요. 당신이 말한 연방 통상위원회 사람은 어때요?"

"물어보긴 할게요. 하지만 연방 통상위원회는 식품의약국이 개입하면서 DNA 업계에서 손을 뗐어요. 내 취재원이 얻을 수 있는 정보는 최소 2년 이상 된 정보일 거예요."

"뭐, 물어볼 가치는 있죠."

"나중에 전화해 볼게요. 어바인대학교 사건 담당 경찰한테서는 뭘 알아냈어요?" 에밀리가 물었다.

"그 경찰하고는 법정에서 말해봤고, 어바인대학교 사건 피해자를 대리했던 변호사랑도 통화해 봤습니다."

"그 익명 피해자 말이군요."

"실명은 제시카 켈리예요."

"누가 알려준 거예요?"

"내 생각에는 가스파르인 것 같아요. 변호사요."

나는 내가 받은 문자에 대해 설명해줬다.

"좋은 정보네요." 에밀리가 말했다. "제시카 켈리가 어딘가로 떠나지 않았다면 우리가 찾을 수 있을 거예요."

"켈리는 기밀 유지 서약서에 서명했으니, 켈리가 막다른 길일 수 있습니다. 하지만 이름이 있으니, 사건 얘기가 나오면 오턴을 대할 때는 도움이 되겠죠."

"아, 사건 얘기야 나오겠죠. 준비됐나요?"

"준비됐습니다."

21

오렌지 나노는 어바인대학교에서 멀지 않으며 맥아서 대로와 조금 떨어져 있는 깨끗한 산업단지에 있었다. 1층짜리 프리캐스트 콘크리트 건물로 창문도 없었고 건물의 정체를 밝히는 간판이 걸려 있지도 않았다. 렉스퍼드 홍보팀은 에드나 포르투나토라는 여자가 우리를 윌리엄 오턴에게 데려다줄 것이라 했다. 우리는 건물 앞문에 있는 작은 손님 맞이용 공간에서 그녀를 만났다.

그녀는 우리를 데리고 두 남자가 기다리고 있는 사무실로 들어갔다. 한 남자는 커다란 책상 바로 뒤에 있었고 다른 남자는 그의 왼쪽에 있었다. 사무실은 단출했다. 파일과 서류로 어질러진 책상, 한쪽 벽에 걸려 있는 액자 속 학위들, 다른 쪽 벽에 놓여 있는 책장 속 의학 연구 서적 여러 권, 추상적인 이중 나사선 형태의 윤이 나는 180센티미터짜리 황동 조각상까지.

책상 뒤에 앉아 있던 남자가 오턴이 분명했다. 키가 크고 날씬한 체격에 나이는 대략 50세로 보였다. 그가 자리에서 일어나더니 넓은 책상 너머로 쉽게 손을 내밀어 우리와 악수했다. 대머리에 대한 치료제를 찾는다면서도 오턴 자신은 풍성한 갈색 머리를 뒤로 넘겨 제품을 잔뜩 발라 고정한 모습이었다. 그의 덥수룩하고 정리되지 않은 눈썹이 연구자의 호기심 많은 인상을 풍겼다. 그는 연구자라면 필수로 걸치는 흰색 실험복과 연녹색 수술복을 입고 있었다. 그의 이름이 실험복 가슴 주머니 위에 수 놓여 있었다.

다른 남자는 수수께끼였다. 말쑥한 정장 차림의 그는 앉은 채로 일어나지 않았다. 오턴이 빠르게 수수께끼를 해결해줬다.

"내가 오턴 박사입니다." 그가 말했다. "이쪽은 내 변호사 가일스 바넷이고요."

"두 분이 해야 할 일이 있는데 저희가 방해한 건가요?" 내가 물었다.

"아뇨, 내가 가일스에게 함께하자고 했습니다." 오턴이 말했다.

"왜죠?" 내가 물었다. "이건 그냥 일반적인 인디뷰인데요."

오턴에게서는 어떤 초조함이 느껴졌다. 언론과 직접 대처하는 데 익숙하지 않은 사람들에게서 보이는 초조함이었다. 게다가 그는 어바인 대학교에서 비밀스럽게 쫓겨난 일에 대해 걱정해야 하는 추가적인 부담도 지고 있었다. 그는 인터뷰가 길을 잃고 에밀리와 내가 이끌어가고자 하는 방향으로 흘러가지 않도록 변호사를 데려온 것이다.

"처음부터 말씀드려야겠는데, 나는 이런 간섭을 바라지 않았습니다." 오턴이 말했다. "나는 렉스퍼드 주식회사가 제공하는 후원에 의존해 연구를 진행하고 있으니 회사 측 요구에 협조합니다. 이번 인터뷰도 그런 요구 중 하나죠. 하지만 말했다시피 마음에 들지는 않습니다. 변호사가 함께 있는 게 더 편안하고요."

나는 에밀리를 봤다. 우리의 인터뷰 계획은 아무 소용도 없어진 게 분명했다. 오턴이 과거의 문제를 털어놓도록 천천히 몰아가자는 작전은 이제 가일스 바넷에게 막힌 게 확실했다. 변호사는 목이 깃에 꽉 낄 정도로 두꺼웠고, 미식축구의 공격적인 라인맨처럼 몸통도 굵직했다. 나는 에밀리를 힐끗 보며 우리가 계획을 포기해야 할지, 밀어붙여야 할지에 관해 그녀가 어떻게 생각하는지 읽어보려 했다. 내가 결심하기 전에 그녀가 입을 열었다.

"실험실에서 시작해도 될까요?" 그녀가 오턴에게 물었다. "박사님이 원래 영역에 있는 모습을 사진으로 찍고 싶었거든요. 그걸 먼저 처리하고 인터뷰를 할 수 있을 것 같아요."

그녀는 계획대로 진행하고 있었다. 사진을 먼저 찍는 이유는 인터뷰가 문제 제기로 이어질 것이기 때문이다. 건물에서 나가라는 명령을 받은 다음에는 사진을 찍기가 힘들다.

"실험실에는 들어갈 수 없습니다." 오턴이 말했다. "오염 문제도 있고 규약도 엄격합니다. 하지만 복도에 실험실 안을 볼 수 있는 창문이 있습니다. 거기서 사진을 찍으시면 됩니다."

"그것도 괜찮아요." 에밀리가 말했다.

"어느 실험실로 갈까요?" 오턴이 말했다.

"박사님이 말씀해 주시죠." 내가 말했다. "어떤 실험실이 있습니까?"

"추출을 위한 실험실이 있고요." 그가 말했다. "PCR 실험실과 분석실도 있습니다."

"PCR요?" 내가 물었다.

"폴리메라제 체인 반응(Polymerase Chain Reaction)을 말하는 겁니다." 오턴이 말했다. "표본을 증폭시키는 거죠. DNA 분자 하나만 있어도 복제된 DNA 백만 개를 몇 시간 만에 만들 수 있습니다."

"좋은데요." 에밀리가 말했다. "그 실험을 하는 박사님 사진을 찍어도 괜찮겠네요."

"좋습니다." 오턴이 말했다.

그는 일어서서 우리에게 문을 지나 건물의 반대쪽 끝으로 이어지는 복도로 가라고 손짓했다. 에밀리는 오턴이 우리보다 몇 발짝 앞서가도록 뒤처졌다. 그의 실험복이 망토처럼 뒤로 흩날렸다. 에밀리는 걸어가면서 사진을 찍었다.

나는 바넷 옆에서 걸으며 그에게 명함을 달라고 했다. 바넷은 정장 코트의 가슴 주머니에 들어 있던 손수건 뒤쪽으로 손을 넣더니 형압으로 찍은 명함을 건넸다. 나는 명함을 힐끗 보고 주머니에 넣었다.

"뭘 물어보실지 압니다." 바넷이 말했다. "오턴 박사님한테 왜 형사 사건 전문 변호사가 필요하냐는 거죠? 답을 드리자면 제 전문 분야가 형사 사건만은 아니라는 겁니다. 저는 오턴 박사님의 법적 문제 전체를 다룹니다. 그래서 여기 온 겁니다."

"알겠습니다." 내가 말했다.

우리는 양옆으로 커다란 창문 몇 개가 쭉 나 있는 10미터 남짓한 복도로 접어들었다. 오턴이 첫 번째 창문에 멈춰 섰다.

"이쪽, 제 왼쪽이 PCR실입니다." 그가 말했다. "오른쪽은 STR 분석실이고요."

"STR요?" 내가 물었다.

"단연쇄 반복(Short Tandem Repeat) 분석은 특정 위치를 평가하는 겁니다." 그가 말합니다. "여기가 우리 사냥터죠. 바로 여기서 신원, 행동, 유전적 특징의 공통점을 찾는 겁니다."

"탈모 같은 것 말이죠?" 내가 물었다.

"탈모도 확실히 포함되죠." 오턴이 말했다. "우리 연구의 주요 분야 중 하나이기도 하고요."

그는 창문 너머로 조리대 위에 올려놓은 식기세척기처럼 생긴 장치를 가리켰다. 그 장치 안에는 수십 개의 시험관을 꽂은 틀이 들어 있었다. 에밀리가 사진을 한 장 더 찍었다.

"박사님이 실험에 쓰는 DNA는 어디서 가져오는 건가요?" 내가 물었다.

"당연히 사오는 거죠." 오턴이 말했다.

"어디서요?" 내가 물었다. "엄청나게 많이 필요하실 텐데요."

"주 공급처는 GT23이라는 회사입니다. 분명 들어보셨을 텐데요."

나는 고개를 끄덕이며 뒷주머니에서 공책을 꺼내 그가 직접 한 말을 적었다. 내가 그렇게 하는 동안 에밀리는 사진기자로서 역할을 계속했다.

"오턴 박사님, 실험실에 들어갈 수 없다는 건 아는데요." 그녀가 말했다. "박사님만 들어가셔서, 제가 사진을 찍을 수 있게 저 안에 보이는 것으로 뭔가 해주실 수 있을까요?"

오턴은 허락을 구하는 눈빛으로 바넷을 쳐다봤고 변호사는 고개를 끄덕였다.

"가능합니다." 오턴이 말했다.

"실험실에 사람은 안 보이는데요." 에밀리가 덧붙였다. "연구를 도와주는 직원은 없나요?"

"당연히 있죠." 오턴이 말했다. 목소리에 짜증스러운 기색이 어렸다. "그 사람들은 사진 찍히는 걸 좋아하지 않아서 한 시간 동안 자리를 비웠습니다."

"이제 40분 남았네요." 바넷이 쓸모 있게도 덧붙였다.

오턴은 열쇠로 STR실 문을 열었다. 그가 실험실 출입 제한 구역에 들어가자 배기용 선풍기가 굉음을 내며 살아났다가 꺼졌다. 오턴은 열쇠로 다음 문을 열고 실험실에 들어갔다.

에밀리가 유리로 다가가 카메라 렌즈로 오턴을 좇았다. 바넷은 그 순간을 활용해 내 옆으로 다가왔다.

"여기서 뭘 하는 겁니까?" 그가 물었다.

"네?" 내가 대답했다.

"이 속임수 이면에 뭐가 있는지 알고 싶어시요."

"저야 기사를 쓰고 있죠. DNA가 어떻게 쓰이고 보호되는지, 과학의 최전선에는 누가 있는지에 관한 기사입니다."

"헛소리로군. 정말로 여기 온 이유가 뭡니까?"

"저기, 저는 당신하고 이야기하려고 여기 온 게 아닙니다. 오턴 박사님이 나를 비난하고 싶어 한다면 그러게 놔두세요. 이리로 불러내시죠. 우리 모두 그 얘기를 해봅시다."

"그전에 내가 먼저 알아야…….."

그가 말을 마치기도 전에 실험실 출입 제한 구역의 선풍기가 굉음을 냈다. 우리는 둘 다 고개를 돌려 걸어 나오는 오턴을 바라봤다. 그의 얼굴에 걱정스러운 표정이 역력했다. 우리가 다투는 소리를 들었거나, 실험실 창문으로 날이 선 대화를 목격한 듯했다.

"무슨 문제 있습니까?" 그가 물었다.

"네." 나는 바넷에게 대답할 겨를을 주지 않고 말했다. "박사님의 변호사가 제가 박사님을 인터뷰하는 걸 바라지 않는군요."

"이 인터뷰의 진짜 목적이 뭔지 알기까지는 그렇습니다." 바넷이 말했다.

문득 나는 미묘하게 대화의 방향을 틀 계획이 코앞에 있다는 걸 깨달았다. 지금 아니면 기회는 없었다.

"제시카 켈리에 대해 알고 싶습니다." 내가 말했다. "어떻게 당신이 DNA에 손을 댔는지 말입니다."

오턴이 나를 빤히 노려봤다.

"누가 그 이름을 알려준 겁니까?" 바넷이 물었다.

"취재원요. 누군지는 알려주지 않을 겁니다." 내가 말했다.

"둘 다 나가시오." 오턴이 말했다. "당장."

에밀리가 오턴과 내게로 카메라를 돌리더니 마구 사진을 찍기 시작했다.

"사진 찍지 마세요!" 바넷이 소리쳤다. "그거 당장 치워요!"

그의 목소리는 분노로 잔뜩 힘이 들어가 있었다. 그가 에밀리에게 덤벼들지 모른다는 생각이 들 정도였다. 나는 둘 사이의 공간으로 슬쩍 끼어들어 도저히 회복될 수 없는 상황을 수습하려 애썼다. 바넷의 어깨 너머로 오턴이 사무실에서 나올 때 지나온 문을 가리키는 게 보였다.

"여기서 나가시오." 그가 말했다. 한마디 할 때마다 목소리가 점점 커졌다. "나가!"

나는 내 질문에 오턴도, 그의 변호사도 대답하지 않으리라는 걸 알았지만 질문을 기록에 남기고 싶었다.

"어떻게 한 겁니까?" 내가 물었다. "누구 DNA였죠?"

오턴은 대답하지 않았다. 그는 계속 한쪽 손을 들고 문을 가리키기만 했다. 바넷이 나를 그쪽으로 밀치기 시작했다.

"여기서 진짜로 무슨 일이 벌어지는 겁니까?" 내가 소리쳤다. "더티 포에 대해서 말해봐요, 오턴 박사."

그때 바넷이 나를 더 세게 밀쳤다. 내 등이 문에 부딪혔다. 하지만 나는 내 말의 충격이 오턴을 더욱 세게 후려치는 걸 봤다. 그는 더티 포라는 말을 알아들었다. 잠시 나는 분노의 외피가 사라지는 것을 봤다. 그 얼굴 이면에 있었던 것은…… 전율? 두려움? 공포? 뭔가가 있었다.

바넷이 나를 복도로 밀어냈고, 나는 넘어지지 않으려고 돌아서야만 했다.

"잭!" 에밀리가 소리쳤다.

"씨발, 내 몸에 손대지 마, 바넷." 내가 말했다.

"제기랄, 그럼 여기서 나가." 변호사가 말했다.

나는 에밀리가 내 곁으로 걸어가며 내 팔에 손을 얹는 걸 느꼈다.

"잭, 가요." 그녀가 말했다. "가야 해요."

"저 여자 말 들었지?" 바넷이 말했다. "갈 시간이야."

나는 에밀리를 따라 우리가 지나온 방향으로 복도를 걸어갔다. 변호사는 우리가 계속 가는지 확인하려고 따라왔다.

"지금 당장 해줄 수 있는 말이 있는데." 그가 말했다. "오턴 박사님에 대한 기사를 한마디라도 내거나 박사님의 사진을 실으면, 우린 당신들을 고소할 거야. 그러면 당신들 웹사이트는 파산하겠지. 알아? 우리가 당신들을 소유하게 될 거야."

20초 후 우리는 에밀리의 자동차에 타고 문을 닫고 있었다. 바넷이 건물 중앙 출입구에 서서 지켜봤다. 나는 그가 에밀리의 자동차 앞 번호판을 바라보는 걸 봤다. 일단 우리가 차에 타자 그는 돌아서서 안으로 사라졌다.

"세상에, 잭!" 에밀리가 소리쳤다.

시동을 걸려고 버튼을 누르는 그녀의 손이 떨렸다.

"알아요, 압니다." 내가 말했다. "내가 망쳤어요."

"내 말은 그게 아니에요." 에밀리가 말했다. "당신은 아무것도 망치지 않았어요. 저 망할 놈들은 우리가 온 이유를 알고 있었으니까요. 우린 처음부터 아무것도 얻을 수 없었어요. 저놈들이 여기서 모두를 내보낸 다음 가짜 쇼를 한 거예요. 우리한테 정보를 주려는 게 아니라 정보를 뽑아내려는 거였다고요."

"뭐, 우리도 알아낸 건 있죠. 내가 *더티 포*라고 했을 때 오턴의 표정 봤습니까?"

"아뇨, 벽에 내동댕이쳐지지 않으려고 애쓰느라 너무 바빠서요."

"그 말에 충격을 받더군요. 우리가 *더티 포*에 대해 알고 있다는 게 겁난 것 같습니다."

"하지만 우리가 실제로 아는 건 없잖아요?"

나는 고개를 끄덕였다. 적절한 질문이었다. 내게도 다른 질문이 있었다.

"우리가 거기 간 이유를 놈들이 어떻게 알았을까요? 회사 홍보팀을 통해서 인터뷰를 잡은 건데."

"우리와 이야기를 나눈 누군가가 알려줬겠죠."

에밀리는 산업단지에서 벗어나 내 지프 쪽으로 돌아갔다.

"아뇨." 내가 말했다. "그럴 리 없습니다. 오늘 나와 이야기를 나눈 두 남자, 그러니까 형사와 변호사는 오턴을 뼛속까지 증오해요. 그중 한 명이 내게 이름을 알려줬고요. 그런 행동을 하고 나서 돌아서서 오턴에게 우리가 가는 이유를 경고해주진 않죠."

"뭐, 어쨌든 놈들은 알고 있었어요." 에밀리가 고집스럽게 말했다.

"연방 통상위원회 쪽 당신 취재원은요?"

"모르겠어요. 그럴 것 같진 않은데. 우리가 여기에 온다는 얘기는 안 했거든요."

"그 사람이 힌트를 줬을지 모르죠. 기자가 냄새를 맡은 것 같다고요. 그때 오턴이 인디애나폴리스의 회사에서 나를 들여보내라는 말을 들은 겁니다. 그래서 자기 경비견 변호사를 불러들이고 우릴 기다린 거예요."

"내 취재원이 문제였다면 내가 알게 될 거예요. 그러면 그 사람을 말뚝에 박아놓고 불태우겠어요."

대결로 인한 긴장감은 자동차에 타고 오렌지 나노와 멀어진 지금 안도감으로 변했다. 나는 나도 모르게 웃기 시작했다.

"말도 안 돼요." 내가 말했다. "잠깐은 변호사가 당신한테 덤벼들 줄 알았습니다."

에밀리가 슬슬 고개를 저으며 미소를 지었다. 그녀도 긴장감을 떨쳐버렸다.

"나도 그런 줄 알았어요." 그녀가 말했다. "그런데 친절하시더군요, 잭. 우리 사이에 끼어드시다니."

"내가 한 말로 당신이 공격당한다면 참 고약했을 테니까요." 내가 말했다.

어바인시 경찰의 순찰차가 우리 옆을 빠르게 지나갔다. 경광등은 번쩍였지만 사이렌은 울리지 않았다.

"우리 때문일까요?" 에밀리가 물었다.

"누가 알겠습니까?" 내가 말했다. "그럴 수도 있겠죠."

22

마이런 레빈은 인상을 쓰며 우리를 이번 기사에서 제외시켜야겠다고 말했다.

"뭐라고요?" 내가 말했다. "왜요?"

에밀리와 마이런, 나는 회의실에 앉아 있었다. 에밀리와 내가 각기 차를 몰고 오랜 시간에 걸쳐 로스앤젤레스로 돌아온 다음이었다. 우리는 방금 오렌지카운티에서 벌어진 사건을 다시 살펴보느라 30분을 보냈다.

"이건 사실 기삿거리가 아니니까." 마이런이 말했다. "게다가 난 자네들이 아무 결과 없이 이렇게 오랫동안 뭔가를 쫓아다니게 놔둘 여유가 없고."

"결과는 가져오겠습니다." 내가 약속했다.

"오늘 있었던 일을 생각하면 그렇게는 안 될걸." 마이런이 말했다. "오턴과 오턴의 변호사가 자네들을 대비하고 있었어. 그쪽 길을 완전히 막아버렸지. 이제 어디로 갈 건데?"

"계속 밀어붙여야죠." 내가 말했다. "네 건의 사망 사건은 서로 연결돼 있습니다. 확실해요. 편집장님도 내가 더티 포라고 말했을 때 오턴이 지은 표정을 봤어야 해요. 뭔가 있다니까요. 그냥 모든 조각을 맞출 시간이 조금 더 필요할 뿐이에요."

"이봐." 마이런이 말했다. "연기가 난다는 건 알겠어. 연기가 나는 곳에는 불이 있게 마련이지. 하지만 지금 당장은 연기 너머가 보이지 않고 우린 막다른 길에 부닥쳤어. 자네 둘에게 이번 기사를 다뤄보게 놔뒀지만, 이젠 자네들도 기사를 쓰는 일상으로 돌아와야 해. 처음부터 난 이게 〈페어워닝〉에 어울리는 기사라고 믿지 않았어."

"당연히 어울리죠." 내가 우겼다. "그 자식이 사망 사건 네 건과 어떤 식으로든 연관돼 있대도요. 제가 알아요. 느껴집니다. 그리고 우리의 의무는……."

"우리 의무는 우리 독자를 향한 의무야. 소비자를 위한 경비견으로서 보도한다는 사명을 지키는 거라고." 마이런이 말했다. "자네가 하는 의심이나 지금까지 알아낸 건 언제든 경찰에 알려주면 되잖아. 그러면 자네한테 있다고 생각되는 다른 의무는 전부 처리될 거야."

"경찰은 제 말을 믿지 않을 겁니다." 내가 말했다. "제가 한 짓이라고 생각하는데요."

"자네 DNA 결과가 나오면 아니지." 마이런이 말했다. "그때 가서 말해봐. 그때까지는 둘 다 자리로 돌아가서 기사 목록을 새로 살펴보라고. 내일 아침에 한 명씩 날 찾아오면 기사 실을 순서를 정하도록 하지."

"제기랄." 내가 말했다. "에밀리는 원래 쓰던 기사로 돌아가고 저는 오턴 사건을 계속 다루면 어떻습니까? 그러면 직원 절반이 이 사건에 매달리지는 않아도 되잖아요."

"잘도 날 내버리시네요, 재수 없게." 에밀리가 말했다.

나는 두 손을 쫙 폈다.

"이건 내 기사예요." 내가 말했다. "다른 방법이 없잖아요? 당신이 계속 이 기사에 매달리고 나는 원래 쓰던 기사로 돌아갈까요? 그건 절대 안 되죠."

"자네가 말한 방법도 안 되는 건 마찬가지야." 마이런이 말했다. "둘 다 원래 쓰던 기사로 돌아가. 아침까지 기사 목록을 가져와. 난 전화할 데가 있어서."

마이런이 자리에서 일어나 회의실을 나갔다. 남겨진 에밀리와 나는 탁자 너머로 서로를 빤히 바라봤다.

"진짜 별로네요." 에밀리가 말했다.

"그러게요." 내가 말했다. "당신하고 친해지고 있다고 생각했는데."

"아뇨, 당신이 나를 내버린 걸 말한 거예요. 취재를 계속 이어나간 건 나고, 그 변호사 때문에 일을 망친 건 당신이라고요."

"저기요, 변호사와 오턴 일을 망친 건 인정합니다. 하지만 어차피 아무 소득이 없었을 거라는 말은 당신이 했잖아요. 게다가 오턴에게 힌트를 준 건 통상위원회에 있는 당신 취재원일 수도 있고요. 취재를 계속 이어나간 사람이 당신이라는 말은 개소리예요. 우리 둘 다 맡은 역할이 있었고 취재를 밀어붙이고 있었다고요."

"어쨌든요. 이젠 상관없죠."

에밀리가 자리에서 일어나 회의실을 나섰다.

"젠장." 내가 말했다.

나는 잠시 이런저런 생각을 해보다가 휴대전화를 꺼내 딥 스로트라는 이름을 붙인 연락처에 보낼 문자를 썼다.

당신이 누군지는 잘 모르겠지만 나한테 도움이 될 만한 다른 정보가 있다면 지금 주셔야 합니다. 방금 진전이 없다는 이유로 취재를 그만두라는 명령을 받았어요. 오턴은 기대 이하였습니다. 준비하고 기다리고 있더 군요. 사실 기사를 쓸 만한 게 없어요. 당신 도움이 필요합니다. 뭔가 나쁜 일이 벌어지고 있고 오턴이 그 열쇠라는 건 알겠습니다. 답장 주세요.

나는 문자를 두 번 읽어보며 내가 징징거리는 것처럼 들리지 않는지 고민했다. 결국 마지막 두 단어를 지우고 보냈다. 그런 다음 의자에서 일어나 내 자리로 돌아갔다. 가는 길에 에밀리 곁을 지났다. 회의실에 서 내가 한 말도, 에밀리와의 협업이 끝장난 방식도 유감스러웠다.

나는 내 자리로 돌아와 노트북을 열고 폴더 몇 개를 살펴봤다. 그 폴 더에는 맷슨과 사카이가 처음 내 아파트에 나타나기 전에 쓰고 있던 기사의 제목이 붙어 있었다. 목록의 맨 위에는 "사기꾼의 왕" 기사가 있었다. 그 기사는 이미 완성되고 제출됐지만, 마이런과 함께 앉아 그 가 편집한 내용을 검토해볼 시간이 없었기에 아직 신문에 실리지는 않 고 있었다. 이 기사가 가장 먼저가 될 것이다. 그다음으로 나는 미래의 기사 목록을 살펴봤지만, 최근 아드레날린으로 가득한 기삿거리 사냥 을 하고 난 터라 아무것도 흥미롭게 느껴지지 않았다.

다음으로 나는 후속 파일을 살펴봤다. 파일에는 이미 게시됐지만 나 중에 뭔가 바뀌었는지 확인해봐야 할 게 분명한 기사들이 들어 있었 다. 내가 기사로 조명한 문제를 기업이나 정부에서 고쳤을지 모르니 까. 〈페어워닝〉의 모든 기자는 어느 업계에서든 자기 관심을 끄는 기 삿거리를 추적할 수 있었지만 나는 비공식적으로 자동차 업계에 대한 정기 기고를 배정받았다. 그래서 급발진 사고, 전자 통제 장치 오작동, 연료 탱크와 관련된 위험, 아웃소싱된 조립라인에서부터 규제 없이 돌아가는 외국의 제조 기업에 이르는 표준 미달의 여러 분야에 대한 글을 몇 편 올렸다. 미국은 자동차에 기반한 사회였고 이런 기사는 큰 충격을 일으키며 관심을 끌었다. 몇몇 신문에 실리기도 했다. 나는 재킷에 넥타이를 매고 CNN과 폭스 뉴스 외에도 로스앤젤레스, 디트로이트, 보스턴을 포함하는 지역의 뉴스 채널에 출연했다. 공은 모두 〈페어 워닝〉이 독차지했다. 일본의 자동차 제조 기업에 대한 부정적인 기사를 쓰면 디트로이트의 TV에 출연하게 된다는 건 일종의 규칙이었다.

나는 이런 기삿거리 중 하나에 업혀 갈 수 있다는 걸 알았다. 아무것도 바뀌지 않았다는 내용의 단호한 기사를 쓰면 됐다. 그러면 마이런이 좋아할 것이다. 내가 마음을 내려놓고 DNA 기사에서 멀어지는 데도 도움이 될지 몰랐다.

나는 자동차 업계에 관한 기사를 처음으로 낼 때 모아둔 서류와 연락처가 담긴 실제 파일을 서랍에서 꺼냈다. 이제는 모닝커피를 마시며 생각을 새롭게 할 수 있도록 그 파일을 꺼내 배낭에 집어넣었다.

하지만 오늘은 끝이었다. 크리스티나 포트레로와 윌리엄 오턴에 관한 미완성 기사가 있는데, 그와는 완전히 다르고 아무런 영감도 주지 않는 기삿거리로 그냥 주의를 돌릴 수는 없었다. 내게는 시간이 필요했다. 그리고 이제는 시간을 억지로라도 낼 생각이었다.

다만 에밀리와의 일이 망가진 방식이 여전히 신경 쓰였다. 나는 배낭 지퍼를 채우고 일어나 복도를 지나서 그녀의 자리로 갔다.

"저기요." 내가 말했다.

"저기 뭐요?" 에밀리가 퉁명스럽게 대답했다.

"회의실에서는 내가 잘못했어요. 당신을 빼버리려고 하면 안 되는 거였어요. 무슨 일이 일어나면 우리 둘이 함께하는 겁니다. 난 방금 딥스로트에게 문자를 보내서, 기사가 타버리려 하니 직접 나서라고 말했어요. 두고 보죠. 아마 내 문자가 징징대는 재수 없는 사람이 하는 소리처럼 읽혔겠지만."

"아마 그렇겠죠."

하지만 에밀리는 그 말을 한 다음 고개를 들어 나를 보며 미소 지었다. 나도 마주 미소 지었다.

"뭐, 내 부족함을 이렇게 잘 받아줘서 고맙습니다."

"얼마든지요. 그래서⋯⋯."

에밀리는 내가 볼 수 있도록 자기 컴퓨터 화면을 돌려놓았다.

"방금 내가 뭘 찾았는지 봐요."

에밀리의 화면에는 연방 통상위원회 인장이 찍힌 서류처럼 생긴 것이 떠 있었다.

"이게 뭐예요?" 내가 물었다.

"음, 내가 통상위원회 취재원한테 이메일을 보내서, 오턴에게 힌트를 줬느냐고 직접 물어봤어요." 그녀가 말했다. "과장을 덧붙였죠. 만일 그랬다면 그 바람에 내가 죽을 뻔했다고."

"그랬더니요?"

"그랬더니 아니래요. 심지어 나한테 전화까지 걸어서 아니라고 하더라고요. 그러더니 신뢰의 증표 같은 걸로 이걸 보냈어요. 오렌지 나노가 통상위원회에 마지막으로 보고한 내용인데, 그 회사에서 DNA를 재공급한 실험실 명단이에요. 거의 3년은 된 거지만 확인해볼 가치가 있을지도 모르죠. 그러니까, 우리가 계속 취재한다면 말이에요."

서류를 찍은 사진이라 글씨가 작고 내가 보는 각도에서는 읽기 어려웠다.

"뭐, 바로 튀어나온 건 없어요?" 내가 물었다.

"딱히 없어요." 에밀리가 말했다. "회사도 다섯 곳밖에 없고, 그 모든 회사가 당시 통상위원회에 등록돼 있었어요. 이름이니 장소니 하는 것들을 알아내려면 이 회사들에 관한 개요가 필요해요."

"그건 언제 할 건데요?"

"곧 해야죠."

에밀리는 자기 칸막이 공간 너머로 마이런의 자리가 있는 쪽을 힐끗 봤다. 우리에게는 마이런의 정수리밖에 보이지 않았다. 헤드폰이 아치를 그리며 그의 머리카락 위를 가로지르고 있었다. 마이런은 통화 중이었다. 안전했다. 에밀리가 방금 한 말을 바로잡았다.

"지금요." 그녀가 말했다.

"도와줘도 돼요?" 내가 물었다. "나갈 생각이었지만, 여기 있어도 괜찮아요."

"아뇨, 그럼 너무 티 나죠. 당신은 가세요. 이번 일은 집에서 할게요. 뭔가 나오면 연락할게요."

나는 망설인 끝에 떠났다. 에밀리에게 공이 넘어간 것이 마음에 들지 않았다. 에밀리가 내 마음을 읽었다.

"전화한다니까요. 네?" 에밀리가 말했다. "딥 스로트한테서 연락이 오면 당신이 나한테 전화하고요."

"거래한 겁니다." 내가 말했다.

23

나는 미스트럴에 일찍 도착해 전날 저녁에 앉았던 스툴에 앉았다. 레이철의 자리를 맡아두려고 옆의 스툴에 배낭을 올려놓았다. 엘과 본 스와 프랑스어로 '좋은 저녁'이라는 뜻의 저녁 인사 라고 인사를 나눈 뒤 스텔라를 한 병 주문했다. 오늘 밤에는 도수가 낮은 술로 가기로 했다. 나는 휴대전화 를 바에 올려놓으며 방금 딥 스로트에게서 문자 두 통이 왔다는 걸 알 았다. 문자를 열어보니 첨부파일이 두 개 있었다. 하나는 "DNA", 하나 는 "녹취록"이라고 표시돼 있었다.

첫 번째 파일을 열자 서류를 찍은 사진이 있었다. 나는 빠르게 그 서 류가 4년 전 오렌지카운티 보안관실 부속 법의학 실험실에서 보내온 DNA 분석 보고서라고 판단했다. 윌리엄 오턴의 DNA 표본과 제시카 켈리에게서 수집한 DNA가 일치하지 않는다는 내용의 보고서 말이다. 나는 보고서를 훑어보고 막대그래프와 백분율, 약자의 의미를 전부 해 석해 내려면 유전학자가 필요하다는 걸 깨달았다. 하지만 요약된 내용 은 분명했다. 피해자가 폭행당한 뒤 그녀의 유두에서 채취한 타액 표 본은 윌리엄 오턴의 것이 아니었다.

두 번째 문자로 들어온 첨부파일은 디고베르토 루이즈 형사가 오턴 과 나눈 아주 짧은 인터뷰 녹취록이었다. 5페이지 길이로, 이번에도 첨 부파일은 인쇄된 페이지를 찍은 사진으로 이뤄져 있었다.

나는 두 첨부파일을 모두 내 이메일로 전달한 다음 다운로드받아 더 큰 화면으로 살펴보려고 노트북을 꺼냈다. 미스트럴은 고객에게 와이파이 서비스를 제공하지 않았으므로 내 휴대전화의 핫스팟 연결을 이용해야 했다. 모든 것이 켜지고 연결되기를 기다리는 동안 메시지 발신자에 대해 생각했다. 나는 에르베 가스파르 변호사가 아니라 루이즈에게 DNA 보고서를 요청했었다. 이제는 딥 스토트에 대한 의심을 돌렸다. 그가 형사라는 생각이 들었다. 물론, 가스파르가 오턴에게 걸 소송을 준비하던 중 DNA 보고서와 녹취록을 손에 넣었을지도 몰랐다. 하지만 첨부파일이 서류를 찍은 사진으로 이뤄져 있다는 사실에 내 생각은 루이즈 쪽으로 기울어졌다. 스캔한 파일이나 실제 서류가 아니라 사진을 보내면, 혹시 내사가 이뤄지더라도 그가 내 취재원이라는 사실이 밝혀지지 않도록 한 겹의 보호책이 더해지는 셈이었다. 사무실의 스캐너와 복사기에는 디지털 메모리가 남으니까.

마침내 노트북에 녹취록을 띄울 수 있게 되자 내 결론은 한층 더 혼란스러워졌다. 나는 녹취록 몇 군데가 짧게 지워져 있는 것을 보았고, 맥락을 통해 피해자의 이름이 삭제됐다는 판단을 내릴 수 있었다. 딥 스토트가 이미 피해자 이름을 제공했으니 어리둥절한 일이었다. 내게 이름을 알려준 걸 잊은 걸까?

나는 이 질문을 한쪽으로 밀어두고 계속해서 녹취록 전체를 읽었다. 사실상 오턴이 5페이지 내내 혐의를 부인하는 내용이었다. 그가 피해자를 성폭행하지도 않았고, 교실 밖에서는 피해자를 만난 적이 없으며, 피해자와 함께한 적도 없다는 내용이었다. 루이즈가 문제의 날 밤에 있었던 일을 자세히 묻기 시작하자 오턴은 입을 다물고 변호사를 불러달라고 했다. 녹취록은 그 부분에서 끊겼다.

나는 노트북을 닫아 치웠다. 녹취록에 대해 생각했다. 지워진 부분 외에도 오턴의 대답이 노란색 형광펜으로 강조된 부분들이 있었다. 딥 스로트와의 디지털 대화를 이어가고 싶은 마음에 나는 이것을 이유로 삼아 그에게 다시 문자를 보내고 형광펜의 의미가 무엇인지 물었다. 딥 스로트의 답은 빠르게 돌아왔지만 그가 나만큼 이 대화에 관심이 있는 건 아니라는 걸 알 수 있었다.

검증 필요

딥 스로트가 한 말은 그게 전부였다. 하지만 내 취재원이 루이즈 형사라는 걸 더욱 확신하기에는 충분했다. 검증 필요란 건 형사들이 쓰는 용어였다. 범죄 용의자와의 면담은 증언, 영상, 디지털 흔적, 휴대전화 위치 추적, GPS 내비게이션 등 여러 수단을 통해 확인하거나 반박할 수 있는 대답을 끌어내도록 고안된다. 이 취조도 다르지 않았다. 누군가가 오턴이 했던 말 중 참이나 거짓으로 판명될 수 있는 정보에 강조 표시를 한 것이다. 아마도 루이즈겠지만.

물론, 나는 이 검증 필요 사실에 대한 후속 취재를 하지 못했으므로 녹취록은 내 흥미를 돋우는 역할밖에 하지 못했다. 나는 그 이상을 원했다. 루이즈는 제시카 켈리가 성폭행당한 날 밤에 완전히 다른 곳에 있었다는 오턴의 주장을 증명하거나 반증한 것일까? 정교수 자리를 놓고 벌어진 분쟁 때문에 복수심을 갖게 된 다른 교수가 어바인대학교에서 중상모략을 하는 바람에 피해를 입었다는 오턴의 주장은?

내가 더 많은 정보가 필요하다는 내용의 다른 문자를 딥 스로트에게

써 보내려는데 레이철이 내 옆자리에 슬쩍 앉았다. 내가 배낭으로 맡아둔 자리가 아니었다.

"그건 뭐야?" 레이철이 인사 대신 물었다.

"오턴 사건을 맡았던 경찰로 추정되는 사람이 문자를 보냈어." 내가 말했다. "오늘 그 사람하고 말해봤는데 나한테 아무 말도 하지 않더라고. 그런데 힌트가 오기 시작했어. 이건 오턴이 변호사를 쓰기 전에 형사가 오턴과 나눈 짧은 면담 녹취록이야. 오턴은 모든 걸 부정했지만, 검증이 필요한 사실 몇 가지를 기록에 남겼어. 난 형사에게 문자를 보내서 확인했는지 물어볼 참이었고."

"녹취록이라고? 변호사 같은데."

"뭐, 그럴 수도 있지. 피해자의 변호사하고도 이야기해 봤거든. 변호사는 기밀 유지 서약서 때문에 자기도, 의뢰인도 입을 열 수 없다고 했어. 하지만 내 생각엔 경찰인 것 같아. 오턴의 혐의를 벗겨준 DNA 보고서도 보냈거든. 루이즈가 아니면 다른 누가 그걸 손에 넣을 수 있는지 모르겠어."

"아마 기소를 취하한 검사가 가지고 있겠지. 그 사람이 피해자의 변호사에게 보고서를 넘겼을 수도 있고."

"맞아. 그냥 딥 스로트에게 대놓고 누구냐고 물어봐야겠다."

"딥 스로트라니. 귀엽네."

나는 휴대전화에서 시선을 떼고 레이철을 보았다.

"그건 그렇고, 어서 와." 내가 말했다.

"안녕." 레이철이 대답했다.

내 취재원에 대한 이야기로 만남을 시작하는 바람에 우리가 전날 밤을 함께 보냈다는 사실은 가려졌다. 생각이 바뀌지 않았다면 오늘 밤도 같이 보내게 되리라는 사실도. 나는 허리를 숙이고 레이철의 뺨에 입을 맞추었다. 레이철은 입맞춤을 받아들였다. 동요하는 기색은 전혀 없었다.

"그래서, 이번에도 여기 와 있었던 거야, 아니면 산을 넘어온 거야?" 내가 물었다.

"여기 있었어. 어제 일을 마무리하느라고. 당신을 만나려고 시간을 맞췄지."

"축하해! 축하할 일이 아닌가?"

"내가 어제 징징댄 건 알아. 취해서 그랬어. 그것 말고도 잘못 말한 게 있고."

이번에는 동요가 있었다.

"그래?" 내가 말했다. "예를 들면?"

레이철은 가짜 프랑스인 바텐더 엘이 다가온 덕분에 바로 대답하지 않아도 됐다.

"본 스와." 그녀가 말했다. "한잔하시겠어요?"

"케텔 원 마티니 스트레이트요." 그녀가 말했다. "실 부 플레."

"비앙 쉬르. 곧 가져올게요."

엘은 칵테일을 만들러 바 저쪽으로 향했다.

"억양이 끔찍해." 레이철이 말했다.

"어제도 그 말 했어." 내가 말했다. "해장술 마시려고?"

"안 될 것 없지? 오늘 새 고객과 계약했어. 축하할 만해."

"그래서, 어제 또 잘못 말했다는 게 뭐야?"

"아, 아무것도 아니야. 신경 쓰지 마."

"아니, 알고 싶은데."

"뜻이 있어서 한 말이 아니야. 뭔가 읽어내려 하지 마."

전날 밤에 이 여자는 어두운 침실에서 내 세상을 흔들어놓은 네 마디를 속삭였다. 난 *지금도* 당신을 사랑해. 나는 망설임 없이 그 말을 돌려줬다. 이제 나는 레이철이 그 말을 취소하려는 건지 궁금했다.

엘이 다가와 레이철의 술을 냅킨에 내려놓았다. 마티니 잔이 넘칠 듯 채워져 있었다. 엘이 그 잔을 레이철에게서 너무 멀리 떨어진 바 위에 놓았기에, 레이철은 허리를 숙이고 술을 조금 마셔 높이를 낮춘 뒤 잔을 들어 올리려 했다. 바위처럼 안정적인 손길이 아니면 잔을 움직이다가 술을 흘리게 될 터였다. 나는 그때 알았다. 엘은 레이철이 그녀의 억양에 대해 한 말을 들었고 이건 바텐더의 복수였다. 엘은 뒤로 물러나며 레이철에게는 보이지 않도록 내게 윙크했다. 한 남자가 바 가운데 자리에 앉았고 엘은 몹쓸 억양으로 그 남자에게 접근했다.

전화가 걸려 와 휴대전화 화면이 켜졌다. 에밀리 앳워터였다.

"이건 받아야겠는데." 내가 말했다.

"그래." 레이철이 말했다. "여자 친구야?"

"회사 동료야."

"받아."

레이철은 한 번의 안정적인 동작으로 잔을 들더니 바를 가로질러 입술까지 가져가서 한 모금 삼켰다. 내가 보기에는 한 방울도 흐르지 않았다.

"여긴 잘 안 들려서 밖에 나가서 받을게."

페어워닝

"난 여기 있을게."

나는 바에서 휴대전화를 집어 들고 전화를 받았다.

"에밀리, 잠시만요."

나는 배낭에서 공책을 꺼낸 뒤 바를 가로질러 앞문으로 나갔다. 밖에서는 음악이 통화에 방해가 되지 않을 터였다.

"됐어요." 내가 말했다. "뭐가 나왔어요?"

"그런 건지도 몰라요." 에밀리가 말했다.

"말해보세요."

"자, 일단 통상위원회 쪽에서 나온 자료는 전부 2년 이상 된 자료라는 걸 기억하세요. 식품의약국이 DNA 업무를 가져가기 전이니까요."

"네."

"그게, 식품의약국으로 업무가 전환되기 전에 오렌지 나노가 DNA 부호와 생물학 표본을 다섯 곳의 서로 다른 실험실에 판매했다는 기록이 있어요. 세 곳은 일회성 거래인 것 같고 나머지 둘은 반복적으로 구매했어요. 그러니 프로젝트가 연속성이었다고 생각할 수 있을 것 같아요."

"네. 반복적으로 구매했다는 두 곳은 어디인가요?"

"일단, 선을 분명히 그어야 할 것 같아요. 이건 구체적으로 오턴이 한 거래가 아니라 오렌지 나노에서 한 거래예요. 네, 오렌지 나노가 오턴의 연구소이긴 하죠. 하지만 오턴에게는 직원이 있고 그 직원들이 거래를 한 거예요. 오턴의 이름은 내가 살펴본 어떤 서류에도 없어요."

"알겠습니다. 그래서 의심스러운 게 있었나요?"

"의심스러운 거요? 딱히 없었어요. 그보다는 신기한 게 있었죠. 반복적으로 구매한 고객사 두 곳은 근처에 있어요. 로스앤젤레스와 벤투라에요. 다른 회사들은 좀 더 먼 곳에 있었고요."

"어떤 연구소가 신기했는데요?"

"로스앤젤레스 연구소요."

종이 부스럭거리는 소리가 들렸다.

"여기서는 세 가지가 튀어나오더라고요." 에밀리가 말했다. "첫째, 구글맵으로 살펴보니 상업용지가 아니었어요. 주거지였죠. 글렌데일이더군요. 이 사람이 자기 집 차고 같은 곳에 실험실을 두고 있는 것 같아요."

"그러게, 좀 이상하네요." 내가 말했다. "다른 건요?"

"그 업체는 통상위원회에 다저 DNA 서비스라고 등록돼 있어요. 업주가 LA 경찰 법의학 실험실에서 일하는 DNA 기술자인 것 같아요. 그 사람 이름을 구글로 검색해보니 작년 살인사건 재판에 관한 〈로스앤젤레스 타임스〉 기사가 나오더라고요. 그 재판 때 총기에서 채취한 DNA가 피고인과 일치한다고 증언했대요."

"그럼 부업으로 무슨 일을 한 건가요?"

"통상위원회에 등록된 사업 목적에는……."

종이 부스럭거리는 소리가 더 났다. 나는 기다렸다.

"여기 있네요." 에밀리가 말했다. "'범죄 법의학 분야에서의 DNA 활용을 시험한다.'라고 돼 있어요."

"그렇군요. 그렇게 수상하지는 않은데요." 내가 말했다. "그 사람이 평생 해온 일이잖아요. 아마 자기 작업을 더 쉽게 해주고 백만 달러를 벌게 해줄 어떤 도구 같은 걸 발명하려 했나 보죠."

"그럴 수도 있죠. 하지만 세 번째 이상한 점을 얘기하면 당신도 생각이 바뀔 거예요."

"그게 뭔데요?"

"이 사람은 오렌지 나노에서 여성의 DNA만을 구매했어요."

"아, 네. 그 사람 이름이 뭐죠?"

"마셜 해먼드요."

"좀 적겠습니다."

나는 휴대전화를 어깨와 얼굴 사이에 끼운 채 이름을 적으며 큰 소리로 철자를 말했다. 에밀리가 철자를 확인해줬다.

"뒷조사를 해봐야겠네요." 내가 말했다.

"나도 해봤는데, 아무 결과도 나오지 않았어요." 에밀리가 말했다. "당신의 옛 LA 경찰 쪽 취재원을 쓸 수 있을지 모르겠다고 생각했죠. 당신이 이 사람에 대해서 좀 알아볼 수 있을지 모른다고요."

"네, 문제없습니다. 전화 좀 돌려볼게요. 지금도 사무실이에요?"

"아뇨, 퇴근했어요. 마이런이 내 책상에서 이런 자료를 보는 게 싫어서요."

"그렇겠네요."

"딥 스로트한테서는 뭔가 나왔나요?"

"네. 딥 스로트가 오턴과의 취조 녹취록, 그리고 오턴의 혐의를 벗겨준 DNA 보고서를 문자로 보내줬어요. 내 생각엔 딥 스로트가 루이즈 형사인 것 같아요."

"녹취록 읽어보고 싶네요."

"통화 끝나면 보내줄게요."

"지금 어디예요?"

"친구 만나서 한잔하고 있습니다."

"네, 내일 만나요."

"이 자료를 전부 가지고 마이런한테 한 번 더 말해보죠. 하루이틀쯤 더 벌 수 있는지 보자고요."

"좋아요."

"네, 그럼 그때 봅시다."

바로 돌아가 보니 레이철은 이미 술잔을 비운 뒤였다. 나는 다시 의자에 슬쩍 앉았다.

"한 잔 더 마실래?" 내가 물었다.

"아니, 오늘 밤에는 정신 차리고 있고 싶어. 당신 술이나 마저 마셔. 당신 집으로 가자."

"그래? 저녁은?"

"배달시키면 되지."

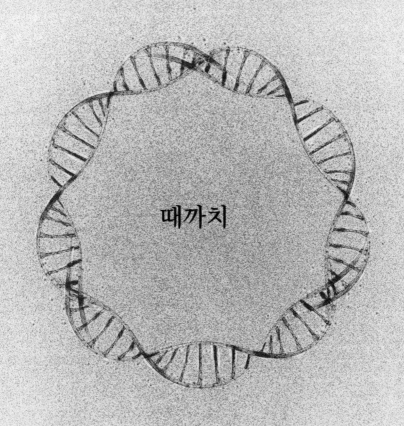

때까치

24

그는 어두워질 때까지 기다렸다.

그는 테슬라의 고요함을 사랑했다. 이 자동차는 그와 닮아 있었다. 빠르게, 은밀하게 움직였다. 아무도 그가 다가가는 소리를 듣지 못했다. 그는 카피스트라노의 집에서 한 블록 떨어진 길가에 차를 대고 내린 뒤 조용히 문을 닫았다. 검은색 나일론 바람막이의 후드를 머리 위로 당겨 썼다. 동네에 그를 찍은 카메라가 있을 경우 신원 확인을 더욱 어렵게 하기 위해 얼굴 생김새를 왜곡시키는 투명한 플라스틱 마스크도 이미 쓰고 있었다. 요즘에는 모두가 집에 동작 감지 카메라를 설치해둔다. 그래서 그의 일이 어려워졌다.

그는 조심스럽게 거리를 따라 걸어갔다. 그림자에 틀어박힌 채 가로등이 만들어낸 둥근 빛 바깥에 머물렀다. 그는 작은 검은색 더플백을 팔 밑에 꽉 끼고 있었다. 마침내 그는 목표한 집의 옆쪽 뜰에 도착해 자물쇠가 걸리지 않은 대문을 지나 뒤뜰로 들어갔다.

집은 어두웠지만 타원형 수영장에는 타이머가 작동했는지 조명이 들어와 있었다. 그 불빛에 줄지어 서 있는 미닫이식 유리문 너머로 집 안이 아른거렸다. 커튼은 없었다. 그는 미닫이문을 하나씩 확인해 봤으나 모두 잠겨 있었다. 그런 다음, 더플백에서 꺼낸 작은 지렛대를 가운데 문 맨 아래에 대고 위로 들어 올려 틀에서 빼냈다. 조심스럽게 문을 들어내 콘크리트 파티오 표면에 올려놓았다. 그 바람에 작게 탁 소리가 났다. 그는 문 옆에 쪼그리고 앉아 가만히 기다리며 자신의 행동으로 경보가 울리거나 누군가 경계심을 품지는 않았는지 살펴봤다.

조명은 켜지지 않았다. 아무도 거실을 확인하지 않았다. 그는 자리에서 일어나 거친 콘크리트 표면을 따라 문을 밀어 연 다음 집에 들어갔다.

집에는 아무도 없었다. 방마다 찾아보니 아무도 잠들어 있지 않은 침실 세 개가 있었다. 그는 자신이 미닫이문을 열 때 탁 소리를 내 누군가를 깨웠고, 그 누군가가 어딘가에 숨어 있는 것도 가능하다고 생각했다. 그 생각에 한 번 더 철저하게 집을 뒤졌다. 이번에도 숨어 있는 사람이든, 숨어 있지 않은 사람이든 사람은 나오지 않았다.

하지만 두 번째 수색을 통해 그는 차고에 들어가게 됐다. 이제 보니 차고는 실험실로 개조돼 있었다. 그는 자신이 발견한 것이 더티 포를 위한 실험실이라는 것을 깨달았다. 그는 장비와 작업대에 남겨져 있던 공책을 살펴보기 시작했다. 벽에 걸려 있는 화이트보드와 달력에 표시된 날짜도 살폈다.

데스크톱 컴퓨터도 한 대 있었다. 스페이스 바를 누르자 컴퓨터의 지문 인식 장치가 작동됐다.

그는 더플백 안에 손을 집어넣어 공구와 끈 사이에 보관하고 있던 투명 테이프를 꺼냈다. 그는 차고를 빠져나와 TV 방을 가로지른 다음 파우더룸을 발견했다. 그곳이 실험실과 가장 가까운 화장실이었다. 그는 조명 스위치를 젖히고 테이프를 6센티미터 길이로 두 번 떼어냈다. 하나는 끈적끈적한 면을 위로 해서 세면대 위에 올려놓고, 두 번째 조각은 조심스럽고 가볍게 변기 물을 내리는 플라스틱 손잡이 윗부분에 붙였다. 그는 테이프를 떼어내 비스듬한 각도로 바라봤다. 테이프 접착면에 지문이 묻어나 있었다. 엄지라고 봐도 될 정도로 큰 지문이었다.

그는 테이프를 다른 테이프 위에 올려놓고 지문 자국을 테이프 사이에 가뒀다. 그런 다음 실험실로 돌아가 컴퓨터 앞에 앉았다. 고무장갑을 벗고 찍어온 지문이 담겨 있는 테이프를 자기 엄지에 댔다. 그것을 데스크톱의 지문 인식기에 대고 누르자 컴퓨터 화면이 활성화됐다.

그는 다시 장갑을 끼고 데스크톱의 파일을 살펴보기 시작했다. 집주인이 어디에 있는지는 알 수 없었지만, 컴퓨터에는 그가 훑어보며 이해하려고 노력해볼 만한 자료가 충분히 있었다. 그의 연구는 몇 시간이나 이어지다가 해가 뜬 다음, 차고 문 반대쪽 진입로로 차가 들어오는 소리가 들렸을 때야 끝났다.

그는 경계심이 들었으나 굳이 숨지 않았다. 재빨리 집주인을 맞을 준비를 한 뒤 실험실 조명을 끄고 기다렸다.

머잖아 집 안에서 발소리가 들리더니 탁자나 조리대 위에 열쇠를 내려놓는 달그락 소리가 들렸다. 그는 그 소리를 머릿속에 새겨뒀다. 저 열쇠와 바깥에 주차된 자동차가 필요해질지도 모른다는 생각이 들었다. 그는 테슬라와 헤어지기 싫었지만 대낮에 동네를 가로질러 테슬라가 있는 곳까지 돌아가는 위험은 감수할 수 없을지도 몰랐다. 그는 새벽이 지나서까지 이 집에 머물 계획이 없었다. 지금은 빨리 탈출하는 게 최선이었다.

실험실의 머리 위 조명에 불이 켜졌다. 한 남자가 안으로 다섯 걸음을 들어온 뒤에야 실험대에 앉아 있는 침입자를 발견하고 우뚝 멈췄다.

"씨발, 당신 누구야?" 그가 말했다. "뭘 원하는 거야?"

앉아 있던 남자가 그를 가리켰다.

"네가 자칭 해머드?" 그가 물었다.

"내 말 잘 들어." 해머드가 말했다. "난 LA 경찰에서 일해. 어떻게 여기 들어왔는지는 모르겠지만, 씨발 당장 나가."

해머드가 주머니에서 휴대전화를 꺼냈다.

"경찰 부를 거야." 그가 말했다.

"그러면 경찰이 여자들의 데이터를 다크웹에 파는 네 부업에 대해 알게 될 텐데." 침입자가 말했다. "특정한 여성의 데이터 말이야. 너도 그런 일은 바라지 않지?"

해머드가 다시 주머니에 휴대전화를 집어넣었다.

"당신 누구야?" 그가 다시 물었다.

"네가 나한테 이메일을 보냈어." 침입자가 말했다. "아주 오래된 통신 수단이지. 〈페어워닝〉의 기자에 관한 정당한 경고던데. 잭 매커보이라고?"

상황을 이해한 해머드의 얼굴이 창백해지기 시작했다.

"당신이 때까치군요." 그가 말했다.

"그래. 우리, 할 얘기가 있지." 침입자가 말했다. "저쪽 의자에 앉았으면 좋겠는데."

그가 해머드를 위해 준비해둔 의자를 가리켰다. 그가 주방 식탁 한쪽 끝에서 가져온 나무 의자였다. 그 의자를 선택한 까닭은 팔걸이가 있었기 때문이다. 그는 그 팔걸이에 케이블 타이를 연결해뒀다. 둘 다 고리를 아주 크게 만들어 놓았다.

해머드는 움직이지 않았다.

"어서." 침입자가 말했다. "다시 말하지는 않을 거야."

해먼드는 머뭇거리며 의자로 가서 앉았다.

"플라스틱 고리에 양손을 넣은 다음 잡아당겨서 손목에 꽉 감아." 침입자가 말했다.

"그렇게는 안 합니다." 해먼드가 말했다. "얘기하고 싶다니까 얘기는 할 수 있어요. 난 당신 편이라고요. 우리가 그 이메일을 보낸 건 조심하라는 뜻이었어요. 경고였다고요. 하지만 내 집에서 내 몸을 묶지는 않을 겁니다."

때까치가 해먼드의 저항에 미소 짓더니 약간 짜증 난다는 말투로 말했다.

"네가 직접 하지 않으면 내가 그리로 가서 잔가지처럼 네 목을 꺾어버릴 거야." 그가 말했다.

해먼드는 때까치를 보고 한 차례 눈을 깜빡인 뒤 의자 팔걸이의 고리에 왼손을 집어넣었다.

"이젠 케이블 타이를 바짝 당겨."

해먼드는 고리를 당겨 손목을 조였다. 더 조이라는 말을 들을 필요도 없을 만큼 세게.

"이제 반대쪽."

해먼드는 오른손을 고리에 집어넣었다.

"이건 어떻게 조입니까? 손이 안 닿는데."

"허리를 숙여서 이를 사용해."

해먼드는 시키는 대로 한 다음 자신을 사로잡은 인물을 올려다봤다. 그는 두 손을 흔들어 자신이 의자 팔걸이에 안전하게 묶여 있음을 보여줬다.

"자, 이제 어떻게 할 건데요?"

"널 해칠 생각이었다면 내가 널 묶었을까?"

"난 당신이 뭘 하려는 건지 모릅니다."

"생각해봐. 내가 널 해치고 싶었다면 진작 해쳤겠지. 하지만 이젠 편하게 이야기할 수 있어."

"난 하나도 편하지 않은데요."

"뭐, 난 편해. 그러니 이제 얘기할 수 있지."

"무슨 얘기요?"

"네가 기자에 대해서 보낸 이메일 말이야. 그걸 나한테 보내야 한다는 건 어떻게 알았지?"

"봐요, 그게 중요한 점이라니까요. 그게 바로 당신이 나에 대해서 걱정할 필요가 없는 이유예요. 난 당신이 누군지 몰라요. 우린 그냥 당신이 사이트에 가입했을 때 쓴 이메일 주소를 가지고 있을 뿐이죠. 그게 다예요. 당신이 누군지 알 방법이 없으니까, 이건……."

그는 케이블 타이에 묶인 두 팔을 흔들어댔다.

"……전혀 필요 없는 일입니다. 진짜예요. 정말로요."

때까치는 오랫동안 그를 바라보더니 일어서서 구석의 탁자 위에 놓여 있던 프린터로 다가갔다. 프린터의 트레이에서 서류 뭉텅이를 꺼냈다. 그는 실험실 컴퓨터에서 자신의 관심을 끌었던 내용을 밤사이 인쇄해뒀다.

그는 자기 자리로 돌아가 서류 뭉치를 무릎에 올려놓았다.

"그건 중요한 게 아니야." 때까치는 서류에서 눈을 들지 않은 채 말했다. "어떻게 나한테 이메일을 보내야겠다는 결정을 하게 됐지?"

"뭐," 해먼드가 말했다. "죽은 사람들을 다운로드한 사람은 당신뿐이었으니까요."

"더티 포에서."

"네, 사이트에서요."

"그게 문제야. 너희 사이트는 완전한 익명성을 보장한다고 하지만, 지금 넌 내가 사이트와 한 상호작용을 통해 나를 식별해 냈다고 말하잖아. 실망스러워."

"아니, 잠깐만요. 우린 당신을 식별한 게 아니에요. 제가 하려는 말이 그거라니까요. 지금 이 순간에 목숨을 건지기 위해서라도 난 당신 이름을 말할 수 없어요. 우린 살해당한 그 창녀들에 관한 자세한 정보를 다운받은 사람을 모조리 찾았어요. 그런 고객이 한 명밖에 없었고요. 그게 당신이었죠. 우리는 좋은 뜻으로 이메일을 보낸 겁니다. 당신을 쫓는 기자가 있으니까 경고하려고요. 그게 다예요."

때까치는 그 설명을 받아들인다는 듯 고개를 끄덕였다. 그는 해먼드가 두려워할수록 더 많이 움직인다는 것을 알아차렸다. 문제였다. 손목이 플라스틱 끈에 마찰하며 흔적이 남을 테니까.

"궁금한 게 있는데." 그가 수다라도 떨 듯 말했다.

"뭔데요?" 해먼드가 물었다.

"네 활동은 훌륭해. 어떻게 DRD4 표본을 가져다가 각 여자의 신원과 연관시킬 수 있었던 거지? 다른 모든 건 거의 이해가 되는데……. 이 모든 일의 정수가 바로 그거야."

해먼드는 동의한다는 뜻으로 고개를 끄덕였다.

"뭐, 특허 기술이긴 한데 말씀드릴게요. 우린 GT23의 데이터베이스 전체를 가지고 있어요. GT23에서 그걸 모를 뿐이죠. 우리가 안에 들어 갔어요. 완전한 접근권한이 있거든요."

"어떻게?"

"그게, 우린 DNA 표본을 트로이 목마 바이러스로 암호화한 다음 일반 참여자의 DNA처럼 들여보냈어요. 일단 데이터베이스에 들어간 표본은 코드로 환원되고 활성화되죠. 그러면 우리가 GT23의 본체에 들어가게 되는 겁니다. GT23의 데이터에 접근하는 완전하고도 은밀한 방법이 생긴 거죠. 저는 GT23의 2급 DNA 구매자입니다. DNA를 사서 우리가 원하는 DRD4 운반체를 격리한 다음, 모든 표본에 붙어서 오는 고유 번호와 우리가 이후에 사이트에 올리는 살아 있는 계집을 짝짓는 거죠."

"천재적인데."

"저희 생각도 그래요."

"그건 그렇고, '저희'가 누구지?"

해먼드는 망설였지만 잠깐뿐이었다.

"어, 동업자가 있거든요. 제가 DNA, 그 친구가 디지털 담당입니다. 그 친구가 사이트를 운영해요. 저는 그 친구한테 필요한 걸 주고요. 들어오는 돈은 서로 나눕니다."

"완벽한 동업 관계 같은데. 그 친구 이름은 뭐지?"

"어, 그 친구는 별로……."

"로저 보겔, 맞나?"

"그 이름을 어떻게 아시죠?"

"내가 많은 걸 아는 이유는 밤새 여기 있었기 때문이야. 너희 기록은 암호화돼 있지 않더군. 컴퓨터 보안도 장난 수준이고."

해먼드는 대답하지 않았다.

"그럼, 너희 활동에 관해 좀 더 자세히 물어보려면 어디로 가서 로저 보겔을 찾아야 하지?

"모르겠습니다. 뭐랄까, 왔다 갔다 하는 친구라서요. 은밀한 녀석이에요. 우리는 독립적인 삶을 살고 있습니다. 한때 룸메이트이긴 했지만요. 대학에서요. 하지만 그 이후로는 직접 만나는 일이 별로 없어요. 사실, 그 친구가 어디 사는지도 잘 모릅니다."

때까치가 고개를 끄덕였다. 동업자를 넘겨주지 않으려는 해먼드의 태도는 존경할 만했지만, 골칫거리라고 하기에는 어려웠다. 그는 밤사이 데스크톱의 메모리에 아직 남아 있던 수많은 삭제된 이메일을 읽었다. 해먼드인 척하고 보겔에게 메시지를 보내, 그날 늦게 만날 약속도 잡아뒀다. 보겔은 답장을 보내 그러자고 했다.

이제는 끝낼 시간이었다. 그는 자리에서 일어나 해먼드에게로 걸어가기 시작했다. 포로의 팔에 힘이 들어가며 손목의 케이블 타이를 밀어젖히는 게 보였다.

때까치가 다가가며 한 손을 들어 그를 진정시켰다.

"그냥 힘 풀어." 그가 말했다. "걱정할 거 없어. 더 이상은."

그는 해먼드 뒤로 걸어가며 이번에는 얼마나 다를지 생각했다. 사실 남자에게는 이렇게 해본 적이 없었다. 그는 빠르게 허리를 숙여 강력한 두 팔로 해먼드의 머리와 목을 감쌌다. 그의 왼손은 아무 소리가 나지 않도록 해먼드의 입을 감쌌다.

해먼드는 그의 손에 입을 막힌 채 "안 돼!"라고 비명을 질렀지만 이내 잦아들었다. 머잖아 뼈와 연골, 근육이 극단적으로 뒤틀리면서 대단히 만족스러운 뚝 소리가 났다. 해먼드의 마지막 숨이 그의 손가락 사이로 뜨겁게 흘러나왔다.

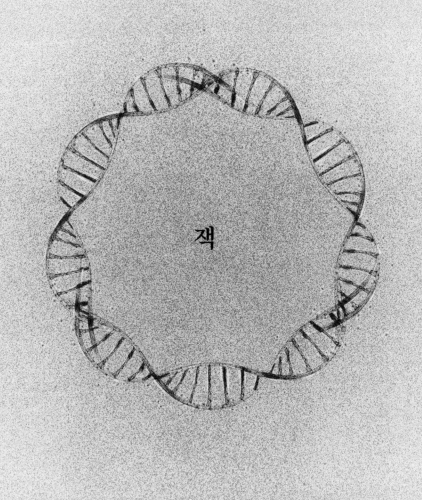

잭

25

나는 일찍 일어났지만 침대에 남아 레이철이 자는 모습을 지켜봤다. 방해하고 싶지 않았다. 나는 침대 옆 탁자에서 노트북을 끌어당겨 이메일을 확인했지만 에밀리 앳워터에게서 온 쪽지 한 통밖에 없었다. 전날 밤늦게 보낸 그 쪽지는 내가 통화 후 보내주겠다고 약속했던 딥스로트의 서류가 어디에 있는지 묻는 내용이었다. 그런 다음 에밀리는 내가 일부러 서류를 숨기고 있다는 식으로 말했다.

나는 재빨리 답장을 보내 늦어진 것에 대해서 사과하고 첨부할 문서를 불러왔다. 처음에는 빠르게 각각의 문서를 읽었다. 에밀리가 나중에 전화를 걸어 의논하려 할 때 내용이 내 머릿속에 생생하게 남아 있게 한 것이다. 오렌지카운티 보안관실 실험실에서 보낸 DNA 보고서를 훑어보던 중 나는 아는 이름을 발견했다.

"제기랄!"

레이철이 움찔하더니 눈을 떴다. 나는 침대에서 뛰쳐나가 배낭에서 전날 에밀리와 전화를 할 때 썼던 공책을 꺼냈다. 나는 그 공책을 가지고 침대로 돌아와 재빨리 내가 이름을 써둔 페이지를 펼쳤다. 일치했다.

마셜 해먼드

"뭐야, 잭?" 레이철이 물었다.

"엘비스가 떴어."

"뭐?"

"예전에 신문사에서 쓰던 말이야. 엘비스란 바로 그것, 핵심, 모두가 원하는 사진을 말해. 이건 사진이 아니지만. 이름이야."

"무슨 말인지 모르겠는데."

"이걸 봐."

나는 레이철이 볼 수 있도록 노트북 화면을 돌려놓았다.

"이게 오렌지카운디 보안관실에서 온 DNA 보고서야. 이 보고서가 거기에서 일어난 강간사건에서 오턴이 혐의를 벗는 계기가 됐지. 기억 하지? 딥 스로트가 이걸 나한테 보냈다는 거. 이제 여기, 오턴의 DNA 를 피해자에게서 채취한 표본과 대조한 DNA 기술자의 이름이 적힌 부분을 봐."

"응. *M. 해먼드.* 이게 무슨 뜻인데?"

"지금 마셜 해먼드는 여기, LA 경찰의 범죄 연구소에서 일하면서 글 렌데일에 살고 있어. 기사를 같이 쓰는 내 파트너가 오턴의 연구소에 서 DNA를 구매한 2급 실험실을 추적해 냈거든. 그런데 이 해먼드라는 자가 그중 한 명이야. 그리고 중요한 건, 이 사람이 여성의 DNA만 산 다는 거야."

"내가 제대로 알아들은 건지 모르겠는데. 커피 좀 마셔야겠어."

"아니, 잘 들어봐. 이건 엄청난 일이야. 이 해먼드라는 자가 오턴의 혐의를 벗겨줬어. DNA가 일치하지 않는다면서. 그런데 4년이 지난 지 금은 이 사람이 오턴과 함께 사업을 하고 있어. 통상위원회의 서류에 는 DNA의 법의학적 활용에 대해 연구한다고 했는데, 오턴한테 여성의 DNA만을 사고 있다고. 법의학적 활용 방법을 살펴보고 있다면 왜 여자 DNA만 사겠어? 무슨 말인지 알겠지? 에밀리랑 나는 이미 이 사람한테 초점을 맞추고 있었는데, 이제는 이 사람이 오턴에게 자유로 향하는 표를 줬다는 걸 알게 된 거야. 이건 우연이 아니야."

나는 다시 침대에서 일어나 옷을 입기 시작했다.

"뭘 어쩌려고?" 레이철이 물었다.

"이 사람의 집이자 소위 실험실이 있는 곳으로 가서 확인해 보려고." 내가 말했다.

"그런 일은 혼자 하면 안 돼, 잭."

"혼자 안 해. 에밀리한테 전화할 거야."

"아니, 날 데려가. 나도 가고 싶어."

나는 레이철을 보았다.

"어……."

"이 사람이 거기 있다면 내가 이 사람의 심리를 읽는 데 도움을 줄 수 있어."

나는 레이철이 정말 그렇게 할 수 있다는 걸 알았다. 하지만 그녀를 기사에 직접 끌어들이면 에밀리 앳워터가 그리 좋아하지 않을 것이다. 마이런 레빈도.

"왜 이래, 잭." 레이철이 말했다. "전에도 해본 적 있잖아."

나는 고개를 끄덕였다.

"그럼 옷 입어." 내가 말했다. "이놈이 출근하기 전에 잡자. 커피는 그다음에 마실 수 있을 거야."

26

40분 뒤 우리는 해먼드가 실험실 위치로 통상위원회에 등록해둔 거리에 도착했다. 에밀리 앳워터가 구글맵에서 확인한 대로 주거 구역이었다.

"일단 차를 타고 지나가보지." 내가 말했다. "주변 지역을 조금 살피는 거야."

우리는 자동차 두 대가 들어가는 차고에, 진입로에는 BMW SUV가 주차된 별 특징 없는 2층짜리 집 옆을 천천히 지나쳤다.

"BMW를 차고에 넣지 않았다니 좀 이상한데." 레이철이 말했다.

"최소한 저걸 보면 누군가 집 안에 있겠지." 내가 말했다.

"잠깐만, 잭. 현관문이 열려 있는 것 같아."

"나가기 직전인지도 몰라. 방향 바꿀게."

나는 이웃의 진입로를 이용해 방향을 틀어 다시 해먼드의 집으로 향했다. 나는 BMW 뒤쪽 진입로에 진입했다. 기자만의 잔재주였다. 이렇게 하면 내가 혹독한 질문을 던졌을 때 해먼드가 자기 차에 올라 떠나버릴 수 없었다.

우리는 차에서 내렸다. 레이철이 지나가면서 BMW의 보닛에 손을 얹는 게 보였다.

"아직 따뜻해." 그녀가 말했다.

우리는 현관문에 다가갔다. 현관문은 입구 양옆에 잎이 무성한 화분이 보초병처럼 서 있는 조그마한 공간 때문에 거리로부터 일부 가려져 있었다.

레이철의 관찰이 옳다는 것이 빠르게 확인됐다. 문이 30센티미터쯤 열려 있었다. 그 뒤의 전실은 어두웠다.

문틀에는 초인종을 위해 불이 들어오는 버튼이 있었다. 나는 그리로 다가가 초인종을 눌렀다. 시끄럽고 고독한 소리가 집 전체에 메아리쳤다. 우리는 기다렸지만 아무도 나오지 않았다. 레이철이 소매를 끌어 내려 손을 덮고 문을 부드럽게 밀어 더 활짝 열었다. 그런 다음, 그녀는 집을 들여다보는 각도를 바꾸며 내 뒤로 들어왔다. 전실에 들어가니 코앞으로 벽이 바짝 다가왔다. 왼쪽과 오른쪽에는 복도로 통하는 아치들이 있었다.

"안녕하세요?" 내가 크게 소리쳤다. "해먼드 씨? 안 계세요?"

"뭔가 잘못됐어." 레이철이 속삭였다.

"어떻게 알아?"

"느껴져."

나는 다시 초인종을 눌렀다. 이번에는 반복적으로 눌렀다. 하지만 외로운 종소리만 울렸다. 나는 레이철을 돌아봤다.

"어쩌지?" 내가 물었다.

"들어가야지." 레이철이 말했다. "뭔가 잘못됐어. 자동차 엔진은 따뜻하고 문은 열려 있는데 아무도 나오지 않는다니."

"그러게. 하지만 우린 경찰이 아니잖아. 경찰을 불러야 해."

"당신이 그런 식으로 하고 싶다면야 난 괜찮아. 하지만 경찰이 이곳을 막아버리면 당신 기사와는 작별이야."

나는 고개를 끄덕였다. 일리 있었다. 나는 다시 한번 집 안에 대고 크게 소리치며 시간을 끌었다.

아무도 대답하지 않았고 아무도 나오지 않았다.

"뭔가 잘못됐어." 레이철이 다시 말했다. "확인해봐야 해. 누군가 도움이 필요한지도 몰라."

마지막 말은 나를 위해서 한 것이었다. 우리가 들어갔다가 일이 잘못될 경우 내가 활용할 수 있는 핑계를 준 것이다.

"알았어." 내가 말했다. "앞장서."

레이철은 내가 말을 마치기도 전에 나를 지나쳐 갔다.

"주머니에 손 넣어." 그녀가 말했다.

"뭐?" 내가 물었다.

"지문 남기면 안 돼."

"알았어."

나는 레이철을 따라 오른쪽 복도로 들어갔다. 복도는 현대식 가구가 놓여 있는 거실로 이어졌다. 받침대 없는 유리판으로 보호되는 난로 위에 폭스바겐 비틀을 그린 워홀의 작품 인쇄본이 걸려 있었다. 고동색 소파와 같은 색깔의 두 의자 사이 탁자에는 《광범위한 수집품》이라는 제목의 두꺼운 책이 놓여 있었다. 침입한 흔적이나 뭔가 잘못된 흔적은 전혀 없었다. 한 번도 사용하지 않은 방 같았다.

"이 집이 맞아?" 레이철이 물었다.

"응, 주소 확인했어." 내가 말했다. "왜?"

"LA 경찰이 DNA 기술자한테 내 생각보다 훨씬 많은 돈을 주나 봐."

"거기다가 오렌지 나노에서 DNA를 사는 값도 싸진 않아."

다음으로 현대적인 주방을 가로질러 갔다. 주방은 아일랜드 조리대를 중심으로 수영장을 내다보는 커다란 TV 방과 나뉘어 있었다. 잘못된 건 없어 보였다. 냉장고에는 싸구려 복사지에 인쇄된 컬러 사진이 자석으로 붙어 있었다. 사진 속에는 공 모양의 재갈을 입에 물고 있는 벌거벗은 여자가 있었다.

"멋진 냉장고 그림이네." 내가 말했다.

"위층을 확인해봐야 해." 레이철이 말했다.

우리가 왔던 길을 되밟아 다른 복도에 들어가니 계단이 나왔다. 위층에는 침실 세 개가 있었지만, 사용된 것으로 보이는 침실은 한 곳뿐이었다. 침대가 어질러져 있었고 그 옆에는 더러운 옷이 쌓여 있었다. 방들을 빠르게 훑어봐도 사람이나 문제가 생긴 흔적은 없었다.

우리는 다시 계단을 내려갔다. 복도의 이쪽 끝에는 닫힌 문이 두 개 있었다. 레이철은 소매로 손을 가리고 문들을 열었다. 첫 번째 문은 세탁실로 통했다. 그 안에는 아무것도 없었다. 두 번째 문은 창고로 들어가는 문이었는데, 우리는 바로 그곳에서 해먼드의 실험실을 발견했다.

주황색 산업용 전깃줄로 만든 올가미에 대롱대롱 매달려 있는 해먼드도.

"제기랄." 내가 말했다.

"아무것도 건드리지 마." 레이철이 말했다.

"주머니에 손 넣으라고. 그건 알아들었어."

"좋아."

하지만 나는 한 손을 주머니에서 꺼냈다. 그 손에는 휴대전화가 들려 있었고, 나는 숫자판을 띄워 911을 입력했다.

"뭐 해?" 레이철이 물었다.

"신고해야지." 내가 말했다.

"아니, 아직 안 돼."

"무슨 말이야? 경찰에 신고해야지."

"잠깐만 흥분하지 말고 있어. 이게 무슨 상황인지 보자."

"죽은 사람이 대들보에 매달려 있잖아."

"알아, 알아."

레이철은 더 이상 아무 말도 하지 않고 시신으로 다가갔다. 시체 옆에는 발로 걷어차서 옆으로 넘어뜨린 듯한 나무 의자가 있었다. 나는 시신이 마셜 해먼드일 거라고 생각했다.

시체는 꼼짝도 하지 않고 레이철 앞에 매달려 있었다.

"녹화해." 레이철이 말했다.

나는 휴대전화의 전화 앱을 카메라 앱으로 돌리고 영상을 찍기 시작했다.

"찍고 있어." 내가 말했다. "해."

레이철은 시신 주위를 완전히 한 바퀴 돈 뒤에야 말했다.

"밖에 서 있는 차가 이 사람 것으로 보여." 레이철이 말했다. "그러니까 이 사람이 어딘가로 갔다가 집에 돌아온 뒤 바로 여기에 들어와서 대들보에 저 전깃줄을 걸었다고 봐야 해."

차고에는 위쪽에 물건을 보관할 수 있도록 널빤지가 교차된 개방형 천장이 달려 있었다. 가운데에서 무게를 지탱하는 대들보가 해먼드의 교수대로 쓰였다.

시신은 차고 실험실의 콘크리트 바닥 위 60센티미터쯤에 매달려 있

페어워닝

었다. 레이철은 시신을 건드리지 않은 채 계속해서 그 주위를 천천히 돌았다.

"손톱에는 손상이 없어." 그녀가 말했다.

"손상이 왜 생기는데?" 내가 물었다.

"중간에 생각이 바뀌어서. 사람들은 대부분 최소한 마지막 순간에는 생각을 바꿔서 올가미를 긁어대거든. 그러다가 손톱이 부러져."

"그렇구나. 그건 나도 알았던 것 같아."

"그런데 양쪽 손목에는 약간의 찰과상이 있어. 죽을 때나 죽기 직전에 묶여 있었던 것 같아."

그녀는 주위를 둘러보고 고무장갑이 들어 있는 상자를 발견했다. 해먼드가 DNA 처리를 할 때 쓰는 장갑일 가능성이 컸다. 레이철은 그중 하나를 낀 다음 해먼드가 목을 매달 때 쓰러진 의자를 장갑 낀 손으로 바로 세웠다. 그녀는 올가미와 죽은 남자의 목을 자세히 살펴볼 수 있도록 그 의자에 올라갔다. 오랫동안 관찰한 뒤 내게 장갑을 끼라고 말했다.

"어, 왜?"

"당신이 의자를 붙잡아줬으면 해서."

"왜?"

"그냥 해, 잭."

나는 휴대전화를 탁자에 내려놓은 뒤 장갑을 꼈다. 다시 의자로 돌아간 다음, 레이철이 올가미와 매듭을 죽은 남자의 머리 뒤쪽에서 내려다볼 수 있도록 팔걸이에 올라서는 동안 의자를 붙들고 있었다.

"이렇게는 안 돼." 그녀가 말했다.

"사다리 한번 찾아볼까?" 내가 물었다.

"아니, 그 얘기가 아니야. 내 생각에 이 사람은 목이 부러졌어. 사실 그렇게는 안 되거든."

"그렇게 안 된다는 게 무슨 말이야? 목을 매달면 그렇게 되는 줄 알았는데."

"아니, 목을 매달아서 자살할 때는 이런 일이 자주 일어나지 않아."

그녀는 장갑을 끼지 않은 손을 내 정수리에 얹어 균형을 잡으며 팔걸이에서 내려왔다. 그녀는 의자에서 내려온 다음 다시 의자를 옆으로 눕히고 우리가 차고에 들어왔을 때 놓여 있던 대로 놓았다.

"목이 부러지려면 높은 데서 떨어져야 해. 대부분 목을 매달아서 하는 자살은 질식사야. 목이 부러졌던 건 예전에 교수형을 할 때였지. 바닥이 푹 꺼지면서 3, 4미터를 떨어지면 그 충격으로 목이 부러져서 즉사하는 거야. *내 교수대는 높이 지어주시오* 라는 말 들어봤어? 무슨 책인지 영화였던 것 같은데. 누군지는 몰라도 그 말을 한 사람은 빠르게 끝을 보고 싶었던 거야."

나는 손을 들어 죽은 남자를 가리켰다.

"알았어. 그럼 저 사람은 어쩌다 목이 부러진 거야?"

"음, 그게 중요한 점이야. 내 생각에 저 사람은 죽은 다음에 저렇게 매달린 것 같아. 자살처럼 보이게 위장한 거지."

"그럼 누군가가 저 남자의 목을 부러뜨린 다음에 저렇게 매달……"

그때 나는 문득 깨달았다. 누군가가 네 명의 *AOD* 피해자한테 그랬듯 저 남자의 목도 부러뜨렸다.

"아, 세상에." 내가 말했다. "여기서 대체 무슨 일이 벌어진 거지?"

"나도 모르겠지만, 이 실험실에는 상황을 설명하는 데 도움이 될 뭔가가 있을 게 틀림없어. 주위를 둘러봐. 서둘러야 해."

우리는 탐색했지만 아무것도 찾지 못했다. 데스크톱 컴퓨터가 있었으나 지문 인식 장치로 보호되고 있었다. 인쇄된 파일이나 실험 일지는 없었다. 벽에 걸려 있던 두 개의 화이트보드는 지워진 뒤였다. 누군지는 몰라도 해먼드로 생각되는 죽은 남자를 대들보에 매달아둔 사람은 이 실험실 기술자가 오렌지 나노에서 산 여성 DNA로 한 모든 일을 깨끗하게 지워버린 게 분명했다.

아마 DNA 표본이 들어 있으리라 추측되는 시험관으로 선반을 채운 냉장고가 하나 있었다. 나는 그중 한 시험관을 꺼낸 뒤 고무마개에 붙여놓은 테이프에 인쇄된 내용을 읽었다.

"이건 GT23에서 온 거야." 내가 말했다. "바로 여기, 시험관에 쓰여 있어."

"놀랍지도 않네." 레이철이 말했다.

"여기 다른 건 없어." 내가 말했다. "죽은 사람이 있을 뿐이야. 그게 다야."

"집을 좀 더 확인해 봐야지." 레이철이 말했다.

"시간이 없어. 여기서 나가야 해. 누군지 몰라도 이런 짓을 한 사람이 아마 여길 뒤지느라 밤새 여기 있었을 거야. 뭐든 여기에 있던 건 사라졌어. 아마 내 기삿거리도 그렇겠지."

"이젠 더 이상 당신 기사 문제가 아니야, 잭. 이건 당신 기사보다 큰 일이야. 프린터를 확인해봐."

그녀가 내 뒤를 가리켰다. 나는 돌아서서 구석의 프린터로 갔다. 트레이가 비어 있었다.

"아무것도 없어." 내가 말했다.

"최근 작업물을 다시 인쇄할 수 있어." 레이철이 말했다.

그녀가 다가와 프린터를 살펴봤다. 그녀는 여전히 한쪽 장갑만을 낀 채 프린터의 제어 화면에 뜬 메뉴 버튼을 눌렀다.

"잘 알려지지 않은 사실이지만," 레이철이 말했다. "대부분의 현대식 프린터는 메모리에 저장된 걸 인쇄해. 컴퓨터에서 작업물을 전송하면 작업물이 프린터의 버퍼 메모리에 들어갔다가 인쇄되기 시작하는 거야. 그 말은, 새로운 작업물이 들어오기 전까지는 마지막 작업물이 메모리에 남아 있다는 거지."

레이철은 "장치 옵션"을 클릭하고 "저장된 내용 프린트" 옵션을 선택했다. 기계가 즉시 윙윙거리더니 곧 여러 페이지를 인쇄했다.

우리는 둘 다 서서 지켜봤다. 마지막 작업물은 분량이 많았다. 수많은 페이지가 트레이로 미끄러져 나왔다.

"문제는 누가 이걸 인쇄했느냐는 거야." 레이철이 말했다. "이 사람일까, 살인자일까?"

마침내 인쇄가 멈췄다. 최소 50페이지가 트레이로 쏟아져 나왔다. 나는 서류 뭉치를 잡으려 들지 않았다.

"왜 그래?" 레이철이 물었다. "인쇄물 가져가."

"아니, 당신이 가져가야 해." 내가 말했다.

"무슨 소리야?"

"난 기자야. 웬 죽은 남자의 집에 들어가서, 그 사람 컴퓨터에서 나온 인쇄물을 가져갈 수는 없어. 하지만 당신은 가능하지. 당신은 나랑 똑같은 기준에 맞춰서 살 필요가 없어."

"어느 쪽이든 이건 범죄 행위야. 당신의 기자 윤리는 짓밟힌다고."

"그럴지 모르지. 하지만 그래도 마찬가지야. 당신이 그 서류를 가져갔다가 내 취재원으로서 나한테 그걸 넘겨줘. 그럼 내가 그걸 기사에 쓸 수 있어. 훔친 거든, 아니든."

"전에 했던 것처럼 하자는 거야? 그 바람에 내가 직장을 잃었는데?"

"저기, 그냥 서류를 가져가고 얘기는 나중에 할 수 있을까? 경찰에 신고하거나 여기서 당장 나가고 싶은데."

"알았어, 알았어. 그런데 그러면 나도 사건에 끼는 거야."

그녀는 트레이에서 두꺼운 서류 더미를 꺼냈다.

"이건 사건이 아니야." 내가 말했다. "기삿거리지."

"말했지만, 지금은 그 이상이야." 그녀가 말했다. "난 반드시 낄 거고."

"알았어. 뭘까, 신고할까?"

"당신 자동차가 최소 30분 동안 밖에 세워져 있었어. 이웃이 봤을 가능성이 매우 커. 그게 아니라도 아마 모든 집에 카메라가 달려 있을 거야. 튀는 건 너무 위험해. 서류를 확보하고 신고하자."

"그런 다음 전부 말해주게?"

"우리가 전부 아는 건 아니지. 이번 사건은 로스앤젤레스가 아니라 버뱅크 경찰이 다루게 될 거야. 그러니 버뱅크 경찰은 이 사건을 다른 사건과 연관 짓지 못하겠지. 처음에는 말이야. 내 생각에, 당신은 DNA 정보 보호에 관해 조사한다는 최초의 위장용 기사를 계속 쓰는 걸로 하는 게 좋겠어. 이리저리 튀는 공을 쫓아다니다 보니 이 남자와 이 실험실로 오게 됐다고 해."

"당신은?"

"난 당신 여자 친구라, 드라이브 삼아서 그냥 따라온 거야."

"진짜? 내 여자 친구라고?"

"그것도 나중에 얘기하자. 인쇄물을 숨길 장소를 찾아야 해. 뛰어난 경찰이라면 당신 차를 뒤질 거야."

"설마."

"내가 신고를 받았다면 그렇게 했을 거야."

"그래, 하지만 당신은 누구보다 뛰어나잖아. 내 지프 뒷자리에는 파일이랑 잡동사니가 너무 많아서, 경찰이 서류를 봐도 뭔지 모를 거야."

"마음대로 해."

레이철은 내게 서류 뭉치를 건네줬다.

"그럼, 당신 취재원으로서," 그녀가 말했다. "공식적으로 이걸 당신에게 넘길게."

나는 서류 더미를 받았다.

"고마워, 취재원." 내가 말했다.

"하지만 그 얘기는 서류가 내 거라는 뜻이야. 나중에 돌려줘야 해." 그녀가 말했다.

27

지프 뒷자리를 독점하고 있는 서류의 폐허 속에 인쇄물을 감춰놓은 다음, 나는 휴대전화로 911에 전화를 걸어 버뱅크 경찰에 시신을 발견했다고 신고했다. 10분 뒤 순찰차가 도착했고 그 뒤를 구급차가 따라왔다. 나는 레이철을 지프에 남겨두고 내렸다. 운전 면허증과 기자증을 캐니언이라는 이름의 경찰관에게 보여준 뒤 구급차와 응급요원들은 필요하지 않다고 단호하게 말했다.

"구급차는 모든 사망 신고에 응답합니다." 캐니언이 말했다. "혹시 모르니까요. 집 안에 들어가셨습니까?"

"네, 그건 신고 때도 말했습니다." 내가 말했다. "문이 열려 있었고 뭔가 잘못된 것 같았어요. 소리치고 초인종을 울렸는데도 아무도 대답하지 않았죠. 그래서 들어가서 주위를 둘러보며 계속 해먼드의 이름을 부르다가 결국 시신을 발견한 거예요."

"해먼드가 누굽니까?"

"마셜 해먼드요. 그 사람이 여기 살아요. 여기 살았다고 해야 하나. 물론 시신의 신원을 확인하셔야겠지만, 저는 저 사람이 해먼드라고 확신합니다."

"지프의 여자분은요? 그분도 들어갔습니까?"

"네."

"그분하고 이야기를 해봐야겠는데요."

"알아요. 레이철도 알고요."

"그 문제는 형사들에게 맡기겠습니다."

"무슨 형사요?"

"형사들도 모든 사망 신고에 출동하거든요."

"저는 얼마나 오래 기다려야 할까요?"

"금방 도착할 겁니다. 선생님 얘기부터 확인해보죠. 여긴 왜 오셨습니까?"

나는 그에게 깨끗한 버전의 이야기를 들려줬다. 내가 유전자 분석 회사에 제출되는 DNA 표본의 보안에 관한 기사를 쓰다가 개인적인 실험실을 운영하며 사법 당국에도 한쪽 발을 담그고 있는 마셜 해먼드와 이야기하고 싶어졌다고 말이다. 이건 거짓말이 아니었다. 그냥 모든 설명을 다 한 게 아니었을 뿐이다. 캐니언은 내가 말하는 동안 메모했다. 나는 태연하게 지프를 힐끔거리며 레이철이 캐니언과 이야기하는 내 모습을 볼 수 있는지 확인했다. 레이철은 뭔가를 읽는 듯 시선을 내리깔고 있었다.

암행 경찰차 한 대가 현장에 도착했고 정장 차림의 두 남자가 나타났다. 형사들이었다. 그들은 서로에게 간단히 이야기했고, 그중 한 명이 집의 현관문으로 향했다. 다른 한 명은 내게로 다가왔다. 그는 군인 같은 체격에 40대 중반의 백인이었다. 그는 자신의 이름을 다 대지 않고 심슨 형사라고만 소개했다. 캐니언에게 지금부터는 자기가 사건을 맡겠다며 EOW 전에 서류를 제출하라고 했다. 나는 EOW가 순찰이 끝날 때(end of watch)일 거라고 확신했다. 그는 캐니언이 떠나기를 기다렸다가 내게 말을 걸었다.

"잭 매커보이. 왜 아는 이름 같지?" 그가 물었다

"글쎄요." 내가 말했다. "버뱅크에서는 별로 한 게 없는데."

"생각나겠죠. 오늘 어쩌다 여기 와서 집 안에서 시신을 발견하게 됐는지부터 설명해 봅시다."

"방금 캐니언 경찰관에게 다 말했는데요."

"압니다. 이젠 나한테 말해야 합니다."

나는 그에게 정확히 똑같은 이야기를 들려줬지만, 심슨은 자주 내 말을 끊고 내가 뭘 하고 봤는지에 관해 자세히 물었다. 나는 잘 대처했다고 생각했지만, 심슨이 탐정이고 캐니언이 순찰경찰관인 데는 이유가 있었다. 심슨은 무얼 물어봐야 하는지 알았다. 머잖아 나는 나도 모르게 경찰에게 거짓말을 하고 있었다. 기자로서 좋은 일은 아니었다. 하긴, 누구에게도 좋은 일은 아니지만.

"집에서 가져간 물건이 있습니까?" 그가 물었다.

"아뇨, 왜 그런 짓을 합니까?" 내가 말했다.

"그야 당신이 알겠죠. 당신이 쓰고 있다는 기사 말인데, 마셜 해먼드와 관련된 부적절한 일을 조금이라도 알았습니까?"

"기사의 자세한 내용을 전부 밝힐 필요는 없을 것 같지만 협조하고 싶네요. 그러니 질문에 대한 답이 '아니오'라는 건 말씀드리겠습니다. 저는 해먼드가 DNA 표본의 2급 구매자였다는 것 말고는 아는 게 거의 없습니다. 그래서 해먼드에게 관심을 가진 거고요."

나는 집 쪽을 가리켰다.

"아니, 그 사람이 자기 차고에서 DNA 실험실을 운영했잖아요." 내가 말했다. "제가 보기엔 꽤 이상하던데요."

심슨은 뛰어난 형사라면 누구나 하는 행동을 했다. 즉, 대화가 맥락 없이 사방에서 벌어지는 것처럼 느껴지도록 단선적이지 않은 질문을 던졌다. 사실 그는 내가 긴장을 풀지 못하게 하려는 중이었다. 내가 대답하다가 말실수를 하거나 모순적인 말을 하는지 알아보고 싶어 했다.

"옆구리는요?" 그가 물었다.

"'옆구리'요?" 내가 말했다.

"차에 타고 있는 여자 말입니다. 저 여자는 여기서 뭘 하는 겁니까?"

"뭐, 저 사람은 가끔 제 일을 도와주는 사설탐정입니다. 제 여자 친구 비슷한 사람이기도 하고요."

"비슷하다고요?"

"뭐, 아시잖습니까. 제가…… 확신이 없어서요. 그런데 이건 아무 상관이 없는……."

"집에서 뭘 가져갔습니까?"

"말했잖아요, 아무것도 안 가져갔습니다. 우린 시신을 발견했고, 난 경찰에 신고했어요. 그게 전부입니다."

"'우리'가 시신을 발견했다고요? 그러니까 애초에 당신 여자 친구도 같이 들어간 겁니까?"

"네, 그 얘긴 했잖아요."

"아뇨, 시신을 찾고 나서 저 여자를 불렀다는 식으로 말했는데요."

"그렇게 말했다면 잘못 말한 겁니다. 같이 들어갔어요."

"알겠습니다. 여기 좀 계세요. 가서 저 여자분과 이야기를 좀 해보겠습니다."

"네. 그러세요."

"차를 좀 둘러봐도 되겠습니까?"

"그럼요. 필요하다면 살펴보세요."

"그러니까 차량을 수색해도 좋다고 동의하신 겁니까?"

"'둘러본다'고 했잖아요. 그건 괜찮습니다. 수색이 압수 수색을 말하는 거라면 안 됩니다. 돌아다니려면 차가 필요해요."

"우리가 왜 차를 압수하고 싶어 하겠습니까?"

"나야 모르죠. 차에는 아무것도 없습니다. 정말이지 신고한 걸 후회하게 만드시네요. 옳은 일을 했는데 이런 취급이라니."

"'이런' 취급이 무슨 취급입니까?"

"고강도 취조요. 난 여기서 아무 잘못도 안 했습니다. 당신은 집 안에 들어간 적도 없으면서 내가 무슨 잘못을 저지른 것처럼 구는군요."

"당신 여자 친구 '비슷한' 사람과 이야기를 좀 할 테니 여기 있으세요."

"봐요, 바로 이런 걸 말한 겁니다. 나를 대하는 당신 말투가 아주 마음에 안 들어요."

"선생님, 여기 일이 끝나면 제 말투에 대해 민원을 제기할 방법을 알려드리겠습니다."

"민원을 넣고 싶은 게 아닙니다. 그냥 여기 일을 끝내고 직장으로 돌아가고 싶을 뿐이지."

심슨은 나를 그 자리에 내버려뒀고, 나는 길거리에 서서 그가 지프에서 내려 있던 레이철을 면담하는 모습을 지켜봤다. 둘이 내가 있는 곳과 너무 멀리 떨어져 있었기에 둘이 주고받는 말을 듣고 그녀가 내가 말한 것과 같은 이야기를 하는 건지 확인할 수 없었다. 하지만 그녀가 심슨과 이야기하면서 손에 해먼드의 실험실에서 가져온 서류 꾸러미를 들고 있는 걸 보자 맥박이 빨라졌다. 어느 순간, 그녀는 심지어 서류 더미로 집 쪽을 가리키기까지 했다. 나는 그녀가 형사에게 어디서 서류를 찾았는지 말해주는 건가 궁금해질 수밖에 없었다.

하지만 심슨과 레이철의 대화는 다른 형사가 현관문에서 나와 파트너에게 가까이 오라고 손짓하면서 끝났다. 심슨은 레이철에게서 떨어져 목소리를 죽이고 파트너와 이야기했다. 나는 태연하게 레이철에게 다가갔다.

"대체 뭐 하는 거야, 레이철? 그걸 그냥 넘기려고?"

"아니, 하지만 난 당신이 저 사람한테 차량을 수색해도 좋다고 허락하려는 걸 알 수 있었어. 내 의뢰인들한테는 몇 가지 보호 조치가 취해져 있기 때문에, 이 서류는 내가 가져온 일과 관련된 자료이고 경찰이 할 수색하고는 아무 상관이 없다고 말할 생각이었어. 다행히 형사는 묻지 않았지만."

나는 그게 실험실에서 가져온 은밀한 서류를 보호할 가장 좋은 방법이라고는 믿을 수 없었다.

"여기서 빠져나가야 해." 내가 말했다.

"뭐, 빠져나갈 수 있는지는 두고 봐야지." 그녀가 말했다.

돌아보니 심슨이 우리에게 다가오고 있었다. 나는 그가 이제 사건이 살인사건 수사로 전환됐으며 내 차량은 압수될 것이고 레이철과 나는 추가 조사를 위해 경찰서로 끌려갈 거라는 말을 할 거라고 각오하고 있었다.

하지만 심슨은 그러지 않았다.

"좋습니다, 여러분. 협조 고맙습니다." 심슨이 말했다. "여러분 연락처가 있으니 다른 뭔가가 나오면 연락하죠."

"그럼 가도 됩니까?" 내가 물었다.

"가도 됩니다." 심슨이 말했다.

"시신은요?" 레이철이 물었다. "자살인가요?"

"네, 그래 보입니다." 심슨이 말했다. "파트너가 확인했습니다. 신고
해 주셔서 감사합니다."

"좋습니다, 그럼." 내가 말했다.

나는 돌아서서 지프로 향했다. 레이철도 마찬가지였다.

"이제 당신이 누군지 기억나는군요." 심슨이 말했다.

나는 그를 돌아봤다.

"네?" 내가 물었다.

"이제 당신이 누군지 기억납니다." 그가 다시 말했다. "몇 년 전 허
수아비에 대해 읽었습니다. 아니면 〈데이트라인〉 쇼에서 본 건지도 모
르겠네요. 엄청난 기사였죠."

"감사합니다." 내가 말했다.

레이철과 나는 지프에 타고 떠났다.

"저 사람은 내가 한 말을 한마디도 믿지 않았어." 내가 말했다.

"뭐, 당신을 다시 노릴 수도 있겠네." 레이철이 말했다.

"무슨 뜻이야?"

"일단, 저걸 자살로 종결한 걸 봤을 때 저 사람 파트너는 멍청이야.
하지만 검시관이 아마 잘못을 바로잡을 거야. 그러면 살인사건으로 전
환될 수도 있지. 그때 우리한테 돌아올 거야."

그 말이 이 순간에 두려움을 한층 더했다. 나는 아래를 봤다. 레이철

이 무릎에 서류를 올려놓고 있었다. 나는 취조당하면서 지프의 그녀를 돌아봤을 때 그녀가 시선을 내리고 있었던 걸 떠올렸다. 그녀는 서류를 읽고 있었다.

"도움이 될 만한 게 있어?" 내가 물었다.

"그런 것 같아." 레이철이 말했다. "상황이 선명해지는 것 같아. 하지만 계속 읽어봐야 해. 당신이 사준다던 커피나 마시러 가자."

28

나는 마이런 레빈, 에밀리 앳워터와 함께 회의실에 앉았다. 창문 너머 뉴스룸에서 내 자리에 앉아 이름이 불리기를 기다리는 레이철이 보였다. 그녀가 내게 컴퓨터를 쓰게 해달라고 했으므로, 나는 내가 그녀를 기사에서 빼지 않으려고 애쓰는 지금도 그녀가 자료를 파헤치고 있다는 걸 알았다. 나는 레이철이 회의에 들어오기 전에 마이런과 에밀리에게 상황을 설명하는 것이 최선이라고 생각했다.

"제 책을 읽어 보셨거나 저에 대해 조금이라도 아신다면 레이철이 누군지 알겠죠." 내가 말했다. "레이철은 제가 기자로서 쓴 가장 큰 규모의 기사에 도움을 줬습니다. 제가 〈벨벳 코핀〉에 있었을 때는 위험을 무릅쓰고 저를 보호했고, 그 바람에 FBI 요원으로서의 일자리를 잃었어요."

"그 바람에 〈벨벳 코핀〉도 문 닫은 걸로 아는데." 마이런이 말했다.

"지나치게 단순하게 말한 거긴 한데, 그런 일도 있었죠." 내가 말했다. "레이철은 그 일과 아무 상관이 없습니다."

"그런데 저 여자를 우리 기사에 끼우고 싶은 거군요." 에밀리가 말했다. "'우리' 기사에."

"레이철이 가지고 있는 게 뭔지 들으면 당신도 선택의 여지가 없다는 걸 알게 될 거예요." 내가 말했다. "그리고 기억하십시오. 이건 우리 기사이기 전에 내 기사였습니다."

"아하, 와. 내 얼굴에 그 말을 내뱉지 않고 지나가는 날은 하루도 없네요, 안 그래요?" 에밀리가 대꾸했다.

"에밀리." 마이런이 평화를 지키려고 말했다.

"아니, 진짜예요." 에밀리가 말했다. "내가 이 기사에 몇 가지 중대한 기여를 했는데, 잭은 내가 가져온 걸 받기만 하고 자기 멋대로 하려 하잖아요."

"아니, 그건 아니에요." 내가 말했다. "이건 지금도 우리 기사입니다. 말했지만, 레이철은 기사를 쓰지 않을 거예요. 필자로 이름을 올리지 않을 겁니다. 레이철은 취재원이에요, 에밀리. 레이철이 우리한테는 없는 마셜 해먼드에 관한 정보를 가지고 있어요."

"우리가 그 정보를 마셜 해먼드에게 직접 얻을 수 없는 이유는 뭐죠?" 에밀리가 물었다. "내 말은, 난 우리가 진짜 기자인 줄 알았거든요."

"그렇게 못 하는 이유는 해먼드가 죽었기 때문입니다." 내가 말했다. "오늘 아침에 살해당했어요. ……레이철이랑 내가 시신을 발견했고."

"씨발, 장난해요?" 에밀리가 말했다.

"뭐라고?" 마이런이 소리쳤다.

"우리가 해먼드의 집에 조금만 일찍 도착했다면 직접 살인자와 마주쳤을지도 모릅니다." 내가 말했다.

"그런 일이 있는데 관심을 이 정도밖에 못 끌었나?" 마이런이 말했다. "왜 처음부터 말하지 않은 거야?"

"그야, 편집장님이 이 일에 레이철이 왜 그렇게까지 중요한지 이해하게 하려고 지금 말하니까 그렇죠. 저희한테 무슨 일이 있었는지 설명하게 해주세요. 그럼 레이철이 뭘 알아냈는지, 우리의 지금 위치가 어딘지 설명해드릴 겁니다."

"가서 데려와." 마이런이 말했다. "데리고 들어오라고."

나는 일어나서 회의실을 나가 내 자리로 걸어갔다.

"좋아, 레이철. 다들 준비됐어." 내가 말했다. "그냥 들어가서 우리가 알아낸 걸 말해주자."

"그래야지."

레이철이 자리에서 일어나 책상 위에 펼쳐놓았던 서류를 모아들이기 시작했다. 그녀는 서류를 내 노트북 밑에 끼워 들었다. 우리에게 보여줄 무언가가 있다는 뜻이었다.

"뭔가 찾았어?" 내가 물었다.

"많이 찾았어." 레이철이 말했다. "이걸 웹사이트 편집자가 아니라 경찰이나 FBI에 보여줘야 하나 싶어."

"말했지만, 아직은 안 돼." 내가 말했다. "기사를 내고 나면 누구든 당신이 원하는 사람한테 줘."

나는 회의실 문을 열며 돌아서서 그녀를 보았다.

"쇼타임이야." 내가 속삭였다.

마이런이 에밀리 옆으로 의자를 옮겨 놓았다. 레이철과 나는 그들을 마주 보고 앉았다.

"이쪽은 레이철 월링입니다." 내가 말했다. "레이철, 이쪽은 마이런 레빈과 에밀리 앳워터야. 그럼 오늘 아침 있었던 일부터 시작하자."

나는 계속해서 그들에게 윌리엄 오턴과 마셜 해먼드의 관계를 우연히 알게 됐다는 이야기, 우리가 해먼드의 집에 갔다가 그가 자기 집 차고 실험실의 대들보에 매달려 있는 걸 봤다는 이야기를 해줬다.

"자살이었다고?" 마이런이 물었다.

"뭐, 경찰이 그렇게 생각하는 건 확실합니다." 내가 말했다. "레이철 생각은 다르지만요."

"해먼드는 목이 부러져 있었어요." 레이철이 말했다. "하지만 제 추정으로는, 해먼드가 떨어진 높이는 기껏해야 30센티미터였죠. 몸집이 크거나 무거운 사람도 아니었고요. 그 정도의 낙하로 목이 부러질 것 같지는 않아요. 게다가 여기 보이는 사건에서도 목이 부러지는 게 반복적으로 나타나는 상황이기도 하니, 저라면 적어도 의문사라고 이름 붙일 것 같네요."

"경찰이 자살 사건이라고 말했을 때 경찰한테도 이 내용을 말했습니까?" 마이런이 물었다.

"아뇨." 내가 말했다. "경찰은 우리 생각에 관심이 없었어요."

나는 레이철을 바라봤다. 나는 사망 사건의 자세한 내용에서 진도를 나가고 싶었다. 레이철이 내 말을 알아들었다.

"의심할 만한 이유는 해먼드의 목이 부러졌다는 점만이 아니었어요." 레이철이 말했다.

"또 뭐가 있습니까?" 마이런이 물었다.

"실험실에서 수습한 서류에 따르면······."

"'수습'했다고? 그게 정확히 무슨 뜻입니까?"

"제 생각에 살인자는 해먼드를 죽이기 전이나 후에 그의 실험실에서 시간을 보낸 것 같아요. 실험실 작업물 상당 부분이 기록된 데스크톱을 해킹했겠죠. 살인자가 기록물을 인쇄했어요. 하지만 프린터 메모리에 살인범이 인쇄한 서류의 마지막 53페이지가 남아 있었습니다. 제가 그 페이지를 인쇄했고, 지금까지 읽고 있었어요. 지금 우리는 실험실의 서류를 상당량 가지고 있어요."

"훔친 겁니까?"

"가져온 거예요. 그게 훔친 거라면, 살인자한테서 훔친 거라고 주장하죠. 이걸 인쇄한 사람은 그자였으니까요."

"네, 하지만 실제로 그런 일이 일어났다고 믿을 수는 없지요. 그러면 안 되는 겁니다."

나는 회의를 시작하면서부터 이 순간이야말로 내 기자 생활에서 가장 중요할지 모르는 순간과 기자 윤리가 충돌하는 지점임을 알았다.

"마이런, 우리가 인쇄물을 통해서 뭘 알아낼 수 있었는지 알아야 해요." 내가 말했다.

"아니, 그럴 필요 없어." 마이런이 말했다. "난 내 기자들이 서류를 훔치게 놔둘 수 없어. 그 서류가 기사에 아무리 중요하더라도."

"편집장님의 기자가 훔친 게 아니에요." 내가 말했다. "저는 취재원한테서 서류를 구했습니다. 이 취재원한테서요."

나는 레이철을 가리켰다.

"그렇게는 안 되지." 마이런이 말했다.

"〈뉴욕 타임스〉에서 국방부 보고서를 발간했을 때는 통한 방법인데요." 내가 말했다. "국방부 보고서는 취재원이 〈뉴욕 타임스〉에 넘긴 훔친 문서였다고요."

"그건 국방부 보고서고." 마이런이 말했다. "우리는 완전히 다른 종류의 기사를 얘기하는 거야."

"제 생각엔 아닌데요." 내가 말했다.

나는 이런 대꾸에 별 힘이 없다는 걸 알고 있었다. 나는 다른 시도를 해봤다.

"저기, 우리에게는 이 사건을 보도할 의무가 있습니다." 내가 말했다. "서류에 따르면 DNA를 활용해 피해자를 식별하고 확보하는 살인자가 있는 거예요. 자기 DNA와 신분이 안전하다고 생각하는, 아무 의심 없는 여자들을 노리고 있단 말입니다. 전에 없었던 일이에요. 대중이 알아야죠."

이 말에 잠시 침묵이 흘렀다. 결국 에밀리가 나를 구해줬다.

"저도 같은 생각이에요." 그녀가 말했다. "서류 전달 과정은 깨끗해요. 레이철이 취재원이고, 우리는 레이철이 아는 내용을 공개해야 해요. 비록 레이철이 서류를 손에 넣은 과정이…… 불미스럽기는 해도요."

나는 에밀리를 보며 고개를 끄덕였다. 나라면 불미스럽다는 단어를 쓰지 않았겠지만 말이다.

"난 아직 어떤 말에도 동의하지 않았어." 마이런이 말했다. "하지만 일단 가져온 걸 듣거나 보도록 하지."

나는 돌아서서 레이철에게 고개를 끄덕였다.

"아직 인쇄물 전부를 읽은 것도 아니에요." 레이철이 말했다. "그런데도 아주 많은 걸 알아냈어요. 일단 해먼드는 몹시 화가 많은 남자였어요. 사실은 인셀이었죠. 다들 인셀이 뭔지는 아시죠?"

"비자발적 독신자 involuntary celibate의 앞글자를 따 in + cel이라 한다 요." 에밀리가 말했다. "여성 혐오자. 정말 소름끼치는 놈들이죠."

레이철이 고개를 끄덕였다.

"해먼드는 어떤 네트워크의 일원이었어요. 그리고 그 분노와 증오로

　　　　　　　　　　　　　　　　　　　　페어워닝

이런 걸 만들어내는 데에 이르렀죠." 레이철이 말했다.

그녀는 에밀리와 마이런을 마주 보도록 내 노트북을 돌려놓더니 화면 너머로 손을 뻗어 키보드를 조작했다. 화면에는 빨간색의 로그인 페이지가 떠 있었다.

더티4

그 페이지에는 사용자 이름과 암호를 입력하는 칸이 있었다.

"서류에서 읽은 걸 토대로 해먼드의 키워드를 알 수 있었어요." 레이철이 말했다. "해먼드의 온라인 이름은 *해머*였어요. 이거야 알기 쉬웠죠. 암호로는 온라인 인셀들이 쓰는 핵심 단어들을 입력해 봤어요. 해먼드의 암호는 *루비츠*이더군요."

"유 비치 You bitch, 여성에 대한 욕설이다 요?" 에밀리가 물었다.

"아니, 루비츠요." 레이철이 말했다. "인셀 운동의 영웅 이름이에요. 비행기가 걸레들과 슬레이어들로 가득 차 있다고 주장하면서, 일부러 그 비행기를 추락시킨 독일 항공사의 파일럿이죠."

"슬레이어는 또 뭐야?" 마이런이 말했다.

"인셀들이 평범한 성생활을 하는 평범한 남자들을 부르는 말이에요. 인셀은 여자만큼이나 그런 남자들도 싫어하거든요. 아무튼, 인셀 운동에서만 쓰이는 단어가 엄청나게 많아요. 대부분은 여성혐오적인 단어이고 더티4 같은 온라인 포럼에서 쓰이죠."

레이철이 해먼드의 사용자 이름과 암호를 입력하고 사이트에 들어갔다.

"이젠 다크웹에 들어온 거예요." 그녀가 말했다. "여긴 DRD4, 혹은 더티 포라고 불리는 특정한 유전자 패턴을 가진 여자들을 찾아주는 사이트죠. 초대를 받아야만 가입할 수 있는 곳이에요."

"DRD4가 뭡니까?" 마이런이 말했다. "그걸로 뭘 알아내는 건데요?"

"DRD4는 일반적으로 중독적이거나 위험한 행동과 관련돼 있다고 여겨지는 유전자 염기 서열이에요." 레이철이 말했다. "그런 행동 중에는 성 중독도 있고요."

"해먼드는 오렌지 나노에서 여성의 DNA만을 구매해 왔어요." 에밀리가 말했다. "자기 실험실에서 DRD4가 있는 여자들만 찾아내고 있었던 게 분명해요. 자기 DNA가 이 손에서 저 손으로 넘겨지며 해먼드 같은 사람한테까지 판매될 줄은 모른 채 GT23에 DNA를 보낸 여자들 말이죠."

"바로 그거예요." 레이철이 말했다.

"하지만 DNA는 익명 아닌가?" 마이런이 물었다.

"원래대로라면 그렇죠." 레이철이 말했다. "하지만 표본에 DRD4 유전자 염기 서열이 있는 것으로 밝혀지는 경우 해먼드에게는 익명성을 제거할 방법이 있었어요. 해먼드는 여자들을 찾아 신분과 신상정보, 위치를 더티4 웹사이트에 올려놓을 수 있었죠. 그런 프로파일 중 일부에는 휴대전화 번호, 집 주소, 사진 등 모든 게 있었어요. 해먼드는 이 정보를 고객들에게 팔았고, 고객은 위치 정보에 따라 여자들을 검색할 수 있었습니다. 댈러스에 사는 변태라면 댈러스에 있는 여자를 검색하는 거죠."

"그런 다음에는요?" 마이런이 물었다. "나가서 그 여자들을 찾는다고요? 난 무슨 말인지…….”

“바로 그겁니다.” 내가 말했다. “크리스틴 포트레로는 바에서 어떤 소름끼치는 남자를 만났는데 그 남자가 자기에 대해 알 리 없는 것들을 알고 있었다고 불평했어요. 자기가 디지털 스토킹을 당하는 줄 알았죠.”

“더티4가 회원들에게 칼을 쥐여준 거예요.” 레이철이 말했다. “해먼드의 DNA 분석을 통해 식별된 여성들에게는 마약 사용, 알코올 오남용 등의 위험한 행동은 물론 성적 방탕함과도 연결됐다고 생각되는 유전적 요소가 있었죠.”

“쉬운 표적이었던 거네요.” 에밀리가 말했다. “해먼드는 그 여자들이 정확히 누구인지, 어디 가면 그 여자들을 찾을 수 있는지 고객들에게 알려준 거예요. 그 고객 중 한 명이 살인자이고.”

“정답이에요.” 레이철이 말했다.

“우린 바로 그 고객이 해먼드를 죽인 사람이라고 생각합니다.” 내가 덧붙였다.

“서류를 보면, 해먼드와 이 일을 함께 한 동업자가 있는 것 같아요.” 레이철이 말했다. “둘은 더티4 사이트에 올라와 있는 여자들이 죽어가고 있다는 걸, 살해당하고 있다는 걸 어떤 식으로든 알아냈고요. 둘이서 구독자층을 살펴보고, 죽은 여자 모두의 정보를 구매하고 다운로드한 사람이 최소 한 명 있다는 걸 알아냈을 거예요. 지금은 이 모든 게 추정이지만, 제 생각에는 해먼드와 동업자가 그 고객에게 경고하거나 그만두라고 했을 거예요.”

“그래서 해먼드가 살해당했다는 거예요?” 마이런이 물었다.

"가능성 있죠." 레이철이 말했다.

"그 고객이 누구였는데요?" 마이런이 물었다.

"때까치요." 레이철이 말했다.

"뭐요?" 마이런이 물었다.

"다크웹이잖아요." 레이철이 말했다. "사람들은 다른 이름, ID를 사용해요. 이런 사이트에서 사람 이름을 다운받을 때는 실명을 대지도 않고 신용카드를 쓰지도 않죠. 가명을 쓰고 암호화 화폐로 거래해요. 해넌드 패서리가 알아낸, 죽은 여자 네 명의 이름을 모두 다운받은 고객은 '때까치'라는 가명을 썼어요."

"그게 무슨 뜻인지 생각나는 거 있나?" 마이런이 물었다.

"때까치는 새예요." 에밀리가 말했다. "제 아버지가 새 사냥꾼이었어요. 아버지가 때까치 얘기를 했던 게 기억나요."

레이철이 고개를 끄덕였다.

"저도 찾아봤어요." 레이철이 말했다. "때까치는 조용히 다가가 등 뒤에서 공격한다는군요. 희생양의 목을 부리로 꽉 물고 악랄하게 끊어버린대요. 자연계에서 가장 강한 포식자 중 하나로 여겨져요."

"여자들 모두 목이 부러졌었지." 마이런이 말했다. "해먼드라는 이 남자도 그렇고."

"다른 것도 있어요." 레이철이 말했다. "우리 생각에는 때까치가 해먼드의 컴퓨터를 해킹했거나, 살해하기 전에 해먼드에게 컴퓨터를 열라고 명령했을 거라고 생각해요. 그런 다음 인쇄를 시작한 거죠. 우리는 때까치가 프린터로 전송한 마지막 작업을 다시 인쇄했어요. 모든 여자들의 ID가 들어 있는 파일이더군요."

"이름이 몇 개나 됐습니까?" 마이런이 물었다.

"세어보지는 않았어요." 레이철이 말했다. "하지만 백 개는 되는 것 같더군요."

"우리가 아는 피해자 네 명이 인쇄물에 있는지는 확인해봤어?" 내가 물었다.

"확인해 봤지만 없었어." 레이철이 말했다. "죽었다는 게 확인되고 나서 지워진 건지도 몰라."

"그럼 때까치가 해먼드를 죽이고 뭘 가져갔다는 겁니까?" 마이런이 물었다. "잠재적 피해자 백 명의 이름?"

그 말에 토론은 오랫동안 끊겼다.

"때까치가 이미 고객이고 사이트를 통해 같은 이름에 접근할 수 있다면 왜 그 이름들을 인쇄했을까요?" 마이런이 물었다.

"아마 사이트가 폐쇄되리라고 예상했을 거예요." 레이철이 말했다. "잭과 에밀리에 대해서 알았을 수도 있고, 경찰이 수사망을 좁혀온다고 생각할지도 모르죠."

"그러면 서둘러야겠는데요." 에밀리가 말했다. "이렇게 뭉개고 앉아서 그 여자들을 위험에 빠뜨릴 수는 없죠. 기사를 내야 해요."

"아직 완전한 기사가 나오지도 않았어요." 내가 말했다.

"상관없어요." 레이철이 말했다. "당신들은 기사를 써요. 난 이걸 당국에 가져갈 테니까."

"안 돼." 내가 말했다. "말했잖아, 그건⋯⋯."

"나도 알겠다고 했어." 레이철이 말했다. "하지만 그건 이 인쇄물에 뭐가 들어 있는지 알아내기 전 얘기야. 난 당국에 가야 해. 당국에서 이

걸 경찰에 전달하겠지. 살인범이 이름을 전부 가지고 있어. 그 사람들을 보호해야 해. 기다릴 수 없어."

"레이철 말이 맞아." 마이런이 말했다.

"그래도 돼요, 잭." 에밀리가 말했다. "우린 FBI가 수사하고 있다고 말하면 돼요. 그럼 기사에 즉각적으로 신빙성을 부여할 수 있어요. FBI로 우리 문제를 해결하는 거죠."

나는 셋 모두의 말이 옳다는 것도, 여자 수십 명의 안전보다 기사를 앞세우는 바람에 내가 나쁜 인상을 줬다는 것도 알았다. 나는 레이철과 에밀리 모두의 눈에서 실망감을 봤다.

"알았습니다." 내가 말했다. "단, 두 가지 조건이 있어요. FBI든 경찰이든, 관련된 모든 당국에는 필요한 모든 일을 해도 좋지만 우리가 기사를 낼 때까지는 기자 회견이나 발표를 하지 말라고 해야 합니다."

"그게 얼마 동안일까?" 레이철이 물었다.

나는 마이런을 보고 머릿속에 처음으로 떠오른 숫자를 말했다.

"48시간." 내가 말했다.

레이철은 생각해 보더니 고개를 끄덕였다.

"그건 해볼 수 있을 것 같아." 레이철이 말했다. "현실적으로 우리가 준 자료를 확인하는 데만도 그 정도 시간은 걸릴 거야."

"마이런, 괜찮아?" 내가 물었다. "에밀리, 당신은요?"

둘 다 승낙의 뜻으로 고개를 끄덕였다. 나는 레이철을 바라봤다.

"좋아." 내가 말했다.

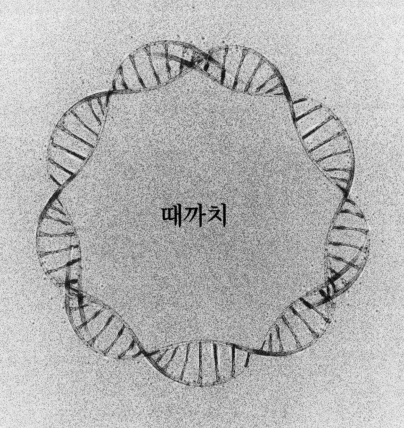

때까치

29

그는 식당가가 있는 층의 난간에 붙어 있는 식탁에서 기다렸다. 그곳에서는 쇼핑몰 북쪽 면의 2층에 있는 가게들이 곧바로 내려다보였다. 남편들이 쇼핑하는 아내를 기다리며 앉아 있을 수 있도록 설계된 둥그런 벤치가 있었다. 그는 보겔의 생김새를 몰랐다. 해먼드의 동업자는 어찌어찌 인터넷에서 자신의 사진과 위치 정보를 숨겼다. 그건 인정해 줄 만한 일이었다. 하지만 해커라는 족속에게는 특징이 있었다. 자칭 때까치는 평일의 쇼핑객 사이에서 그를 알아볼 수 있기를 바랐다.

이곳은 때까치가 고른 장소였다. 그는 해먼드인 척하고, 이미 쇼핑몰에 들를 일이 있다며 이곳을 약속 장소로 찍었다. 그가 하려는 행동에 가장 적합한 장소는 아니었지만 보겔에게 의심을 사고 싶지 않았다. 보겔을 불러내는 것이 가장 중요한 일이었다.

그는 위장용으로 쟁반 가득 담긴 테이크아웃 음식을 앞에 두고 있었다. 식탁 맞은편 의자에는 속이 비어 있지만 선물 포장을 한 상자 두 개가 놓여 있었다. 그는 위험도가 높은 행동을 하는 중이었기에 튀어 보이지 않는 것이 대단히 중요했다.

그는 음식에 전혀 손을 대지 않았다. 주문하고 나니 음식 전부에서 역겨운 냄새가 나는 것 같았기 때문이다. 그가 장갑을 끼고 있는 걸 누군가가 본다면 그 역시 관심을 끌 이유가 될 수 있다는 생각도 들었다. 그래서 그는 두 손을 무릎에 내려놓고 있었다.

그는 아래를 확인해봤다. 이제는 둥근 벤치에 여자 한 명이 앉아 있었다. 그녀는 근처 어린이 코너 놀이터의 어린이 중 한 명을 지켜보고 있었다. 보겔로 보이는 사람은 나타날 기미가 보이지 않았다.

"좀 치워드릴까요?"

그는 옆에 서 있던 식탁 청소부를 돌아봤다.

"아뇨, 괜찮습니다." 그가 말했다. "아직 먹는 중이라."

그는 청소부가 떠나기를 기다렸다가 아래층을 확인했다. 이제는 여자가 떠나고 한 남자가 그녀의 자리를 차지하고 있었다. 그는 30대 초반으로 보였다. 청바지와 가벼운 스웨터를 입고 있었다. 태평하면서도 의도가 있는 시선으로 주위를 살펴보고 있었다. 실내에서도 선글라스를 끼고 있었다. 그게 결정적인 단서였다. 보겔이었다. 약간 일찍 왔지만 괜찮았다. 그 말은 보겔이 곧 기다리는 데 지칠 것이고 만남이 이뤄지지 않으리라는 생각이 들면 떠나리라는 뜻이었다.

그 순간이 바로 때까치가 그를 따라 나갈 순간이었다.

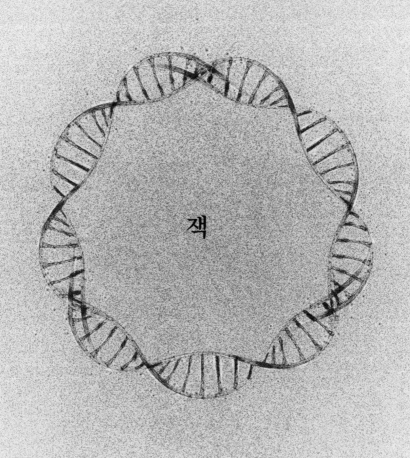

잭

30

팀으로서 기사를 낼 때는 누가 기사를 쓰고 누가 그 사람에게 정보를 줄 지 정하는 어색한 순간이 있기 마련이다. 함께 글을 쓰는 방법은 절대로 통하지 않는다. 컴퓨터 앞에 나란히 앉아 있을 수는 없다. 일반적으로는 글을 쓰는 사람이 기사의 어조와 정보를 전달하는 방식을 통제하고, 보통 이름도 맨 앞에 신는다. 이건 내 기사였고 내 카드였다. 하지만 나는 에밀리 앳워터가 나보다 글을 잘 쓰고, 내가 그녀보다 사실을 잘 파헤친다는 걸 모를 만큼 바보는 아니었다. 에밀리에게는 내게 없는 글재주가 있었다. 나는 내가 낸 책 두 권이 구조를 다시 짜고 새로 쓰는 수준까지 심하게 편집됐다는 점을 기꺼이 인정한다. 내 편집자들에게 모든 영광을 돌린다. 그래도 저작권료는 내 몫이니까.

에밀리는 날씬한 글을 썼다. 덜어낼수록 좋다는 스타일이었다. 짧은 문장이 그녀의 기사에 힘을 실어줬고, 나도 그 점을 모르지 않았다. 나는 또한 기자 이름 중 맨 앞에 그녀의 이름을 올리는 것이 내게도 나쁘게 비치지 않으리라는 걸 알았다. 앳워터(Atwater)와 매커보이(McEvoy)가 알파벳 순서로 배치될 테니 우리 둘이 동등하게 보일 것이다. 에밀리는 처음에는 쩔쩔매더니 그다음에는 고마워했다. 그녀가 이걸 옳은 결정이라고 생각하는 게 보였다. 그저 내가 그런 결정을 내린 걸 보고 놀랐을 뿐이었다. 나는 그 순간이 최근 그녀에게 저지른 몇 가지 실수를 보상하는 데 도움이 될 거라고 생각했다.

잭

에밀리를 필자의 자리에 올리겠다는 결정 덕분에 나는 더 많은 취재를 하고 내가 이미 보도한 내용을 검토할 수 있었다.

게다가 기사에 도움을 줬거나, 나한테 관련 정보를 주겠다고 약속한 사람들에게 연락할 시간도 생겼다. 크리스티나 포트레로의 어머니와 제이미 플린의 아버지는 그 명단 중에서도 위에 올라 있었다.

나는 전화로 이 소식을 알리려 했는데, 통화는 내가 예상했던 것보다 더 감정적이었다. 포트워스의 월터 플린은 현재 FBI가 딸의 죽음을 지금도 자유롭게 돌아다니는 살인자와 공식적으로 연관 짓고 있다는 소식에 눈물을 터뜨렸다.

통화를 마친 뒤 나는 메모를 정리했다. 처음으로 전화를 걸어봐야 할 사람, 그리고 새로운 정보가 있는지 확인하기 위해 다시 전화를 걸어봐야 할 사람들의 명단을 만들었다. 레이철 윌링에게는 48시간이 필요하다고 말했지만 우리에게는 사실상 그 절반인 24시간밖에 없는 셈이었다. 언제나 기사를 보도하는 데 실제보다 많은 시간이 걸릴 것이라거나 기사가 실제로 나갈 시간보다 늦게 나갈 거라고 말하는 건 기자 특유의 잔꾀였다. 그렇게 하면 수사 내용이 유출되고 우리 기사가 남들의 특종이 되는 일을 막는 데 도움이 됐다. 나는 순진하지 않았다. 레이철은 FBI의 로스앤젤레스 현장 지부로 이 이야기를 가져갈 예정이었다. 그 건물의 모든 요원이 아마 어딘가의 기자와 '내가 네 등을 긁어줄 테니 너도 내 등을 긁어줘' 하는 식의 거래를 하고 있을 터였다. 나는 FBI에게 한 번 이상 데였다. 여전히 흉터가 남아 있었다.

내가 찾아서 이야기해야 하는 사람의 명단 맨 위에는 신원 미상인 해먼드의 동업자가 있었다. 해먼드의 집에서 가져온 인쇄물 전체에는 해먼드가 실험실 작업을 담당하는 동안 다크웹 사업의 디지털 부문을 처리한 더티4의 동업자가 있다는 것을 암시하는 이메일이 흩어져 있었다. 동업자의 이메일에는 그의 정체가 오직 로그보그DRD4(RogueVogueDRD4)로만 나타났다. 그는 지메일 계정을 썼다. 동일한 가명이 더티4 사이트에 관리자로 등록돼 있었다. 레이철은 FBI가 그 사람을 추적할 수 있으리라 믿는다고 말했지만 나는 그렇게 생각하지 않았다. FBI를 기다리고 싶지도 않았고. 나는 메시지로 로그보그에게 직접 연락하는 방법을 생각해봤다. 에밀리와 이 문제에 관해 이야기해본 뒤 나는 바로 실행에 옮겼다.

안녕하세요. 잭이라고 합니다. 마셜 해먼드에 대해 할 얘기가 있습니다. 해먼드는 자살한 게 아닙니다. 당신도 위험할 수 있습니다. 할 얘기가 있어요. 내가 도와줄 수 있습니다.

나는 전송 버튼을 누르고 메시지가 발송되게 놔뒀다. 가능성은 낮았지만 그래도 써볼 수밖에 없는 방법이었다. 다음으로 나는 에밀리에게 넘겨줄 기사의 재료를 정리하기 시작했다. 에밀리는 아직 글쓰기를 시작하지 않았다. 에밀리가 자기 칸막이 안에서 이런 식의 범법 행위가 의미할 수 있는 바에 관해 유전자 분석 업계의 감시 기관이나 감독자들이 할 만한 일반적인 논평을 얻으려고 전화를 거는 소리가 들렸다. 모든 기사에는 중심 인용문이 있어야 했다. 기사의 분노나 비극, 아이러니를 요약해줄 신뢰할 만한 취재원의 한마디 말이다. 그 한마디는 기사에 실린 더 큰 의미를 부각하는 데 쓰였다. 이 기사에는 그런 한마디로 부각할 수 있는 모든 요소가 있었다. 그러니 그 모든 내용을 전할 만한 하나의 인용문을 떠올려야 했다. 이런 식의 침해와 공포로부터는 그 누구도 자유롭지 않다는 인용문을. 그런 인용문은 기사에 단순한 살인사건보다 깊은 울림을 줄 테고, 공중파와 케이블 TV의 관심을 끌게 될 터였다. 마이런도 이 기사를 〈워싱턴 포스트〉나 〈뉴욕 타임스〉 같은 거물 언론사에 더 쉽게 연결할 수 있을 테고.

나는 에밀리가 우리가 알아낸 내용과 보도할 내용을 짧게 요약하는 소리를 들었다. 그녀는 글을 쓸 때 그렇듯 말을 할 때도 짧게 요점만 말하는 요령을 알고 있었다. 그래도 에밀리가 말하는 소리를 들으니 점점 더 초조해졌다. 기사에 관한 편집증이 끼어들었다. 이런 논평을 부탁할 때는 조심해야 한다. 그 모든 전문가와 업계의 감시자들이 등을 돌려 취재원 관계를 맺고 있는 다른 기자에게 힌트를 던져줄 수 있기 때문이다. 비법이라면 다른 기자에게 전할 만큼의 정보는 전달하지 않되 쓸모 있는 인용문으로 답할 수 있을 만큼의 정보를 주는 것이었다.

나는 에밀리의 말에 더 관심을 두지 않고 내 일에 집중하려고 노력하며 내가 우연히 맞닥뜨린 사건의 정체를 파악하기 전, 초기에 했던 조사를 다시 살폈다. 나는 LA 경찰의 형사들에게 전화를 걸어 DNA 분석으로 내 혐의가 벗겨졌는지, 사건에 진전은 있는지 물어볼까 생각해 봤다. 하지만 내가 맷슨과 사카이에게는 '비호감 인물'인 만큼 그래봤자 시간 낭비일 거라는 결론을 내렸다.

다음으로 나는 causesofdeath.net에 대해 생각해 보다가 내 질문에 처음으로 폭풍처럼 답변이 달리는 걸 본 이후로 한 번도 그 웹사이트를 확인해보지 않았다는 걸 깨달았다. 그 웹사이트는 아마도 때까치와 연결된 사건들의 연관성을 찾는 훌륭한 시발점이었다. 이제 나는 더 많은 정보가 있는지 그 사이트를 확인해봤다.

나는 고리뒤통수 관절 탈구에 관한 질문으로 시작된 메시지 타래로 갔다가 지난번 확인한 이후로 세 건의 메시지가 올라온 것을 보았다. 첫 번째 메시지는 수석 검시관 아디라 라크스파 박사가 최초 작성자인 내게 신분을 밝히라고 했던 첫 번째 게시물 이후로 올린 후속 질문이었다.

이 포럼은 검시관과 법의학 수사관에게만 공개돼 있다는 사실을 주지하기 바랍니다.

이런 경고가 붙어 있는데도 다른 두 사람이 아랑곳하지 않고 게시물을 올렸다. 하루 전에는 애리조나주 투손의 검시관이 여성 피해자가 AOD로 사망한 사건을 언급하며 사인이 오토바이 사고로 판정됐다고 알려왔다. 사건은 6개월 전에 발생했으며 다른 자세한 정보는 없었다.

나는 게시물을 복사한 후 에밀리에게 살펴봐야 할 다섯 번째 사건이 있을지도 모른다는 경고를 담아 이메일로 보냈다. 에밀리의 답장이 빠르게 돌아왔다.

그건 후속 기사로 쓰면 돼요. 지금은 이미 확인한 사실을 가지고 기사를 내야죠.

나는 답장을 보내지 않았다. 포럼 글 타래의 최근 메시지에 온통 관심이 쏠렸다. 겨우 20분 전에 게시된 글이었다.

　　와, 이런 사례가 같은 날 두 건 걸렸네요! 버뱅크에서 목을 매단 사람이
　　있고 노스리지에서 추락사한 사람이 있습니다. 우연인가요? 아닌 것 같은
　　데. GTO

　　나는 그 메시지에 충격을 받아 몇 차례 읽은 뒤에야 다시 숨을 쉬었
다. 물론, 버뱅크의 복 매달린 사람은 해먼드일 게 틀림없었다. 나는
GTO가 그 사건을 자살이라고 말하지 않은 점에 주목했다. 나는 해먼
드의 죽음에 대한 레이철의 추측이 정확하리라고 확신했다. 어쩌면 검
시관실에서도 이 사건에 집중하고 있는 걸지 몰랐다.
　　내 주의를 잔뜩 집중시킨 건 두 번째 사망 사건이었다. 노스리지에
서 발생한 추락사 사건. 어떤 사망을 추락사라고 부른다고 해서 살인
의 가능성이 배제되는 건 아니었다. 더 자세한 정보가 필요했다. 노스
리지는 밸리 근처 동네였다. 나는 LA 경찰의 밸리 지부에 전화를 걸어
기자라고 신분을 밝히고 경위를 바꿔달라고 했다. 거의 5분 동안은 연
결되지 않았지만, 나는 나와 이야기하고 싶어 하지 않는 사람 대부분
에 비해 기다리기 게임을 더 잘했기에 끊지 않았다.
　　결국 전화가 연결됐다.
　　"하퍼 경위입니다. 무슨 일이십니까?"
　　"경위님, 저는 잭 매커보이입니다. 소비자를 위한 경비견 역할을 하
는 인터넷 언론 〈페어워닝〉에서 일하는데……."
　　"무슨 일이십니까?"

"어, 네. 저는 오늘 노스리지에서 발생한 추락사에 관한 정보를 찾고 있습니다. 말씀드렸다시피 저희는 소비자를 위한 경비견 언론인데요. 직장에서의 상해와 사고 등에 관심이 있습니다. 무슨 일이 있었는지 말씀해주실 수 있으면 좋겠는데요."

"남자 한 명이 주차빌딩 지붕에서 떨어졌습니다. 그게 다요."

"무슨 주차빌딩이요? 어디서요?"

"사망자가 그 동네 쇼핑몰에 있다가 자기 자동차로 갔습니다. 그러고는 주차빌딩 지붕에서 뛰어내렸거나 실족했어요. 어느 쪽인지는 아직 잘 모릅니다."

"피해자 신원은 아직 밝혀지지 않았습니까?"

"밝혀졌습니다만 그 정보는 공개하지 않을 겁니다. 유족은 못 찾았고요. 이름은 검시관한테서 알아내야 할 겁니다."

"알겠습니다. 나이는요?"

"부하들 말로는 서른한 살이라는 것 같더군요."

나는 그의 나이가 해먼드와 같다는 걸 기억해뒀다.

"유서 같은 건 없었나요?"

"우리가 찾은 건 없었습니다. 그럼 이만……."

"마지막으로 두 가지만 더 묻겠습니다, 경위님. 추락 장면을 찍은 카메라가 있었나요? 무슨 사건이 벌어졌는지 알아볼 만한 것이요."

"이런 사건에는 카메라 조사를 하는데, 아직 아무것도 찾지 못했습니다."

"이 사건에 배정된 수사관이 누군가요?"

"레퍼츠입니다. 레퍼츠가 담당입니다."

"고맙습니다, 경위님."

"네."

1분도 안 되는 정보를 얻기 위해 5분을 기다렸다. 다음으로 나는 카운티 검시관실 웹사이트로 가서 직원 메뉴를 열었다. GTO가 누구인지 알아볼 생각이었다. 검시관 중에는 신상 명세에 맞는 인물이 없었지만, 검시관실 수사관 명단을 살펴보던 중 곤잘로 오르티즈라는 사람이 눈에 들어왔다. 내 추측이지만, 그의 미들네임이 T로 시작할 듯했다.

때로는 전화야말로 필요한 길 얻어내는 가장 좋은 방법이다. LA 경찰에 침투하려 할 때라든지. 하지만 검시관실에는 직접 가고 싶었다. causesofdeath.net 게시판의 메시지에서 GTO가 입을 열 만한 사람이라는 느낌을 받았기에 그와 얼굴을 마주 보고 이야기하고 싶었다. 확률이 낮은 도전일지도 몰랐지만 그래도 해보고 싶었다. 나는 컴퓨터를 끄고 에밀리의 자리로 걸어갔다. 에밀리는 전화를 걸어 알아낸 내용을 타자로 치고 있었다.

"해먼드의 동업자를 찾은 것 같습니다."

에밀리는 즉시 타자를 멈추고 나를 올려다봤다.

"누군데요?"

"몰라요. 아직 이름은 못 알아냈습니다."

"그럼 어디 있는데요?"

"검시관실에요. 두 시간 전에 주차빌딩에서 추락해 목이 부러졌어요. 거기 가서 수사관을 만나보고 그 사람이 입을 열지 알아볼 생각입니다."

"여기서 보이는 것처럼 목이 부러졌다는 건가요?"

페어워닝

에밀리가 화면을 가리켰다. 이번 사건 전체를 말하는 것이었다. 나는 고개를 끄덕였다.

"둘을 서로 더해본 검시관실 수사관이 있는 것 같습니다. 그 사람이 한 시간도 채 못 돼서 게시판을 통해 내게 메시지를 보냈어요. 가서 그 사람이 입을 열지 알아보고 싶습니다. LA 경찰은 나한테 아무 말도 하지 않을 테니까요."

"하지만 당신이 처음에 그런 게시물을 남겼는데, 그 검시관은 당신도 검시관이라고 생각하지 않을까요?"

"모르겠네요. 수석 검시관이 내 정체를 폭로하다시피 했는데도 그 사람은 게시물을 남겼어요."

"뭐, 시간 낭비하지 마세요. 할 일이 아주 많으니까."

"시간 낭비라고요? 내 스타일은 아닙니다. 도착해서 전화할게요."

31

검시관실에 가본 건 적어도 4년 만에 처음이었다. 〈타임스〉에서, 이후에는 〈벨벳 코핀〉에서 범죄를 다루던 시절에는 정기적으로 들르던 곳인데. 그러나 〈페어워닝〉에서는 지금 이 순간까지 죽음이 내 담당 분야가 아니었다.

내가 죽음의 단지라고 부르는 건물은 보일 하이츠에 있는 카운티-USC 의료 센터 근처의 미션 가에 있었다. 두 의료 센터는 한때 이쪽에서 저쪽으로 시신을 옮기는 데 사용됐던 긴 터널로 연결돼 있었다. 하나는 죽은 자들을 위한 곳, 하나는 산 자들을 위한 곳이었다. 애초에 검시관실은 거리와 더 가까운 곳에 자리 잡고 있었다. 거의 100년은 됐고 지금은 대체로 기념품 가게나 회의실로 사용되는 험악한 벽돌 건물이었다. 발가락에 거는 이름표, 검시관의 담요 등 섬뜩한 물건을 관광객에게 파는 건 큰 사업이었다.

오래된 건물 뒤에는 깨끗한 선과 마음을 가라앉히는 베이지 색조로 이뤄진 새로운 현대적 건물이 있었다. 유리로 된 출입문이 있어서, 나는 그곳을 통해 접수대로 갔다. 곤잘로 오르티즈 수사관을 불러달라고 했다. 접수대 직원은 방문 목적을 물었다.

"어, 경찰이 어떤 사망 사건에 관한 정보를 얻으려면 검시관실에 가서 이야기하라고 했습니다." 내가 말했다. "오늘 저 위 밸리에서 일어난 사건인데요."

거짓이 담겨 있지는 않지만 딱히 진실을 온전히 전하지도 않도록 조심스럽게 만들어낸 답이었다. 나는 이 대답에 나의 음울한 태도까지 더해, 접수대 직원이 나를 부검을 기다리는 유족이라고 생각하기를 바랐다. 그녀가 다시 수사 부서에 전화를 걸어 기자가 로비에 와 있다고 알리는 건 바라지 않았다. GTO가 나와 이야기하지 않겠다면 내 얼굴을 보며 그렇게 말해주길 바랐다.

접수대 직원이 내 이름을 묻고 전화를 걸었다. 그녀는 누군가와 짧게 이야기하더니 나를 올려다봤다.

"고인 성함이 뭐라고 하셨죠?" 여자가 물었다.

이제 나는 구석에 몰렸다. 하지만 내게는 방법이 있었다. 버뱅크도 밸리의 일부로 간주됐으므로 나는 여전히 거짓말하지 않고 대답할 수 있었다.

"마셜 해먼드요."

접수대 직원이 그 이름을 전달하더니 귀를 기울였다. 그녀는 다른 말 없이 전화를 끊었다.

"지금 회의 중이신데 회의 끝나는 대로 나오시겠다고 하네요." 그녀가 말했다. "저 복도를 따라가시면 오른쪽에 유족 대기실이 있어요."

그녀가 내 뒤쪽을 가리켰다.

"네, 고맙습니다."

나는 복도를 따라 걸어가며 "유족" 대기실에 아무도 없기를 바랐지만 그런 운은 따라주지 않았다. 이곳은 천만 명 이상이 사는 도시 로스앤젤레스였다. 그만한 사람들이 죽는 곳이기도 했고. 그중 일부는 예기치 못하게, 일부는 사고로, 일부는 살인으로 사망했다. 나는 카운티 검시관실에 시체를 여러 구 실을 수 있도록 뒤쪽에 선반을 만들어놓은 하늘색 밴이 잔뜩 있다는 걸 알고 있었다. 유족 대기실이 한순간이라도 비어 있을 가능성은 없었다.

사실 그곳은 조용히 모여 애도하거나 눈물을 흘리는 작은 무리들로 가득했다. 그들은 아마 무슨 실수가 있는 것이기를, 와서 신원을 확인하고 운구와 매장을 준비하라는 요구를 받은 게 자신의 사랑하는 이 때문이 아니기를 바라고 있을 터였다.

접수내 직원을 상대할 때는 진실을 스치듯 피해 간 것이 신경 쓰이지 않았지만, 여기서는 침입자가 된 기분이 들었다. 이곳 사람들은 내가 자기들과 함께 상실과 슬픔에 빠져 있을 거라고 여겼다. 내가 협잡꾼이 된 듯했다. 나도 한때는 저 사람들과 같은 입장이었다. 형 때문이었다. 사랑하는 사람들을 폭력으로 잃은 가정의 문을 두드려본 것도 처음은 아니었다. 하지만 이 공간은 어째서인지 신성하게 느껴졌다. 나는 끔찍한 느낌을 받으며 이대로 돌아 나가 문밖의 복도에서 곤잘로 오르티즈를 기다릴까 생각했다. 하지만 나는 문 근처 첫 번째 의자에 앉았다. 내가 절대로 원하지 않는 것이 한 가지 있다면 누군가가 자신도 고통에 잠긴 사람을 이해한다는 듯한 미소를 지으며 나를 위로하려 드는 것이었다. 그런 일이 벌어지면 도둑이라도 된 기분이 들 것이다.

중얼거리는 말과 한 여자가 울부짖기 시작하는 소리를 들으며 기다리는 시간은 한 시간처럼 느껴졌다. 하지만 실제로 나는 도착한 지 겨우 5분 만에 유족 대기실에서 구출됐다. 피부는 검고 콧수염에 듬성듬성 흰 털이 박혀 있는 라틴계 50대 남자가 들어와 내게 매커보이냐고 물었다. 나는 네 라는 말을 할 겨를도 없이 자리에서 일어나 밖으로 나섰다. 나는 오르티즈보다 앞장서서 복도를 지난 뒤 그가 앞장서야 한다는 걸 깨닫고 망설였다.

"지름길로 가죠." 그가 말했다.

그는 접수대와 반대 방향의 복도를 향해 손짓했다. 나는 그를 따라 갔다.

"오르티즈 수사관이십니까?" 내가 물었다.

"네, 맞습니다." 그가 말했다. "개인 면담실을 만들어뒀죠."

나는 내가 누구인지, 뭘 원하는지 설명하는 건 개인 면담실에 도착한 다음에 하기로 마음먹었다. 오르티즈는 **관계자 외 출입 금지**라고 표시된 문의 잠금장치에 카드 키를 그었다. 그렇게 우리는 건물의 병리학 동에 들어갈 수 있었다. 그곳에 들어가면서 나를 삼킨 악취 때문에 병리학 동이라는 것을 알 수 있었다. 그건 산업용의 강력한 소독약 냄새로 잘린 죽음의 냄새, 이곳을 떠난 지 한참이 지나서까지 내 콧속에 남아 있을 게 분명한 달착지근하고도 시큼한 냄새였다. 그 냄새를 맡으니 지난번에 이곳에 들어왔던 일이 떠올랐다. 4년 전, 수석 검시관이 인력 부족과 서비스 품질 저하로 이어진 예산 문제에 더불어 이 건물에서 일어나는 보건 및 안전 문제에 대한 불만을 공개했을 때였다. 그는 부검해야 할 시신이 한 번에 50구씩 밀리고 있으며 독극물 검사는 몇 주가 아니라 몇 달씩 걸린다고 말했다. 카운티 위원들에게 요청한 예산을 달라고 설득하려는 시도였다. 그러나 수석 검시관이 강제로 일을 그만두는 결과가 이어졌을 뿐이다.

나는 그 이후로도 많은 것이 바뀌지는 않았을 거라고 봤다. 오르티즈에게 내가 기자라는 사실을 알리며 분위기를 풀어볼 요량으로 그 문제를 꺼낼까 생각했다. 고리뒤통수 관절 탈구 사건에 대해 이야기해 달라고 그를 설득할 때 도움이 될까 싶어서 〈벨벳 코핀〉에 이런 문제에 관해 썼던 기사를 언급할 수도 있겠다고 생각했다.

하지만 알고 보니 나는 그에게 기자로서의 신분을 밝힐 필요도 없었고 분위기를 풀어볼 걱정도 할 필요가 없었다. 분위기는 이미 풀려 있었다. 오르티즈는 B 회의실이라고 적혀 있는 문으로 나를 데려갔다. 한 차례 노크하고 문을 열더니 팔을 뻗어 내게 먼저 들어가라고 손짓했다. 들어가면서 보니 방 한가운데에는 의자 여섯 개가 놓여 있는 직사각형 탁자가 있었다. 그 탁자의 반대쪽 끝에는 맷슨과 사카이 형사가 있었다.

아마 조금 머뭇거리는 걸음걸이에서 놀란 내 마음이 드러났을 것이다. 하지만 나는 속도를 높여 방에 들어갔다. 반쯤 미소를 지으며 마음을 다잡으려고 최선을 다했다.

"이런, 이런. LA 경찰의 최정예 형사님들이시군요." 내가 말했다.

"앉아요, 잭." 맷슨이 말했다.

그는 굳이 내 성을 잘못 발음하지 않았다. 나는 그걸 맷슨이 나를 체포하는 무리수를 두다가 뭔가 알아냈을지 모른다는 신호로 받아들였다. 내 놀라움은 당혹감으로 변했다. 날 미행한 걸까? 내가 검시관실에 오리라는 건 어떻게 알았지?

나는 맷슨의 바로 맞은편 의자에 앉았다. 오르티즈가 내 옆에 앉았다. 나는 배낭을 옆의 바닥에 내려놓았다. 우리 모두가 서로를 빤히 바라보며 잠시 침묵이 흘렀다. 나는 먼저 나서서 불을 지피고 그 결과가 어떻게 되는지 보기로 작정했다.

"또 나를 체포하러 온 겁니까?" 내가 물었다.

"전혀 아닙니다." 맷슨이 말했다. "그 일은 그만 놔두죠. 서로 한 번도 와봅시다."

"정말요?" 내가 말했다. "새로운데요."

"causesofdeath.net에 게시물을 올린 게 당신입니까?" 오르티즈가 말했다.

나는 고개를 끄덕였다.

"네, 접니다." 내가 말했다. "당신이 GTO이겠지요."

"맞아요." 오르티즈가 말했다.

"잭, 인정하겠습니다. 당신이 이번 퍼즐을 짜 맞췄어요." 맷슨이 말했다. "그래서 우리가 서로를 도울 수 있다고 생각하는⋯⋯."

"지난번에 이야기 나눴을 때는 나더러 살인 용의자라면서요." 내가 말했다. "이젠 협력하고 싶어 하는군요."

"잭, 당신은 혐의를 벗었습니다." 맷슨이 말했다. "DNA가 깨끗했어요."

"알려주셔서 고맙네요." 내가 말했다.

"알고 있었잖아요." 맷슨이 말했다. "처음부터 이렇게 될 줄 알고 있었죠. 날 기다린 것 같지는 않은데요."

"이렇게 하면 어떻습니까? 당신이 크리스티나 포트레로의 친구에게 내가 당신이 말한 것 같은 변태가 아니라고 얘기해주는 겁니다." 내가 말했다.

"안 그래도 그걸 제일 먼저 하려 했습니다." 맷슨이 말했다.

나는 고개를 저었다.

잭

"저기, 매커보이 씨." 사카이가 내 이름을 완벽하게 발음하며 말했다. "여기 앉아서 과거에 저지른 실수에 관해 서로에게 총을 쏘아댈 수도 있겠죠. 아니면 힘을 모을 수도 있고요. 당신은 기삿거리를 얻고, 우리는 사람을 죽이러 다니는 놈을 잡는 겁니다."

나는 사카이를 바라봤다. 그가 중재자의 역할을 맡은 게 분명했다. 오직 진실만을 바라보며 모든 사소한 싸움에는 초연한 사람 말이다.

"어쨌든," 내가 말했다. "당신들은 FBI한테 쫓겨나기 직전입니다. 내일 아침이면 이 사건을 넘기게 될 거예요."

맷슨은 충격받은 표정이었다.

"맙소사, 이걸 FBI에 들고 갔어요?" 그가 소리쳤다.

"안 됩니까?" 내가 물었다. "당신들한테 가져갔더니 날 감옥에 집어넣었잖아요."

"저기, 제가 한마디 해도 될까요?" 오르티즈가 진정하라는 듯 두 손을 들며 말했다. "우리한테 정말 필요한 건……."

"안 됩니다." 맷슨이 말했다. "FBI 누구한테 갔습니까?"

"몰라요." 내가 말했다. "이번 일을 나와 함께하는 사람이 갔습니다. 나는 여기에 오고."

"전화해서 가지 말라고 하세요." 맷슨이 말했다. "이건 FBI 사건이 아닙니다."

"당신들 사건도 아니죠." 내가 말했다. "여기서부터 플로리다를 거쳐, 해안선을 따라 저 위쪽 샌타바버라에서까지 살인이 일어났습니다."

"보셨죠? 이 모든 사건의 연관성을 찾아낸 게 바로 이 사람이라고 했잖아요." 오르티즈가 맷슨을 보며 말했다.

"그럼 난 여기 왜 온 겁니까?" 내가 물었다. "내가 아는 걸 알고 싶어요? 그럼 공평한 거래를 해야죠. 철통같이 특종을 보장하겠다고 하지 않으면 난 빠지겠습니다. FBI에 운을 걸어보죠."

아무도 입을 열지 않았다. 몇 초 뒤 나는 자리에서 일어나려 했다.

"그럼 됐습니다." 내가 말했다.

"잠깐만 진정하세요." 맷슨이 말했다. "앉아서 열 좀 식힙시다. 저 바깥에서 역겨운 개자식이 사람을 죽이며 돌아다니고 있다는 걸 잊지 말죠."

"네, 그럽시다." 내가 말했다.

맷슨은 살짝 고개를 돌려 파트너를 확인했다. 일종의 비언어적 메시지가 오갔다. 그가 다시 나를 쳐다봤다.

"좋습니다. 거래하죠." 그가 말했다. "정보 대 정보, 데이터 대 데이터로."

"좋습니다." 내가 말했다. "당신 먼저."

맷슨이 두 손을 쫙 폈다.

"뭘 알고 싶습니까?" 그가 말했다.

"여긴 어떻게 왔습니까?" 내가 물었다. "날 미행했어요?"

"제가 초대했습니다." 오르티즈가 말했다. "게시물을 봤으니까요."

"우연입니다, 잭." 맷슨이 말했다. "여기 와서 곤조를 만났는데 당신이 나타난 거예요."

"여기 온 이유를 말해보시죠." 내가 말했다.

"간단합니다." 맷슨이 말했다. "당신이 글을 올린 이후 곤조가 이것저것 찾아보며 사건들을 연결하기 시작했습니다. 당신하고 똑같이요. 곤조는 사카이를 알았고 내게는 포트레로가 있었으니, AOD 사건 두 건이 하루에 발생하자 곤조가 우리에게 전화를 걸어서 이 모든 사건이 연결돼 있을지 모른다고 말한 겁니다. 우린 그래서 온 거고요."

나는 내가 형사들보다 이 사건 조사에 있어서 몇 광년은 앞서 있다는 걸 깨달았다. 내가 아는 것 일부를 공유하는 것만으로 이들의 머리를 터뜨릴 수 있었다. 그러면서도 자세한 내용은 내 기사를 위해 간직할 수 있었고. 또 내게는 해먼드의 실험실에서 가져온 인쇄물도 있었다. 그걸 공개할 때는 신중해야 했다.

"당신 차례입니다." 맷슨이 말했다.

"아니죠." 내가 말했다. "내가 모르는 건 아직 하나도 말해주지 않았잖아요."

"그럼 뭘 원합니까?" 맷슨이 말했다.

"오늘 주차빌딩에서 추락한 사람은 누구입니까?" 내가 물었다.

"곤조?" 맷슨이 말을 붙였다.

"그 사람 이름은 샌퍼드 톨런입니다." 오르티즈가 말했다. "31세에, 노스할리우드에 살며 주류 판매점에서 일했습니다."

내 예상과는 달랐다.

"주류 판매점이요?" 내가 물었다. "어디에 있는 겁니까?"

"셔먼 웨이에서 좀 떨어진 선랜드에요." 오르티즈가 말했다.

"그게 해먼드랑 어떻게 관련되죠?" 내가 물었다.

"우리가 아는 한은 연관이 없습니다." 맷슨이 말했다.

"그럼 우연이라는 겁니까?" 내가 물었다. "두 건의 죽음이 아무 상관이 없다고요?"

"아니, 그런 말은 아닙니다." 맷슨이 반박했다. "아직은요. 이제 막 들여다보기 시작한 터라."

그는 오르티즈에게 말을 넘기듯 그를 쏘아봤다.

"아직 부검 일정은 잡히지 않았습니다." 오르티즈가 말했다. "하지만 현장에서 온 예비 보고서를 보면 추락 전에 이미 사망했던 것 같습니다."

"그걸 어떻게 알죠?" 내가 물었다.

"증인이 있습니다." 오르티즈가 말했다. "톨런은 소리를 지르지도 않았고 추락하지 않으려고 노력하지도 않았습니다. 만일 그런 노력을 했다면 상처가 남았을 텐데 말이죠. 게다가 이런 추락에서는 AOD가 발견되지 않습니다. 목이 부러진 건 공통적이지만 AOD는 아니죠. 이런 식으로 추락했는데 목이 비틀리는 경우는 없습니다."

"톨런이 주류 판매점에서 일했다고 했는데요." 내가 말했다. "무슨, 계산대를 봤다는 겁니까?"

"맞습니다." 오르티즈가 말했다.

"또 아시는 건요?" 내가 밀어붙였다.

"전과가 있다는 건 압니다." 오르티즈가 말했다.

오르티즈는 허락을 구하듯 맷슨을 바라봤다.

"정보를 감추려 하면 거래 전체를 취소하겠습니다." 내가 말했다.

맷슨이 고개를 끄덕였다.

"소아성애자였어요." 오르티즈가 말했다. "자기 의붓아들을 강간해 코코런에서 4년을 복역했습니다."

이번에도 정보는 일치하지 않았다. 나는 인터넷 암호의 달인, 더티 4의 다크웹 부분을 다루는 일종의 전문가를 생각하고 있었다. 여자를 싫어하는 인셀을. 소아성애자는 여기서 떠오르는 프로파일과 맞지 않았다.

"좋습니다." 맷슨이 말했다. "이제는 당신이 말해줄 차례입니다. 우리가 모르는 걸 알려주세요, 잭."

나는 고개를 끄덕이고, 시간을 끄느라 허리를 숙여 배낭을 연 다음 기사의 사실관계를 기록한 공책을 꺼냈다. 니는 과시적으로 페이지를 휘리릭 넘긴 뒤 맷슨을 올려다봤다.

"당신들이 찾는 사람은 자칭 때까치라는 놈입니다." 내가 말했다.

32

나는 검시관실 주차장에 세워둔 내 지프에 앉아 여기저기 전화를 걸었다. 이런 대화를 하는 동안에는 운전하고 싶지 않았다. 맷슨과 사카이를 지켜보고 싶기도 했다. 그들은 회의가 끝난 뒤에도 오르티즈와 남았고, 나는 그들이 얼마나 있다가 떠날지 궁금했다. 그걸 알아서 어디에 쓸지는 모르겠지만 어쨌든 알고 싶었다.

먼저 에밀리 앳워터의 상황을 확인하기 위해 전화를 걸었다.

"기사 작성을 시작했어요." 그녀가 알려줬다. "지금까지는 문제없어요. 자료가 많으니 균형을 맞추려는 중이에요. 뭘 올리고 뭘 내릴지. 알겠지만, 마이런은 곁가지 기사를 싫어하거든요. 그러니까 단일 기사로 내고, 며칠 뒤 후속 기사를 실어야 해요. 당신은요?"

"두 번째 사건의 피해자가 해먼드의 동업자라는 내 생각은 틀렸습니다." 내가 말했다. "저쪽 사람들은 때까치가 실수로 엉뚱한 사람을 죽였다고 생각하더군요. 그러니 우리는 계속 동업자를 찾아야 합니다."

"저쪽 사람들이라뇨?"

"네에, 경찰이 있었어요. 맷슨이랑 사카이가요. 똑똑한 검시관실 수사관의 도움으로 사건을 짜 맞췄더군요."

"제기랄."

"뭐, 내가 거래했습니다. 특종을 보장해주는 조건으로 정보를 넘겼어요."

"경찰을 믿을 수 있을까요?"

"전혀 못 믿죠. 난 그 사람들을 믿지 않고, FBI가 정보를 흘리지 않을 거라고도 믿지 않습니다. 그래서 다 알려주지는 않았어요. 더티4에 대해서는 알려줬지만 GT23이나 오렌지 나노나 해먼드와 오턴 사건의 관련성에 대해서는 언급하지 않았습니다. 내 생각이지만 경찰은 따라 잡아야 할 게 많아요. 그놈들이 정보를 흘릴까 봐 걱정하는 건 그다음 일입니다."

나는 남자 한 명과 여자 한 명이 서로에게 팔을 두르고 고개를 숙인 채 검시관실을 떠나는 모습을 봤다. 앞서 유족 대기실에서 본 사람들이었다. 남자의 얼굴에 눈물이 흐르고 있었다. 여자는 아니었고. 남자가 여자를 위로하기보다 여자가 남자를 위로하고 있었다. 그녀는 남자를 자동차 조수석으로 데려가 그가 타도록 도와준 뒤 빙 돌아서 운전석에 앉았다. 나는 다른 차에 타고 있는 남자도 그들을 지켜보는 모습을 봤다.

"잭, 듣고 있어요?"

"네."

"경찰은 왜 때까치가 엉뚱한 사람을 죽였다고 생각하는 거예요?"

"프로파일이 맞지 않아서요. 피해자는 주류 판매점에서 일했고, 유죄 판결을 받은 소아성애자였어요. 맞지가 않아요. 우리도 그냥 추측할 뿐이지만, 경찰은 때까치가 노스리지 쇼핑몰에서 만나자고 로그보그를 유인했다가 어떤 이유에서인지 샌퍼드 톨런이라는 이름의 피해자를 로그보그라고 생각했다고 보고 있습니다. 톨런은 혼자 쇼핑몰에 갔어요. 아마 앉아서 쇼핑몰의 아이들을 구경했겠지요. 때까치가 그를 따라 자동차까지 가서 목을 부러뜨린 뒤 높은 데서 던져버렸습니다."

"끔찍하네요. 때까치도 자기가 실수했다는 걸 알까요?"

"엉뚱한 사람을 골랐다는 걸 알고도 죽였느냐는 말인가요? 그럴지도 모르죠. 알기 어렵습니다. 만날 약속을 잡았다는 생각 자체가 추측인걸요."

"FBI는요? 레이철한테서는 소식 들었어요?"

"이제 전화하려고요. 먼저 당신 소식을 확인하고 싶었습니다."

"알겠어요. 그럼 다시 기사 쓰러 갈게요. 뭔가 알아내면 알려줘요."

"알겠습니다."

레이철에게 전화를 걸기 전, 나는 이메일 계정을 열어 새 메시지를 확인했다. 로그보그에게서 내가 앞서 보낸 메시지에 대한 답장이 온 걸 보자 맥박이 솟구쳤다.

이해가 안 되는데. 누구야? 왜 나한테 이런 걸 보낸 거야?

나는 메시지 발송 시각을 확인하고, 그 메시지가 샌퍼드 톨런의 시신이 쇼핑몰 주차장 4층에서 떨어진 지 한참 지나서 전송됐다는 사실을 깨달았다. 이 역시 때까치가 엉뚱한 사람을 죽였다는 증거였다. 메시지는 짧고 단순했으며, 무엇보다도 아무것도 모르는 듯했다. 아무런 확인도, 인정도 없었다. 그저 좀 더 말해달라는 것뿐.

나는 로그보그를 겁줘 쫓아 보내지 않고 답장을 보낼 방법을 생각했다. **내가 지켜줄 수 있습니다······** **당신 입장을 말해줄 수 있습니다······ 내가 중재자가 되어줄 수 있습니다······.**

나는 그가 처한 상황의 현실을 직접적으로 솔직하게 말하는 접근 방법을 쓰기로 했다. 나는 형사들을 확인하느라고 몇 초에 한 번씩 고개를 들면서, 로그보그가 나를 믿고 자기 이야기와 안전을 내게 맡기길 바라며 이메일을 작성했다.

나는 작가입니다. 시인과 허수아비 같은 살인자들에 대한 책을 썼습니다. 지금은 때까치에 대해 쓰고 있습니다. 당신이 위험합니다. 그자가 해먼드를 죽였고, 당신인 줄 알고 또 한 남자를 죽였습니다. 내가 도울 수 있습니다. 내가 당신을 안전하게 해주고 당신 입장을 전달할 수 있습니다. 나는 당신과 해먼드가 때까치와 아무 상관이 없다는 걸 압니다. 이건 절대 당신들의 계획이 아니었죠. 여기 내 전화번호를 첨부합니다. 내게 전화하면 우리가 서로 도울 수 있을 겁니다.

나는 이메일을 두 차례 읽은 뒤 맨 아래에 휴대전화 번호를 넣고 전송했다. 로그보그가 이메일을 읽고 즉시 반응을 보이기를 바랐다.

나는 주차장과 검시관실 앞쪽을 다시 한번 확인했으나 LA 경찰의 형사들은 기미도 보이지 않았다. 나는 그들이 USC 의료 센터 쪽에 주차하고 터널을 지나 검시관실로 들어왔을지 모른다는 생각이 들었다. 내가 그들을 놓친 것일 수도 있었다. 하지만 나는 경계를 계속하며 레이철에게 전화를 걸기로 했다. 레이철은 속삭이는 목소리로 전화를 받았다.

"잭, 괜찮아?"

"괜찮아. 그냥 확인차 전화한 거야. 아직 아무도 안 만났어?"

"아니, 지금 얘기 중이야. 방금 전화 받으려고 나왔어."

"그래서?"

"뭐, FBI가 살펴보고 있어. 다른 사건을 검색하면서 해먼드의 동업자를 찾으려는 중이야. 곧 뭔가 나올 거야."

"투손에서 사건이 발생한 건지도 몰라. 하지만 지금 이 순간 더 중요한 건, 여기 로스앤젤레스에서 오늘 살인사건이 하나 더 벌어졌다는 거야. 피해자가 해먼드의 동업자인 줄 알았는데 아니야. 실수였던 것 같아. 때까치가 그 사람을 해먼드의 동업자라고 생각한 모양이야."

"그걸 어떻게 알았어?"

나는 causesofdeath 웹사이트를 확인하다가 검시관실까지 가게 된 이야기를 전해줬다. LA 경찰이 〈페어워닝〉에서 연결했던 사건들을 똑같이 연결하고 있는 만큼, 현재 FBI는 경쟁을 벌이게 된 것이라고 말했다. 어쩌면 두 기관이 각자 수사하는 평행선을 달리게 하느니 FBI가 LA 경찰과 힘을 합쳐야 하는지도 모르겠다고 했다.

"제안은 해보겠지만 너무 기대하지는 마." 레이철이 말했다. "내가 FBI에 있을 때 그런 일이 잘된 경우는 한 번도 없었어. 태도가 많이 바뀐 것 같지도 않고."

"뭐, 기사가 나왔는데 정부에서 서로 다른 수사를 하고 있다고 적혀 있으면 별로 좋아 보이지 않을걸." 내가 말했다.

"잭, 다른 게 있어."

"뭔데?"

"FBI에서는 아직 당신이 기사를 내지 않으면 좋겠대."

"맙소사, 결국 그렇게 될 줄 알았어. FBI한테 그냥 잊어버리라고 해.

이건 우리 기사야. 예의상 FBI한테 알려준 거지. 우린 기사를 낼 거야."

"FBI는 그자에게 누군가 자신을 쫓고 있다는 걸 알리지 않는 게 낫 겠다고 생각하는 거야. 나도 같은 의견이고. 당신이 기사를 내면 때까 치가 모습을 감출지도 몰라. 그럼 우린 절대 놈을 잡을 수 없어."

"'우리'? 이제 FBI한테 돌아간 거야?"

"내 말 무슨 뜻인지 알잖아. 우리가 쫓고 있다는 걸 아는 순간 놈은 사라질 거야. 패턴도 바꿀 테고."

"우리가 기사를 내서 대중에게 이자에 대해 경고하지 않으면 놈이 잡힐 때까지 살인을 계속하겠지. 혹시라도 잡힌다면."

"나도 그럴 수 있다는 건 알지만……."

"이자는 오늘만 두 사람을 죽였어. 자기 자취를 감추느라고. 놈은 이 미 뭔가 벌어졌다는 걸, 사람들이 자기를 쫓고 있다는 걸 알고 있어."

"하지만 FBI가 쫓는다는 건 모르잖아, 잭."

"잘 들어. 마이런이랑 에밀리한테 얘기해보긴 할게. 하지만 난 기사 를 내자는 쪽에 한 표야. 이놈이 돌아다니고 있다는 걸 세상에 알려야 해. 이놈이 하는 짓과 피해자들이 어떻게 신분 노출과 스토킹을 당했 는지도."

"그리고 당신 특종을 빼앗기는 일도 없어야겠지."

"저기, 부정하진 않을게. 난 기자고 이건 내 기사야. 맞아, 내가 가장 먼저 기사를 내고 싶은 건 확실해. 하지만 FBI와 LA 경찰이 모두 이 사 건에 대해 알게 된 지금, FBI 내의 웬 개자식이 자기가 움직이고 싶은 기자에게 정보를 흘리는 건 시간문제야. 그것만 생각해도 난 기사를 내고 싶어져. 하지만 더 중요한 이유는 저 밖에서 벌어지는 아주 위험한 일에 대해 대중에게 경고하는 거야."

"알았어, 잭. 말해볼게. 기사가 나갈 때까지 시간을 얼마나 주겠다고 하면 돼?"

나는 앞 유리 너머를 보다가 맷슨과 사카이가 주차장 앞면의 인도를 따라 걸어가는 모습을 봤다. 나는 휴대전화로 둘의 사진을 찍을 수 있도록 전화를 스피커폰으로 돌렸다. 마이런은 시각적으로 쉬어가는 시간을 주기 위해 긴 기사의 본문 사이사이에 사진을 넣는 걸 좋아했다. 사진이 내 기사와 어떤 식으로든 연관되기만 한다면 다른 건 중요하지 않았다.

형사들은 암행 경찰차 양옆으로 다가가 차에 탔다.

"하루." 내가 말했다. "내일 밤에는 낼 거야."

"적어도 24시간만 미뤄주면 안 될까, 잭? 내일 밤까지 FBI가 할 수 있는 일은 별로 없어."

"때까치가 그 24시간 동안 누군가를 죽이면? 당신은 그런 걸 원해, 레이첼? 난 아닌데."

나는 통화가 걸려 왔다는 진동음을 듣고 휴대전화 화면을 봤다. 발신자 확인 불가 전화가 걸려 오고 있었다.

"레이첼, 꼭 받아야 하는 전화가 왔어." 내가 빠르게 말했다. "그 사람일지도 몰라."

"누구?" 레이첼이 말했다.

"로그보그. 다시 전화할게."

"잭……."

나는 전화를 끊고 다른 전화를 받았다.

"잭 매커보이입니다."

아무 소리도 나지 않았다. 그저 통화가 연결됐을 뿐이다. 나는 맷슨과 사카이가 주차장에서 차를 몰고 나가 오른쪽의 미션 가에 접어드는 모습을 지켜봤다.

"여보세요? 잭입니다."

"메시지를 보냈던데……."

수화기 속 음성은 목소리를 로봇처럼 바꿔주는 디지털 변환기를 통해 들려왔다.

"네……. 내가 보냈습니다. 당신이 위험해요. 당신을 돕고 싶습니다."

"당신이 날 어떻게 도와?"

나는 조용히 배낭 지퍼를 열고, 그의 말을 받아 적으려고 공책과 펜을 꺼냈다.

"일단, 나는 당신 쪽 이야기를 전해줄 수 있습니다. 이번 기사가 뜨면 피해자와 가해자가 나뉘게 될 거예요. 다른 사람들이 나서기 전에 당신이 직접 당신 얘기를 하는 게 낫죠. 사람들은 당신을 모릅니다."

"당신은 누구야?"

"말했잖아요. 작가입니다. 살인자들을 추적하죠. 때까치를 쫓고 있어요."

"때까치를 어떻게 알지?"

"그놈이 내가 아는 사람을 죽였습니다. 더티4에서 그 여자 이름과 신상정보를 얻었더군요."

침묵이 흘렀다. 나는 내가 그를 놓친 게 아닌가 하는 생각이 들었다. 로그보그를 설득해 입을 열도록 하고 싶었다. 하지만 그와 해먼드가 그 사업으로 초래한 일을 에둘러 갈 생각은 없었다. 내 생각을 말하자면 로그보그는 확실히 가해자 쪽에 있었다. 그는 때까치만큼 비난할 만한 인물은 아니었지만 거의 비슷한 놈이었다.

"이러려던 게 아니야."

나는 그 말을 그대로 받아 적은 뒤에야 대답했다. 나는 이 대사가 기사 윗부분에 올라가리라는 걸 알고 있었다.

"어쩌려던 겁니까?"

"우린…… 그냥 돈을 벌려는 거였어. 우린 틈새시장을 봤다고."

"무슨 틈새시장이요?"

"알잖아, 남자들을 돕는 거지. ……여자 만나는 걸 어려워하는 남자들도 있으니까. 틴더 같은 거랑 별로 다를 것도 없었어."

"다만 당신들이 프로파일을 판매한 여자들은 그 사실을 몰랐죠. 안 그래요?"

나는 비난하는 말투를 쓰지 않으려 노력했지만, 이 말에 침묵이 이어졌다. 나는 그를 잃기 전에 말랑말랑한 질문을 던졌다.

"당신과 마셜 해먼드는 어떻게 만났습니까?"

그는 잠시 침묵이 흐른 뒤에야 대답했다.

"대학 시절 룸메이트였어."

"어느 대학교였죠?"

"어바인."

작은 퍼즐 조각이 제자리에 맞아 들어갔다.

"거기서 윌리엄 오턴을 알게 된 건가요?"

"마셜이 알았지."

나는 그에게 커브 볼을 던졌다. 내 머릿속 한구석에서 자라나고 있던 가능성이었다.

"오턴이 때까치입니까?"

"아니."

"그걸 어떻게 알죠?"

"그냥 아니까. 마셜은 어떻게 된 거야?"

"때까치가 마셜의 목을 부러뜨린 다음 마셜이 자기 집 실험실에서 스스로 목을 매단 것처럼 꾸미려 했습니다. 오턴이 때까치가 아니라는 건 어떻게 압니까? 때까치가 누군지 알아요?"

"알아냈어."

나는 그 말을 받아 적었다. 나는 내가 다음으로 그에게 할 말이 이 대화에서 가장 중요한 부분일지 모른다는 걸 알았다.

"좋아요. 잘 들으세요. 당신이 이 상황을 나아지게 만들 방법이 있습니다. 당신이 원한다면요."

"어떻게?"

"때까치가 누군지 말해주세요. FBI가 그자를 막아야 합니다."

"FBI?"

나는 즉시 말실수했다는 걸 깨달았다. 그는 이 사건이 FBI의 관심을 끌게 됐다는 걸 모르고 있었다. 나는 대화의 방향을 틀어 그가 계속 전화를 하도록 해야 한다는 걸 느꼈다. 내가 불쑥 질문을 던졌다.

"때까치는 마셜을 어떻게 찾았을까요?"

잠시 침묵이 흘렀지만 결국 그가 다시 입을 열었다.

"연락했으니까."

"누가요? 마셜이요?"

"그래. 우리는 죽은 여자들에 대해 알았어. 고객들이 우리한테……
그러니까, 우리 프로파일 중 일부가…… 소멸됐다고 말했거든. 마셜이
그 일을 조사해봤어. 다운로드 내역을 확인하고 그 사건들 사이의 연
관성을 찾아낸 거야. 때까치였어. 마셜이 그 사람에게 연락했어. 때까
치한테 그만해야 한다고 말했어."

로그보그가 내놓은 설명은 그게 전부였지만 내가 이야기 조각을 더
많이 조립하는 데는 도움이 됐다.

"때까치가 그런 방법으로 마셜을 찾아냈다고요? 자신에게 온 연락
을 추적해서?"

"구체적인 방법은 모르지만. 우리도 조심했는데, 어떻게 그랬는지
놈이 마셜을 찾았어."

"'우리'요?"

"우리가 쪽지를 보내기로 합의한 거야. 직접 보낸 건 마셜이지만."

"오턴 얘기로 돌아가죠. 마셜이 오턴 사건에 손을 댄 거 맞죠? DNA
말입니다."

"그 얘기는 안 할 거야."

"그렇다면 오턴이 마셜에게 빚을 진 건데요. 그래서 오턴이 당신들
에게 DNA를 넘긴 겁니다."

"말했잖아, 난……."

"알았어요, 알겠습니다. 잊어버리세요. 때까치는요? 당신은 때까치
가 누군지 안다고 했습니다. 이름을 알려주세요. 그렇게만 해주면 이
번 일의 가해자는 당신이 아니게 될 겁니다. 당신은 이 사건을 막으려

노력한 사람이 될 거예요. 당신도 말했지만, 이러려던 게 아니잖아요."

"그럼 당신이 그 이름을 FBI에 알리겠다는 거야?"

"내가 알릴 수도 있고 당신이 알릴 수도 있죠. 당신이 이름을 내주기만 한다면 그건 별로 중요하지 않습니다."

"생각해볼게. 내가 가진 건 그게 전부라서."

내가 듣기에 그 말은 기소당하지 않는 대가로 로그보그가 내놓을 수 있는 유일한 카드가 때까치의 신원이라는 뜻 같았다.

"뭐, 너무 오래 생각하지는 말고요." 내가 밀했다. "당신이 알아냈다면 FBI도 결국 알아낼 겁니다. 그때가 되면 당신은 내줄 게 없어질 거예요."

그는 대답하지 않았다. 나는 취재원의 진짜 이름조차 모르고서 때까치의 신원을 물었다는 걸 깨달았다.

"당신은요? 내가 이야기하는 상대가 누구인지 알 수 있게 당신 이름을 알려줄 수 있습니까?"

"로그."

"아뇨, 진짜 이름 말입니다. 당신은 내 이름을 알잖아요. 당신도 나한테 이름을 알려주지 그래요?"

나는 기다렸다. 그런 다음에는 연결이 끊어지는 소리가 들렸다.

"여보세요?"

그는 사라졌다.

"제기랄."

인터뷰는 끝났다.

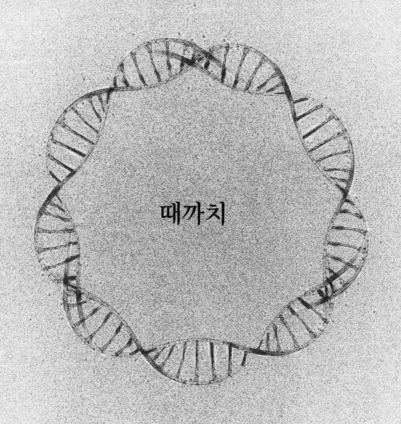

때까치

23

그는 주차장 건너편의 기자를 지켜봤다. 기자는 연달아 전화를 거는 것처럼 보였다. 그리고 검시관실에서 나서는 남자 두 명의 사진도 몰래 찍었다. 그 남자들은 경찰이 분명했다. 살인사건 전담반 형사들일 것이다. 경찰이 죽은 사람을 데려오는 곳이 이곳이니까. 이 모든 일이 기이했다. 기자는 얼마나 많이 아는 걸까? 경찰은 얼마나 알고?

그는 사무실에서부터 기자를 따라왔다. 〈페어워닝〉 웹사이트의 사진을 보고 그를 알아볼 수 있었다. 기자는 당시 서두르고 있었다. 노란불을 그냥 지나쳤다. 혼자인 게 분명한데도 고속도로에서는 카풀 차선을 이용했다. 그런데 이제 그는 속도를 늦추고 지프에 앉아 전화를 걸고 있었다. 때까치는 기자가 검시관실 안에서 무엇을 알게 됐는지 궁금했다.

그는 중앙 콘솔을 손가락으로 타닥타닥 두드렸다. 불안했다. 상황이 엉뚱하게 전개됐다. 그의 통제에서 벗어나고 있었다. 그는 보겔에게 지금도 답답하고 화가 나 있었다. 그는 쇼핑몰에서 남자를 취조하기 시작한 순간 그가 보겔이 아니라는 걸 빠르게 알아냈지만 살인을 마무리해야만 했다. 이제 그는 누가 보겔에게 경고한 건지, 보겔이 어떻게 그 만남이 함정이라는 걸 알아냈는지 궁금했다. 어쩌면 보겔이 그를 함정에 빠뜨린 건지도 몰랐다.

마지막으로, 기자가 주차 공간에서 차를 몰고 나와 출구로 향했다.

때까치는 쉽게 빠져나가는 동시에 사냥감을 놓치지 않을 만큼만 물러나 있었다. 기자는 검시관실에서 왼쪽으로 방향을 틀어 미션 가에 접어든 뒤 다음 좌회전 길에서 마렌고로 들어갔다. 때까치는 기자에게 집중하며 뒤를 밟았다. 기자는 북쪽으로 향하는 5번 고속도로에 진입했다.

이후로 30분 동안 그는 기자를 따라 고속도로를 달려 북쪽으로, 그다음에는 서쪽의 샌프란시스코 밸리로 갔다. 그제야 그는 기자가 바로 그날 아침만 해도 때까치 자신이 있던 쇼핑몰로 향하고 있다는 걸 깨달았다.

이번에도 그는 뭔가를 아는 것처럼 보였다.

기자가 주차장에 들어간 다음 램프를 계속 올라가 꼭대기 층까지 갔다. 차를 세워놓고 사건 현장으로 다가갔다. 아무 망설임 없이 경찰이 남겨둔 노란색 테이프 아래로 지나갔다. 콘크리트 난간 너머를 내려다봤다. 휴대전화로 사진을 찍더니 가장자리에서 물러나 사진을 더 찍었다.

때까치는 몇 가지를 깨달았다. 그 남자의 죽음은 이미 때까치 자신의 작품으로 밝혀졌다. 기자가 그 사실을 알고 있었다. 그 말은, 경찰과 검시관실에 기자의 취재원이 있다는 뜻이었다. 남은 질문은 보겔에 관한 것이었다. 보겔은 무얼 알고 있는 걸까? 또 누구와 그 정보를 나눴을까? 경찰과 이야기하고 있거나, 저 기자와 이야기하고 있을까?

최종적인 결론은 이것이었다. 때까치가 보겔에게 접근할 수 있는 가장 성공률 높은 방법이 저 기자였다. 지금 저 기자를 제거하는 것은 실수일 것이다.

때까치는 기자를 살려주기로 계획을 바꿨다. 지금은.

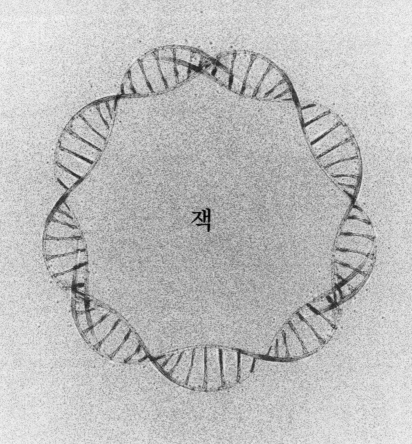

잭

34

나는 늦은 오후에 사무실로 돌아가 로그보그에게서 얻은 새로운 인용문과 정보를 에밀리에게 전하기 시작했다. 그녀가 이미 1500단어짜리 기사를 써놓은 뒤였다. 보통 1500단어는 〈페어워닝〉에서 독자의 피로가 끼어들기 시작하는 기준선으로 여겨졌다. 하지만 새로운 정보가 대단히 중요했다. 로그보그는 더티4를 만든 두 남자 중 한 명이었으며 죽음과 파괴로 이르는 길에 살인자를 풀어놓았다.

"다른 부분을 좀 더 다듬어야 해요." 그녀가 말했다.

"사소한 문제는 후속 기사로 남겨둘 수도 있어요." 내가 말했다. "후속 기사가 많이 나올 건 확실하니까요."

우리는 에밀리의 자리에 같이 앉아 있었다.

"맞아요." 에밀리가 말했다. "하지만 지금 좋은 자료가 있다면 그걸 기사에 끼워 넣으려고 노력하지 말아야 할 이유는 없죠."

"알아낸 게 놈의 ID밖에 없다는 이유로 마이런이 우리를 막을까요?"

"아마 그러겠죠. 로그보그가 사이트 운영자인 건 100퍼센트 확실한가요?"

나는 잠시 생각해보고 고개를 끄덕였다.

"나는 해먼드의 동업자 것이 분명한 주소로 이메일을 보냈고, 놈은 거기에 답장을 보냈어요. 사이트에 대해서나 지금 벌어지고 있는 일에 대해서도 놈의 정체를 확인할 수 있을 만큼 충분히 알고 있다는 걸 표현했고요. 그러니까 이름은 모르지만 놈이 맞아요. 확실합니다."

에밀리는 동의한다는 뜻으로 고개를 끄덕이지도 않았고 무슨 말을 하지도 않았다. 그걸 보면, 에밀리는 지금도 확신하지 못하는 정보가 담긴 기사에 자기 이름을 붙이는 걸 불편하게 느끼는 듯했다.

"알았어요." 내가 말했다. "나도 이러긴 싫은데, 레이철한테 전화를 걸어서 FBI가 놈의 신원을 밝히는 데 조금이나마 진척이 있는지 알아볼게요."

"왜 레이철한테 전화하는 게 싫은데요?" 에밀리기 물었다.

나는 방금 말실수로 난관에 빠지고 말았다는 걸 깨달았다. 나는 에밀리에게 레이철과 나 사이에 벌어진 균열을 말해줘야 할 것이다.

"레이철이 뭐랄까, FBI의 편을 들기 시작했어요." 내가 말했다.

"무슨 말이에요?" 에밀리가 물었다. "우린 레이철이 필요해요, 잭. 레이철은 우리가 FBI에 접근하는 통로라고요. 이 사건이 기사화되자마자 정말로 그 관계가 필요해질 거예요."

"문제는 FBI가 기사를 내지 않기를 바란다는 거예요. 놈이 기사를 보고 FBI가 자기를 쫓고 있다는 걸 알게 될지 모르니까요. FBI에서는 놈이 자취를 감출까 봐 걱정하고 있어요. 내 입장은, 우리 회사 이름이 〈페어워닝〉인 데에는 이유가 있다는 거예요. 우린 대중에게 이자에 대해서 경고해야 해요. 놈은 오늘만 두 사람을 죽였어요. 더티4에서 식별해낸 여자들의 명단도 가지고 있고요."

에밀리가 고개를 끄덕였다.

"나도 같은 생각이에요." 그녀가 말했다. "이제 가야겠어요. 마이런이 퇴근하기 전에 마이런한테 한번 확인해 볼까요?"

"일단, 레이철이 전화를 받는지부터 확인해 볼게요." 내가 말했다. "그래야 우리 손에 쥔 정보를 최신으로 업데이트할 수 있으니까요."

"그래서…… 예전에는 두 분 사이에 무슨 일이 있었던 거예요?"

"우린 그냥…… 망쳐버렸어요. 레이철이 그때 일에 대해 대가를 치렀죠."

"어쩌다가요?"

나는 이 문제에 대해 이야기하고 싶은지 아닌지 결정해야 했다. 아마 이야기를 하다 보면 그와 관련된 나쁜 감정을 씻어낼 수 있을지도 몰랐다. 하지만 지금은 한창 기삿거리를 파헤치는 와중이었다.

"알면 나한테 도움이 될지도 몰라요." 에밀리가 말했다. "레이철도 이번 일에 끼게 됐으니까요."

나는 고개를 끄덕였다. 그건 나도 이해했다.

"난 〈벨벳 코핀〉에서 일하고 있었어요." 내가 말했다. "레이철과 나는 사귀는 사이였고요. 비밀 연애였죠. 우리는 각자의 자리를 지켰지만 그건 남들이 볼 때뿐이었어요. 당시에 난 어떤 LA 경찰에 대해 기사를 쓰고 있었어요. FBI가 그 사람을 부패 혐의로 내사하고 있다는 주제로요. 그때 그 경찰이 연방 대배심에서 기소당했는데도 현직 연방 검사의 오점을 알고 있었기에 상황을 무마했고, 그 결과 아무 일도 일어나지 않았다는 말을 해준 취재원이 있었어요."

"그래서 레이철한테 도와달라고 했어요?" 에밀리가 물었다.

"네. 레이철이 대배심 때의 녹취록을 구해다 줬고 나는 기사를 냈어요. 연방 검사가 고소했고 수석 판사는 화를 냈죠. 난 법원으로 끌려갔습니다. 나는 취재원의 이름을 대지 않았고 판사는 나를 법정 모독죄로 감옥에 넣었어요. 그러는 동안에 경찰은 자살 소동을 벌이면서 자기가 언론의 괴롭힘을 받는 결백한 사람이라는 유서를 남겼어요. 나를 얘기하는 거였죠. 그래 봐야 나는 아무 동정심도 느끼지 않았어요. 두 달이 지난 뒤에도 나는 계속 감옥에 갇혀 있었고요.”

“그래서 레이철이 나선 거군요.”

“맞습니다. 레이철은 자기가 취재원이라고 인정했어요. 나는 풀려 났고 레이철은 일자리를 잃었죠. 이야기의 끝이자 우리 둘의 끝이었습니다.”

“와. 힘들었겠네요.”

“레이철은 연쇄살인범과 테러범들을 쫓던 사람이에요. 지금은 대체로 기업을 대신해서 배경 조사를 해주죠. 그게 다 내 탓입니다.”

“당신이 강요한 것도 아니잖아요.”

“상관없어요. 나는 녹취록을 받아 갈 경우 벌어질 수 있는 일을 알았습니다. 그런데도 받아 갔고요.”

그 말 이후로 에밀리는 조용해졌다. 나도 마찬가지였다. 나는 일어서서 내 자리로 다시 의자를 끌고 간 다음 휴대전화로 레이철에게 전화를 걸었다. 레이철은 바로 받았다. 나는 그녀가 움직이는 자동차 안에 있다는 걸 알 수 있었다.

“잭.”

“안녕.”

“어디야?”

“사무실. 기사 쓰고 있어. FBI에서는 나왔어?”

“응. 당신한테 전화하려 했어.”

"집에 가?"

"아니, 아직. 왜?"

"당신과 FBI 친구들이 조금이나마 로그의 정체를 밝혀냈는지 궁금해서."

"음, 그런 건 아니야. 아직 작업 중이야."

나는 갑자기 의심스러워졌다.

"레이철, 지금 놈을 잡으러 가는 건 아니지?"

"아니, 전혀 아니야. 그건 확실히 말할게, 잭."

"그럼 무슨 일이야? 오후 내내 연락 한 번 안 했잖아. 그런데 지금은 어딘가로 가면서 나한테 어디로 가는지는 말해주지 않다니."

"말했잖아, 이제 막 전화하려 했다고. 믿어줘서 고맙네."

"미안해. 당신도 날 알잖아. 난 모르는 게 있으면 의심이 생겨. 뭐 때문에 전화하려고 했어?"

"FBI에서 다른 피해자가 있는지 확인하는 중이라고 했잖아? 당신이 가진 정보는 사람들이 검시관 웹사이트에서 언급한 것뿐이었으니까. FBI에서는 그보다 깊이 파고들고 있어."

"그래, 잘됐네. 뭔가 찾아냈어?"

"응. 사건이 더 있어. 목이 부러진 여자들이 더 있더라고. 하지만 FBI가 준비되기 전에 기사를 내겠다면 당신에게는 그 정보를 제공하지 않겠대. 내일 당신한테 가서 거래를 할 생각이야. 당신이 보도를 미뤄주면 더 많은 사건을 알려주겠대."

"제기랄. 사건이 몇 건이나 되는데?"

"사망한 피해자만 최소 세 명은 더 있어. 당신이 오늘 얘기한 투손

사건 포함해서."

그 순간 나는 말을 멈췄다. 이게 무슨 뜻일까?

"사망하지 않은 피해자도 있다는 말이야?"

"뭐, 한 명 있을지도 몰라. 난 지금 그리로 가는 중이야. 한 여자의 목이 다른 피해자들과 비슷한 방식으로 부러진 폭행 사건을 찾아냈거든. 하지만 그 여자는 죽지 않았어. 사지가 마비됐지만."

"세상에. 그 사람은 어디 있는데?"

"패서디나에서 벌어진 사건이야. 기록을 살펴보니까 맞는 것 같아. 몽타주가 나와 있어. 피해자는 놈을 바에서 만났대."

"어떻게 된 거야? 피해자는 어떻게 발견됐는데?"

"놈은 피해자가 죽었다고 생각한 게 틀림없어. 언덕의 계단으로 굴려버렸더라고. 패서디나의 비밀 계단이라고, 들어본 적 있어?"

"아니."

"그 동네 사방으로 오르내리는 계단이 있나 봐. 놈은 피해자의 목을 부러뜨린 다음 피해자의 몸을 그 계단으로 끌고 가서 아래로 던져버렸어. 사고로 위장하려고. 그런데 새벽에 그 계단에서 조깅하던 어떤 남자가 피해자를 발견했어. 피해자의 맥박이 남아 있었대."

"그 말은, 놈이 패서디나를 알았다는 뜻인가? 그 장소가 큰 단서가 될 수도 있겠는데."

"뭐, 이름은 비밀의 계단이지만 딱히 비밀은 아니야. 인터넷에 온통 옐프온라인 지역 검색 서비스의 일종 리뷰와 사진이 있으니까. 때까치는 온라인으로 패서디나 계단을 검색하기만 하면 됐어. 그랬으면 알았을 거야."

"DNA는? 그 여자도 GT23을 이용했대?"

"몰라. 사건 파일에는 안 적혀 있었어. 그래서 지금 피해자를 인터뷰해 보려는 거야."

"혼자서?"

"응, 혼자서. 이 사건을 배당받은 요원들은 내일까지는 시간이 없을 거야. 다른 일이 너무 많이 벌어지고 있으니까."

나는 초기에 고리뒤통수 관절 탈구에 대해 조사했던 내용을 떠올렸다. 이런 부상이 늘 사망으로 이어지는 건 아니었다.

"어디야?" 내가 물었다. "만나자."

"그게 좋은 방법인지는 잘 모르겠어, 잭." 레이철이 말했다. "난 수사관으로서 가는 거야. 피해자가 기자랑은 얘기하고 싶어 하지 않을지도 몰라. 그것도 말을 할 수 있어야 말이지만."

"상관없어. 인터뷰는 당신이 해. 나도 그 자리에 있고 싶어. 어디로 가는데?"

잠시 침묵이 흘렀다. 나는 레이철과 내가 맺은 취약한 관계의 모든 것이 위태롭다고 느꼈다.

"앨터디나 재활병원이야." 결국 레이철이 말했다. "주소는 구글로 찾아봐. 피해자 이름은 귀네스 라이스야. 겨우 스물아홉 살이고."

"지금 갈게." 내가 말했다. "기다려."

나는 전화를 끊고 에밀리의 자리로 돌아가 피해자가 더 있으며 그중 아직 살아 있는 사람을 만나러 갈 거라고 말했다. 다른 피해자에 대한 정보를 주는 대신 보도를 늦추는 거래를 제안하려는 FBI의 계획에 대해서도 말해줬다.

"어떻게 생각해요?" 에밀리가 물었다.

"모르겠어요." 내가 말했다. "그건 내일까지 생각해보면 되죠. 내가 이번 인터뷰를 하는 동안 마이런하고 얘기해보면 어떻습니까?"

"좋은 생각이네요."

"그건 그렇고, FBI에 때까치의 몽타주가 있대요."

"거래하면 그것도 주나요?"

"우리가 그렇게 만들어야죠."

그런 뒤 나는 사무실을 나섰다. 책상에서 열쇠를 집어 들고 서둘러 나갔다.

35

레이철이 앨터디나 재활병원 로비에서 나를 기다리고 있었다. 완전히 업무 모드였다. 포옹도, 인사도 없었다. 그냥 "시간이 좀 걸렸네."라는 말뿐이었다.

그녀는 돌아서서 엘리베이터 여러 대가 있는 곳으로 갔다. 나는 서둘러 그녀를 따라잡았다.

"피해자의 아버지가 날 만나겠다고 했어." 우리가 엘리베이터에 탄 다음 그녀가 말했다. 그녀는 3층 버튼을 눌렀다. "지금 피해자랑 같이 있대. 각오해."

"뭘?" 내가 물었다.

"보기 좋지는 않을 거야. 사건은 겨우 4개월 전에 일어났어. 피해자, 그러니까 귀네스는 신체적으로나 정신적으로나 상태가 좋지 않아. 호흡기를 끼고 있대."

"알았어."

"소개는 내가 하게 해줘. 당신 얘기는 아직 모르거든. 티 나게 굴지 말고."

"뭐에 대해서?"

"당신이 기삿거리를 구하러 왔다는 점에 대해서. 내가 메모를 하는 게 나을지도 몰라."

"그냥 녹음해도 되는데."

"녹음할 게 없어. 귀네스는 말을 못 해."

나는 고개를 끄덕였다. 엘리베이터가 천천히 움직였다. 건물은 4층까지밖에 없었다.

"내가 여기 온 건 단지 기사 때문만이 아니야." 나는 오해를 풀려고 말했다.

"정말?" 레이철이 말했다. "오늘 통화했을 때는 당신이 신경 쓰는 건 기사뿐인 것 같았는데."

엘리베이터 문이 열렸다. 레이철은 내가 그 말에 대한 변명을 찾기도 전에 내려버렸다.

우리는 복도를 따라 걸어갔다. 레이철이 309호의 문을 가만히 두드렸다. 잠시 기다리니 한 남자가 문을 열며 복도로 나왔다. 그는 지친 표정이었고 60세쯤 돼 보였다. 그가 밖으로 나와 문을 닫았다.

"라이스 씨?" 레이철이 물었다.

"네, 접니다." 그가 말했다. "당신이 레이철입니까?"

"네, 통화했었죠. 방문을 허락해 주셔서 감사합니다. 말씀드렸다시피 저는 FBI에서 은퇴했습니다만, 지금도……."

"은퇴하기에는 너무 젊어 보이는데."

"뭐, 지금도 일에서 손을 떼지 않고 때로 FBI와 협력하고 있습니다. 이번 사건에서처럼요. 잭 매커보이 씨도 소개해 드리고 싶습니다. 잭은 〈페어워닝〉에서 일하는 기자로, 모든 사건의 연결고리를 처음으로 발견해 조사한 내용을 FBI에 제보한 사람입니다."

나는 라이스 씨에게 손을 내밀었다. 우리는 악수했다.

"만나서 반갑습니다, 잭." 라이스가 말했다. "당신 같은 사람이 넉

달 전에 나타나서 귀네스에게 이 작자에 대해 경고해줄 수 있었다면 좋았을 텐데요. 아무튼 들어오십시오. 귀네스에게는 손님이 있을 거라고, 이제야 뭔가 이뤄지고 있다고 말했습니다. 미리 말씀드리지만 진행이 느릴 겁니다. 귀네스는 모니터와, 의사소통을 돕는 마우스 스틱 펜이라는 걸 달고 있습니다."

"괜찮습니다." 내가 말했다.

"뭐랄까, 신기해요." 라이스가 말했다. "그 장치가 귀네스의 치아와 입천장을 키보드로 바꿔줍니다. 귀네스는 매일 그걸 쓰는 실력이 늘고 있고요. 아무튼 지치긴 합니다. 어느 시점에서는 기운이 다 빠질 테고요. 어쨌든 뭘 알아낼 수 있는지 보죠."

"감사합니다." 레이철이 말했다.

"하나 더 있습니다." 라이스가 말했다. "저 애는 지옥에 갔다가 돌아왔습니다. 쉽지는 않을 겁니다. 내가 귀네스에게 이번 인터뷰를 꼭 할 필요는 없다고 말했는데 귀네스가 하고 싶다고 하더군요. 그 사악한 놈을 잡고 싶다면서 당신들이 그렇게 할 수 있으면 좋겠다고 했습니다. 하지만 동시에, 저 애는 약합니다. 제가 하고 싶은 말은 살살 하시라는 겁니다. 아시겠죠?"

"이해합니다." 레이철이 말했다.

"당연하죠." 내가 덧붙였다.

그 말을 끝으로 라이스가 문을 열고 병실 안에 들어갔다. 나는 레이철을 보고 고개를 끄덕이며 그녀를 먼저 들여보낸 뒤 라이스와 함께 들어갔다.

방은 난간이 달린 병원 침대 위에 설치된 약한 스포트라이트로 어둑

하게 밝혀져 있었다. 귀네스 라이스는 상체를 세운 채 침대에 45도 각도로 기대어 있었다. 양옆에는 그녀의 상태를 확인하고 그녀 대신 호흡하고 음식을 먹고 그녀의 노폐물을 치워주는 장치와 관들이 있었다. 귀네스의 머리는 건축용 비계처럼 생긴 틀로 고정돼 있었다. 그녀의 두개골에서 최소 두 군데가 나사로 박혀 있는 것처럼 보였다. 전체적으로는 끔찍한 장면이었다. 처음에 본능적으로 고개를 돌리고 싶다는 감정이 들었지만, 나는 그녀가 내 반응을 있는 그대로 알아보고 인터뷰를 시작하기도 전에 거부할지 모른다는 걸 알았다. 그래서 똑바로 그녀를 보며 미소 짓고 고개를 끄덕이면서 병실로 들어갔다.

귀네스의 눈앞과 주변으로 뻗을 수 있는 금속 팔이 침대 머리 판에 부착돼 있었다. 그 팔에는 귀네스와 말 상대가 각각 볼 수 있는 작은 평면 스크린 두 개가 붙어 있었다.

귀네스의 아버지는 먼저 침대 옆 탁자에서 접힌 휴지를 집어 들고 귀네스의 입가에 달라붙은 타액을 닦아줬다. 귀네스의 입 오른쪽에서 뻗어 나와 뺨을 타고 내려가서 전자 기기에 부착된 전선과 관 뭉치로 연결된, 아주 가느다란 글라신지 선이 보였다.

귀네스의 아버지가 휴지를 옆으로 치우고 우리를 소개했다.

"귀니, 이쪽은 레이철 윌링이야. 내가 말했던 분." 그가 말했다. "너랑 다른 여자애들 사건에 관해 FBI와 협력하는 분이지. 그리고 이쪽은 잭이야. 잭은 이 모든 일을 알아내고 레이철과 FBI에게 전화를 건 작가이고. 이분들이 이런 짓을 한 남자에 대해 몇 가지 물어볼 게 있다는데, 넌 원하는 대답을 하면 돼. 알았지? 전혀 부담 가질 것 없어."

나는 귀네스가 입 안의 혀와 아래턱을 움직이는 걸 볼 수 있었다. 그러자 네 라는 글자가 우리를 마주 보는 화면에 떴다.

이런 식으로 하는 거였다.

레이철은 침대 옆으로 갔고, 라이스 씨는 그녀에게 앉을 의자를 가져다줬다.

"귀네스, 매우 어려운 일이라는 건 알아요. 기꺼이 도와주시는 점에 정말로 감사드립니다." 그녀가 입을 열었다. "질문은 저만 하고 당신은 최선을 다해 대답해 주시는 게 제일 좋을 것 같아요. 제가 한 질문에 그냥 대답하고 싶지 않다고 하셔도 아무 문제없습니다."

네

이런 식으로 나는 내 기사의 관객이 되고 말았다. 하지만 나는 레이철이 시작하도록 기꺼이 놔둘 생각이었다. 물어봐야 할 게 있다는 생각이 들면 레이철의 어깨를 두드리면 됐다. 그러면 병실 밖에서 상의할 수 있을 것이다.

"먼저 당신이 겪은 일에 정말로 유감을 표합니다." 레이철이 말했다. "이런 짓을 한 남자는 악마예요. 우린 놈을 찾아서 막기 위해 모든 방법을 다 쓰고 있습니다. 당신의 도움은 극도로 값진 거예요. 이 사건이 벌어졌을 때 패서디나 경찰은 이걸 개별적인 사건으로 다룬 것 같더군요. 지금 우리는 한 남자가 당신과 비슷한 여자 여러 명을 해쳤다고 생각해요. 그래서 오늘 제가 하고 싶은 일은 그자에게 집중하는 겁니다. 그자가 누구인지, 어떻게 당신을 선택했는지 같은 문제요. 그러면 놈을 프로파일링하는 데 도움이 될 거고, 그 프로파일로 놈의 신원을 알아낼 수 있어요. 그래서, 제가 던지는 질문 중 일부가 이상하게 보일 수 있지만 그런 질문에도 목적이 있다는 걸 알아주세요. 괜찮을까요, 귀네스?"

네

레이철은 고개를 끄덕인 뒤 나와 라이스 씨를 힐끗 돌아봤다. 우리에게 덧붙일 말이 있는지 확인하기 위해서였다. 우리에겐 덧붙일 말이 없었다. 레이철이 다시 귀네스를 돌아봤다.

"네, 그럼 시작하죠. 이 범죄자가 피해자들을 어떻게 선택했는지 알아내는 게 저희에게는 매우 중요합니다. 한 가지 가설이 있는데, 그 가설에 대해 지금 여쭤보고 싶어요. 혹시 과거에 어떤 종류든 가계도를 알아볼 목적이나 의료적 목적으로 DNA 분석을 받아보신 적이 있나요?"

나는 귀네스의 턱이 움직이기 시작하는 걸 봤다. 꼭 그녀가 뭔가를 먹는 것처럼 보였다. 글자는 언제나 전부 대문자로 나왔다. 인터뷰가 진행되면서 나온 유일한 구두점은 자동 철자법 검사기 때문에 찍힌 것 같았다.

네

나는 라이스 씨가 놀라서 고개를 드는 걸 보았다. 그는 딸이 자기 DNA를 살펴봤다는 걸 모르고 있었다. 나는 그게 가족의 아픈 지점이 아닐지 궁금했다.

페어워닝

"어떤 회사를 이용하셨나요?" 레이철이 물었다.

GT23

내게는 그 대답이 그야말로 귀네스를 때까치의 피해자로 확인해주는 말이었다. 단, 그녀는 어떻게든 살아남아 그 경험을 전하게 됐다. 이제는 부상 때문에 심각하게 제한된 삶이었지만.

"네, 그럼 이번 사건이 일어난 밤 이야기로 가보죠." 레이철이 말했다. "당신은 최초 수사가 이뤄질 때도 여전히 극도로 위중한 상태였습니다. 형사들은 주로 바 앞에서 찍은, 해상도가 떨어지는 동영상으로 수사하려 했고요. 당신이 의사소통을 하게 되자 다른 형사가 사건을 맡았는데, 그 형사는 당신에게 많은 질문을 던지지는 않……."

겁먹고 있었어요

"겁먹고 있었다." 레이철이 화면을 읽었다. "누가 겁을 먹고 있었죠? 형사 말인가요?"

네. 그 사람은 나를 보러 오고 싶어 하지 않았어요

"음, 저희는 겁나지 않아요, 귀네스." 레이철이 말했다. "그건 확실히 말씀드릴게요. 저희는 당신에게 이런 짓을 한 남자를 찾아낼 거고, 그 사람은 범죄에 대한 대가를 치를 겁니다."

산 채로 잡지 마세요

레이철은 그 메시지가 화면에 뜨자 잠시 말을 멈췄다. 귀네스의 갈색 눈에 섬뜩한 빛이 어려 있었다. 내게는 그 순간이 종교적으로 느껴졌다.

"이것만은 말씀드리죠, 귀네스." 레이철이 말했다. "당신 감정을 이해합니다. 저희가 이자를 찾을 거라는 점과 정의가 실현되리라는 점은 아셔야 해요. 자, 피곤하시리라는 거 알아요. 그러니 질문으로 돌아가죠. 혹시 그날 밤의 기억이 조금이라도 돌아왔나요?"

악몽처럼 조각조각

"그 얘기를 해주실 수 있어요? 어떤 게 기억나세요?"

그놈이 술을 사줬고 나는 그놈을 괜찮다고 생각했어요

"그렇군요. 그 남자 말투에 관해서 특별히 기억나는 점이 있나요?"

아니요

"그 사람이 자기 얘기를 조금이라도 하던가요?"

전부 거짓말이잖아요?

"꼭 그렇지는 않아요. 진실과 유사한 말로 대화를 이어가는 것보다는 거짓말에 근거한 말로 대화를 이어가는 게 더 어렵거든요. 놈이 한 말에 진실과 거짓이 섞여 있을 수 있어요. 예를 들어서, 그 사람이 당신에게 직업을 말하던가요?"

코딩을 한다고 했음

"네, 그 점은 우리가 이 남자에 대해 이미 알고 있는 내용과 일치하네요. 그러니까 그 말은 사실일 수도 있어요. 아주 쓸모가 있을 수 있죠, 귀네스. 어디서 일한다고도 말했나요?"

기억 안 나요

"당신은 그 바의 단골이었나요?"

그런 셈이죠

"전에도 거기서 그 남자를 본 적이 있어요?"

아뇨 놈은 이 마을에 새로 왔다고 했어요
아파트를 찾는다고

나는 레이철이 인터뷰를 이끌어가는 방식에 감탄했다. 그녀의 목소리는 사람을 진정시켰다. 그녀는 귀네스와 라포를 형성하고 있었다. 귀네스의 눈에서 그런 기미가 보였다. 귀네스는 레이철에게 없는 정보를 줘 그녀를 기쁘게 하고 싶어 했다. 내가 불쑥 뛰어들어 질문할 필요가 없었다. 나는 레이철이 중요한 질문을 모두 던지리라는 자신이 생겼다. 귀네스가 지치지 않는다면 말이다.

인터뷰는 이런 식으로 15분 더 진행됐다. 레이철이 귀네스를 이토록 심하게 해친 남자의 행동과 성격에 대한 작은 정보들을 끌어냈다. 그런 뒤 레이철은 이끼 너머로 귀네스의 아버지를 바라봤다.

"라이스 씨, 이젠 귀네스에게 몇 가지 개인적인 질문을 던지려 합니다." 그녀가 말했다. "당신과 잭은 몇 분만 복도로 나가주시는 게 좋겠어요."

"무슨 질문입니까?" 라이스가 물었다. "애 기분이 상하는 건 원하지 않는데요."

"걱정하지 마세요. 그런 일이 일어나게 하지는 않을 겁니다. 저는 그냥, 말하자면 여자끼리만 얘기할 때 귀네스가 더 잘 대답할 수 있을 거라고 생각하는 것뿐이에요."

라이스가 딸을 내려다봤다.

"괜찮니, 아가?" 그가 물었다.

괜찮아요 아빠 가도 돼요

그러더니,

페어워닝

하고 싶어요

나는 쫓겨나기 싫었지만 그게 일리 있는 말이라는 건 알았다. 레이철은 일대일로 질문을 던질 때 더 많은 것을 알아낼 것이다. 나는 문 쪽으로 이동했고 라이스가 나를 따라왔다. 복도에서 나는 병원에 식당이 있느냐고 물었지만 라이스는 복도를 따라 가면 나오는 구석에 커피 자판기가 있을 뿐이라고 말했다.

우리는 그쪽으로 갔다. 내가 끔찍한 맛이 나는 커피를 한 잔씩 샀다. 우리는 그 자리에 서서 컵에 담긴 액체의 수위를 홀짝홀짝 낮췄다. 그런 다음 다시 복도를 되짚어가려 했다. 나도 레이철처럼 인터뷰 대상을 일대일로 다뤄보기로 했다.

"믿을 수 없을 만큼 힘드시겠습니다. 딸의 저런 모습을 보다니요." 내가 말했다.

"말도 못 합니다." 라이스가 말했다. "악몽이에요. 하지만 딸 곁에는 내가 있습니다. 귀네스에게 필요한 것이면, 귀네스에게 이런 짓을 한 개자식을 잡는 데 도움이 될 일이면 뭐든 할 겁니다."

나는 고개를 끄덕였다.

"직장이 있으세요?" 내가 물었다. "아니면 이게……."

"나는 록히드의 엔지니어였습니다." 라이스가 말했다. "귀네스 옆에만 있을 수 있도록 일찍 은퇴했죠. 내게 중요한 건 귀네스뿐입니다."

"귀네스의 어머니는 안 계시나요?"

"아내는 6년 전에 떠났습니다. 우리는 켄터키의 보육원에서 귀니를 입양했어요. DNA인지 뭔지를 한 건 생모와 가족을 찾기 위해서였던 것 같군요. 그게 이번 일과 무슨 관련이 있는 거라면…… 맙소사."

"그게 저희 시각입니다."

나는 다시 복도를 되짚어가기 시작했다. 우리는 309호의 문 앞에 도달할 때까지 더 이상 말을 하지 않았다.

"따님의 상황에 도움이 될 만한 치료법이 있나요?" 내가 물었다.

"매일 아침 인터넷에 들어가서 찾아봅니다." 라이스가 말했다. "의사, 연구자, 마이애미 마비치료 프로젝트, 온갖 군데에 연락해 봤어요. 치료법이 있다면 우리가 찾아낼 겁니다. 지금 당장 가장 중요한 건 귀니에게서 호흡기를 떼어내고, 귀니가 혼자서 숨을 쉬고 말할 수 있도록 하는 거예요. 어떻게 생각할지 모르지만 그렇게 현실성 없는 일은 아닙니다. 저 애는 어떻게든 살아남았어요. 놈은 귀네스가 죽었다고 생각하고 그냥 계단에 버렸죠. 하지만 귀니는 살아 있었습니다. 저 애를 살아남아 계속 숨 쉬게 한 것이 무엇이든 지금도 존재해요."

나는 그저 고개를 끄덕일 수밖에 없었다. 위로는 전혀 내 강점이 아니었다.

"난 공학도입니다." 라이스가 말했다. "언제나 공학도의 눈으로 문제를 살펴봤지요. 문제를 찾아서 고쳤어요. 하지만 이번 일에는, 놈을 찾아낸다는……."

병실 문이 열리고 레이철이 나왔다. 그녀가 라이스를 쳐다봤다.

"귀네스가 지쳐가고 있어요. 이야기는 거의 끝났습니다." 그녀가 말했다. "하지만 귀네스에게 뭔가를 보여주고 싶어요. 귀네스가 불쾌해할 수 있어서 마지막 순간까지 미뤘습니다만."

"뭡니까?" 라이스가 물었다.

"그날 밤 바에 있던 사람들 중 따님이 그 남자와 함께 있는 걸 본 사람들이 있어요. 그들의 도움으로 몽타주를 합성해 뒀고요. 몽타주가 귀네스의 기억 속 모습과 정확히 일치하는지 물어보고 싶은데요."

라이스는 그 그림에 대해 딸이 보일 수 있는 반응을 생각해보고 잠시 말을 멈췄다. 그러더니 고개를 끄덕였다.

"내가 곁에 있겠습니다." 그가 말했다. "보여주죠."

몽타주는 나조차도 본 적이 없었다. 다시 병실에 들어가면서, 나는 귀네스의 눈이 감겨 있는 걸 보고 그녀가 잠들었을지도 모른다고 생각했다. 하지만 가까이 다가가면서 그녀가 울고 있다는 것을 알았다.

"아아, 귀니. 괜찮아." 라이스가 말했다. "괜찮을 거다."

그는 접힌 휴지를 다시 집어 들고 딸의 뺨에 얼룩진 눈물을 닦았다. 너무도 비통한 순간이었다. 나는 가슴속에서 비명이 맺혀가는 기분이 들었다. 그 순간 때까치가 신문 기사의 추상적인 대상에서 뼈와 살을 가진 악당으로 바뀌었다. 나는 그자를 찾아 목을 부러뜨리고 싶었지만 그를 죽이고 싶지는 않았다. 대신 지금 이 여자가 그자 때문에 살게 된 삶을 이어받도록 하고 싶었다.

"귀네스, 마지막으로 한 가지만 부탁할게요." 레이철이 말했다. "사진을 한 장 봐주세요. 그날 밤 당신과 함께 바에 있었던 사람들의 도움으로 합성한 몽타주예요. 당신에게 이런 짓을 저지른 사람하고 닮아 보이는지 말해주세요."

귀네스가 멈칫했다. 화면에는 아무것도 뜨지 않았다.

"괜찮을까요, 귀네스?"

다시 침묵이 흐르고,

보여주세요

레이철은 뒷주머니에서 휴대전화를 꺼내 사진 앱을 열었다. 몽타주를 띄워 귀네스의 얼굴과 30센티미터쯤 떨어진 곳으로 들어 올렸다. 귀네스의 눈이 그림을 찍은 사진을 살펴보며 빠르게 움직였다. 그러더니 그녀의 아래턱이 움직이기 시작했다.

네
그 사람

"이 몽타주 속 사람은 제가 보기에 30대 중반인 것 같은데요." 레이철이 말했다. "당신 기억도 그런가요?"

네

귀네스 라이스의 얼굴에서 다시 눈물이 흘러내리기 시작했다. 그녀의 아버지가 휴지를 가지고 다가갔다. 레이철이 일어서서 물러나며 휴대전화를 다시 주머니에 넣었다.
"괜찮아, 귀니. 이제 괜찮아." 라이스가 위로했다. "다 괜찮아질 거야, 아가."
레이철이 나를, 그다음에는 다시 침대를 봤다. 그 순간 나는 레이철의 눈에 떠오른 괴로움을 보고 이게 레이철에게도 여느 객관적인 인터뷰는 아니었다는 걸 알았다.

"고마워요, 귀네스." 그녀가 말했다. "훌륭하게 도와주셨어요. 우리가 이 남자를 잡고, 돌아와서 소식을 전할게요."

라이스가 비킨 뒤 레이철은 침대 옆으로 돌아가 귀네스를 내려다봤다. 그들은 연대를 맺었다. 레이철이 귀네스의 얼굴로 손을 뻗어 가볍게 뺨을 어루만졌다.

"약속해요." 그녀가 말했다. "우리가 잡을 겁니다."

귀네스의 아래턱이 움직이기 시작했고, 그녀는 대화를 시작할 때 보냈던 메시지를 반복했다.

산 채로 잡지 마세요

36

우리는 건물을 나설 때까지 아무 말도 하지 않고 주차장 쪽으로 걸어갔다. 밖은 이제 어두웠다.

나는 병원에 들어왔을 때 레이철의 파란색 BMW를 보고 그 옆에 차를 대놓았다. 우리는 각자의 자동차 뒤에 멈춰 섰다.

"힘들었어." 레이철이 말했다.

"그러게." 내가 말했다.

"복도에 나가 있을 때 피해자 아빠는 어땠어?"

"윽. 난 그런 상황에서 무슨 말을 해야 할지 도저히 모르겠더라."

"나도 방법이 없었어, 잭. 피해자 아빠를 병실에서 내보내는 수밖에. 자세한 내용을 아는 게 중요하니까 귀네스와 자유롭게 이야기하고 싶었어. 귀네스한테 일어난 일이 우리와 이야기를 나눌 수 없는 다른 피해자들한테도 일어났을 거야. 귀네스가 참고할 틀을 제공해주는 셈이고."

"그 틀이 뭔데?"

"음, 한 가지만 말하자면 강간은 없었어. 귀네스가 남자를 자기 아파트로 불러들였어. 남자가 살 곳을 찾는다고 했기 때문에, 비교할 수 있게끔 자기 집을 보여 주겠다고 했대. 합의하에 남자가 콘돔을 사용해 섹스를 했지만 사정까지 이어지지는 않았어. 남자의 발기가 유지되지 않아서. 남자가 성기를 빼고 난 뒤에 악몽이 시작됐어. 남자가 귀네스를 억지로 침대에서 일으킨 다음 욕실 거울 앞에 벌거벗은 채로 서 있게 했어. 아래팔로 귀네스의 목을 고정하고 비틀면서 귀네스에게 그 모습을 보게 했대."

"아, 제기랄."

"남자도 옷을 벗고 있었어. 귀네스는 남자가 자기를 죽인다고 생각하면서 다시 발기하는 걸 등으로 느낄 수 있었대."

"개자식이 사람을 죽이는 행위에서 흥분하는구나."

"연쇄살인범들은 전부 다 그래. 하지만 강간이 없었다는 사실이 중요해. 그 자체가 놈이 DRD4 유전자를 가진 여자들만 노리는 이유야. 놈은 그 사실이 피해자를 침대로 끌어들이는 데 유리하게 작용한다고 생각하는 거야. 거기에 어떤 심리적인 영향이 있는 것 같아. 놈은 강간범이 되고 싶어 하지 않아. 강간이 자신에 대해 말해주는 게 마음에 들지 않는 거야."

"먼저 강간하지 않는다뿐이지, 여자들을 죽이는 건 괜찮다는 거네."

"이상하긴 한데, 독특한 경우는 아니야. 샘 리틀이라고 들어봤어?"

"응. FBI가 잡은 최고 연쇄살인범이잖아."

"그놈도 여기 로스앤젤레스에서 잡혔어. 전국적으로 무려 90명의 여자들을 살해했고. 샘 리틀은 수사관들이 자기를 강간범이라고 부르기를 멈춘 뒤에야 살인에 대해 자백하기 시작했어. 실제로는 강간범이었는데도. 여자들을 죽인 걸 인정하는 건 괜찮다고 생각했지만 강간은 단 한 건도 인정하지 않았어."

"이상하네."

"그런데 말했다시피 독특한 경우는 아니야. 이게 우리 프로파일의 일부라면, 당신 기사나 그 이후로 이어질 언론 보도에 전략적으로 뭔가를 끼워 넣어서 범죄자의 동기를 자극하는 데 쓸 수 있어."

"놈이 나나 에밀리나 〈페어워닝〉을 쫓을 거라는 말이야?"

"그보다는 놈이 당신에게 연락해올 거라고 생각해. 연쇄살인범들이 뭐랄까, 기록을 바로잡기 위해 언론에 연락한 사례는 많거든. 하지만 그 경우에도 똑같이 안전에는 유의해야 해."

"뭐, 그런 거라면 생각해 봐야겠네. 에밀리와 마이런한테도 확인차 말해두고."

"당연하지. 모두가 참여하지 않겠다면 아무것도 하지 않을 거야. 지금은 그냥 생각만 해보는 문제야."

내가 고개를 끄덕였다.

"이번 인터뷰에서 또 뭘 알게 됐어?" 내가 물었다. "프로파일러로서 와닿는 게 있었어?"

"뭐, 놈이 나중에 귀네스에게 옷을 입힌 게 분명해." 그녀가 말했다. "포트레로를 제외한 모든 피해자가 옷을 입고 있었어. 포트레로 이전의 모든 사람이 옷을 입고 있었지. 그 사람들은 살인사건의 은폐를 위해 때로는 정교한 방법으로 높은 데서 추락당했어. 다른 범행 장소나 여자들이 살았던 곳도 주의 깊게 살펴봐야겠지만, 포트레로에게서 변화가 드러날지도 몰라. 놈은 포트레로를 그 여자의 아파트에서 옮기지 않았으니까."

"어쩌면 다른 사람과의 섹스는 그 여자들의 집에서 한 게 아닌지도 모르지. 놈이 묵고 있던 곳이나 놈의 차 같은 곳에서 했는지도 몰라. 그래서 그 여자들을 자기와 떨어뜨려 놔야 했던 거야."

"그럴 수도 있겠네, 잭. 프로파일러가 돼도 괜찮겠는걸."

페어워닝

레이철이 열쇠를 꺼내 차 문을 열었다.

"이제 어쩌지?" 내가 물었다. "여기서부터는 어디로 가? FBI로 돌아가나?"

레이철은 휴대전화를 꺼내 화면의 시간을 확인했다.

"내가 메츠한테 전화할게. 이번 사건을 지휘하는 요원이야. 내가 귀네스와 이야기해 봤으니 FBI와 귀네스의 면담은 내일 아침까지 미뤄도 된다고 말하려고. FBI에서는 내가 조급하게 군 걸 좋아하진 않겠지. 하지만 덕분에 메츠의 팀원들은 다른 문제로 바빠질 거야. 그걸로 오늘 일은 마칠 생각인데. 당신은?"

"나도 아마. 에밀리한테 전화해서 아직 기사를 쓰고 있는지 확인해 봐야겠어."

나는 잠시 망설인 뒤에야 정말로 묻고 싶었던 질문을 던졌다.

"우리 집에 올 거야, 집으로 갈 거야?" 내가 물었다.

"내가 당신이랑 같이 갔으면 좋겠어, 잭?" 레이철이 물었다. "나한테 화가 난 것처럼 보이는데."

"화가 난 게 아니야. 그냥 너무 많은 일이 벌어지고 있어서. 내가 시작한 이번 일이 다양한 사람들의 손에 다양한 방향으로 이끌려가는 게 보여. 그래서 불안해."

"기사 때문이구나."

"그래. 그리고 그 점에서 우린 의견이 달라. 기사를 낼지, 기다릴지에 대해서."

"뭐, 좋은 점이 있다면 내일 아침까지는 결정할 필요가 없다는 거야. 안 그래?"

"그래."

"그러니까 당신 집에서 만나."

"그래. 좋아. 차고에 들어가서 내 두 번째 주차 자리를 쓰려면 날 따라와야 해."

"나한테 두 번째 주차 자리를 주겠다는 거야? 정말 그렇게까지 중요한 단계를 밟을 준비가 됐어?"

레이철이 미소 지었고 나도 마주 미소 지었다.

"저기, 필요하면 리모컨이랑 열쇠도 줄게." 내가 말했다.

다시 공을 넘겨받은 그녀가 고개를 끄덕였다.

"바로 뒤에 따라갈게." 레이철이 말했다.

그녀는 자기 자동차 문 쪽으로 움직이며 메츠 요원에게 전화를 걸려고 뒷주머니에서 휴대전화를 꺼냈다. 그걸 보니 무언가가 생각났다.

"저기." 내가 말했다. "당신이 귀네스한테 보여줬을 때 몽타주를 못 봤어. 보여줘."

그녀가 내게 다가와 휴대전화의 사진 앱을 열었다. 그녀가 화면을 내게로 들어 올렸다. 검고 덥수룩한 머리카락에 꿰뚫어 보는 듯한 검은 눈을 가진 백인 남자가 그려진 흑백 스케치였다. 그의 아래턱은 각졌고 코는 납작하며 넓었다. 두 귀는 머리 양옆에 붙어 있다시피 했다. 각 귀의 윗부분이 머리카락 안으로 사라졌다.

나는 그가 낯익다는 걸 깨달았다.

"잠깐만." 내가 말했다.

나는 팔을 위로 뻗어 레이철이 휴대전화를 치우지 않도록 그녀의 손을 잡았다.

"뭔데?" 그녀가 말했다.

"아는 사람 같아." 내가 말했다. "그러니까, 어디서 본 것 같아."

"어디서?"

"모르겠어. 하지만 머리카락이랑…… 턱 생김새도 그렇고……."

"확실해?"

"아니. 난 그냥……."

나는 머릿속으로 최근 내 행동을 빠르게 훑었다. 그리고 감옥에서 보낸 시간에 집중했다. 멘스 센트럴 로스앤젤레스에 있는 교도소 에서 봤던가? 그날 밤에 나는 강렬한 두려움과 감정을 느꼈다. 그날 본 것은 사물이든 사람이든 아주 선명하게 기억하고 있었다. 그러나 그림 속 남자는 머릿속에서 찾을 수 없었다.

나는 레이철의 손을 놓았다.

"모르겠어. 내 생각이 틀린 것 같아." 내가 말했다. "가자."

나는 돌아서서 지프로 돌아갔다. 레이철은 자기 비머에 탔다. 나는 시동을 걸고 돌아서서 조수석 창문 너머로 레이철에게 먼저 후진해 나가라고 고갯짓했다. 내가 몽타주 속 남자를 어디에서 봤는지 떠올린 건 그때였다.

나는 시동을 끄고 지프에서 뛰어내렸다. 레이철은 이미 자기 자리에서 반쯤 후진해 나간 뒤였다. 그녀가 멈춰 서서 창문을 내렸다.

"왜?" 그녀가 물었다.

"그 남자를 어디서 봤는지 알겠어." 내가 말했다. "몽타주 속 남자 말이야. 그 사람이 오늘 검시관실에서 차에 앉아 있었어."

"확실해?"

"비약처럼 들린다는 거 알지만, 그 사람 아래턱 모양이랑 뒤로 젖혀진 귀가 기억나. 확실해, 레이철. 내 말은, 거의 확실한 것 같아. 난 그 사람이 검시관실 안의 누군가를 기다리고 있다고 생각했어. 알잖아, 가족이든 누구든. 지금은…… 놈이 나를 쫓고 있었던 것 같아."

그 결론에 나는 갑자기 돌아서서 내가 서 있는 주차장을 훑어보게 됐다. 차는 열 대 정도밖에 없었고 조명이 형편없었다. 그중 어느 차에 사람이 탄 채로 지켜보고 있는지 알아보려면 손전등이 필요했다.

레이철이 자동차를 수차 모드로 돌리고 내렸다.

"어떤 차였는데? 기억나?"

"어, 아니. 생각해봐야 해. 어두웠고, 놈은 나처럼 후진 주차를 해놨어. 놈이 나를 따라왔을지 모른다는 또 하나의 징후야."

레이철이 고개를 끄덕였다.

"빨리 나가려는 거지." 그녀가 말했다. "차가 컸어, 작았어?"

"작았던 것 같아." 내가 말했다.

"세단이었어?"

"아니, 그보다는 스포츠카에 가까웠어. 늘씬했어."

"당신이랑 얼마나 가까이 차를 댔는데?"

"통로 건너편에, 두어 자리 떨어진 곳에 있었어. 나를 잘 볼 수 있는 곳에. 테슬라였어. 검은색 테슬라."

"좋아, 잭. 그 주차장에 카메라가 있었을까?"

"아마 있었겠지. 잘 몰라. 그런데 정말로 그놈이었다면, 어떻게 날 따라가야 한다는 걸 알았을까?"

"해먼드 때문이야. 둘이 너를 알았을지도 몰라. 해먼드가 때까치한테 경고했고 때까치는 위협 요소를 제거하기 시작했어. 당신이 위협 요소야, 잭."

나는 레이철에게서 물러나 두 줄로 이뤄진 주차장을 따라 걸어가며 테슬라나 운전석에 누군가 앉아 있는 자동차를 찾기 시작했다. 둘 다 보이지 않았다.

레이철이 나를 따라잡았다.

"여기 없어." 내가 말했다. "내 생각이 완전히 틀렸을지도 몰라. 뭐, 어차피 몽타주잖아. 누구든 될 수 있지."

"그래, 하지만 당신도 귀네스의 반응을 봤잖아." 레이철이 말했다. "나도 보통은 몽타주에 별 기대를 걸지 않지만, 귀네스는 그 그림이 아주 정확하다고 생각했어. 검시관실에 들른 다음에는 어디에 갔어?"

"사무실로 돌아가서 내가 아는 모든 정보를 에밀리한테 알렸지."

"그럼 놈이 〈페어워닝〉의 위치를 알겠네. 거기 갔을 때는 별로 관심을 기울이지 않았는데, 혹시 그놈이 바깥에서 안을 볼 만한 각도가 나올까?"

"응, 그럴 거야. 앞문 유리로 들여다보면 돼."

"밖에서 안을 들여다보면 뭐가 보여? 당신이 에밀리랑 같이 일하는 걸 볼 수 있었을까?"

나는 일어나 에밀리의 자리로 가서 상의했던 때를 떠올렸다. 나는 휴대전화를 꺼냈다.

"제기랄." 내가 말했다. "에밀리도 알아야 해."

에밀리의 휴대전화에서는 응답이 들려오지 않았다. 다음으로 나는 에밀리의 유선전화에 전화를 걸었다. 에밀리가 지금까지 사무실에 있으리라고 생각하지는 않았지만 말이다.

"둘 다 안 받아." 내가 말했다.

내 걱정이 두려움 쪽으로 기울어지고 있었다. 나는 레이철의 눈에서도 똑같은 불안을 보았다. 그 모든 것이 귀네스 라이스와의 인터뷰로 증폭됐다.

"에밀리가 어디 사는지 알아?" 레이철이 물었다.

나는 에밀리의 휴대전화에 다시 전화를 걸었다.

"하이랜드 파크라는 건 알아." 내가 말했다. "정확한 주소는 없어."

"그걸 알아야 해." 레이철이 말했다.

아무도 전화를 받지 않았다. 나는 전화를 끊고 마이런 레빈의 휴대전화에 전화를 걸었다. 그가 즉시 전화를 받았다.

"잭?"

"마이런, 에밀리의 상태를 확인해 보려는데 에밀리가 전화를 받지 않아요. 주소 알아요?"

"뭐, 알지. 대체 무슨 일이야?"

나는 마이런에게 내가 그날 이른 시각 우리가 쓴 기사의 중심에 있는 암살자에게 미행당했을 거라는, 레이첼과 나 공통의 의심을 전해줬다. 내 걱정은 즉시 마이런에게 전달됐고, 그는 나를 대기 모드로 돌려놓고 에밀리의 주소를 찾았다.

나는 레이철을 돌아봤다.

"마이런이 찾고 있어." 내가 말했다. "출발하자. 하이랜드 파크로."

레이철이 운전석에 앉자 나는 그녀의 자동차 조수석으로 갔다. 마이런이 다시 전화를 받고 주소를 읽어줬을 때쯤 우리는 주차장에서 벗어나 있었다.

"뭔가 알게 되는 대로 전화해." 마이런이 말했다.

"그럴게요." 내가 말했다.

그런 다음, 나는 문득 마이런에 대해서, 또 에밀리와 내가 사무실에서 그와 했던 여러 번의 회의에 대해서 생각했다.

"지금 집이에요, 마이런?" 내가 물었다.

"응, 집이야." 그가 말했다.

"문 잠가요."

"그래, 나도 막 그 생각을 하고 있었어."

37

나는 마이런이 준 주소를 GPS 앱에 입력하고 안내 음성을 죽였다. 레이철에게는 말로 방향을 알려줬다. 앱에서 나오는 간헐적인 명령어가 언제나 짜증스럽기 때문이다. 앱은 우리가 16분 거리에 있다고 했다. 우리는 12분 만에 도착했다. 에밀리는 피게로아 스트리트에서 뻗어 있는 피드몬트 애비뉴의 오래된 시멘트 벽돌 아파트에서 살았다. 유리문 왼쪽에 키패드가 달려 있었고, 키패드에는 아파트 여덟 호실을 위한 개별 버튼이 있었다. 8호를 반복적으로 눌렀는데도 답이 없자 나는 다른 일곱 개의 버튼을 모두 눌렀다.

"빨리, 빨리." 내가 재촉했다. "포스트메이트 미국의 배달 서비스를 기다리는 사람이 한 명은 있을 것 아냐. 빌어먹을 문 좀 열어."

레이철이 돌아서서 등 뒤의 거리를 확인했다.

"에밀리가 무슨 차 모는지 알아?"

"재규어. 건물 뒤로 이어지는 진입로를 봤어. 아마 거기에 에밀리의 주차 자리가 있을 거야."

"내가 가서……."

그 순간 전자식 자물쇠가 탁 열렸고 우리는 안으로 들어갔다. 나는 어느 호실에서 응답해 문을 열었는지 확인하지 않았다. 다만 우리가 이렇게 쉽게 들어갈 수 있었다면 때까치도 마찬가지였으리라는 건 알았다.

페어워닝

8호는 2층 복도 끝에 있었다. 내가 세게 문을 두드리며 에밀리의 이름을 소리쳐 불렀으나 아무도 대답하지 않았다. 문을 열어보려 했지만 잠겨 있었다. 나는 답답한 마음에 뒤로 물러났다. 마음속에서 두려움이 솟아났다.

"어쩌지?" 내가 물었다.

"다시 전화해." 레이철이 물었다. "문 너머로 전화벨 소리가 들릴지도 몰라."

나는 복도를 따라 6미터쯤 걸어간 뒤 전화를 걸었다. 통화 연결음이 들리자 나는 레이철에게 고개를 끄덕였다. 그녀가 허리를 숙이고 8호의 문설주에 귀를 댔다. 시선은 여전히 내게 향해 있었다. 전화는 음성 메시지로 연결됐고 나는 전화를 끊었다. 레이철이 고개를 저었다. 그녀는 아무 소리도 듣지 못했다.

나는 레이철과 문이 있는 곳으로 돌아갔다.

"경찰을 불러야 할까?" 내가 물었다. "안부 확인이 필요하다고 말할까? 집주인에게 전화를 건다든지?"

"여기 관리인은 외부에 사는 것 같아." 레이철이 말했다. "건물 앞 아파트 임대 팻말에 적힌 전화번호를 봤어. 가서 그 전화번호로 전화를 걸어볼게. 전화가 건물 뒤 주차장으로 연결되는지, 에밀리의 차가 여기에 있는지 확인해보자."

레이철은 복도 끝의 출구를 가리켰다.

"나갔다가 문 잠겨서 못 들어오지 말고." 내가 말했다.

"안 그래." 레이철이 말했다.

나는 레이철이 계단 아래로 사라지는 모습을 지켜본 다음 출구까지 걸어가며 경보가 울릴지 생각했다. 잠시 망설인 뒤 빗장을 누르자 문이 휙 열렸다. 경보는 울리지 않았다.

바깥쪽 층계참으로 나가니 건물의 작은 뒤쪽 주차장으로 내려가는 계단이 보였다. 층계참에는 양동이에 들어 있는 대걸레와 담배꽁초로 반쯤 찬 깡통이 있었다. 건물의 누군가가 담배를 피우기는 하되 자기 방에서는 피우지 않는 모양이었다. 나는 난간 너머로 아래쪽 층계참에는 뭐가 있는지 보려고 한 발짝 더 멀어졌다. 빈 화분과 정원용 공구가 몇 개 있었다.

등 뒤에서 문이 닫혔다. 나는 휙 돌아섰다. 문의 반대편에는 강철 손잡이가 있었다. 나는 손잡이를 잡고 돌려보려 했다. 나는 밖에 갇혀버렸다.

"제기랄."

나는 문을 두드렸지만, 레이철이 8호로 돌아오기에는 시간이 너무 이르다는 걸 알고 있었다. 나는 주차장까지 계단으로 내려간 뒤 에밀리의 차를 찾아 주위를 둘러봤다. 은색 재규어 SUV는 보이지 않았다. 그런 다음, 나는 진입로를 따라 건물 앞으로 향했다. 진입로를 따라 걸어가면서는 에밀리의 집이라고 생각되는 아파트의 창문에 조명이 있는지 확인하느라 고개를 들어 건물의 2층 창문을 바라봤다. 창문은 전부 어두웠다.

건물 앞쪽으로 가보니 레이철의 흔적이 없었다. 나는 휴대전화를 꺼내 레이철에게 전화를 걸었지만 거리의 움직임에 주의를 빼앗겼다. 나는 자동차 한 대가 피드먼트에 쭉 늘어서 있는 자동차들 뒤쪽으로 움직이는 것을 발견했다. 내가 그 자동차를 본 건 그 차가 다음 진입로로

페어워닝

가느라 가려지지 않은 부분을 지날 때 언뜻 본 게 전부였다.

"잭? 어디 있어?"

레이철이 전화를 받았다.

"앞쪽으로 나와 있어. 방금 자동차 한 대가 멀어져가는 걸 봤어. 아무 소리도 안 나던데."

"테슬라야?"

"모르겠어. 그럴지도."

"알았어. 이 사람은 못 기다리겠다."

"무슨 사람?"

"집주인 말이야."

나는 시끄러운 쾅 소리와 나무 갈라지는 소리에 이어 뭔가에 가로막힌 쿵 소리를 들었다. 나는 그녀가 방금 8호실 문을 걷어차고 들어갔다는 걸 알았다. 나는 건물 앞문으로 갔지만 현관이 닫혀 있는 게 보였다.

"레이철? 레이철, 나 못 들어가. 우회할 테니까……."

"초인종을 누르면 내가 열어줄게." 그녀가 말했다. "현관으로 가."

나는 현관으로 향하는 계단을 뛰어올랐다. 내가 도착했을 때는 자물쇠가 버저 소리를 내고 있었고 나는 안으로 들어갔다.

나는 실내 계단을 달려 2층으로 올라간 다음 8호실까지 뛰어갔다. 레이철이 아파트 입구에 서 있었다.

"에밀리는……?"

"여기 없어."

문의 나뭇조각이 문지방 바닥에 흩뿌려진 게 보였다. 하지만 아파트에 완전히 들어가 보니 어질러진 흔적은 그게 전부였다. 전에는 한 번도 그 집에 가본 적이 없었지만 깔끔하고 정돈된 공간이 눈에 들어왔다. 생활 공간에서는 어떤 형태의 몸싸움이 벌어진 흔적도 없었다. 오른쪽의 짧은 복도는 문이 열린 화장실로 이어졌고 왼쪽의 두 번째 문은 침실로 통하는 듯했다.

나는 에밀리의 사생활에 침입하는 것에 이상한 감정을 느끼며 그리로 걸어갔다.

"비어 있어." 레이철이 말했다.

그래도 나는 침실 문지방에 서서 안으로 허리를 숙이며 확인해봤다. 안쪽 벽의 스위치를 누르니 퀸사이즈 침대 양옆의 램프 두 개에 불이 들어왔다. 아파트의 나머지 공간처럼 이곳도 깔끔했다. 이불은 개어져 있었고 시트는 주름 하나 없으며 누군가 앉은 흔적도 없었다.

다음으로 나는 화장실을 확인하고 샤워 커튼을 홱 젖혔다. 텅 빈 욕조가 드러났다.

"잭, 말했잖아. 에밀리는 여기 없어." 레이철이 말했다. "이리 나와. 자동차 얘기나 해줘."

나는 거실로 돌아 나왔다.

"피드먼트 애비뉴를 따라서 움직였어." 내가 말했다. "못 봤으면 놓쳤을 거야. 검은색에 조용했어."

"당신이 검시관실에서 봤다는 테슬라였어?" 레이철이 물었다.

"모르겠어. 제대로 본 건 아니야."

"알았어, 이제 생각해봐. 그 차가 막 도로 연석에서 물러난 것 같았어, 아니면 지나가는 것 같았어?"

나는 잠시 시간을 들여 그 장면을 머릿속으로 다시 돌려봤다. 자동

페어워닝

차는 내 주의를 끌었을 때 이미 거리를 따라 움직이고 있었다.

"모르겠어." 내가 말했다. "차가 이미 거리를 따라 움직이고 있을 때 본 거라서."

"알았어. 난 테슬라를 타본 적이 한 번도 없는데." 레이철이 말했다. "테슬라에 트렁크가 있어?"

"신형에는 있을걸."

나는 깨달았다. 레이철은 내가 본 멀어져가던 자동차의 트렁크에 에밀리가 있었을 수도 있는지 묻는 것이었다.

"제기랄…… 그 차를 쫓아야 해." 내가 말했다.

"차는 이미 오래전에 떠나버렸잖아, 잭." 레이철이 말했다. "우리가 해야 하는 건……."

"씨발, 이게 뭐야?"

우리는 둘 다 아파트 현관을 돌아봤다.

에밀리가 그곳에 서 있었다.

앞서 사무실에서 봤던 것과 같은 옷차림이었다. 그녀는 〈페어워닝〉 로고가 붙어 있는 배낭을 들고 있었다.

"괜찮았군요." 내가 불쑥 말했다.

"안 괜찮을 이유가 뭔데요?" 에밀리가 말했다. "당신이 우리 집 문을 부순 거예요?"

"우린 때까치가…… 때까치가 여기 왔다고 생각했습니다." 내가 말했다.

"뭐라고요?" 에밀리가 말했다.

"전화는 왜 안 받았어요?" 레이철이 물었다.

"배터리가 나가서요." 에밀리가 말했다. "하루 종일 통화했으니까."

"어디 있었습니까?" 내가 물었다. "사무실에도 전화했는데요."

"그레이하운드에요." 그녀가 말했다.

그레이하운드는 장거리 여행 전용 버스 회사였다. 나는 에밀리가 운전석 방향이 반대인 곳에서 어린 시절을 보냈고 그걸 바꾸는 걸 무서워해서 운전을 싫어한다는 걸 알고 있었다. 그래도 혼란스러웠다. 그런 티가 겉으로도 난 모양이었다.

"피그에 있는 선술집이에요." 에밀리가 말했다. "내 단골집요. 대체 무슨 일이에요?"

"모르겠습니다." 내가 말했다. "오늘 내가 미행당했다는 생각이 들었는데, 그때……."

"때까치한테요?"

문득 확신이 서지 않았다.

"모르겠어요." 내가 말했다. "아마도요. 내가 검시관실에서 테슬라에 타고 있는 남자를 봐서……."

"그 사람이 어떻게 알고 당신을 미행해요?" 에밀리가 물었다. "그렇게 따지면, 나는 어떻게 미행하고요?"

"아마 해먼드 때문이겠죠." 내가 말했다. "해먼드가 말해줬거나, 해먼드의 실험실에서 가져간 컴퓨터나 서류에 뭔가 있었을 거예요."

나는 에밀리의 눈에 두려움이 떠오르는 걸 봤다.

"어쩌죠?" 그녀가 얌전하게 말했다.

"저기, 우리 조금 진정해야 할 것 같아요." 레이철이 말했다. "편집증에 시달리지는 말자고요. 우린 지금도 잭이나 당신이 미행당했는지

페어워닝

확실히 알지 못해요. 만일 잭이 미행당했다면, 왜 놈이 잭에게서 당신에게로 넘어갔겠어요?"

"내가 여자니까요?" 에밀리가 말했다.

내가 대답하려 했다. 레이철의 생각이 맞을지도 몰랐다. 이 모든 일이 벌어진 건, 내가 주차장에서 최소 25미터는 떨어져 있는 차의 운전석에서 본 얼굴과 몽타주가 일치한다고 생각했기 때문이다. 몽타주는 그냥 스케치였다.

"그래요." 내가 말했다. "우리 조금……."

한 남자가 문 앞에 나타난 순간 나는 말을 뚝 멈췄다. 그는 턱수염을 잔뜩 기르고 있었으며 손에는 열쇠 꾸러미를 들고 있었다.

"윌리엄스 씨?" 레이철이 물었다.

남자는 바닥에 떨어진 문틀 조각을 내려다보더니 문설주에 헐거운 나사못 하나로만 매달려 있는 받이판을 확인했다.

"기다린다면서요." 그가 말했다.

"죄송해요." 레이철이 말했다. "비상 상황인 줄 알았어요. 오늘 밤에 저 문을 안전하게 고쳐주실 수 있을까요?"

윌리엄스는 돌아서더니, 문이 걷어차여 열리면서 에밀리의 집 옆 벽에 부딪힌 걸 발견했다. 문고리가 벽에 주먹 크기의 자국을 남겼다.

"노력은 해보겠는데." 그가 말했다.

"문을 잠글 수 없다면 여기 있지 않겠어요." 에밀리가 말했다. "절대 안 되죠. 놈이 내가 사는 곳을 안다면요."

"그건 확실하지 않아요." 내가 말했다. "자동차가 떠나는 건 봤지만……."

"저기, 윌리엄스 씨가 문을 고쳐보시게 하고, 다른 데로 가서 이번 일에 관해서 얘기하는 건 어때요?" 레이철이 말했다. "오늘 FBI에서 소식이 더 들어왔어요. 당신도 알고 싶을 거예요."

나는 레이철을 바라봤다.

"아니, 나한테는 언제 말해줄 거야?" 내가 물었다.

"귀네스 라이스를 만나고 나오면서 얘기가 딴 데로 샜잖아." 레이철이 말했다.

그녀는 윌리엄스가 아직 살펴보고 있는 문을 가리켰다. 그걸로 소식이 늦어진 이유가 설명된다는 듯한 태도였다.

"그건 그렇고, 귀네스 라이스는 어때요?" 에밀리가 물었다.

"좋은 자료를 얻었지만…… 지랄맞게 슬픕니다." 내가 말했다. "놈이 귀네스의 평생을 망쳐놨어요."

나는 대답을 하다 말고 기자의 죄책감으로 괴로움을 느꼈다. 나는 귀네스 라이스가 기사의 얼굴이 되리라는 걸 알았다. 그녀는 영영 회복하지 못할 피해자였다. 때까치 때문에 인생 행로가 폭력적으로, 영원히 바뀌어 버린 피해자. 우리는 그녀를 이용해 독자들을 끌어들일 것이다. 그녀의 가슴 아픈 상처가 기사의 생명이 끝나고도 한참 더 이어지리라는 건 신경 쓰지 않고서.

"자료 보내주세요." 에밀리가 말했다.

"정리되는 대로요." 내가 말했다.

"그래서, 이제 어떻게 할 건가요?" 레이철이 물었다.

"그레이하운드로 돌아가도 돼요." 에밀리가 말했다. "내가 나왔을 때만 해도 꽤 조용했거든요."

페어워닝

"가죠." 레이철이 말했다.

우리는 문 쪽으로 움직였고 윌리엄스는 우리가 몸을 구겨 넣으며 지나갈 수 있도록 옆으로 돌아섰다. 그가 나를 쳐다봤다.

"당신이 문을 찬 거요?" 그가 물었다.

"어, 제가 한 거예요." 레이철이 말했다.

윌리엄스는 자기 옆을 지나가는 그녀를 빠르게 위아래로 훑어봤다.

"힘이 센 아가씨네." 그가 말했다.

"그럴 필요가 있을 때는요." 그녀가 말했다.

38

그레이하운드까지는 채 2분 거리도 되지 않았다. 레이철이 우리 모두를 태우고 갔다. 나는 뒷자리에 앉아서, 혹시 미행이 있을지 몰라 가는 내내 뒤쪽 창문을 내다봤다. 때까치가 따라오고 있다고 해도 내게는 그의 흔적이 보이지 않았다. 나는 다시 내가 경계심이 많은 건지, 편집증에 시달리는 건지 고민했다. 테슬라에 타고 있던 남자가 계속 생각났다. 나는 그가 몽타주 속 남자와 닮아 보이기를 바란 것뿐일까? 아니면 그가 정말로 몽타주의 얼굴과 닮아 있었던 걸까?

나는 영국에 가본 적이 한 번도 없었지만, 그레이하운드 내부는 영국식 선술집처럼 보였다. 나는 에밀리가 왜 이곳의 단골이 됐는지 알수 있었다. 전부 짙은 색깔의 나무와 안락한 부스로 이뤄진 술집이었다. 바가 실내 공간의 앞쪽에서 뒤쪽까지 전체를 가로지르고 있었고 테이블 서비스는 없었다. 레이철과 나는 케텔 마티니를 주문했고 에밀리는 도이치 IPA 생맥주를 달라고 했다. 나는 바에 앉아 술이 나오기를 기다렸다. 여자들은 뒤쪽 구석의 부스를 잡았다.

나는 마티니를 쏟지 않으려고 두 번에 나눠 술을 나른 뒤 U자 형태의 부스에 자리를 잡았다. 에밀리를 마주 보는 레이철 옆자리였다. 나는 마티니를 한입 가득 삼킨 뒤에야 이야기를 시작했다. 그날 저녁이 지금까지 만들어낸 아드레날린의 썰물과 밀물을 겪고 나니 마티니가 필요했다.

페어워닝

"그래서," 내가 레이철을 보며 말했다. "뭘 가져왔는데?"

레이철은 안정적인 손으로 마티니 잔을 잡고 한 모금 마시더니 잔을 다시 내려놓고 자세를 바로잡았다.

"나는 거의 하루 종일 웨스트우드의 FO에서 ASAC과 함께 있었어." 그녀가 말했다. "처음에는 거의 나를 나환자 취급하더라. 그런데 내가 말한 이야기에서 검증 필요 사실을 확인하기 시작하더니 빛이 보이나 보더라고."

"ASAC이요?" 에밀리가 물었다.

그녀는 레이철이 발음한 그대로, 에이-색이라고 발음했다.

"로스앤젤레스 현장 지부 담당 특수요원보(Assistant special agent in charge of the Los Angeles Field Office)예요." 레이철이 말했다.

"그 사람 이름이 메츠라고 했던가?" 내가 물었다.

"맷 메츠야." 레이철이 말했다. "아무튼, FBI에서 피해자의 사망 원인을 근거로, 그다음에는 알려진 유일한 생존자인 귀네스 라이스를 통해서 최소 세 건의 사건을 연결했다는 말은 이미 했지."

"당신이 새로운 피해자를 알아낸 거야?" 내가 물었다.

"아니, FBI에서 당신이 기사를 미뤄주는 대가로 거래하겠다는 정보가 그거야." 레이철이 말했다. "나한테는 말 안 해줬어."

"보도를 미룰 수는 없어." 내가 고집을 부렸다. "우린 내일 기사를 낼 거야. 이 작자에 대한 경고가 다른 어떤 고려 사항보다 중요해."

"당신한테 가장 중요한 게 특종인 건 아니고, 잭?" 레이철이 마주 쏘아붙였다.

"저기, 이 얘긴 다 끝났잖아." 내가 말했다. "FBI가 그놈을 잡도록 돕는 건 우리 일이 아니야. 우리 일은 대중에게 알리는 거지."

"뭐, 내가 가진 다른 정보를 들으면 생각이 바뀔지도 몰라." 레이철이 말했다.

"그럼 말해보세요." 에밀리가 말했다.

"알았어요. 요원 시절부터 알고 지낸 메츠라는 사람하고 이야기해봤는데," 레이철이 말했다. "FBI에서는 내가 가져온 정보를 확인하자마자 상황실을 설치하고 모든 각도에서 이번 사건을 파헤치기 시작했어요. 다른 사건들을 찾았고, 한 팀이 그 사건을 맡아서 조사하고 있죠. 내일 시신을 발굴하기로 한 샌타페이 사건도 있어요. FBI가 부검에서 AOD를 놓쳤을지도 모른다고 생각하거든요."

"목이 부러진 걸 어떻게 놓쳐?" 내가 물었다.

"시신 상태 때문에." 레이철이 말했다. "자세한 내용을 정확히 듣지는 못했는데, 시신이 산에 방치돼서 동물들이 접근했나 봐. AOD가 있는 그대로 드러나지는 않았을지도 몰라. 아무튼, 다른 팀이 해먼드와 더티4 쪽을 살펴보면서 그 모든 걸 짜 맞추려고 노력하고 있어."

레이철이 여기서 말을 끊고 마티니를 한 모금 더 마셨다.

"그런데요?" 에밀리가 재촉했다.

"FBI에서는 사이트를 통해 해먼드의 동업자 아이디를 알아냈어요." 레이철이 말했다. "최소한 FBI 생각은 그래요."

나는 탁자 너머로 몸을 숙였다. 상황이 좋아지고 있었다.

"누군데?" 내가 물었다.

"이름은 로저 보겔이야." 레이철이 말했다. "알겠지? 로저 보겔이 디지털 세계에서는 _로그보그_가 된 거야."

"알겠어." 내가 말했다. "어떻게 찾은 거야?"

"내 생각에는 놈의 지문이, 그러니까 디지털 지문이 사이트 전체에 남아 있었던 것 같아." 그녀가 말했다. "FBI에서 암호 해독 팀을 투입시켰어. 작업은 별로 어렵지 않았던 것 같아. 자세한 내용을 전부 아는 건 아니지만 FBI에서 고정 IP 주소까지 놈을 추적할 수 있었어. 그게 놈의 실수였지. 보안되지 않은 컴퓨터로 사이트 관리를 일부 했던 거야. 게을러져서. 이젠 FBI가 놈의 정체를 알고 있는 거고."

"그래서, 위치가 어딘데?" 내가 말했다. "놈은 어디에 있어?"

"시더스 사이나이 병원 로스앤젤레스에 있는 유명한 비영리 의료 센터." 레이철이 말했다. "놈이 원무과에서 일하는 것 같아. 그게 놈이 사용한 컴퓨터 위치였어."

처음에 나는 FBI가 잡기 전 보겔과 마주할 수 있겠다는 생각에 흥분이 솟구치는 걸 느꼈다. 하지만 그때 현실이 다가왔다. 시더스 사이나이 병원은 거대하고 보안 수준이 높은 의료 단지로, 베벌리 힐스의 블록 다섯 개를 통째로 차지하고 있었다. 보겔에게 다가가는 건 불가능할지도 몰랐다.

"FBI에서 보겔을 잡아가려나?" 내가 물었다.

"아직은." 레이철이 말했다. "FBI는 놈을 풀어두는 게 유리할지도 모른다고 생각하고 있어."

"때까치를 유인할 미끼로 말이죠." 에밀리가 말했다.

"바로 그거예요." 레이철이 말했다. "때까치가 보겔을 꾀어내려다가 실수로 노스리지의 그 남자를 잡게 됐다는 건 분명하죠. 그러니 다시 시도할지도 몰라요."

"그래서," 내가 큰 소리로 내 생각을 말했다. "FBI에서 놈을 지켜보고 있다면 우리가 그리로 가서 놈과 대면하지 못하게 막을 건 아무것도 없네. FBI에서 놈의 집이나 다른 위치를 추적했어?"

"아니." 레이철이 말했다. "당신이 보겔한테 때까치에 관해 경고해준 덕분에 놈이 아주 조심하고 있어. FBI에서 느슨하게 추적하고 있었는데, 놈이 퇴근한 이후로는 흔적을 놓쳤어."

"좋지 않은데요." 에밀리가 말했다.

"요점은 이거예요." 레이철이 밀했다. "놈은 담배를 피워요. 조심하고 있지만, 담배를 피우러 밖에 나가야 하죠. 난 놈이 건물 앞 흡연자용 벤치에 있을 때 찍힌 감시 사진을 봤어요. 배경에 도로 표지판이 있더군요. 조지 번스 로드라고 적혀 있었어요. 단지 한가운데를 가로지르는 도로예요."

나는 탁자 너머 에밀리를 쳐다봤다. 우리는 둘 다 어디로 가야 하는지 정확히 알고 있었다.

"내일 거기로 가자." 내가 말했다. "놈이 담배 피우러 나올 때 잡을 수 있을 거야."

에밀리가 레이철을 돌아보았다.

"당신이 본 감시 사진으로 놈을 알아볼 수 있겠어요?" 그녀가 물었다. "그러니까, 놈이 벤치에 앉아 있는 걸 본다면요."

"그럴 것 같아요." 레이철이 말했다. "네."

"좋아." 내가 말했다. "그럼 당신도 가야겠네."

"나도 가면 FBI한테 걸릴 거야." 레이철이 말했다. "나도 두 사람과 같은 처지잖아, 외부자로서 안을 들여다보는."

"그래, 그에 관한 계획도 생각해야겠네." 내가 말했다.

나는 잔을 집어 들고 술을 마저 마셨다. 우리에게는 대략적인 계획이 있었고, 나는 출발할 준비가 됐다.

39

시더스 사이나이 의료 센터는 높다란 유리 빌딩과 주차장 건물이 다섯 블록짜리 단지 안에 빽빽하게 모여 있는 집합체로, 블록들을 관통하는 도시의 격자형 거리로 나뉘어 있었다. 그날 아침 사무실에서 우리는 구글맵의 스트리트뷰 기능을 이용해 레이철이 FBI 감시 사진에서 본 흡연자용 벤치를 찾았다. 벤치는 알덴 드라이브와 조지 번스 로드가 교차하는 모퉁이에 있었다. 거의 의료 단지 정중앙에 있는 교차로였다. 환자와 손님, 단지의 모든 건물에서 일하는 직원들에게 도움이 되도록 중앙에 배치된 듯했다. 그곳은 8층짜리 주차빌딩을 따라 조경된 기다란 땅의 분수를 사이에 두고 서로를 마주 보는 두 개의 벤치로 구성돼 있었다. 벤치의 양쪽 끝에는 반석에 놓인 재떨이가 있었다. 우리는 사무실에서 계획을 마무리하고 오전 8시에 그리로 향했다. 로저 보겔이 처음으로 담배를 피우러 나올 때 그 자리에 있고 싶었다.

우리는 두 각도에서 흡연용 벤치를 살폈다. 에밀리와 나는 근처의 응급실 대기실에 있었다. 그곳에서는 창문을 통해 같은 층 높이에서 벤치를 전부 살필 수 있었다. 다만 원무과 건물은 보이지 않았다. 레이철은 주차빌딩의 3층에 있었다. 거기서는 벤치 전부가 내려다보일 뿐 아니라 원무과 건물 입구도 보였다. 보겔이 담배를 피우러 나와 벤치로 향하면 레이철이 우리에게 알려주기로 했다. 레이철의 위치는 FBI의 시야에서도 벗어나 있었다. 그녀는 전날 본 감시 사진으로 기억나

페어워닝

는 각도를 활용해 FBI의 감시 지점을 원무과에서 길 건너편에 있는 의료 센터 건물이라고 정확히 짚어냈다.

에밀리 앳워터는 담배를 끊어가는 중이었다. 하루에 한 갑을 피우던 습관을 1주일에 한 갑을 피우는 수준으로 줄였다. 대체로 근무하지 않는 시간에만 마음 놓고 담배를 즐겼다는 뜻이다. 나는 그녀의 아파트 건물 2층 출구 바깥에 놓여 있던 재떨이 깡통을 떠올렸다.

그녀는 일정한 간격을 두고 벤치로 나가 담배를 피웠다. 보겔이 자기 나름의 습관을 즐기기 위해 나타났을 때 현장에 있으려는 의도였다. 캘리포니아로 이사한 이후 담배를 피우지 않았지만, 나도 셔츠 포켓에는 예비 담뱃갑을 넣어뒀다. 보겔이 마침내 모습을 드러내면 벤치로 가서 그걸 쓸 생각이었다.

보겔은 오전 내내 모습을 드러내지 않았다. 시간은 천천히 흘러갔다. 벤치는 다른 직원, 면회객, 환자 모두에게 인기 있는 장소였다. 한 환자는 심지어 링거 주머니가 달린 이동식 받침대를 끌고 나와 담배를 피웠다. 나는 레이철과 꾸준히 문자를 주고받았고, 에밀리가 벤치에 나가 있을 때는 그녀도 문자 대화에 끼워줬다. 10시 45분, 내가 이건 시간 낭비인지도 모른다는 단체 메시지를 보냈을 때 에밀리는 바로 그 흡연 구역에 있었다. 나는 보겔이 전날 나와 나눈 대화로 겁을 먹고 동네를 떴을 것 같다고 말했다.

그 문자를 보낸 뒤 나는 얼굴에 피 칠갑을 하고 즉시 자기를 돌봐달라고 요구하는 남자에게 정신이 팔렸다. 남자는 건네받은 클립보드를 바닥에 집어 던지더니 자기는 보험이 없지만 도움이 필요하다고 소리쳤다. 보안 요원이 그에게로 다가가고 있을 때 나는 문자 수신음이 울리는 걸 듣고 휴대전화를 꺼냈다. 문자는 레이철이 보낸 것이었다.

방금 보겔이 원무과에서 나왔어. 손에 담배를 들고 있어.

에밀리와 나는 모두 문자를 확인했다. 나는 창문 너머로 에밀리를 확인하고, 그녀가 벤치 중 하나에 앉아 휴대전화를 보고 있는 모습을 보았다. 그녀도 경고를 받았다. 나는 자동문으로 나가 흡연자용 벤치로 향했다.

그리로 다가가면서 나는 벤치 옆에 서 있는 한 남자를 보았다. 에밀리가 한쪽 벤치에 앉아 담배를 피우고 있었고 다른 벤치에는 다른 여자 한 명이 있었다. 보겔인지는 모르겠지만, 그 남자는 여자들과 벤치를 같이 쓰는 것에 위기감을 느끼는 듯했다. 문제였다. 나는 우리가 기자라는 신분을 밝혔을 때 그가 서 있는 상황을 바라지 않았다. 서 있으면 우리를 놔두고 가버리기가 더 쉬웠으니까. 나는 그가 접이식 라이터로 담배에 불을 붙이는 것을 보고 셔츠 주머니에서 예비 담뱃갑을 꺼내려 했다. 에밀리가 문자를 읽는 척하는 게 보였다. 하지만 나는 그녀가 사실 휴대전화의 녹음 앱을 켜고 있다는 걸 알았다.

내가 도착하자마자 괜히 끼어 있던 흡연자가 재떨이에 담배를 끄고 꽁초를 남겨놓았다. 그녀는 자리에서 일어나 응급실로 돌아갔다. 나는 보겔이 빈 벤치에 앉는 걸 확인했다. 우리 계획이 통할 터였다.

내가 보기에 보겔은 한 번도 에밀리를 보거나 어떤 식으로든 그녀의 존재를 인정하지 않는 듯했다. 흡연 구역에 이른 나는 입에 담배를 물고 성냥이나 라이터를 찾는 것처럼 셔츠 주머니를 두드렸다. 나는 그

페어워닝

런 물건을 찾지 못하고 보겔을 보았다.

"불 좀 빌려도 될까요?" 내가 물었다.

보겔이 고개를 들었다. 나는 불이 붙지 않은 내 담배를 가리켰다. 그는 한마디도 없이 주머니에 손을 넣어 내게 자기 라이터를 건넸다. 나는 내게 라이터를 내미는 그의 얼굴을 살폈다. 그의 얼굴에 알아봤다는 표정이 떠올랐다.

"고맙습니다." 내가 빠르게 말했다. "당신이 보겔, 맞죠?"

보겔은 주위를 둘러보더니 다시 나를 보았다.

"네." 그가 말했다. "원무과 분이세요?"

신원이 확인됐다. 맞는 사람을 찾았다. 나는 에밀리를 빠르게 힐끗 보고 그녀의 휴대전화가 벤치 위에 보겔 쪽으로 놓여 있는 것을 보았다. 녹음이 진행되고 있었다.

"아니, 잠깐." 보겔이 말했다. "당신…… 당신, 그 기자로군요."

이젠 내가 놀랐다. 어떻게 안 거지?

"뭐라고요?" 내가 말했다. "무슨 기자요?"

"법원에서 당신을 봤습니다." 그가 말했다. "당신이군요. 어제 통화했죠. 대체 어떻게……? 내가 살해당하게 하려는 겁니까?"

그는 담배를 집어 던지더니 벤치에서 벌떡 일어났다. 그는 원무과 건물로 돌아가려 했다. 나는 그를 막으려는 것처럼 두 손을 들었다.

"잠깐, 잠깐만요. 그냥 얘기만 하고 싶습니다."

보겔이 망설였다.

"무슨 얘기요?"

"당신은 때까치가 누군지 안다고 했죠. 우린 그자를 막아야 합니다.

당신이……."

그가 나를 밀치고 지나갔다.

"당신은 우리와 이야기해야 해요." 에밀리가 소리쳤다.

에밀리가 내 일행이라는 사실, 자신이 한 팀에 쫓기고 있다는 걸 깨달은 보겔의 눈이 휙 그녀에게로 향했다.

"놈을 잡도록 도와주세요." 내가 말했다. "그럼 당신도 안전해질 겁니다."

"당신한테는 우리가 가장 좋은 기회예요." 에밀리가 말했다. "우리한테 말해요. 우리가 도울 수 있어요."

우리는 사무실에서 차를 타고 오는 동안 무슨 말을 할지 연습했다. 하지만 대본은 사실 우리가 방금 한 말에서 많이 나아가지 않았다. 보겔은 계속 걸어가며 우리에게 마주 소리쳤다.

"말했잖아요. 이러려던 게 아닙니다. 나는 그 미친놈이 하는 짓에 아무 책임이 없어요. 그냥 꺼지라고."

그는 조지 번스 로드를 건너기 시작했다.

"그냥 여자들이 강간당하기만을 바랐지, 살해당하기를 바란 건 아니다? 에밀리가 소리쳤다. "아주 고귀하네요."

곧바로 에밀리가 일어났다. 보겔이 방향을 틀어 다시 우리에게로 성큼성큼 돌아왔다. 그는 에밀리의 얼굴을 똑바로 들여다보려고 살짝 허리를 숙였다. 그가 에밀리에게 그 이상의 행동을 하는 경우에 대비해 내가 둘에게로 다가갔다.

"우리가 한 일은 이미 나와 있는 데이트 서비스와 다를 게 하나도 없어." 그가 말했다. "우린 사람들을 그들이 찾는 것과 연결해줬을 뿐이야. 수요와 공급, 그게 다라고."

"다만 여자들은 자신이 그 공식에 포함돼 있다는 걸 몰랐죠." 에밀리가 밀어붙였다. "아닌가요?"

"그건 중요하지 않았어." 보겔이 말했다. "어쨌든 그 여자들은 다 걸레였고……."

그는 에밀리가 몸 앞으로 들어 올리고 있는 휴대전화에 시선이 미치자 말을 멈추었다.

"녹음하는 거야?" 그가 소리쳤다.

그가 나를 돌아봤다.

"말했잖아, 난 이 기사에 끼고 싶지 않아." 그가 외쳤다. "내 이름은 쓸 수 없어."

"하지만 당신 자체가 기사인데요." 내가 말했다. "당신이랑 해먼드랑 당신들이 책임져야 할 일 말이죠."

"아니야!" 보겔이 소리쳤다. "이 개 같은 일로 죽을 수는 없어."

그는 다시 거리 쪽으로 돌아서더니 횡단보도로 향했다.

"잠깐, 라이터 가져가야죠?" 내가 그의 등 뒤에 대고 소리쳤다.

나는 라이터를 쥔 손을 들어 올렸다. 보겔이 나를 돌아봤지만 거리로 들어서면서도 속도를 늦추지는 않았다.

"라이터는 됐……."

그가 다음 단어를 말할 겨를도 없이 차 한 대가 휙 지나가며 횡단보도에 있던 그를 쳤다. 창문에 너무 짙은 선팅을 해, 운전자가 없었대도 알 수 없을 것 같은 검은색 테슬라였다.

무릎에 가해진 충격으로 보겔은 교차로에 내동댕이쳐졌다. 그런 뒤 나는 그의 몸이 그 위를 지나가는 조용한 차에 삼켜지는 걸 보았다. 테슬라는 보겔을 밟고 지나가며 튕겨 올랐다. 이어 보겔의 몸은 자동차 아래에 깔린 채 교차로 중앙까지 끌려갔고, 그런 뒤에야 자동차는 그의 몸뚱이에서 떨어져 나갔다.

나는 등 뒤에서 에밀리가 비명을 지르는 걸 들었다. 하지만 보겔에게서는 아무 소리도 나지 않았다. 그는 자신을 깔고 지나간 자동차만큼 조용했다.

일단 보겔의 몸을 떨쳐버린 테슬라는 최고 속력으로 출발해, 굉음을 일으키며 교차로를 가로지르더니 조지 번스 로드를 지나 3번가로 향했다. 나는 자동차가 노란불에서 좌측으로 방향을 틀어 사라지는 것을 바라봤다.

몇몇 사람이 교차로에 구겨진 피투성이 몸뚱이로 달려갔다. 어쨌든 이곳은 의료 센터였으니까. 청록색 수술복을 입은 남자 두 명이 누구보다 먼저 보겔에게 다가갔고, 나는 그중 한 명이 눈앞의 광경에 신체적으로 역겨움을 느끼는 것을 보았다. 거리에는 몸뚱이가 끌려가며 남긴 핏자국이 있었다.

나는 에밀리의 상태를 확인했다. 그녀는 앉아 있던 벤치 옆에 서 있었다. 겁에 질린 채 교차로에서 벌어지는 활동을 바라보며 손으로 목을 쥐고 있었다. 그런 뒤 나는 돌아서서 로저 보겔의 움직이지 않는 몸뚱이 주변에 모여드는 군중에 합류했다. 나는 수술복을 입은 남자 중 한 명의 어깨 너머로 보겔의 얼굴 절반이 사라진 것을 보았다. 얼굴을 아래로 한 채 차에 끌려다니느라 말 그대로 해체돼 있었다. 보겔의 머리도 일그러져 있었다. 나는 그의 두개골이 부서졌을 거라고 확신했다.

"살아 있습니까?" 내가 물었다.

아무도 대답하지 않았다. 나는 남자 중 한 명이 귀에 휴대전화를 대고 전화를 걸고 있는 것을 보았다.

"번스타인입니다." 그가 침착하게 말했다. "응급실 바로 앞 교차로로 구급차 보내주세요. 알덴과 조지 번스가 교차하는 곳입니다. 누가 차에 치였어요. 머리와 목에 심각한 외상이 있습니다. 옮기려면 들것이 필요합니다. 당장이요."

나는 근처이긴 하지만 여전히 의료 단지 바깥에서 들려오는 사이렌 소리를 의식했다. 그게 FBI의 사이렌이기를, 그들이 때까치를 덮쳐 조용한 살인 기계를 타고 있는 그를 잡기를 바랐다.

휴대전화가 진동했다. 레이철이었다.

"잭, 그 사람 죽었어?"

나는 돌아서서 주차장 위쪽을 올려다봤다. 나는 그녀가 3층 난간에서 귀에 휴대전화를 대고 있는 걸 보았다.

"아직 살아 있대." 내가 말했다. "씨발, 대체 무슨 일이야?"

"테슬라였어. 때까치였어."

"FBI는 어디 있어? 그들이 이 사람을 지켜보고 있는 줄 알았는데!"

"나도 몰라. 지켜보고 있었어."

"번호판은 봤어?"

"아니, 너무 빨랐어. 예상도 못 했고. 내려갈게."

레이철이 전화를 끊었고 나는 휴대전화를 치웠다. 나는 보겔을 도우려는 남자들의 어깨 너머로 다시 허리를 숙였다.

그때 번스타인이 수술복 차림의 다른 남자에게 말하는 소리가 들렸다.

"죽었어. 내가 사망 선고할게. 10시 58분. 구급차는 취소해야겠다. 경찰이 올 때까지 여기 놔둬야 해."

번스타인이 다시 휴대전화를 꺼냈다. 나는 레이철이 내게로 다가오는 걸 보았다. 그녀는 휴대전화에 대고 말하고 있었다. 그녀는 내게 이르러서 전화를 끊었다.

"메츠였어." 그녀가 말했다. "때까치를 놓쳤대."

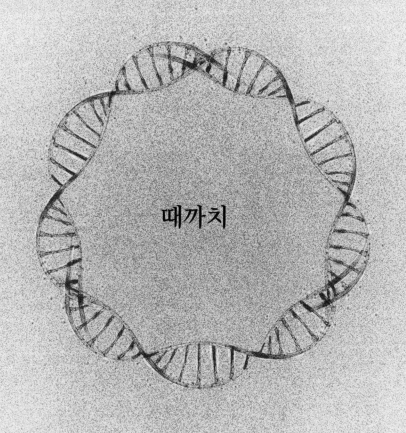

때까치

40

그는 이게 FBI의 함정일 가능성이 매우 높다는 걸 알고 있었지만, FBI가 그의 움직임에 대비하지 못하리라는 것도 알았다. FBI는 때까치 같은 사람을 이해하고 잡을 때 종교처럼 의지하는 프로파일링과 프로그램에 따랐다. 그들은 때까치가 전에도 한 행동을 하리라고 예상할 터였다. 사냥감을 쫓아 은밀히 공격할 거라고 말이다. 그게 그들의 실수였다. 때까치는 휴대전화를 이용해 병원의 자체 보안 카메라로 기자 두 명을 지켜봤고, 그들이 일종의 만남 장소에 잠복하고 있다는 걸 알았다. 그들이 자기 대신 표적을 찾아줬다는 걸 확신한 그는 재빨리, 대담하게 움직였다. 이제 그는 쏜살같이 사라졌다. 놈들은 그가 지나간 자리에서 허둥대고 있을 게 분명했다.

그래 봐야 놈들은 너무 늦었다.

그는 뿌듯했다. 그와 웹사이트, 명단의 모든 연결고리가 사라진 게 분명했다. 이제는 겨울을 맞아 남쪽으로 날아갈 시간이었다. 털갈이도 좀 하고 준비도 좀 해야 할 것이다.

그런 다음 돌아와 아무도 예상하지 못하는 때에 일을 마무리 지을 것이다.

그는 테슬라를 몰고 경사로를 올라 베벌리 센터의 주차 빌딩으로 들어간 다음 4층까지 기나긴 길을 올라갔다. 그 위에는 차가 몇 대 없었다. 그는 쇼핑몰이 더 늦은 시간에 좀 더 붐빌 거라고 생각하며 남동쪽

구석에 차를 댔다. 건물을 감싸고 있는 장식용 강철 창살 너머로 아래쪽의 라 시에나가 대로가 보였다. 도로에서 움직이는 암행 경찰차 몇 대에서 경광등이 번쩍였다. 그는 그 자동차들이 방금 그가 따돌리고 당황시킨 FBI에 소속돼 있다는 걸 알았다. 엿이나 먹으라지. 놈들은 눈먼 채로 수색하고 있었으며 절대 그를 찾지 못할 터였다.

머잖아 그는 머리 위에서 헬리콥터 소리도 들었다. 행운을 빌어주고 싶을 정도였다. 총을 뽑아 들고 눈에는 노기를 띤 FBI가 끌어낼 검은 테슬라의 수인들에게도 모두.

그는 룸미러로 자기 모습을 살폈다. 그는 전날 밤 머리를 밀었다. 놈들이 그의 인상착의를 알아낼 경우에 대비한 것이다. 머리를 다 밀고 나니 두피가 놀라울 정도로 하얬다. 그는 머리에 CVS 미국의 편의점 체인 에서 산 브론저 피부를 그을린 것처럼 보이게 하는 화장품의 일종 를 발랐다. 그 바람에 잘 때 베개에 물이 들었지만, 이 방법이 통했다. 이제 그는 몇 년이나 이런 모습으로 지내온 것처럼 보였다. 때까치는 마음에 들었다. 자기도 모르게 아침 내내 거울로 자기 모습을 확인했다.

그는 환기하려고 창문을 2센티미터쯤 내리고 시동을 끈 뒤 문을 열었다. 차에서 내리기 전, 그는 종이 성냥과 담배 한 갑을 꺼냈다. 그는 성냥으로 담배에 불을 붙인 뒤 깊이 한 모금을 빨며 백미러에서 뜨겁게 빛나는 담배 끝부분을 바라봤다. 연기가 폐를 찌르자 기침이 나왔다. 늘 그랬다. 그런 다음 그는 종이 성냥을 담배 가운데에 감아, 임시로 만든 불쏘시개를 중앙 콘솔에 놓았다. 담배가 약간 아래로 기울어져 성냥이 있는 부분까지 계속 타도록 각도를 조정했다. 운이 좋으면 성냥도 필요 없이 담배만으로 일을 처리할 수 있을 터였다.

그는 차에서 내려 운전석 문을 닫고 재빨리 자동차 앞으로 움직였다. 앞쪽 범퍼와 그 아래에 달린 플라스틱 덮개에 혹시 피나 잔해가 묻지 않았는지 확인했다. 아무것도 보이지 않았다. 그는 허리를 숙여 아래쪽을 살폈다. 피가 콘크리트로 뚝뚝 떨어지는 게 보였다. 휘발유 차의 엔진에서 새는 기름처럼.

그는 미소 지었다. 아이러니 같았다.

그는 자동차 옆으로 돌아와 조수석 뒤쪽 문을 열었다. 뒷좌석에는 그가 해먼드의 수영장 옆 바비큐 장치에서 가져온 천연가스 통이 있었다. 그는 이미 체결 부위에서 6센티미터 떨어진 곳의 고무호스 부품을 잘라 대부분의 내용물을 빼놓았다. 엄청난 폭발은 원하지 않았다. 그저 필요한 일을 해줄 만큼이면 됐다.

밸브를 열면서, 그는 남은 가스가 빠져나와 자동차 안으로 식식대며 들어가는 소리를 들었다. 그는 뒤로 물러나 장갑을 벗어 차 안에 던져넣었다. 테슬라는 충실한 하인이었다. 그리울 것이다.

그는 팔꿈치로 차 문을 닫고 아래쪽 거리로 이어지는 에스컬레이터로 걸어갔다.

두 번째 에스컬레이터에서, 그는 테슬라 안에서 일어난 폭발인 게 명백한 쾅 소리를 들었다. 창문을 날려버릴 정도는 아니었지만 자동차 내부를 집어삼키고 마지막 사용자의 흔적을 모두 태워버릴 정도는 됐다.

때까치는 놈들이 절대 그의 정체를 알 수 없을 거라고 자신했다. 자동차는 마이애미에서 훔쳐온 것으로, 지금 붙어 있는 번호판은 LA 공항의 장기 주차장에 있던 똑같은 테슬라에서 떼어온 것이었다. FBI가 그의 사진을 가지고 있을지는 모르겠지만, 그의 이름은 결코 알 수 없을 것이다. 그러기엔 너무 많은 주의를 기울였으니까.

그는 휴대전화로 우버 앱을 열어 쇼핑몰의 라 시에나가 쪽으로 차를 불렀다. 목적지 입력란에는 LA 공항이라고 입력했다.

앱은 운전자 아흐메트가 오고 있으며, 55분 뒤면 공항에 도착하리라고 알려줬다.

그 정도면 어디로 가야 할지 결정하기에 충분한 시간이었다.

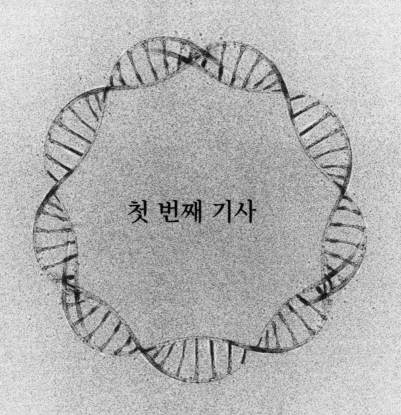

첫 번째 기사

FBI: "DNA 살인마" 활개

에밀리 앳워터, 잭 매커보이 기자

FBI와 LA 경찰이 젊은 여성 여덟 명의 목을 부러뜨린 사건을 포함해 전국적으로 최소 열 명을 죽이며 살인극을 벌인 용의자를 긴급하게 쫓고 있다.

인터넷에서 때까치라고 알려진 범인은 여성들이 유명 유전자 분석 사이트에 제공한 DNA의 특질을 근거로 피해자를 물색했다. 피해자들의 유전자 프로파일은 여성을 성적으로 이용하고자 하는 남성 고객층에게 서비스를 제공하는 다크웹의 사이트로부터 신원 불명의 용의자에게 전달됐다.

FBI는 내일 로스앤젤레스에서 중대 기자 회견을 열어 수사에 관해 설명할 예정이다.

당국에서 알린 바에 따르면 FBI에서 오늘 폐쇄한 해당 사이트 운영자 두 명은 이번 주 용의자에 의해 살해당했다. 마셜 해먼드(31)는 글렌데일의 자택에서 목이 매달린 채 발견됐는데, 그곳에서 DNA 실험실을 운영하고 있었다. 로저 보겔(31)은 〈페어워닝〉의 기자들이 문제를 제기한 직후 뺑소니 사고로 거리에 짓뭉개졌다. 세 번째 남자도 앞서 용의자에게 살해당했는데, 당국에서는 용의자가 그를 보겔로 오인했다고 보고 있다.

세 남자가 살해되기 전 포트로더데일에서 샌타바버라에 이르는 지역의 여성 일곱 명은 피해자의 목을 부러뜨리는 특징적인 방법을 사용하는 용의자에 의해 잔혹하게 살해당했다. 여덟 번째 여성은 유사한 공격을 받고 살아났으나 부상으로 인해 사지가 마비됐다. 〈페어워닝〉에서 신원을 밝히지 않기로 한 패서디나의 29세 여성은 수사관들에게 모든 사건을 연결하는 연결고리를 제공했다.

"이번 살인범은 우리가 맞닥뜨렸던 연쇄 범죄자 중에서도 가장 악랄한 축에 듭니다." FBI의 로스앤젤레스 현장 지부를 책임지고 있는 특수요원보 매슈 메츠는 말했다. "우리는 범인의 신원을 확인하고 체포하기 위해 할 수 있는 모든 일을 다 하고 있습니다. 범인을 잡기까지는 아무도 안전하지 않습니다."

FBI에서는 마셜 해먼드가 살해당한 직후 그가 사는 지역의 주택 감시 카메라에 포착된 용의자의 영상과 함께 용의자로 여겨지는 남자의 몽타주를 배포했다.

FBI는 어제 시더스 사이나이 의료 센터의 원무과에서 일하던 로저 보겔을 감시하던 중 용의자가 감시망에서 벗어나는 바람에 그를 체포할 기회를 놓쳤다. 〈페어워닝〉의 기자들이 병원 앞 흡연자용 벤치에서 보겔에게 문제를 제기했으나 보겔은 사망 사건에 대한 모든 책임을 부인했다.

"이러려던 게 아닙니다." 보겔은 말했다. "나는 그 미친놈이 하는 짓에 아무 책임이 없어요."

이후 보겔은 알덴 드라이브와 조지 번스 로드의 교차로에 설치된 횡단보도에 발을 들였다가 즉시 살인 용의자가 운전한 것으로 추정되는 자동차에 치였다. 보겔은 자동차 밑에 깔린 채로 1미터가량을 이동하며 치명상을 입었다. 이후 FBI는 인근 베벌리 센터 주차빌딩에서 자동차를 발견했다. 자동차는 살인자의 신원 확인으로 이어질 수 있는 모든 증거를 파괴하고자 불태워진 상태였다.

때까치는 1주일 전, 선셋 스트립에 있는 바에서 어느 남성과 함께 있다가 마지막으로 목격된 이후 목이 부러진 채 자택에서 발견된 크리스티나 포트레로(44)의 살인사건 이후로 주목받게 됐다.

〈페어워닝〉은 포트레로가 가계도 분석을 위해 인기 있는 온라인 유전자 분석 회사인 GT23에 DNA를 제공했다는 사실을 알게 된 이후로 사망 사건에 대한 조사에 착수했다. 포트레로는 친구들에게 자신에 관한 내밀하고 개인적인 정보를 알고 있는 낯선 사람에게 스토킹을 당했다는 불만을 말한 적도 있다. 그 남성은 때까치가 아니라 때까치가 DNA 구성에 따라 피해자들을 선택한 다크웹 사이트의 다른 고객이었을 것으로 보인다.

GT23은 익명화된 DNA를 2급 실험실에 판매하는 것이 소비자의 비용을 낮추는 데 도움이 된다고 공개적으로 말한다. 고객들은 DNA 가계도 분석에 겨우 23달러만을 내면 된다.

GT23에서 DNA를 판매한 실험실 중에는 과거 어바인대학교의 생화학 교수였던 윌리엄 오턴이 운영하는 어바인 소재 연구소 오렌지 나노가 있다. 오렌지카운티 당국에 따르면, 오턴은 3년 전 학생에게 마약을 먹이고 강간한 혐의를 받은 이후로 보직을 내려놓고 오렌지 나노를 설립했다.

오턴은 이러한 혐의를 격렬히 부인했다. 해먼드는 어바인대학교의 졸업생으로서 오턴의 제자였다. 이후 그는 오렌지 나노가 GT23을 통해 구입한 수백 명의 여성 DNA 표본을 활용하는 사설 실험실을 만들었다.

〈페어워닝〉의 조사로 밝혀진 바에 따르면, 해먼드와 보겔은 2년도 더 전에 더티4라는 다크웹 사이트를 열었다. 해당 사이트의 고객들은 매년 500달러의 접속료를 내는 대가로 DNA에 DRD4라고 알려진 염색체 패턴이 있는 여성들의 신원과 위치를 다운받았다. DRD4는 일부 유전자 연구자들에 의해 마약과 성 중독을 포함한 위험 행동의 지표가 될 수 있다고 결론 내려진 유전자다.

"놈들이 이 여자들을 팔아먹은 겁니다." 수사에 긴밀히 참여한 취재원이 말했다. "이 소름끼치는 남자들은 자기들이 쉽게 접근할 수 있다고 생각한 여자들의 명단을 돈 주고 샀어요. 놈들은 바 같은 곳에서 그 여자들을 만난 척할 수 있었죠. 여자들은 쉬운 표적이 됐습니다. 너무 역겨워요. 그런 남자들 중에 살인범이 있는 것도 이상하지 않죠."

FBI는 웹사이트 기록을 분석한 결과 더티4에는 유료 회원이 수백 명 있으며, 그중 다수가 인셀(자칭 "비자발적 독신자"인 남성)이 이용하는 온라인 포럼 및 다른 여성 혐오적 관점을 통해 유입되었다고 말했다.

"끔찍한 날입니다." 하버드 법학 교수이자 유전자 분야의 윤리학 전문가로 알려진 안드레아 맥키가 말했다. "우리는 이제 범죄자들이 피해자를 맞춤형으로 주문할 수 있는 지점에 이르렀습니다."

GT23이 넘긴 DNA는 익명화된 상태였지만, 권위자들은 온라인에서 로그보그라는 이름을 활용했던 실력 있는 해커인 로저 보겔이 GT23의 컴퓨터에 침입해 오렌지 나노에서 해먼드에게 판매한 DNA를 가진 여성들의 신원을 알아낼 수 있었으리라고 본다.

더티4의 이용자 중 한 명이 때까치였다. FBI는 때까치가 사이트에서 제공된 프로파일 접근권을 이용해 살인극의 피해자를 찾았을 것이라고 예상한다. 요원들은 공격당하고도 생존한 패서디나의 여성을 포함해 총 11명의 피해자를 확인했으며, 다른 피해자들도 있을지 모른다고 추정한다. 오늘 샌타페이에서 예정된 발굴 작업이 열두 번째 피해자 확인으로 이어질 수 있다.

여성 피해자들의 공통점은 사망 원인 및 부상의 형태다. 모든 여성이 고리뒤통수 관절 탈구라고 불리는 파괴적인 목 골절을 경험했다. 검시관들은 이 부상을 체내 참수, 즉 목뼈와 척추의 완전한 절단이라고 부른다. 이는 머리가 일반적인 한계를 넘어서 90도 이상 폭력적으로 비틀릴 때 발생한다.

"놈은 힘이 셉니다." FBI의 메츠가 말했다. "우리 생각에, 놈은 맨손이나 일종의 팔 조르기를 활용해 문자 그대로 피해자의 목을 부러뜨리는 것 같습니다. 끔찍하고 고통스러운 죽음의 방식입니다."

때까치는 자연계의 가장 잔인한 살해자로 알려진 새에서 온라인 이름을 따왔다. 이 새는 들쥐 등의 소형 동물을 조용히 쫓아가 등 뒤에서 공격한다. 피해자를 부리로 물고서 악랄하게 목을 부러뜨리는 방식이다.

이런 살인사건의 발생과 수사는 빠르게 성장하고 있는 수십억 달러 가치의 유전자 분석 업계에 충격을 줄 것이 분명하다. 〈페어워닝〉의 조사에 따르면, 이 업계는 연방 식품의약국의 관할이나 식품의약국이 해당 산업에 대한 규칙과 규제를 장기간 고민하며 공포하지 않고 있어 사실상 아무 제약을 받지 않고 있다. DNA 표본의 익명성을 보호할 수단이 있다는 강력한 지표에 흠집이 났다는 사실은 업계 전체에 충격파를 전달할 것이 분명하다.

"이걸로 판이 바뀔 겁니다." UCLA의 생명공학 교수 제니퍼 슈워츠가 말했다. "업계 전체가 익명성이라는 원칙에 근거를 두고 있어요. 그 익명성에 흠집에 난다면 어떻게 될까요? 수많은 사람이 겁에 질릴 테고, 업계가 흔들릴 수 있습니다."

FBI는 더티4 웹사이트를 폐쇄했으며 해먼드와 보겔에 의해 신분이 공개되고 DNA 정보가 판매된 여성들에게 연락을 취하고자 적극적으로 노력하고 있다. 메츠는 용의자가 해먼드를 죽인 뒤 그의 실험실 컴퓨터에서 얻은 다수의 프로파일을 가지고 있을 것이 분명하다고 추정한다. GT23과 오렌지 나노가 그 부분의 수사에서 전적으로 협력하고 있다고도 했다.

"지금은 잠재적 피해자에게 연락하는 것이 가장 중요한 일입니다." 메츠가 말했다. "물론 범인도 찾아야 하지만, 아무 의심도 하지 않고 있는 모든 여성에게 연락해 경고하고 그들을 보호해야 합니다."

메츠는 해먼드와 보겔이 살해당한 이유는 명확하지 않지만 그 두 사람이 때까치의 신분을 밝힐 열쇠를 쥐고 있었기 때문일 가능성이 크다고 말했다.

"때까치가 수사의 낌새를 차리고, 자신의 정체를 확인하는 데 도움을 줄 수 있는 사람이 오직 그 두 사람밖에 없다는 걸 알았을 겁니다." 메츠가 말했다. "그래서 둘을 보내버려야 했던 겁니다. 그들은 자업자득으로 사망한 셈입니다. 그 둘이 별로 불쌍하게 느껴지지 않는다는 건 분명히 말씀드리죠."

해먼드와 보겔의 관계에 대해서는 거의 알려진 것이 없지만, 두 사람

페어워닝

이 어바인대학교에서 룸메이트로 만났다는 것만은 분명하다. 당시의 학생들은 두 사람이 여학생에 대한 디지털 괴롭힘에 연루된 학교의 비공식 불법 단체에서 우연히 만났을지 모른다고 말한다.

"요즘에 보이는 인셀 집단의 전조 같은 것이었습니다." 익명을 요구한 학교 관계자가 말했다. "그들은 여학생들에게 온갖 짓을 저질렀습니다. 소셜 미디어를 해킹하고 거짓말과 소문을 퍼뜨렸죠. 몇몇 여학생들은 그들이 한 짓 때문에 학교를 떠났습니다. 하지만 그들은 언제나 흔적을 숨겼습니다. 아무도 뭔가를 증명할 수 없었습니다."

인셀은 대체로 자신을 비자발적 독신자로 정체화하며 인터넷 포럼에서 자신들의 연애 관련 문제를 여자들의 탓으로 돌리고 여성을 폄훼하는 남자들이다. 최근에는 인셀의 소행으로 여겨지는 여성 대상 범죄가 상승세다. FBI는 점점 더 염려되는 이러한 집단의 명단을 만들었다.

메츠는 더티4 웹사이트도 비슷한 태도와 감성으로 움직이는 것으로 보인다고 말했다.

"이 남자들은 여성 혐오자이며 그 혐오 감정을 극한까지 끌고 갑니다." 그가 말했다. "이제는 예닐곱 명의 여성이 사망했고, 또 한 명은 영영 걷지 못하게 됐습니다. 끔찍합니다."

한편 당국에서는 어제 일어난 보겔의 뺑소니 사건이 때까치가 범행 수법을 바꾸고 있다는 징조일 수 있다고 우려를 표했다. 그 경우 때까치를 추적하기가 더 어려워질 수 있다.

"때까치는 우리가 자기를 쫓고 있다는 걸 알고 있습니다. 때까치에게 조여드는 그물망을 피하는 가장 좋은 방법은 살인을 멈추거나 일반적인 패턴을 바꾸는 겁니다." 메츠가 말했다. "불행히도 때까치에게는 살인

취미가 있습니다. 그걸 그만둘 거라고 보이지는 않습니다. 우리는 때까치의 정체를 밝혀 그를 체포하는 데 최선을 다하고 있습니다."

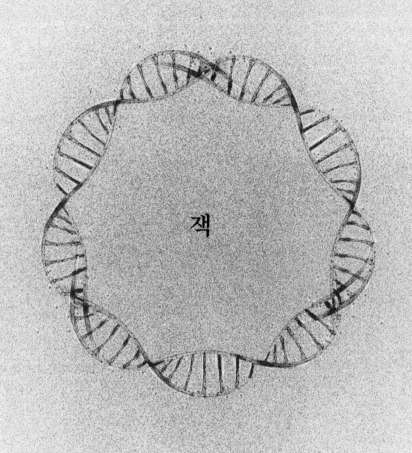

책

41

우리의 첫 번째 기사가 나가고 100일이 지난 뒤에도 때까치는 신분이 밝혀지지도, 잡히지도 않았다. 그 시간에 에밀리 앳워터와 나는 서른두 건의 기사를 더 냈다. 우리는 계속 수사팀과 보조를 맞추며 우리의 첫 보도 이후로 메뚜기 떼처럼 달려든 다른 언론사보다 한발 앞서 나갔다. 마이런 레빈은 〈타임스〉와 독점 파트너십을 맺었고, 우리 기사 대부분은 1면에 실렸다. 우리는 점점 확장돼가는 수사를 다루고 다른 두 피해자에 대한 확인 기사를 썼다. 윌리엄 오턴과 그가 승소한 강간사건도 전면적으로 다뤘다. 우리는 귀네스 라이스에 관한 기사를 썼고, 나중에는 그녀의 의료 비용을 대기 위한 모금 활동도 다뤘다. 심지어 때까치를 신격화하며 그가 여성 피해자에게 자행한 짓을 기념하는 인셀 그룹의 역겨운 온라인 활동을 포착한 기사도 여러 편 썼다.

직원 절반을 잃을지 모른다는 마이런 레빈의 걱정은 실현됐지만, 그 이유는 예기치 못한 것이었다. 때까치가 어딘가에 여전히 돌아다니고 있는 상황에서, 에밀리는 우리가 놈의 다음번 표적이 될 수 있다는 두려움을 너무 심하게 느꼈다. 수사에 진전이 없어 기사가 활기를 잃기 시작하자 그녀는 〈페어워닝〉을 떠나기로 했다. 우리는 책을 내달라는 제안과 팟캐스트에 출연해 달라는 제안을 받았다. 에밀리가 도서 제안을 받아들였고 나는 팟캐스트를 녹음하기로 했다. 에밀리는 내게도 어딘지 자세히 알리지 않고 영국의 모처로 돌아갔다. 기밀이 유지되면 누가 내게 그녀의 위치를 노출하라고 강요할 수도 없을 테니 그게 낫다고 했다. 우리는 거의 매일 의사소통했고, 나는 에밀리가 우리 이름으로 낼 마지막 기사의 취재 자료를 이메일로 보내줬다.

첫 보도 이후 100일은 내가 〈페어워닝〉을 떠날 기준 날짜이기도 했다. 나는 어떤 새로운 소식이 들려오든 팟캐스트에서 보도할 수 있다는 통지서를 받아 그렇게 하기로 했다. 팟캐스트는 새로운 형태의 저널리즘이었고, 나는 기사를 쓰기보다는 사운드 부스에 들어가 말로 전하는 것이 즐거웠다.

나는 그 팟캐스트의 이름을 〈머더 비트〉라고 붙였다.

마이런은 우리를 교체해야 하는 상황에도 별로 동요하지 않았다. 이제 그의 서랍에는 함께 일하고 싶다는 기자들이 보낸 이력서가 가득했다. 때까치가 〈페어워닝〉을 대중의 눈에 거물로 보이게 만들었다. 전 세계의 신문, 웹사이트, TV 뉴스가 그 이야기를 처음 전한 우리를 신뢰했다. 나는 CNN, 〈굿모닝 아메리카〉, 〈더 뷰〉에 게스트로 출연했다. 〈60분〉에서 우리 기사에 후속 보도를 냈고, 〈워싱턴 포스트〉에서는 에밀리와 나의 프로파일을 실었으며 때로는 전투적인 우리의 동업자 관계를 역사상 가장 위대한 언론계의 콤비, 우드워드와 번스타인에게 빗대기까지 했다.

〈페어워닝〉의 독자 수도 늘었다. 우리가 때까치 기사를 올릴 때만이 아니었다. 100일이 지난 지금은 기부금도 슬슬 늘어나기 시작했다. 마이런은 후원자가 될 만한 사람에게 기부해 달라고 조르는 전화를 그리 많이 걸지 않았다. 〈페어워닝〉은 전부 잘되어갔다.

에밀리와 내가 쓴 마지막 기사는 서른두 건의 기사 중 가장 만족스러운 것으로 성폭행 혐의로 윌리엄 오턴이 체포됐다는 내용이었다. 마셜 해먼드와 로저 보겔에 대한 우리 기사로 인해 오렌지카운티 당국에서는 오턴이 과거 제자에게 마약을 먹이고 강간했다는 혐의를 다시 수사하게 됐다. 당국에서는 해먼드가 오턴이 제출한 DNA 샘플을 보안관실의 실험실로 가져가 미상의 표본과 바꿔치기해 강간 검사 키트의 면봉에 묻어 있던 DNA와는 불일치 결과가 나오게 했다고 결론 내렸다. 새로운 수사에 따라, 오턴에게서 다른 표본을 채취해 강간 검사 키트에 있던 자료와 대조했다. 결과는 일치였고 오턴은 체포돼 기소당했다.

대체로 저널리즘이란 그저 대중의 관심을 끄는 상황과 사건에 관해 보도하는 행위다. 저널리즘이 부패한 정치인을 거꾸러뜨리거나 법을 바꾸거나 강간범을 체포하는 결과로 이어지는 일은 드물다. 그런 일이 실제로 일어날 때의 만족감은 헤아릴 수 없다. 때까치에 관한 우리 기사는 대중에게 경고를 전달했고 사람들의 목숨을 구했을지도 몰랐다. 강간범도 감옥에 갇혔다. 나는 우리가 성취한 일이 자랑스러웠고 기자라는 직업이 지속적으로 공격당하는 시대에 나 자신을 기자라고 부르며 자긍심을 느꼈다.

마이런과 악수하고 처음으로 사무실을 나서면서, 나는 미스트럴의 바로 가서 레이철을 만나 내 인생에서 또 한 장이 끝나고 새로운 장이 시작된 것을 기념했다. 그게 내 계획이었다. 하지만 생각대로 되지는 않았다. 나는 100일 동안 품고 있어 더 이상 속에 담아둘 수 없는 질문을 해야만 했다.

레이철이 이미 바에 와서, 바가 휘어지며 뒤쪽 벽으로 향하는 왼쪽 끝자리에 앉아 있었다. 거기에 우리가 늘 앉는 자리가 있었다. 그곳에서는 조용히 이야기하는 게 가능했고 바와 레스토랑을 동시에 지켜볼 수도 있었다. 건물의 긴 쪽 중앙에는 커플이 앉아 있었고, 레이철 반대편 끝에는 한 남자가 혼자 앉아 있었다. 밤에는 대체로 그렇듯 영업은 천천히 시작돼 나중에야 열기가 올랐다.

오늘은 프랑스 인상주의자가 일하고 있었다. 레이철이 가짜 프랑스어 억양을 가진 바텐더 엘에게 비밀리에 붙인 별명이었다. 나는 손짓으로 그녀를 불러 마티니를 주문했고, 머잖아 레이철과 잔을 부딪치고 있었다.

"새로운 것들을 위하여." 레이철이 말했다.

"슬란자 건배라는 의미의 아일랜드어 ." 내가 말했다.

"아, 그래서 이젠 프랑스 인상주의자와 어울리는 아일랜드 시인까지 생긴 거야?"

"그럼. 나는 마감일을 지키는 시인이야. 전직이지만. 지금은 팟캐스트 시인이지."

내 아일랜드 억양이 별로 먹히지 않았으므로 나는 그 억양을 버리고 마티니를 반쯤 마셨다. 내가 물어야만 하는 커다란 질문을 던지기 위해서는 술이 주는 용기를 빌려야 했다.

"오늘 내가 작별 인사를 했을 때 마이런의 눈에 눈물이 고여 있었던 것 같아." 내가 말했다.

"아, 나도 마이런이 그리울 거야." 레이철이 말했다.

"다시 보게 되겠지. 때까치에 관한 새 소식을 전해주러 팟캐스트에도 나오기로 했어. 사이트 광고가 될 거야."

"좋네."

나는 마티니를 마저 다 마셨다. 엘이 빠르게 한 잔을 더 가져다줬다. 레이철과 나는 한담을 나누었고, 그러는 동안 나는 마티니의 수위를 조금씩 낮춰갔다. 레이철이 술잔을 새로 채우지 않은 게 보였다. 그녀는 심지어 물도 주문하지 않았다. 계속해서 바의 저쪽, 반대쪽 끝에 혼자 앉아 있는 남자를 보았다.

나는 팔꿈치를 바에 괴고, 이제는 두 손을 맞잡아 비비며 손가락을 뒤로 젖혔다. 혈중 알코올 농도가 높아지면서 용기가 낭비됐다. 나는 내 의심을 하루 더 내버려두기로 했다. 지난 99일 동안 그랬듯이.

"생각이 바뀌었어?" 레이철이 물었다.

"아니, 전혀 아냐." 내가 말했다. "왜?"

"관찰한 결과야. 손을 비틀어대잖아. 그리고 그냥 보기에…… 모르겠다. 생각에 잠겼다고 해야 하나? 딴 데 정신이 팔렸다고 해야 하나? 동떨어진 느낌이야."

"뭐……. 한동안 당신에게 묻고 싶었던 걸 물어봐야 할 것 같아."

"그래. 뭔데?"

"당신이 취재원처럼 굴면서 나랑 에밀리한테 보겔에 관한 모든 자료를 주고 당신이 보았던 감시 사진을 설명해준 그레이하운드에서의 그날 밤 말인데……."

"취재원처럼 군 게 아니야. 난 당신 취재원이었어, 잭. 뭘 묻고 싶은 거야?"

"그거 작전이었지? 당신이랑 FBI가, 그 메츠라는 사람이 우리가 때까치를 보겔에게로 데려가길 바랐던 거야. 그래서 당신이 우리한테 말해준……."

"무슨 소리야, 잭?"

"말할 수밖에 없었어. 계속 생각나서. 그냥 말해줘. 감당할 수 있으니까. 아마 당신을 쫓아낸 사람들에게 충성심을 느껴서 그랬겠지. 다시 받아준다는 거래가 있었던 거야, 아니면……."

"잭, 좋은 걸 또 한 번 망치기 전에 입 닥쳐."

"정말 이러기야? 좋은 걸 망칠 사람이 나라고? 당신이 FBI와 이런 짓을 한 건데, 모든 걸 망친 사람이 나야? 그건 말도 안……."

"지금은 이 얘기 하고 싶지 않아. 술도 그만 마셔."

"무슨 소리야? 난 술 마실 수 있어. 술을 너무 많이 마신대도 집까지 걸어갈 수 있고. 지금은 전혀 그럴 상황도 아니지만. 난 당신한테 그때 일이 당신과 FBI의 작전이었는지 듣고 싶어."

"말했잖아, 아니었어. 그리고 잘 들어. 문제가 있어."

"그렇겠지. 그래도 나한테는 말해줬어야지. 말해줬다면 나도……."

"아니, 그 얘기가 아니야. 바로 여기에 문제가 있다고."

레이철이 목소리를 낮추어 긴급하게 속삭였다.

"무슨 소리야?" 내가 물었다.

"그냥 장단 맞춰." 그녀가 말했다.

그녀는 고개를 돌려 내 뺨에 입을 맞추더니 내 목에 한쪽 팔을 감고 가까이 파고들었다. 공개적인 애정 표현은 레이철이 잘 하지 않는 행동이었다. 나는 무슨 일이 벌어졌다는 걸 알았다. 그녀가 내 질문에서 초점을 돌리기 위해 기이할 정도로 멀리까지 나아가는 중이거나 뭔가가 끔찍하게 잘못된 것이었다.

"저기, 바에 있는 남자." 그녀가 내 귀에 속삭였다. "티 안 나게 봐."

페어워닝

나는 술잔으로 손을 뻗으며 바 저쪽에 혼자 앉아 있는 남자를 힐끗 보았다. 내가 보기에는 전혀 의심스럽지 않았다. 그는 앞에 얼음과 투명한 액체로 반쯤 채워진 칵테일 잔을 두고 있었다. 라임 조각도 하나 들어 있었다.

나는 레이철을 마주 보도록 의자를 돌려놓았다. 우리는 서로에게 손을 얹고 있었다.

"저 사람이 왜?" 내가 물었다.

"내가 들어오고 나서 바로 들어왔어. 그런데 지금도 첫 번째 잔을 만지작거리고 있고." 그녀가 말했다.

"뭐, 속도 조절을 하나 보지. 당신도 첫 번째 잔이잖아."

"그건 그냥 저 사람 때문이고. 저 사람, 우리를 지켜보지 않는 척하면서 지켜보고 있어. 나를 지켜보고 있다고."

"그게 무슨 뜻이야?"

"여기 들어온 이후로 한 번도 이쪽을 보지 않았다는 뜻이야. 거울을 쓰고 있어."

바 뒤에는 커다란 거울이 있었다. 그 위의 천장에도 하나 있었고. 나는 문제의 남자를 두 거울 모두에서 볼 수 있었다. 그 말은 남자도 우리를 볼 수 있다는 뜻이었다.

"확실해?" 내가 물었다.

"응." 레이철이 말했다. "그리고 저 남자 어깨를 봐."

나는 확인했다. 남자는 어깨가 넓었고 이두근과 목이 두꺼웠다. 때까치 이야기가 세상에 나온 이후로 FBI는 그가 감옥에서 몸집을 키우고 목을 부러뜨리는 동작도 완벽하게 연마한 전과자일 거라는 가설을 세웠다. 수사팀은 시신이 세탁실의 산업용 세탁기 뒤에 쑤셔박힌 채 발견된 스타크의 플로리다 주립 교도소 재소자 살인 미제 사건에 초점을 맞췄다. 그 재소자는 목이 너무 심하게 부러져 있어서 사인이 체내 참수로 기록됐다.

그 사건은 해결되지 않았다. 교도소 세탁실에서 일하거나 그곳에 들어갈 수 있는 죄수들이 몇 명 있었는데, CCTV가 건조기에서 뿜어져 나온 증기로 흐려져 있었다. 직원들이 여러 차례 지적했지만 한 번도 해결되지 않은 문제였다.

FBI에서는 한 달 이상 교도소 안뜰의 카메라로 찍은 영상을 들여다보고, 살인사건이 발생한 날 세탁실에서 일했거나 그곳에 들어갈 수 있었던 모든 범죄자들의 데이터를 돌려봤다. 메츠 요원은 내게 때까치가 그 재소자를 죽였다고 확신한다고 했다. 그 살인사건은 때까치의 살인이 시작되기 한참 전인 4년 전에 일어났으며 플로리다에서부터 시작된, 때까치가 벌인 것으로 추정되는 범죄의 패턴과 일치했다.

"알았어." 내가 말했다. "잠깐만."

나는 휴대전화를 꺼내 사진 보관 앱을 열었다. 휴대전화에는 지금도 때까치의 몽타주가 있었다. 나는 그 사진을 열어 레이철에게 기울여 보여줬다.

"딱히 저 사람 같지는 않은데." 내가 말했다.

"난 몽타주를 별로 믿지 않아." 레이철이 말했다.

"귀네스가 몽타주가 잘 맞는다고 했잖아?"

"귀네스는 감정적이었어. 몽타주가 일치하기를 바랐다고."

"유나바머미국의 테러리스트 시어도어 카진스키의 몽타주는 정확했어."

페어워닝

"그런 일은 백만 번에 한 번쯤 일어나는 거야. 거기다가 때까치의 몽타주는 온 나라의 TV 채널에 떴어. 모습을 바꿨을 거야. 그게 인셀들 사이에서 한창 유행했다고. 성형수술 말이야. 거기다가 나이도 일치해. 30대 중반 같아."

나는 고개를 끄덕였다.

"그럼 어쩌지?" 내가 물었다.

"음, 일단은 저 사람이 저기 있다는 걸 모르는 것처럼 굴어." 레이철이 말했다. "내가 메츠를 부를 수 있는지 볼게."

그녀는 휴대전화를 꺼내 카메라 앱을 열었다. 셀카를 찍듯이 휴대전화를 들었다. 우리는 가까이 몸을 붙이고 화면을 보며 미소 지었다. 그렇게 레이철은 바의 반대쪽 끝에 앉아 있는 남자의 사진을 찍었다.

그녀는 잠시 그 사진을 살펴보았다.

"한 장 더." 그녀가 말했다.

우리는 미소 지었고 그녀는 사진을 한 장 더 찍었다. 이번에는 줌인해서 남자의 얼굴에 초점을 맞추었다. 다행히 엘이 허리를 숙이고 가운데에 있는 커플과 대화하고 있었기에 레이철은 방해받지 않고 사진을 찍을 수 있었다.

나는 허리를 숙이고 레이철이 찍은 사진을 보며, 그녀가 형편없는 사진을 찍었다는 듯 가짜로 웃었다.

"지워." 내가 말했다. "내가 거지같이 나왔잖아."

"아니, 난 마음에 드는데." 그녀가 말했다.

레이철은 진짜 사진을 편집해 선명도가 떨어지지 않는 선에서 최대한 확대하고 저장했다. 편집을 마친 그녀는 다음과 같은 메시지를 덧붙여 메츠 요원에게 문자를 보냈다.

이 사람이 우리를 지켜보고 있어요. 그놈인 것 같아요. 어쩌죠?

우리는 답장을 기다리며 수다를 떠는 척했다.

"어떻게 알고 당신을 여기까지 따라왔을까?" 내가 물었다.

"쉽지." 레이철이 말했다. "난 당신 기사에도, 팟캐스트에도 나왔어. 놈은 사무실에서부터 나를 따라왔을 거야. 문을 잠그고 바로 이쪽으로 왔거든."

그럴싸하게 들렸다.

"하지만 이건 프로파일과 맞지 않는데." 내가 말했다. "FBI의 프로파일러들은 모두 놈의 동기가 복수가 아니라고 했어. 이 얘기도 이미 기사로 냈고. 범인이 여기에 돌아오는 위험을 감수하면서까지 우리에게 무슨 짓을 할 이유가 있을까? 전에는 놈이 보이지 않은 행동이잖아."

"나도 몰라, 잭." 레이철이 말했다. "다른 이유일지도 모르지. 당신이 팟캐스트에서 놈에 관해 일반화된 진술을 엄청나게 많이 했잖아. 당신 때문에 화가 났을지도 몰라."

메츠가 보낸 답장으로 레이철의 휴대전화 화면이 밝아졌다.

20이 뭡니까 무전 통신에서 '20'은 위치를 말한다? 아민 요원을 리프트에 태워 보내겠습니다. 놈이 따라오는지 보세요. 우리가 놈을 말발굽에 몰아넣겠습니다.

레이철이 주소를 담아 답장을 보낸 뒤 리프트 자동차의 도착 예정

시간을 물었다. 메츠는 40분쯤 걸릴 거라고 답장했다.

"좋아, 그럼 술을 한 잔씩 더 시키고 둘 다 운전할 수 없는 것처럼 굴어야겠네." 레이철이 말했다. "가짜로 리프트를 부른 다음 아민과 같은 차에 타는 거야."

"말발굽이 뭐야?" 내가 물었다.

"자동차로 함정을 설치하겠다는 말이야. 우리가 차를 몰고 들어가면 놈이 우리를 따라오고, 경찰이 놈의 뒤에서 말발굽의 벌어진 부분을 조이는 거지. 그럼 놈은 갈 곳이 없어져."

"전에도 말발굽 함정을 만들어본 적이 있어?"

"나? 아니. 근데 경찰은 해봤을 거야."

"잘돼야 할 텐데."

42

　40분 뒤 우리는 아민 요원이 운전대를 잡은 FBI의 리프트 미니밴 뒷좌석에 앉아 있었다. 그는 미스트럴에서 벗어나 벤투라 대로가 있는 서쪽으로 향했다.

　"계획이 뭐예요?" 레이철이 물었다.

　"말발굽을 설치해 뒀습니다." 아민이 말했다. "그냥 당신에게 미행이 붙었는지만 보면 됩니다."

　"메츠가 지원 요청은 했나요?"

　"네, 하지만 다른 작전이 끝날 때까지 기다려야 했습니다. 오고 있어요."

　"차는 몇 대나 있어요?"

　"리프트 포함해서 네 대입니다."

　"그걸로는 모자라요. 놈이 감시를 눈치채고 튈 수 있어요."

　"급하게 알게 된 거라 우리도 어쩔 수 없었습니다."

　"말발굽이 어디에 있는데요?"

　"101번 고속도로 북쪽의 타이론 애비뉴입니다. 타이론 애비뉴가 강에서 끝납니다. 여기서 겨우 5분 거리입니다."

　나는 어두운 차 안에서 레이철이 고개를 끄덕이는 걸 보았다. 그래봐야 그녀에게서 뿜어져 나오는 불안감을 상쇄하는 데는 별 도움이 되지 않았다.

　　　　　　　　　　　　　　　페어워닝

우리는 밴나이스 대로에서 북쪽으로 방향을 틀었다. 겨우 몇 블록 앞에서 101번 고속도로의 고가가 보였다.

레이철이 휴대전화를 꺼내 전화를 걸었다. 내게는 레이철의 말밖에 들리지 않았다.

"맷, 당신이 이 작전을 지휘하는 거예요?"

나는 그때에야 레이철이 메츠에게 전화를 걸었다는 걸 알았다.

"놈이 레스토랑에서 나왔나요?"

레이철은 귀를 기울였다. 그녀가 던진 다음 질문은 우리가 떠났을 때 바에 있던 남자도 밖으로 나왔다는 걸 확인해줬다.

"비행선은 어디 있어요?"

그녀는 귀 기울이며 고개를 저었다. 답이 마음에 들지 않는 듯했다.

"네, 그랬으면 좋겠네요."

그녀는 전화를 끊었지만, 마지막 말의 말투를 보면 메츠가 일 처리를 잘못하고 있다고 생각하는 듯했다.

우리는 고속도로 아래를 지나간 뒤 즉시 리버사이드 드라이브를 향해 동쪽으로 방향을 틀었다. 네 블록을 지나서, 아민은 타이론 애비뉴에 가까워지며 오른쪽 깜빡이를 켰다.

아민은 이어피스로 무전을 듣고 있었다. 그는 지시를 듣고 우리에게 전달했다.

"좋습니다, 놈이 따라붙었습니다." 그가 말했다. "우리는 막다른 길로 가서 멈출 겁니다. 두 분은 밴에 남아 있으십시오. 무슨 일이 있어도 밴에 머무는 겁니다. 알겠습니까?"

"네." 내가 말했다.

"알겠어요." 레이철이 말했다.

우리는 방향을 틀었다. 거리 양옆에 주차된 자동차들이 늘어서 있었다. 조명이 어슴푸레했다. 거리 양옆에 단독 주택이 여러 채 있었다. 한 블록 앞에서 고속도로 고가의 6미터짜리 벽이 보였다. 자동차와 트럭의 윗면이 왼쪽에서 오른쪽으로 움직이며 서쪽으로 도시를 벗어나고 있었다.

"주거지인 데다 너무 어두워요." 레이철이 말했다. "누가 이 거리를 고른 거죠?"

"너무 촉박하게 통보받아서 이게 최선이었습니다." 아민이 말했다. "될 겁니다."

나는 돌아서서 뒤쪽 창문 너머를 보았다. 자동차 한 대가 천천히 회전하며 우리를 따라 타이론으로 들어왔다. 그 차의 헤드라이트가 도로를 훑는 게 보였다.

"저기 있어." 내가 말했다.

레이철은 힐끗 뒤를, 그다음에는 앞을 돌아봤다. 나보다는 이 작전에 정통한 게 분명했다.

"어디서 꼬리를 자르죠?" 그녀가 물었다.

"곧 도착합니다." 아민이 말했다.

나는 모든 창문을 훑어보며 *꼬리를 자른다*는 게 무슨 뜻인지 생각했다. 우리가 오른쪽의 공터를 지나는 순간, 나는 진입로에 후면 주차된 자동차 한 대의 불빛이 깜빡이는 것을 보았다. 그러더니 그 자동차가 우리 뒤쪽의 거리로 덜컹하며 들어와 미행하던 차량 앞에 우뚝 멈춰 섰다. 그 바람에 우리와 미행하던 자동차 사이에 벽이 생겼다. 나는 뒤쪽 창문 너머로 그 모든 것을 보았다. 동시에 다른 자동차 한 대가 미행하던 자동차 뒤쪽 진입로에서 빠져나와 그 차를 상자 형태로 가두었다.

나는 첫 번째 자동차의 조수석 쪽 문에서 요원들이 쏟아져 나와 그 차의 앞에 엄폐하는 것을 보았다. 상자의 다른 면에 있는 자동차에서도 똑같은 일이 벌어졌을 것이다.

아민은 계속 차를 몰아가며 우리와 체포 작전 사이의 거리를 벌렸다.

"여기 서요!" 레이철이 소리쳤다. "서!"

아민은 레이철을 무시하고, 로스앤젤레스 강이라고 알려진 콘크리트 수로교로 둘러싸인 울타리에서 끝나는 거리에 이르러 천천히 멈춰 섰다. 레이철은 아민이 차를 완전히 세우기 전에 옆문 잠금장치로 손을 뻗었다.

"밴 안에 있으세요." 아민이 말했다. "밴 안에 있어요!"

"개소리." 레이철이 말했다. "저게 놈이라면, 난 직접 봐야 돼요."

그녀는 문밖으로 뛰어내렸다.

"제기랄." 아민이 말했다.

그가 다음으로 뛰어내리며 열린 문 너머로 내게 손가락질했다.

"당신은 거기 그대로 있으십시오." 그가 말했다.

그는 레이철을 따라 거리를 달려갔다. 나도 잠깐 기다린 뒤 이걸 놓칠 수는 없다고 판단했다.

"엿이나 먹으라지."

나는 레이철이 열어둔 문으로 기어나갔다. 주위를 둘러보니 저 위쪽, 봉쇄된 곳 근처에 레이철이 보였다. 아민이 레이철 바로 뒤에 있었다. 나는 오른쪽 인도로 다가간 뒤 도로 연석을 따라 주차된 자동차 엄폐물 뒤로 거리를 올라갔다.

말발굽은 이제 헤드라이트와 고속도로 너머에서부터 날아온 헬리콥터의 스포트라이트로 밝혀져 있었다. 나는 앞쪽 거리에서 남자들이 다급하게 점점 소리 높여 고함치는 소리를 들었다.

그때 단 하나의 단어가 선명하게, 여러 목소리로 중첩돼 반복됐다. "총이다!"

일제 사격이 즉시 이어졌다. 하나하나 떼어 헤아리기에는 총성이 너무 많이 들렸다. 그 모든 총격이 5초, 어쩌면 10초 안에 이뤄졌다. 나는 본능적으로 연석에 줄지어 선 자동차 뒤로 몸을 숙였지만 계속해서 거리를 따라 움직였다.

총격이 멈추고, 나는 허리를 펴고 일어나 계속 움직였다. 이제 내 눈은 레이철이 안전한지 확인하려고 그녀를 찾아 움직이고 있었다. 어디에도 그녀가 보이지 않았다.

스산한 침묵이 흐르고 난 뒤 고함이 다시 시작됐고, 나는 '이상 무'라는 신호를 들었다.

자동차들이 상자 형태로 서 있는 곳에 이른 나는 두 자동차 사이를 비집고 위에서 내리쬐는 빛으로 들어갔다.

바에서 본 남자가 열린 도요타 자동차의 문 옆 바닥에 얼굴을 하늘로 향한 채 누워 있었다. 나는 그의 왼손과 팔, 가슴과 목에 총상이 있는 것을 보았다. 그는 죽었다. 눈은 뜨인 채 멍하니 위의 헬리콥터를 보고 있었다. FBI 기습 재킷을 입은 요원이 2.5미터쯤 떨어진 곳에 서 있었다. 바닥에 놓인 크롬 도금 권총 양옆으로 발을 벌려선 채였다.

그가 살짝 고개를 돌리자, 나는 그가 로저 보겔이 때까치의 차에 치인 이후에 만났던 요원이라는 걸 알았다. 메츠였다.

그가 나를 쏘아봤다.

"이봐요, 매커보이!" 그가 소리쳤다. "물러나요! 씨발, 물러나라고!"

나는 아무 죄가 없다는 걸 보여주려고 두 손을 활짝 펴들었다. 메츠는 근처에 서 있던 다른 요원에게 신호했다.

"저 사람 다시 밴에 데려가." 그가 명령했다.

요원이 내게로 다가왔다. 그가 내 팔을 잡았지만 나는 팔을 홱 잡아당겨 빼고 메츠를 쳐다봤다.

"메츠, 농담이죠!" 내가 소리쳤다.

요원은 더 공격적으로 나를 잡으려고 다가왔다. 메츠가 총을 내려다보고 서 있던 자리에서 벗어나 내게로 다가왔다. 그는 요원을 막으려고 손을 들고 있었다.

"내가 처리할게." 메츠가 말했다. "무기 지켜."

요원이 방향을 틀었고 메츠가 내게로 다가왔다. 그는 내 몸에 손을 대는 대신 등 뒤의 땅바닥에 쓰러진 남자를 보지 못하게 하려는 듯 두 손을 활짝 펴 들었다.

"잭, 이봐요. 당신은 여기 있으면 안 됩니다." 그가 말했다. "여긴 범죄 현장이에요."

"무슨 일입니까?" 내가 물었다. "레이철은 어디 있어요?"

"레이철은 모르겠습니다. 근데 잭, 당신은 물러나야 해요. 일단 우리가 우리 일을 하게 놔두세요. 그다음에 얘기합시다."

"저놈이 총을 뽑았어요?"

"잭……."

"저놈입니까? 때까치는 총을 쓰지 않았는데요."

"잭, 내 말 잘 들어요. 지금은 할 얘기 없습니다. 우리가 현장을 처리하게 해주세요. 그다음에 얘기합시다. 당장 인도로 돌아가지 않으면 문제가 생길 겁니다. 경고했습니다."

"난 기자예요. 여기 있을 권리가 있습니다."

"그렇죠. 하지만 씨발, 범죄 현장 한가운데에 있을 권리는 없습니다. 정말로 인내심이 없어져 가는데……."

"잭……."

우리는 둘 다 돌아봤다. 레이철이 내 등 뒤로 주차된 자동차 두 대 사이에 서 있었다.

"레이철, 이 사람 당장 데리고 나가요. 아니면 나중에 보석금 내고 찾아가든지." 메츠가 말했다.

"잭, 이리 와." 레이철이 말했다.

그녀가 자기 쪽으로 나를 손짓해 불렀다. 나는 땅바닥의 죽은 남자를 돌아본 다음 돌아서서 레이철에게 다가갔다. 그녀가 두 자동차 사이로 움직여 인도에 올라섰다. 나도 그 뒤를 따랐다.

"총격 장면을 봤어?" 내가 물었다.

"그냥 저 사람이 쓰러지는 것만 봤어." 레이철이 말했다.

"총을 가지고 있었어. 그건……."

"나도 알아. 답을 알게 되겠지만, 일단 물러나서 경찰이 할 일을 하게 돼야 해."

"이건 말도 안 돼. 20분 전만 해도 저 사람이 우리 건너편 바에 앉아 있었다고. 그런데 이젠 죽었어. 방금 생각났는데, 마이런한테 전화해야 해. 다뤄야 할 기사가 하나 더 있다고 말해야겠어."

"그건 조금만 기다리자, 잭. 저 사람들이 일을 하게 둔 다음 메츠가 뭐라고 하는지 보자."

"알았어, 알았다고."

나는 항복의 뜻으로 두 손을 들었다. 그런 다음 내용이나 결과는 생각하지 않고 말했다.

"그날에 대해서도 물어봐야겠어. 메츠 말이야. 그게 함정이 아니었다고 하는지."

레이철이 돌아서서 나를 보았다. 처음에 그녀는 아무 말도 하지 않았다. 그냥 천천히 고개를 저었다.

"이 멍청이." 그녀가 말했다. "당신, 바뀐 게 없구나."

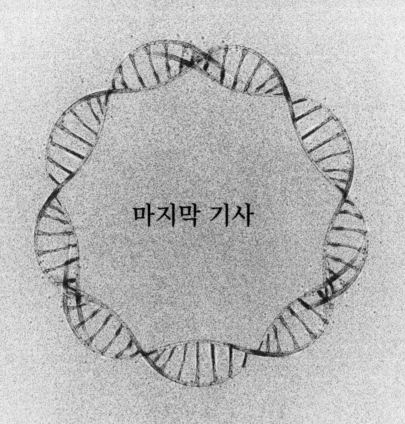

마지막 기사

FBI, "때까치" 체포 작전 중 무장한 남자 사살

마이런 레빈

때까치 연쇄살인범을 조사하던 인물을 스토킹하던 오하이오주의 남자가 어젯밤 셔먼 오크스에서 자신을 구석에 몰아넣은 요원들을 향해 총을 겨눴다가 FBI의 일제 사격에 사살됐다고 FBI 관계자가 말했다.

데이튼 출신의 로빈슨 펠더(35)는 101번 고속도로 바로 북쪽의 타이론 애비뉴에서 오후 8시 30분에 사살됐다. 매슈 메츠 요원은 펠더가 3개월 전 때까치로 알려진 살인 용의자의 살인극을 폭로하는 데 중심적인 역할을 수행한 사립 탐정 레이철 월링을 미행했다고 말했다.

메츠는 펠더의 자동차에서 수집한 증거를 보면 그가 때까치의 살인극이 폭로된 이후 수개월 동안 때까치를 숭배해온 온라인 집단과 관련돼 있음을 알 수 있다고 말했다. 메츠는 대체로 펠더의 노트북 컴퓨터와 인터넷 검색 기록에서 확보한 증거를 통해 그가 때까치 본인일 가능성은 배제됐다고 말했다.

FBI 요원들은 막다른 길에서 펠더를 멈춰 세우고 차에서 내리라고 명령했다. 메츠는 펠더가 최초에는 명령에 따랐으나 차에서 내리자마자 허리띠에서 총을 뽑았으며, 그 총으로 요원들을 겨눠 그중 몇 명의 사격을 유발했다고 말했다. 펠더는 치명상을 입고 현장에서 사망했다.

메츠에 따르면, 요원들은 현장에서 수습한 무기 외에도 펠더의 자동차에서 납치 및 고문 키트라 불리는 것을 발견했다. 메츠는 그 키트가 밧줄, 칼, 집게, 작은 아세틸렌 토치 외에도 케이블 타이와 테이프가 들어 있는 더플백이라고 설명했다.

"우리는 펠더의 목적이 월링 씨를 납치해 살해하는 것이었다고 생각합니다." 메츠가 말했다.

메츠는 살인 계획의 동기는 때까치 사건에서 월링이 수행한 역할이었다고 말했다. 전직 FBI 프로파일러인 월링은 잔혹한 방식으로 피해자의 목을 부러뜨린 살인자의 손에 전국에서 죽어간 여러 여성의 죽음을 조사하던 〈페어워닝〉에 자문을 해줬다. 〈페어워닝〉의 조사로 해당 여성들이 공통적으로 가지고 있던 특정한 DNA 패턴 때문에 표적이 됐음이 밝혀졌다. 피해자 모두가 DNA를 인기 있는 유전자 분석 서비스 제공업체인 GT23에 제출했다. 익명화된 피해자들의 DNA는 이후 2차 시장을 통해 유전자 연구소에 판매됐고, 이는 다시 여성들을 해치고 성적으로 이용하고자 하는 남성들을 대상으로 서비스하는 다크웹 사이트의 운영자들에게 넘겨졌다.

해당 웹사이트는 그 이후로 폐쇄됐다. 때까치는 신분이 밝혀지지도 않았고 잡히지도 않았다. 〈페어워닝〉에 의해 살인극이 폭로된 이후 몇 주 동안 "인셀" 서브컬처를 다루는 온라인 포럼에서는 때까치를 기념했다. 남성 위주의 이 움직임은 "비자발적 독신자"(invoulntary celibate)의 약자를 써서 인셀이라 불린다. 이들은 여성 혐오나 섹스할 권리가 있다는 감정, 또는 여성에 대한 폭력을 옹호하는 내용의 게시물을 올리는 온라인 상의 특정 집단이다. 권위자들은 전국에서 발생한 여성에 대한 몇몇 신체적 공격이 인셀들에 의한 것이라고 말했다.

메츠는 펠더의 소셜 미디어 이력을 조사해본 결과, 최근 몇 주간 그가 때까치는 물론 여성에 대한 때까치의 폭력을 찬양하고 존경하는 몇몇 게시물을 올렸음이 드러났다고 말했다. 메츠는 펠더가 이런 게시물 대부분을 #자업자득 이라는 해시태그로 끝냈다고 말했다.

"펠더가 때까치에 대한 존경을 표현하기 위해 월링 씨를 잡으러 왔다는 데는 의심의 여지가 없다고 봅니다." 메츠가 말했다. "월링 씨가 다치지 않은 것이 다행입니다."

월링은 의견을 내지 않았다. 사실 월링의 목숨을 구한 건 그녀 자신이었다. 월링은 셔먼 오크스의 한 레스토랑에서 펠더가 자신을 주시하며 수상하게 행동하는 것을 눈치챘다. 월링은 FBI에 연락했고, 펠더가 월링을 스토킹하는 것이 맞는지 판단하기 위한 작전이 빠르게 세워졌다. 월링은 FBI의 감시를 받으며 레스토랑에서 나선 후, 타이론 애비뉴의 약속된 장소로 차를 타고 이동했다.

메츠는 펠더가 자신의 자동차를 타고 그들을 미행해 FBI의 차량 함정으로 들어갔다고 말했다. 두 손을 보이며 차에서 내리라는 명령을 듣자 펠더는 그 명령에 따랐다. 하지만 알 수 없는 이유로 허리띠에 손을 뻗어 45구경 권총을 꺼냈고, 총을 발사 자세로 들어 올리다가 총격당했다.

"선택의 여지가 없었습니다." 총격 당시 현장에 있었지만 직접 총을 쏘지는 않은 메츠가 말했다.

현장에는 다른 요원 일곱 명이 있었으며, 그중 네 명이 펠더에게 총을 쏘았다. 메츠는 총격이 FBI의 직업윤리실과 미국 연방 검찰청의 수사를 받을 것이라고 말했다.

로스앤젤레스 현장 지부를 책임지고 있는 특수요원보 메츠는 펠더의 행위가 인셀 커뮤니티의 다른 사람들을 자극해 비슷한 행동을 하게 만들 수 있음을 염려한다고 말했다. 그에 따르면, 현재는 월링을 비롯한 때까치 사건의 관련자들을 지키기 위한 노력이 이뤄지고 있다.

한편, 메츠는 때까치의 정체를 밝히고 그를 체포하기 위한 노력이 지속되고 있지만, 하루하루가 지나가면서 좌절감이 높아지고 있다고 인정했다.

"때까치가 잡힐 때까지는 편히 숨 쉴 수 없을 겁니다." 그가 말했다. "때까치를 찾아야 합니다."

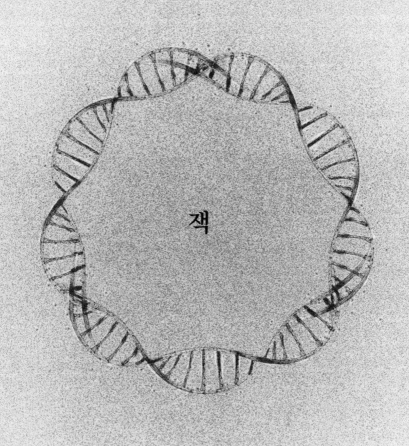

책

43

우리는 카후엔가 대로의 선 레이 스튜디오에 모여 때까치에 대한 팟
캐스트 마지막 편을 녹음했다. 그러니까, 새로운 에피소드를 녹음할
만한 사건의 돌파구가 생길 때까지는 마지막 편이었다. 나는 총 열일
곱 개의 에피소드를 다뤘다. 상상할 수 있는 모든 각도에서 이 이야기
를 다뤘고, 사건과 관련돼 있으면서 녹음에 참여할 의지가 있는 모든
사람을 인터뷰했다. 여기에는 심지어 병실에 있는 귀네스 라이스와의
인터뷰도 포함됐다. 그녀의 목소리는 이제 노트북에서 생성되는 음산
한 전자음이 돼 있었다.

마지막 편은 내가 불러 모을 수 있었던 사건의 수많은 관계자와 함
께하는 생방송 토론회로 크게 광고됐다. 스튜디오의 녹음실에는 원탁
이 있었다. 참석자는 레이철 월링, FBI의 메츠, 애너하임 경찰의 루이
즈 형사, 〈페어워닝〉의 마이런 레빈, 윌리엄 오턴 사건 피해자인 제시
카 켈리의 변호사 에르베 가스파르였다. 나는 취재원 딥 스로트가 과
연 루이즈였는지, 가스파르였는지 영영 알아내지 못했다. 둘 다 부인
했다. 하지만 가스파르는 팟캐스트에 참여하라는 초대장을 신나게 받
아들인 반면, 루이즈는 졸라야만 했다. 그래서 내 추측은 가스파르 쪽
으로 기울어졌다. 그는 자신이 사건에서 수행한 비밀스러운 역할을 만
끽했다.

마지막으로 우리는 전화로 에밀리 앳워터를 연결했다. 그녀는 영국

에 있는 미상의 장소에서 전화를 걸었으며 질문에도 대답할 준비가 돼 있었다.

예정된 시간이 시작되기 전부터 대기자들이 생겼다. 놀라운 일은 아니었다. 팟캐스트는 서서히 구독자를 늘려갔다. 생방송 이벤트를 공지한 지난주 방송을 이미 50만 명 이상이 들었다.

우리는 탁자에 둘러앉았다. 엔지니어이자 스튜디오의 주인인 레이 스톨링스가 헤드셋을 나눠주고 마이크를 확인하고 조정했다.

내게는 어색한 순간이었다. 로빈슨 펠더가 납치를 시도한 지 거의 3개월이 흘러 있었다. 그동안 나는 레이철을 한 번밖에 보지 못했다. 그나마 그녀가 내 집에 두고 간 옷을 찾으러 왔을 때뿐이었다.

우리는 더 이상 서로를 만나지 않았다. 내가 사과하고, 마지막 날 밤에 그녀를 의심했던 것을 취소했는데도 말이다. 레이철이 경고했듯 나의 의심이 모든 것을 망쳤다. 이제 우리 관계는 끝났다. 그녀를 팟캐스트 마지막 회에 출연시키기 위해서는 디지털 버전의 애걸복걸이라고 할 수 있는 이메일 로비 전략이 필요했다. 레이철 없이 쉽게 에피소드를 진행할 수도 있었지만, 그녀를 내가 있는 공간에 불러들이면 뭔가 불꽃이 일어나거나 최소한 또 한 번 내 죄를 고백하고 용서와 이해를 구할 수 있을지 모른다고 생각했다.

의사소통이 완전히 차단된 건 아니었다. 우리는 여전히 때까치 때문에 뗄 수 없이 얽혀 있었다. 레이철은 내 취재원이었다. 그녀는 메츠와 FBI 수사에 접근할 수 있었다. 나는 레이철에게 접근할 수 있었고. 우리는 이메일로만 소통했지만, 그것도 의사소통은 의사소통이었다. 나는 한 번 이상 그녀를 취재원과 기자 관계의 테두리 밖에서 벌어지는 대화에 참여시키려 노력했다. 그러나 레이철은 이제부터는 직업적인 수준에만 머물자고 부탁하며 그런 노력을 쳐내고 흘려버렸다.

나는 레이가 레이철의 입술 앞에 마이크를 놓아주고 그녀에게 몇 차례 이름을 말하라고 하면서 음량을 확인하는 동안 그녀를 지켜봤다. 레이철은 그러는 내내 나와 눈을 맞추지 않으려 했다. 돌아보면, 나는 사건에서 벌어진 다른 어떤 일보다도 이런 식의 전개에 어리둥절했던 것 같다. 내 안에 뭐가 있기에, 또는 없기에 확실한 것을 의심하고 토대의 균열을 찾게 되는 걸까.

생방송이 시작되자 나는 팟캐스트의 모든 에피소드 첫 부분에 활용하는 대본 앞부분으로 말을 시작했다.

"죽음이 제 담당입니다. 저는 죽음으로 돈벌이를 합니다. 죽음으로 직업적 명성을 쌓죠. ……저는 잭 매커보이입니다. 여러분은 지금 헤드라인을 넘어 사건을 조사한 사람들과 함께 살인자의 흔적을 찾게 해주는 범죄 실화 방송, 〈머더 비트〉를 듣고 계십니다.

이번 에피소드에서는 때까치로 알려진 연쇄살인범의 정체를 드러내고 그를 쫓는 데에 역할을 해온 조사관, 변호사, 기자들과 함께 생방송 토론을 하며 첫 번째 시즌을 마무리하려 하는데요……."

나는 그렇게 말을 이어갔다. 패널 토론자들을 소개하고 청취자 질문을 받기 시작했다. 대부분의 질문은 일상적이고 말랑말랑한 질문이었다. 나는 사회자 역할을 하며 각 질문을 던질 참여자를 선택했다. 모두가 짧고 정확하게 대답하도록 미리 준비해 왔다. 답이 짧을수록 더 많은 질문에 답할 수 있었다. 나는 어쩌면 이 방법이 레이철을 대화에 참여시키는 것과 비슷할지 모른다는 생각에 레이철에게 다른 사람들보다 많은 질문을 돌렸다. 하지만 어느 정도 그러고 나자 공허하고도 당황스러운 느낌이 들었다.

가장 이상한 전화는 자신을 채리스라고 밝힌 여자가 건 전화였다. 그녀는 때까치 사건에 대해 하나도 묻지 않았다. 대신 그녀는 11년 전 자신의 여동생인 카일리가 납치 후 살해당했으며, 그녀의 시신이 베니스 부두 아래의 모래밭에 남겨져 있었다고 말했다. 그녀는 경찰이 그 범죄와 관련해 아무도 체포하지 않았으며, 그녀가 아는 한 수사가 활발히 이뤄지고 있지도 않다고 말했다.

"제 질문은, 당신들이 카일리의 사건을 조사해줄 수 있느냐는 거예요." 채리스가 말했다.

좌측 외야를 한참 벗어난 질문이었기에 나는 대답하기가 어려웠다.

"글쎄요," 내가 말했다. "살펴보고 경찰이 그 사건을 어떻게 처리했는지 들여다볼 수는 있겠지만, 저는 형사가 아닙니다."

"때까치는요?" 채리스가 말했다. "때까치는 조사했잖아요."

"상황이 좀 달랐습니다. 어떤 사건에 관한 기사를 쓰고 있었는데, 그 사건이 연쇄 살인사건이 된 거였죠. 저는……."

나는 다이얼 신호음에 말을 멈췄다. 채리스가 전화를 끊어버렸다.

나는 그 이후 대화를 원래 궤도로 돌려놓았고 에피소드는 계속해서 길게 이어졌다. 시간은 90분으로 늘어났고, 우리가 청취자의 질문에서 벗어난 경우는 스폰서의 광고를 읽어야 할 때뿐이었다. 대부분의 광고는 다른 실화 범죄 팟캐스트에서 낸 것이었다.

전화를 걸어온 청취자들은 〈머더 비트〉에 열정적이었으며, 그중 많은 사람이 다음 시즌에서는 무엇을 다룰 것인지, 다음 시즌은 언제 시작하는지 물었다. 이런 질문에 나는 아직 공식 답변을 준비해두지 못했다. 하지만 기다리는 청중이 있다는 걸 아니 좋았다. 가라앉아 가던 사기가 높아졌다.

비밀리에 내가 *그자의* 소식을 듣고 싶어 했다는 건 인정해야겠다. 때까치 말이다. 나는 그가 팟캐스트 청취자 중 한 명이기를, 그가 기자나 수사관들을 놀리거나 위협하기 위해 전화를 걸고 싶다는 강박을 느끼기를 바랐다. 이번 에피소드를 그토록 길게 끌고 간 이유가 그것이었다. 나는 때까치가 말할 기회를 기다리고 있을지 몰라 모두의 전화를 받고 싶었다.

하지만 그런 일은 벌어지지 않았고, 마지막 질문에 답하고 생방송을 끊으면서 나는 원탁 너머 메츠를 보았다. 우리는 전에 언섭FBI에서 미확인 대상(unknown subject)을 부르는 이름이다이 전화를 걸어올 가능성에 대해 이야기했다. 그는 나를 보며 고개를 저었고 나는 어깨를 으쓱했다. 나는 메츠 옆에 앉아 있던 레이철을 힐끗 봤다. 그녀는 이미 헤드폰을 벗고 있었다. 그때 나는 레이철이 메츠의 팔을 어루만지며 그에게 몸을 숙여 무언가 속삭이는 걸 보았다. 그 동작이 내게는 친밀하게 보였다. 나는 사기가 더욱 떨어졌다.

나는 토론 참여자, 후원자, 스튜디오 및 사운드 엔지니어 등 팟캐스트에 참여한 사람들에게 평소처럼 감사 인사를 전하며 상황을 마무리했다. 청취자들에게는 무슨 일이든 발생하는 대로 때까치 이야기의 새로운 장을 가지고 돌아오겠다고 약속했다. 우리는 색소폰 연주자 그레이스 켈리의 "바이 더 그레이브"로 방송을 마무리했다.

그게 전부였다. 나는 헤드폰을 벗어 마이크 받침대에 걸어놓았다.

다른 사람들도 똑같이 했다.

"다들 감사합니다." 내가 말했다. "좋은 방송이었습니다. 때까치가 전화를 걸어오기를 바랐지만, 아마도 오늘은 빨래하느라 바쁜가 보네요."

형편없으면서도 둔감한 농담의 시도였다. 미소조차 짓는 사람이 없었다.

"화장실에 좀 가야겠어요." 레이철이 말했다. "먼저 갈게요. 다들 만나서 반가웠어요."

그녀는 일어나며 내게 미소 지었지만 나는 그 미소에 아무 희망도 걸 수 없었다. 나는 그녀가 녹음실을 떠나는 모습을 지켜봤다.

가스파르와 루이즈는 오렌지카운티까지 먼 길을 운전해 가야 했으므로 다음으로 일어났다. 나는 레이에게 에밀리가 아직 연결돼 있느냐고 물었지만, 그는 에밀리가 전화를 끊었다고 말했다. 다음으로는 마이런이, 그다음에는 메츠가 나갔다. 나는 레이와 함께 떠났다. 그는 내게 녹화 내용을 한 시간 분량으로 줄여 포스팅해야 할지, 시즌 마지막 편으로 전체를 다 올려야 할지 물었다. 나는 그에게 방송 전부를 올리라고 했다. 생중계를 듣지 못한 사람들이 방송 전체를 다운받아 원하는 만큼 많이, 혹은 적게 들을 수 있도록 말이다.

나는 엘리베이터를 타고 건물 지하실로 내려갔다. 차고는 언제나 붐볐다. 로드리고라는 이름의 직원이 계속해서 이중주차 된 자동차를 움직여 사람들이 드나들 수 있도록 관리해야 했다. 엘리베이터가 열리자 나는 벽감 너머로 레이철이 차고에서 메츠와 함께 자동차를 기다리고 있는 걸 보았다. 나는 잠시 뒤에 머물렀다. 이유는 확실하지 않았다. 메츠가 먼저 차를 받으면 레이철에게 말을 걸고, 어쩌면 만나서 우리 사이의 오해를 풀자고 부탁할 기회가 생길지도 몰랐다. 지난달에 나는 팟캐스트 광고 수익으로 새로운 차를 빌리고 더 큰 아파트를 임대했다. 지저분한 지프를 10년 타고 난 끝에 성숙함과 안정성의 상징이라고 할 수 있는 레인지로버 SUV를 구했다. 나는 레이철의 자동차를 차고에 놔두고 거리를 따라 올라가 미첼리에서 오후의 와인 한잔을 즐길 수 있을지도 모른다고 생각했다.

하지만 내가 틀렸다. 로드리고는 FBI 자동차로 보이는 자동차를 몰고 왔고, 둘은 함께 그리로 걸어갔다. 레이철이 조수석 문으로 향했다. 그것만으로 나는 알고 싶었던 것 이상을 알게 됐다. 나는 당혹감을 느끼며 그들이 떠나기를 기다렸다가 벽감을 지나 차고로 들어갔다.

하지만 타이밍을 잘못 잡았다. 내가 나온 순간 레이철이 자리에서 몸을 돌려, 안전벨트를 하려고 어깨 뒤쪽으로 손을 뻗었다. 우리의 눈이 마주쳤고, 그녀는 FBI 자동차가 멀어지는 순간 미소 지었다. 나는 그걸 사과의 미소로 받아들였다. 그리고 작별의 시선으로.

로드리고가 내 뒤로 다가왔다.

"잭 씨." 그가 말했다. "다 준비됐습니다. 1열이고, 열쇠는 앞 타이어 위에 올려놨습니다."

"고마워요, 로드리고." 나는 메츠의 자동차가 차고에서 벗어나 카후엔가로 방향을 트는 모습을 지켜보며 말했다.

자동차가 시야에서 사라지자마자 나는 혼자서 내 차로 걸어갔다.

44

나는 집밖에 갈 곳이 없다고 판단했다. 나는 카후엔가로 나가 북쪽으로 향했다. 서쪽으로 크게 휘어지는 길을 벤투라 대로에 접어들 때까지 따라가니 어느새 스튜디오 시티에 와 있었다. 나의 새 집은 바인랜드의 방 두 개짜리 아파트였다. 나는 주차징에서 본 모습을 생각하며 그걸 어떻게 해석해야 할지 고민하고 있었다. 길에는 관심을 두지 않아서, 내 앞에서 들어온 브레이크등을 알아보지 못했다.

내 새로운 SUV의 충돌 방지 시스템이 작동하며 대시보드에서 날카로운 경고음이 울렸다. 나는 공상에서 빠져나와 두 발로 브레이크 패드를 꽉 밟았다. SUV가 끼이익 하며 멈춰 섰다. 내 앞에 선 프리우스와 겨우 50센티미터쯤 떨어진 곳이었다. 나는 뒤에서 둔탁한 쿵 소리를 들었다.

"젠장!"

나는 진정하고 백미러를 확인한 다음 밖으로 나와 피해 정도를 살폈다. 나는 자동차 뒤로 걸어갔다가 내 뒤의 차가 족히 2미터는 떨어져 있는 걸 발견했다. 내 자동차의 뒤에는 손상된 흔적이 전혀 없었다. 나는 다른 운전자를 보았다. 그가 창문을 내리고 있었다.

"당신이 친 겁니까?" 내가 물었다.

"아니, 안 쳤는데." 그가 화를 내며 말했다.

나는 자동차 뒤를 다시 확인했다. 차에는 아직도 임시 번호판이 붙어 있었다.

"어이, 형씨. 귀여운 새 자동차에 타고 계속 가지 그럽니까?" 다른 운전자가 말했다. "당신이 개짓거리를 해서 차가 막히잖아."

나는 손을 내저어 그 무례한 사람을 보내버리고 다시 운전석에 탔다. 이 모든 상황이 혼란스러웠다. 나는 계속 운전하며 무슨 일이 일어난 건지 생각했다. 나는 브레이크를 밟았을 때 뭔가가 묵직하게 쿵하는 충격을 확실히 느꼈다. 새 차의 뭔가가 잘못되거나 느슨해져 있는 건지 궁금했다. 그러자 이케아가 생각났다. 나의 새 아파트는 지난번 아파트의 거의 두 배 크기였다. 가구를 더 사야만 했고, 나는 새로운 SUV를 산 이후로 버뱅크의 이케아에 몇 차례 찾아갔다. 뒤쪽의 화물칸을 잘 활용했다. 하지만 나는 화물칸에 아무것도 남겨놓지 않았다고 확신했다. 화물칸은 비어 있었다. 비어 있어야 했다.

그때 나는 문득 깨달았다. 나는 백미러를 확인했지만, 이번에는 자동차 뒤쪽이 아니라 운전석 쪽 뒷창문에 관심을 두었다. 화물칸 덮개는 제자리에 있었다. 잘못된 건 아무것도 없어 보였다.

나는 휴대전화를 꺼내 레이철의 단축 번호를 눌렀다. 신호음이 자동차의 스테레오 서라운드 사운드로 빵빵하게 울려 퍼졌다. 차를 운송받았을 때 자동차 영업사원이 설정해준 블루투스 연결을 잊고 있었다.

나는 사운드 시스템을 끄는 대시보드의 버튼을 빠르게 후려쳤다. 신호음은 다시 내 휴대전화와 귓속에만 울렸다.

하지만 레이철은 전화를 받지 않았다. 아마 지금도 메츠와 함께 있으면서, 내가 다시 잘 지내보자는 식의 질질 짜는 대화를 하려고 전화했다고 생각할 터였다. 전화가 음성 메시지로 연결됐고, 나는 전화를 끊었다.

나는 다시 전화를 걸고 기다리면서 옆자리의 노트북 위쪽으로 손을 뻗어 노트북을 열었다. 나는 바탕화면의 파일에 메츠의 휴대전화 번호가 있다는 걸 알았다.

하지만 이번에는 레이철이 전화를 받았다.

"잭, 지금은 전화 받기 곤란해."

나는 노트북을 탁 닫고 낮은 목소리로 말했다.

"메츠랑 같이 있어?"

"잭, 내가 누구랑 같이 있는지 말할 생각은 없⋯⋯."

"그런 뜻이 아니야. 지금도 메츠랑 같이 차를 타고 가고 있어?"

나는 백미러를 다시 확인하고, 더 이상 큰 소리로 말해서는 안 된다는 걸 알았다.

"응." 레이철이 말했다. "메츠가 사무실로 데려다주는 중이야."

"메시지 확인해." 내가 말했다.

나는 전화를 끊었다.

바인랜드와의 교차로에 이르자 차량 흐름이 다시 느려졌다. 나는 그 순간을 이용해 레이철에게 메시지를 보냈다.

내 차를 타고 있어. 때까지가 뒤에 숨어 있어.

나는 문자를 보낸 뒤에야 자동 교정 기능이 *때까치*를 *때까지*로 바꿨다는 걸 알았다. 하지만 레이철은 이해할 터였다.

실제로 그랬다. 나는 거의 즉시 답장을 받았다.

확실해? 어디야?

나는 아파트에 거의 도착했지만 그냥 지나쳐가며 답장을 입력했다.

바인랜드

휴대전화가 진동했다. 레이철의 이름이 화면에 떴다. 나는 전화를 받았지만 인사를 하지는 않았다.

"잭?"

나는 기침을 했다. 뒤에 숨어 있는 사람에게 내가 통화 중이라는 사실을 드러내고 싶지 않다는 걸 그녀가 이해해주기를 바랐다.

"그래, 알겠어." 레이철이 말했다. "말을 할 수가 없구나. 그럼 잘 들어. 선택지는 두 가지야. 사람 많은 곳으로 가서, 사람들이 있는 주차장에 들어가. 그런 다음 그냥 내려서 차에서 벗어나. 나한테 위치를 알려주면 그리로 경찰을 보낼게. 놈을 잡을 수 있으면 좋고."

그녀는 두 번째 선택지를 말하기 전에 뭐든 응답이 있는지 귀 기울였다. 그녀는 나의 계속되는 침묵을 다른 계획에 대한 관심으로 받아들인 게 분명했다.

"좋아. 다른 방법은 우리가 놈을 반드시 잡는 거야. 당신이 어느 목적지로 가면, 우리가 전에 했던 것처럼 말발굽을 설치하게. 그럼 마침내 놈을 잡는 거야. 물론 이 선택지가 당신한테는 더 위험한 선택지야. 하지만 당신이 계속 차를 움직이면 놈이 뭔가 시도하지는 않을 거야. 기다리겠지."

그녀가 기다렸다. 나는 아무 말도 하지 않았다.

"그럼, 잭. 이렇게 하자. 첫 번째 선택지를 원하면 한 번 기침해. 두 번째 방법을 쓰고 싶으면 기침도 하지 말고 아무것도 하지 마."

어떤 선택을 할지 고민하느라 시간을 끌면, 내 침묵은 두 번째 선택지로 가겠다는 뜻으로 읽힐 터였다. 하지만 괜찮았다. 그 순간, 나는 관과 기계에 둘러싸인 채 병상에 있던 귀네스 라이스의 모습을 문득 떠올렸다. 때까치를 산 채로 잡지 말아달라던, 전자 신호로 이뤄진 그녀의 간청도.

나는 두 번째 선택지를 원했다.

"좋아, 잭. 두 번째로 가자." 레이철이 말했다. "내가 잘못 알아들은 거라면 지금이라도 기침해."

나는 침묵을 지켰고 레이철은 그것을 확인으로 받아들였다.

"101번 고속도로를 타고 남쪽으로 가야 해." 그녀가 말했다. "우리가 방금 거길 지나왔는데 길이 뻥 뚫렸어. 할리우드까지 갈 수 있을 거야. 그때쯤에는 우리한테 계획이 생길 테고. 우린 방향을 틀고 있어. 그리로 갈게."

나는 170번 고속도로의 남행 진입로에 다가가고 있었다. 나는 그 도로가 남쪽으로 1.5킬로미터도 채 못 가서 101번 고속도로와 합류한다는 걸 알고 있었다. 레이철이 말을 이었다.

"맷이 작전을 준비하는 동안 전화는 끊지 않을게. 지금 맷이 LA 경찰과 이야기하고 있어. LA 경찰이 FBI보다 빠르게 기동할 수 있을 거야. 당신은 그냥 계속 움직이면 돼. 자동차가 움직이는 동안에는 놈이 아무것도 시도하지 않을 거야."

페어워닝

나는 레이철이 나를 볼 수 없다는 걸 알면서도 고개를 끄덕였다.

"하지만 무슨 일이 일어나서 멈춰야만 한다면, 그냥 차에서 내려서 멀어져. 안전해야 해, 잭…… 난 당신이…… 안전해야 해."

나는 그녀의 목소리에서 조용하고 좀 더 친밀한 말투를 알아듣고는 대답하고 싶어졌다. 내 침묵이 무언가를 전달해주기를 바랐다. 하지만 그만큼 빠르게 의심이 머릿속에 스며들기 시작했다. 내가 화물칸에 뭔가 놔뒀던가? 내가 느낀 쿵 하는 진동은 그저 길에 난 포트홀 때문이었을까? 나는 기껏해야 직감에 근거해 FBI와 LA 경찰을 움직이고 있었다. 그냥 한 차례 기침하고 차를 노스할리우드 경찰서로 돌릴 걸 그랬다는 생각이 들기 시작했다.

"좋아, 잭." 레이철이 말했다. 그녀의 목소리가 다시 명령조로 돌아와 있었다. "준비되면 다시 연락할게."

운 좋게도 고개를 들어 앞을 보니 고속도로 진입로에 들어가도 좋다는 파란불이 켜져 있었다.

나는 의심을 미뤄두고 방향을 틀었다. 고속도로 진입로가 원을 그리며 돌았고, 나는 170번 고속도로에 올라 남쪽으로 향하고 있었다. 나는 101번 고속도로 합류 차선 중 하나를 타고 속력을 시속 100킬로미터까지 올렸다. 레이철의 말이 맞았다. 고속도로에는 적당히 차가 있었지만, 흐름이 막히지는 않았다. 러시아워 전이라 대부분의 차량은 시내에서 나가 밸리와 그 너머의 교외 지역을 향해 북쪽으로 가고 있었다.

나는 101번 고속도로에 합류하자마자 추월 차선으로 움직여 흐름을 탔다. 이제는 시속 80킬로미터로 움직이고 있었다. 몇 초에 한 번씩 백미러를 확인하며 휴대전화는 왼쪽 귀에 대고 있었다. 메츠가 자동차 안에서 레이철과 함께 다른 휴대전화로 통화하는 소리가 들렸다. 뭔가에 가로막힌 듯한 소리라 그가 하는 말이 전부 들리지는 않았다. 하지만 그의 말투에서 긴급함은 충분히 읽어낼 수 있었다.

머잖아 나는 카후엔가 패스에 접어들었다. 앞쪽에 캐피톨 레코드 빌딩이 보였다. 나는 레이철이 다시 말을 걸어 계획을 전해줄 때까지 상황을 정리해봤다. 나는 때까치가 결국 팟캐스트를 들어왔으며, 내가 그에게 필요한 모든 것을 건네줬다는 걸 깨달았다. 나는 모든 에피소드의 말미에서 레이 스털링스에게 감사 인사를 전하며 녹음 스튜디오를 광고했다. 그런 뒤에는 마지막 에피소드가 될 원탁 토론 생중계의 시간과 날짜를 반복적으로 홍보했다.

때까치는 선 레이 스튜디오 빌딩을 감시하는 것만으로 주차장 상황을 알아낼 수 있었다. 주차장 직원은 자기가 옮기고 다니는 자동차의 열쇠를 각 자동차의 오른쪽 앞바퀴에 올려놓았다. 때까치는 로드리고가 차를 움직이고 있을 때 몰래 들어와 열쇠로 내 레인지로버를 열고 몰래 뒤로 들어갈 수 있었을 것이다.

나는 문득 다른 가능성이 있다는 걸 알았다. 나는 팟캐스트의 시간과 장소를 모두에게 방송했다. 누군가가 뒷자리에 숨어 있다고 해도 그게 때까치가 아닐 가능성이 있었다. 로빈슨 펠더 같은 또 한 명의 미친 인셀일지도 몰랐다. 나는 이런 가능성을 레이철에게 문자로 알려주려고 귀에서 휴대전화를 뗐다가 그녀의 목소리를 다시 들었다.

"잭?"

나는 기다렸다.

페어워닝

"계획이 있어. 당신이 선셋 대로로 들어가서 출구로 나갔으면 해. 그러면 해럴드 웨이와의 교차로가 있는 밴나이스로 나오게 돼. 거기서 곧장 우회전해서 해럴드 웨이로 들어가면, 우리가 당신을 기다리고 있을 거야. LA 경찰이 지금 거기에 2개 중대를 보내뒀어. 더 많은 경찰이 오고 있고. 맷과 나는 2분 거리에 있어. 내 말 알아들었으면, 준비됐으면 목을 가다듬어."

나는 잠시 기다린 뒤 큰 소리로 목을 가다듬었다. 준비됐다.

"알았어, 잭. 이제는 당신이 운전하는 자동차 생김새를 문자로 보내줬으면 좋겠어. 새 차를 샀다고 최근 이메일에서 얘기한 건 알아. 제조사, 모델, 색깔을 알려줘. 색깔이 중요해, 잭. 우린 뭐가 들어오는지 알아야 해. 마지막으로 지나친 출구가 어딘지도 알려줘. 그래야 타이밍을 잡을 수 있어. 진행하되 조심해. 문자를 보내다가 사고 내지 말고."

나는 휴대전화를 얼굴에서 떼고 필요한 정보를 입력해 레이철에게 문자로 보냈다. 그러는 동안 휴대전화에서 백미러로, 앞의 길로 초점을 계속해서 옮겼다.

나는 이제 곧 하이랜드 출구를 지난다는 사실을 포함해 문자를 보냈다. 그때 내 시선이 눈앞의 도로로 향했고, 나는 모든 차선에서 브레이크 등이 번쩍이는 것을 보았다.

차가 막히기 시작했다.

45

앞에 사고가 났다. 나는 SUV를 타고 있어서 내 앞의 몇몇 자동차 지붕 너머를 볼 수 있었다. 연기가 보였다. 자동차 한 대가 옆으로 뒤집혀 추월 차선과 고속도로의 왼쪽 갓길을 막고 있었다.

나는 뒤쪽에 멈춰서기 전에 오른쪽으로 가야 한다는 걸 알았다. 나는 깜빡이를 켜고, 점점 느려져가는 네 개 차선을 거의 눈먼 사람처럼 억지로 가로지르기 시작했다.

내 움직임에 나와 똑같은 행동을 하려던 분노한 운전자들이 합창하듯 경적을 울렸다. 차량 흐름은 기어가는 속도로 늦어졌고 자동차 사이의 공간은 압축됐다. 하지만 길 위의 누구에게도 나만큼 급한 상황은 없었다. 나는 그들의 짜증도, 경적도 신경 쓰지 않았다.

"잭?" 레이철이 말했다. "경적이 들리는데, 무슨…… 말할 수 없는 건 알아. 문자를 보내봐. 당신이 보낸 정보는 받았어. 지금 무슨 일이 벌어지는 건지 말해줘."

나는 로스앤젤레스 운전자 대부분이 차에 혼자 있을 때 하는 행동을 했다. 교통 상황을 욕한 것이다.

"빌어먹을! 왜 서는 거야?"

이제 한 차선만 더 건너가면 됐다. 그게 교통사고로 인한 정체를 둘러가는 가장 빠른 방법일 것 같았다. 나는 더 이상 백미러를 믿지 않고, 앉은 채로 반쯤 몸을 틀어 창문 너머로 벌어지는 경쟁을 살펴봤다. 그

페어워닝

러는 내내 귀에 휴대전화를 대고 있었다.

"알았어, 잭. 이해했어." 레이철이 말했다. "그러면 갓길을 타. 뭐든 지 해서 이리로 내려와."

나는 한 차례 기침했다. 이 시점에서 그게 동의인지 거절인지는 알 수 없었다. 내가 아는 것은 교통사고의 후류를 우회해야 한다는 것뿐 이었다. 일단 사고 지점을 지나면 고속도로는 뻥 뚫려 있을 테고 나는 날아갈 수 있을 것이다.

나는 천천히 하이랜드 출구를 지났다. 사고 현장이 앞으로 200미터 정도 떨어진 곳, 바인 스트리트 출구에 못 미친 곳에 보였다. 거기가 차 량 흐름이 완전히 멈춘 지점이었다.

이제는 사람들이 차에서 내려 고속도로에 서 있는 모습이 보였다. 자동차들이 연기 나는 사고 현장을 지나 아주 조금씩 움직였다. 등 뒤 에서 다가오는 사이렌 소리가 들렸다. 나는 현장 출동 경찰이 도착하 면 이곳의 차량 흐름을 더욱 심하게, 더 오랫동안 막아 버리리라는 걸 알았다. 나는 내가 싣고 있는 치명적인 화물을 가지고 현장 출동 경찰 관들에게 갈 수 있다는 것도 알았다. 하지만 그들이 내가 뭘 가지고 있 는지 알아줄까? 그들이 놈을 잡을까?

나는 이런 질문과 선셋 대로까지 가야 하는 마지막 1.5킬로미터에 대해 생각하고 있었다. 그때 내 차 뒤에서 크게 콱 소리가 났다.

나는 완전히 뒤를 돌아봤다. 뒤쪽 화물칸의 스프링 덮개가 풀리며 창문 가리개처럼 홈으로 들어가 있었다.

그 공간에서 어떤 형체가 일어섰다. 남자였다. 그는 자세를 바로잡 으려는 듯 주위를 둘러보더니, 뒤쪽 창문 너머로 들리는 사이렌 소리가 사고 현장으로 다가오는 구급차에서 나온 것임을 알아챈 듯했다.

그러더니 그는 돌아서서 나를 똑바로 쏘아봤다.

"안녕, 잭." 그가 말했다. "어디 가는 거야?"

"씨발, 당신 누구야?" 내가 말했다. "원하는 게 뭐야?"

"내가 누군지는 알 것 같은데." 그가 말했다. "내가 원하는 것도."

그는 뒷좌석을 기어 넘어오기 시작했다. 나는 휴대전화를 떨어뜨리고 액셀을 밟았다. 자동차가 앞으로 출렁했다. 나는 핸들을 홱 오른쪽으로 꺾었다. SUV가 고속도로 갓길로 방향을 틀면서 내 앞 자동차의 오른쪽 귀퉁이를 쳐버렸다. 바퀴가 헐거운 자갈과 쓰레기를 밟고 회전한 뒤에야 힘을 받았다. 침입자가 숨어 있던 공간을 향해, 뒤쪽으로 내동댕이쳐진 게 백미러로 보였다.

하지만 그는 재빨리 다시 일어나 좌석을 넘어오기 시작했다.

"천천히 해, 잭." 그가 말했다. "서두를 것 있나?"

나는 대답하지 않았다. 탈출 계획을 생각하느라 내 머리가 자동차보다도 빠르게 돌아갔다.

바인 스트리트 쪽 출구는 사고 현장을 지나서 바로 나왔다. 하지만 그리로 갈 경우 결과는? 아드레날린이 솟구치는 그 순간 나의 선택지는 단순하게 보였다. 싸우거나 도망치거나. 계속 움직이거나 차를 세우고 내려 도망치거나.

머릿속 한구석에서 나는 한 가지를 알고 있었다. 도망친다는 건 때까치가 다시 탈출하게 된다는 뜻이었다.

나는 페달에서 발을 떼지 않았다.

사고 여파를 지나서 갓길에서 벗어나는 지점까지 100미터도 채 남지 않았을 때, 잔디 관리용 장비를 가득 실은 낡아빠진 픽업트럭 한 대가 갑자기 내 앞의 갓길에 올라섰다. 나보다 훨씬 느린 속도로.

나는 다시 핸들을 오른쪽으로 확 꺾으며 속도를 늦추지 않고 틈새를 비집고 가려 했다. 내 차가 고속도로의 경계를 이루고 있는 콘크리트 소음 장벽을 따라 날카롭게 긁히더니 픽업트럭 옆면으로 튕겨 나와 트럭을 왼쪽의 차들에게로 떠밀었다. 경적과 금속 부딪히는 소리로 이뤄진 전면적인 합창이 뒤따랐지만, 내 자동차는 계속 움직였다. 나는 핸들을 원위치하고 백미러를 살폈다. 내 뒤의 남자가 뒷좌석 바닥에 내 팽개쳐져 있었다.

2초 뒤, 나는 교통사고 정체 구간을 지나쳤다. 내 앞에는 탁 트인 고속도로 5개 차선이 놓여 있었다.

하지만 아직 선셋 출구까지는 800미터가 남아 있었고, 나는 그렇게 오랫동안 때까치를 막을 수 없다는 걸 알고 있었다. 휴대전화가 자동차 어딘가에 있었고 레이철이 아마 여전히 듣고 있을 터였다. 나는 레이철을 부르는 마지막 순간일지도 모른다고 생각하며 외쳤다.

"레이철!" 나는 소리쳤다. "난⋯⋯."

팔이 내 목을 감으며 내 목소리를 틀어막았다. 머리가 뒤로 꺾여 머리받이에 닿았다. 나는 한 손을 위로 뻗어 그 팔을 내 목에서 떼어내려 했지만 때까치는 팔을 단단히 얽은 채 더욱 힘을 주고 있었다.

"차 세워." 그가 내 귀에 대고 말했다.

나는 두 발에 힘을 주며 의자 쪽으로 몸을 밀어 넣었다. 그의 앞 팔과 거리를 벌릴 생각이었다. 자동차가 속도를 높였다.

"차 세워." 그가 다시 말했다.

나는 한 가지를 깨달았다. 나는 안전벨트를 차고 있었지만 때까치는 아니었다. 나는 영업사원이 이 자동차의 안전성과 구조에 대해 장황하게 떠들어대던 걸 떠올렸다. *전복 사고 보호 장치에 관한 말이었다.* 하지만 나는 관심을 보이지 않았다. 그냥 서류에 서명하고 차를 몰고 떠나고 싶었다. 내게는 전혀 중요하지 않은 문제에 귀 기울이고 싶지 않았다.

그런데 이제는 그게 중요한 문제가 됐다.

나는 디지털 속도계가 시속 140킬로미터를 넘으면서 자동차가 자동으로 차체를 낮추어 고속 모드에 들어가는 것을 느꼈다. 나는 공격자의 아래팔을 놓고 두 손으로 운전대를 잡고 왼쪽으로 확 틀었다.

자동차가 덜컹하며 왼쪽으로 거칠게 돌았다. 물리 법칙이 상황을 지배했다. 찰나의 순간, 자동차는 도로를 움켜쥐고 있었다. 그런 뒤에는 왼쪽 앞바퀴가 표면에서 떨어져 나왔고 왼쪽 뒷바퀴도 그 뒤를 따랐다. 나는 자동차가 최소 1미터쯤은 공중으로 떠올랐으리라고 생각했다. 그런 다음 자동차는 옆으로 데굴데굴 구른 끝에 부딪히고 계속해서 회전하며 고속도로를 따라 굴러떨어졌다.

모든 것이 슬로모션으로 움직이는 것 같았다. 내 몸이 한 번 부딪힐 때마다 사방으로 덜컹거렸다. 나는 내 목을 감았던 팔이 떨어져 나가는 것을 느꼈다. 금속이 찢어지는 시끄러운 소리와 유리가 산산이 조각 나는 폭발음을 들었다. 잔해가 자동차 안과 이제는 유리가 없는 창문 밖을 날아다녔다. 내 휴대전화가 갈비뼈에 부딪혔다. 어느 시점에 나는 정신을 잃었다.

정신을 차렸을 때 나는 좌석에 거꾸로 매달려 있었다. 자동차 천장을 내려다보며 내가 그 위에 피를 뚝뚝 떨어뜨리고 있다는 걸 알았다. 나는 얼굴로 손을 뻗어 피 나는 부위를 찾았다. 정수리에 길게 베인 상처가 있었다.

무슨 일이 일어났는지 궁금했다. 누가 날 친 걸까? 내가 누군가를 쳤을까?

그때 생각났다.

때까치.

나는 최대한 주위를 둘러봤다. 때까치는 보이지 않았다. 자동차 뒷좌석이 사고 당시에 떨어져나가, 이제는 천장 쪽으로 비스듬하게 기울어 내 시야를 가리고 있었다.

"제기랄." 내가 말했다.

입 안에서 피 맛이 났다.

나는 옆구리에 날카로운 통증을 느끼고 내 노트북을 떠올렸다. 노트북이 내 갈비뼈를 후려쳤었다.

나는 왼손을 아래쪽으로 뻗어 천장에 대고 몸을 지탱하며 다른 손으로는 안전벨트를 풀었다. 팔에 충분히 힘이 들어가지 않아 나는 천장으로 쿵 떨어져 내렸다. 두 다리는 여전히 운전대에 얽혀 있었다. 나는 천천히 몸을 마저 내렸다. 그렇게 하다가 금속성의 목소리가 내 이름을 부르는 소리를 들었다.

나는 주위를 둘러보다가 앞 유리 바깥 80센티미터쯤 되는 곳의 아스팔트에 놓인 내 휴대전화를 발견했다. 화면에 균열로 거미줄이 쳐 있었지만 나는 "레이첼"이라는 이름을 읽을 수 있었다. 전화가 아직 연결돼 있었다.

다리가 풀려나자마자 나는 앞 유리가 있던 공간을 가로질러 내 휴대 전화로 손을 뻗었다.

"레이철?"

"잭, 괜찮아? 무슨 일이야?"

"어…… 부딪혔어. 피가 나."

"지금 갈게. 언섭은 어디 있어?"

"무슨…… 뭐?"

"때까지 말이야, 잭. 보여?"

이제야 나는 내 목을 감고 있던 팔이 기억났다. 때까치. 그자가 나를 죽이려 했다.

나는 고장 난 차에서 완전히 기어 나와 뒤집힌 레인지로버의 앞쪽 끝에서 불안정하게 일어섰다. 사람들이 고속도로 갓길을 따라 내게 달려오는 모습이 보였다. 파란색 경광등을 번쩍이며 다가오는 자동차 한 대도 보였다.

나는 불안하게 몇 발짝을 떼다가 한쪽 발이 어딘지 잘못됐다는 걸 알았다. 한 걸음을 내디딜 때마다 왼쪽 발목에서 엉덩이로 통증이 솟구쳤다. 그래도 나는 계속 사고 차량 주변을 돌며 창문 너머로 뒤쪽을 들여다보았다.

다른 사람의 흔적은 없었다. 그러나 자동차가 땅에 평평하지 않게 눌려 있었다. 사람들이 자동차에 다가갔을 때 나는 두려움의 비명을 들었다.

"이걸 치워야 해요! 아래에 사람이 있습니다!"

나는 절뚝거리며 자동차 옆으로 돌아갔다가 사람들이 본 모습을 봤

페어워닝

다. 자동차가 길바닥에 평평하지 않게 놓여 있었던 것은 때까치가 그 아래에 있었기 때문이다. 나는 그의 손이 지붕 가장자리에서 튀어나온 걸 볼 수 있었다. 나는 조심스레 아스팔트로 몸을 숙이고 사고 차량 아래쪽을 보았다.

때까치가 자동차 밑에 깔려 있었다. 얼굴은 내게로 향해 있고 눈은 뜨여 있었다. 한쪽 눈은 생기 없이 뜨여 있었고 다른 한쪽 눈은 깨진 구체가 돼 이상한 각도로 매달려 있었다.

"이걸 밀어내게 도와주세요!" 다른 누군가가 현장으로 달려오는 다른 사람들에게 소리쳤다.

내가 일어섰다.

"굳이 그럴 것 없습니다." 내가 말했다. "너무 늦었어요."

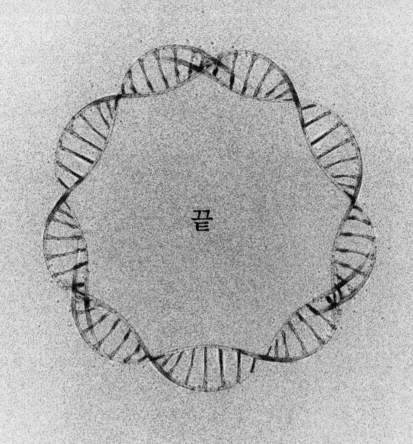

46

지금까지도 내 자동차 밑에 깔린 사람의 신원은 밝혀지지 않았다. 우리는 그자의 진짜 이름을 알아낼 수 없다. 그가 입고 있던 회색 후디에도, 그의 바지 주머니에도 신분증은 없었다. FBI가 그의 지문과 DNA를 사용할 수 있는 온 세상의 데이터베이스에 넣어봤지만 일치하는 결과는 없었다. 광범위하고 철저하게 선 레이 스튜디오 빌딩 주변을 격자로 수색했지만 버려진 자동차는 없었다. 주유소 카메라 한 대에만 회색 후디를 입은 남자가 버럼 대로 고가도로를 통해 101번 고속도로 위를 동쪽에서 서쪽으로 가로지르는 모습이 흐린 초점으로 찍혀 있었다. 그는 팟캐스트 생방송 한 시간 전에 스튜디오 방향으로 움직이고 있었다. 하지만 고속도로 동쪽에 대한 새로운 격자 수색으로도 차량은 발견되지 않았고, 어떤 자동차 서비스에서도 사람을 내려준 기록이 나오지 않았다.

부검 중 시신에서는 요골이라 불리는 팔뼈가 부러져 수술했던 사실이 드러났다. 어린 시절에 입은 나선형 골절인 것으로 보였다. 학대를 의미하는 것일 수 있었다. 치과 치료는 제한적으로만 이뤄졌다. 치료는 확실히 미국에서 받은 것으로 보였으나 특정한 치과 의사나 환자에게까지 엑스레이를 성공적으로 추적해 가기에는 자료가 부족했다.

지금까지 때까치는 죽은 채 수수께끼로 남아 있다.

아마 앞으로도 그럴 가능성이 클 것이다. 신문 업계의 용어를 빌리

끝

자면, 이제 그는 1면에서 벗어났다. 언론의 초점이 다른 곳으로 움직이면서, 그에게 대중이 무시무시하게 매료됐던 순간은 담배에서부터 구불구불 퍼져가는 연기처럼 흩어졌다. 때까치는 살아 있는 거의 모든 시간 동안 레이더망에서 벗어나 있었다. 자기 차례가 끝나자 그는 그곳으로 돌아갔다.

때까치가 더 이상 위협이 아니었기에 에밀리 앳워터는 영국에서 돌아왔다. 그녀는 어느새 로스앤젤레스가 그리워졌다고 했다. 그리고 내가 101번 고속도로 위에서 제공한 이야기의 마무리에 맞춰, 그녀는 책을 완성할 수 있었다. 이어 그녀는 선임 기자로 〈페어워닝〉에 돌아갔다. 나는 마이런이 그걸 기쁘게 생각한다는 걸 알았다.

그러나 나는 때까치가 누구인지, 또 무엇이 그를 여성 살해자로 만들었는지 모른다는 점에 계속 신경이 쓰였다. 내게는 그 점 때문에 기사가 미완성으로 느껴졌다. 내 머릿속에 영원히 남을 질문이었다.

이 이야기 전체가 나를 바꿔놓았다. 나는 내가 우연히 크리스티나 포트레로와 데이트하지 않았다면 무슨 일이 벌어졌을지 종종 생각했다. 내 이름이 LA 경찰의 수사 과정에서 나오지 않았고, 맷슨과 사카이가 그날 밤 나를 따라 차고에 들어오지 않았다면 어땠을까? 그랬다면 때까치가 지금도 레이더망을 피해 어딘가에서 활동하고 있었을까? 해먼드와 보겔은 지금도 다크웹에서 더티4를 운영하고 있었을까? 윌리엄 오턴은 계속해서 아무것도 의심하지 않는 여자들의 DNA를 그들에게 팔았을까?

이건 무시무시한 생각이기도 했지만 영감을 주는 생각이기도 했다. 이런 생각에 나는 세상의 모든 미제 사건에 대해 생각하게 됐다. 모든 사법 정의의 실패와 사랑하는 사람을 잃은 그 모든 어머니, 아버지, 가족들에 대해. 나는 팟캐스트에 전화를 걸었던 채리스를 떠올렸고 그녀에게 연락할 방법이 있기를 바랐다.

그때 나는 내가 더 이상 관찰자, 사건에 대해 글을 쓰거나 팟캐스트에서 이야기하는 기자일 수 없다는 걸 알았다. 나는 내가 관중석의 기자가 될 수 없다는 걸 알았다. 나는 게임에 참여해야 했다.

새해의 첫 출근일에 나는 교체된 레인지로버를 타고 시내로 가 주차할 자리를 찾은 뒤 상업은행 건물의 RAW 데이터 사무실로 걸어 들어갔다. 나는 레이철과 이야기하게 해달라고 했고, 머잖아 그녀의 사무실로 안내를 받았다. 우리는 때까치가 사망한 날 이후로 이야기를 나누지 않았다. 나는 굳이 자리에 앉지 않았다. 이야기가 빨리 끝날 거라고 예상했다.

"무슨 일이야?" 레이철이 조심스레 물었다.

"아이디어가 하나 있는데, 당신이 들어줬으면 좋겠어."

"듣고 있어."

"난 그냥 팟캐스트로 살인에 관한 이야기를 하기만을 바라지 않아. 그 사건들을 해결하고 싶어."

"무슨 뜻이야?"

"말 그대로야. 나는 팟캐스트를 통해 살인사건을 해결하고 싶어. 우리가 사건을, 미제 사건을 가져와서 토론하고 연구하고 해결하는 거야. 당신도 참여해 줬으면 좋겠어. 당신이 프로파일링을 하고, 우리가 함께 사건을 해결하는 거야."

"잭, 당신은 경찰이……."

끝

"내가 경찰이 아니라는 건 중요하지 않아. 우리는 디지털 시대에 살고 있어. 경찰은 아날로그식이야. 우리가 퍼즐을 맞출 수 있어. 팟캐스트에 전화 걸었던 그 여자 기억나? 채리스? 그 여자는 아무도 자기 사건을 다루지 않는다고 했어. 우리가 할 수 있어."

"아마추어 탐정이 되자는 얘기네."

"당신은 아마추어가 아니야. 우리가 때까치 사건을 해결할 때 당신이 그 일을 아주 좋아했다는 것도 알아. 당신은 당신이 해야만 하는 일을 다시 하고 있었어. 내가 당신한테 그걸 빼앗았지. 그래서 지금 다시 돌려주는 거야."

"그건 달라, 잭."

"아니, 이게 더 나아. 우리한테는 규칙이 없으니까."

레이철은 아무 말도 하지 않았다.

"배경 조사는 아무나 할 수 있어." 내가 말했다. "하지만 당신에게는 재능이 있어. 때까치 때 봤어."

"그 재능이 팟캐스트라는 거야?" 그녀가 물었다.

"우리가 만나서 사건 이야기를 나누고 녹음을 하고 인터넷에 올리는 거야. 수사 비용은 광고로 대고."

"말도 안 되는 소리 같은데."

"연쇄살인범의 자백을 이끌어낸 가정주부에 대한 팟캐스트도 있어. 말도 안 되는 건 없어. 이 방법은 통할 거야."

"사건은 어디서 나오는데?"

"어디서든. 모든 곳에서. 구글이라든지. 난 채리스가 전화를 걸었던 그 사건에 대해서 알아볼 거야. 채리스의 여동생 사건."

레이철은 오랫동안 침묵을 지킨 뒤에야 대답했다.

"잭, 혹시 이거……."

"아니, 당신한테 돌아가려는 형편없는 시도가 아니야. 나도 내가 우리 관계를 망쳤다는 건 알아. 받아들이고 있어. 이 일은 내가 말한 그대로야. 팟캐스트. 우리가 범죄를 저지르고도 빠져나갔다고 생각하는 자들을 쫓는 거야."

레이철은 처음에 대답하지 않았지만, 나는 내가 말을 했을 때 그녀가 거의 고개를 끄덕이는 걸 보았다고 생각했다.

"생각해볼게." 한참 만에 그녀가 말했다.

"그래. 나도 그 이상은 부탁하지 않아." 내가 말했다. "그냥 너무 오래 생각하지만 마."

나는 피칭을 끝냈기에 돌아서서 더 이상 말하지 않고 사무실을 나섰다. 나는 우아하고 오래된 건물에서 걸어 나와 메인 스트리트에 접어들었다. 1월의 공기에는 한기가 있었지만 해가 나고 있었다. 좋은 한 해가 될 터였다. 나는 거리를 따라 내 차로 향했다. 차에 도착하기 전에 휴대전화가 진동했다.

레이철이었다.

작가의 말

이 책은 허구의 창작물이지만 〈페어워닝〉은 소비자 문제에 관한 사나운 경비견 스타일의 보도를 하는 진짜 뉴스 사이트로서 마이런 레빈이 설립하고 편집장을 맡고 있는 비영리 단체다. 작가는 〈페어워닝〉 이사회의 일원이다. 〈페어워닝〉과 마이런 레빈의 이름은 허락을 받고 사용했다. 더 많은 정보를 얻고 이 신문에서 하는 중요한 작업에 도움이 될 기부를 고려해 보려면 FairWarning.org에 가보라.

이 소설에서 탐구하는 유전자 연구는 인간 게놈에 관한 사실과 현재의 지식에 근거를 두고 있다. 유전자 분석 산업에 관한 정부의 감독을 다룬 보도 또한 현재의 표준에 근거를 두고 있다. 모든 오류와 누락은 철저히 작가의 잘못이다.

감사의 말

작가는 이 책의 연구, 집필, 편집에 도움을 준 수많은 사람에게 고마운 마음을 전한다. 이 중에는 아스야 머치닉, 이마드 악타르, 빌 매시, 헤더 리초, 제인 데이비스, 린다 코넬리, 폴 코넬리, 저스틴 하이슬러, 데이비드 바질, 테릴 리 랭크퍼드, 데니스 워치초프스키, 섀넌 번, 헨릭 바스틴, 존 휴튼, 패멀라 마셜, 앨런 팰로가 있다.

또한 국립보건원 신경유전학 연구소의 창립자인 데이비드 골드먼 박사가 쓴 《우리의 유전자, 우리의 선택: 유전자형과 유전자 상호작용이 인간 행동에 끼치는 영향》에도 감사를 돌린다.

옮긴이 강동혁

서울대학교에서 사회학과 영문학을 전공하고, 동대학원에서 영문학 석사학위를 받았다.
대중적으로 널리 읽히면서도 새로운 생각거리를 제공해 주는 책을 쓰거나 소개하겠다는
목표로 활동 중이다.
우리말로 옮긴 책으로는 《해리 포터》 시리즈, 《불의 날개》 시리즈, 《타국에서의 일 년》,
《프로젝트 헤일메리》, 《트러스트》, 《그 후의 삶》, 《타이탄의 세이렌》, 《크로스로드》, 《어부
들》 등이 있다.

페어워닝

1판 1쇄 발행 2024년 1월 23일
1판 2쇄 발행 2024년 3월 5일

지은이 마이클 코넬리
옮긴이 강동혁

발행인 양원석 **편집장** 김건희
디자인 김현우
영업마케팅 조아라, 정다은, 이지원, 백승원, 한혜원

펴낸 곳 (주)알에이치코리아
주소 서울시 금천구 가산디지털2로 53, 20층 (가산동, 한라시그마밸리)
편집문의 02-6443-8902 **도서문의** 02-6443-8800
홈페이지 http://rhk.co.kr **등록** 2004년 1월 15일 제2-3726호

ISBN 978-89-255-7553-7 (03840)